KiWi
1927

Das Buch

»Lügen über meine Mutter« erzählt von einer Kindheit im Hunsrück der 1980er, die beherrscht wird von der fixen Idee des Vaters, das Übergewicht seiner Frau wäre verantwortlich für alles, was ihm versagt bleibt: die Beförderung, der soziale Aufstieg, die Anerkennung in der Dorfgemeinschaft. Und zugleich ist es eine Befragung des Geschehens durch die Tochter aus heutiger Perspektive: Was ist damals wirklich passiert? Und was sagt uns das über die Gesellschaft, die ständig auf uns einwirkt, ob wir wollen oder nicht? Schonungslos und eindrücklich lässt Daniela Dröscher ihr kindliches Alter Ego die Jahre, in denen sich dieses »Kammerspiel namens Familie« abspielte, noch einmal durchleben. Ihr gelingt ein ebenso berührender wie kluger Roman über subtile Gewalt, aber auch über Verantwortung und Fürsorge. Vor allem aber ist dies ein tragikomisches Buch über eine starke Frau, die nicht aufhört, für die Selbstbestimmung über ihr Leben zu kämpfen.

Die Autorin

Daniela Dröscher, Jahrgang 1977, aufgewachsen in Rheinland-Pfalz, lebt in Berlin. Promotion im Fach Medienwissenschaft an der Universität Potsdam sowie ein Diplom in »Szenischem Schreiben« an der Universität Graz. Ihr Romandebüt »Die Lichter des George Psalmanazar« erschien 2009, es folgten der Erzählband »Gloria« (2010) und der Roman »Pola« (2012) sowie das Memoir »Zeige deine Klasse« (2018). Sie wurde u. a. mit dem Anna Seghers-Preis, dem Arbeitsstipendium des Deutschen Literaturfonds sowie dem Robert-Gernhardt-Preis (2017) ausgezeichnet. Der Roman »Lügen über meine Mutter« (2022) stand auf der Shortlist des Deutschen Buchpreises.

Daniela Dröscher

Lügen über meine Mutter

Roman

Kiepenheuer & Witsch

MEINE MUTTER PASST IN KEINEN SARG. Sie ist zu dick, sagt sie. Nach ihrem Tod soll die Asche nicht in einer Urne aufbewahrt werden, sondern einfach über das offene Wasser zerstreut.

Seit ein paar Jahren lebt meine Mutter am Haff. Es ist der nordöstlichste Punkt des Landes. Näher an Polen, also dem Land ihrer Geburt, geht es nicht.

Wir sprechen viel über den Tod. Eigentlich spricht nur sie davon. Es ist ihr Gewicht, das ihr zu schaffen macht, und das, obwohl sie keines der klassischen Leiden hat, die Ärzte dicken Menschen unbesehen attestieren. Ihre Schmerzen sitzen in den Muskeln, den Gelenken.

Ich kann über vieles mit meiner Mutter reden. Über fast alles eigentlich. Das Einzige, woran wir nie rühren, ist die Frage nach dem Geld. Wie es aussieht, wird sie dieses Geheimnis niemals preisgeben. Sie selbst würde vermutlich bestreiten, je ein Geheimnis gehabt zu haben.

Und ob du welche hast, denke ich. So wie jeder Mensch drei Leben hat. Ein öffentliches, ein privates und ein geheimes.

Mein Blick wandert über ihre Bücherregale. Tolstoi, überlege ich. Meine Mutter liebt *Anna Karenina*. Vielleicht könnten wir über den dramatischen Ruin von Tolstois Heldin ins Gespräch kommen?

»›Alle glücklichen Familien …‹«, hebe ich an, doch da dreht meine Mutter bereits den schönen Kopf beiseite.

»Ach was. Unglück.«

Jawohl, Unglück!, denke ich. Ihr Unglück lag meine ganze Kindheit und Jugend über wie Blei auf meinen Schultern. Deshalb ist das hier nicht nur ihre, es ist auch meine Geschichte.

»Wenn du nicht endlich redest«, drohe ich, »muss ich etwas erfinden. Ich muss lügen.«

»Nur zu. Das ist ja dein Beruf.«

Meine Mutter lächelt geschmeichelt und keineswegs beeindruckt. Fast so, als wäre sie gern die Heldin in meinem Roman. Ich dagegen klinge wie ein schüchternes Kind. Nicht wie eine Schriftstellerin.

Die Geschichte, die mir vorschwebt, ist eine Geschichte mit viel Schminke, blonden Perücken, Trapez und doppeltem Boden. Eine in vielerlei Hinsicht absolut fiktive Geschichte. In der Philosophie beschreibt die Fiktion ein »methodisches Hilfsmittel bei der Lösung eines Problems«. Mein Problem lautet: Es gibt in meiner Familie so viele Geheimnisse, dass ich nicht weiß, wo ich anfangen soll. Die Sache mit dem Geld ist nur eines davon.

Dass mir meine Mutter, obwohl wir einander so nah sind, manchmal so rätselhaft vorkommt, liegt auch an meinem Vater. Für ihn ist sie der mysteriöseste Mensch der Welt. Zugleich behauptet er, bis ins letzte Detail über sie Bescheid zu wissen.

»Deine Mutter kennt kein Maß. Nicht beim Geld und nicht beim Essen«, höre ich ihn sagen. »Daran ist nichts rätselhaft.«

Durch einfache Erklärungen wie diese hat er meine Mutter über die Jahre stigmatisiert. Und ich, ich habe ihm geglaubt, irgendwann oder jedenfalls dann und wann.

Als Kind stand ich immer zwischen den beiden, wie eine kleine Privatdetektivin. Nur dass ich auf eigene Rechnung ermittelte. Für ein Kind, dessen Aufmerksamkeit permanent im Außen zwischen den Erwachsenen umherwandert, ist es schwer, zwischen Lügen und Geheimnissen zu unterscheiden.

Wenn ich meine subjektive Wahrheit über das Geld und alles andere herausfinden will, muss ich meine Eltern in Figuren verwandeln. Figuren, die mir dabei helfen, zu verstehen, wer hier eigentlich welche Lügen über wen erzählt hat.

Ein letztes Mal zögere ich. Wie kann ich über meine Mutter schreiben, ohne den Blick meines Vaters auf sie zu wiederholen?

»Fang einfach an«, sagt meine Mutter mit einem Mal leise. »Los. Du schaffst das.«

»Was?«, frage ich.

»Na, deine Geschichte so zu erzählen, dass ich geschützt bin.«

»Wodurch geschützt? Was meinst du?«

»Na wodurch schon?« Sie lächelt. »Durch dich natürlich.«

»Sag Wahrheit ganz
doch sag sie schräg
Erfolg liegt im Umkreisen
Zu strahlend tagt der
Wahrheit Schock
Unserem Begreifen
Wie Blitz durch freundliche Erklärung
Gelindert wird
dem Kind
Muss Wahrheit sachte blenden
Sonst würde jeder blind.«

Emily Dickinson

»Ein rechter Scheißdreck war's!
Altmodisch bis provinziell war's!
Des war's!«

Monaco Franze

Eins

1983: Internationales Jahr der Kommunikation
Vogel des Jahres: die Uferschwalbe

1

Ich saß auf dem Rücksitz unseres orangefarbenen VW Käfers. Im Fußraum der Beifahrerseite stand die lederne Reisetasche, die sonst nur für den Sommerurlaub hervorgeholt wurde. Auch der Kofferraum war voll mit Gepäck. Ich spürte, dass etwas nicht stimmte.

Es war noch früh am Morgen. Meine Mutter hätte auf der Arbeit sein müssen, ich im Kindergarten. Stattdessen fuhren wir über die Bundesstraße in Richtung Himmelstädt, wo meine Großeltern lebten.

»Wissen Oma und Opa, dass wir kommen?«, fragte ich. Meine Mutter nickte bloß, sagte aber nichts.

Ich suchte ihr Gesicht im Rückspiegel. Sie starrte auf die Fahrbahn und gab sich Mühe, ihre Tränen vor mir zu verbergen.

Das kannte ich gut. »Nicht vor dem Kind«, sagte mein Vater immer. Er wollte nicht, dass ich ihre Auseinandersetzungen mitbekam.

Die beiden stritten fast täglich, genauer gesagt stritt er, meine Mutter wehrte sich nur. Meist begann der Streit am Abend, wenn mein Vater aus dem Büro kam und sich darüber beklagte, dass er seine Frau »zu dick« fand. Heute hatte er schon beim Frühstück damit angefangen.

Ich sah, wie meine Mutter tapfer die Tränen auf dem schmalen Strich ihrer Unterlider balancierte. Ich tastete nach meiner Puppe Iwona, die neben mir auf dem Sitz hockte. Zusammen mit Pepper, dem schwarzen Kater, war sie mein Ein und Alles. Die Kindergartenkinder im Dorf hatten alle ein Geschwisterchen. Ich hatte Iwona.

Um meine Mutter aufzuheitern, beschloss ich, eine Reihe meiner Lieder anzustimmen. Dazu stellte ich mich breitbeinig und aufrecht in den schmalen Zwischenraum hinter die Handbremse. Ich liebte diesen Platz, man konnte von dort ganz frei auf die Fahrbahn sehen. Anders als bei meinem Vater musste ich bei unseren Fahrten mit dem Käfer nie angeschnallt sein.

Während ich sang, sausten die weißen Mittelstreifen unter dem Wagen hindurch. Zu den Seiten sah man Weinberge, dann wieder Wiesen, nur vereinzelt erschienen Häuser an den Hängen.

Mir kam die Fahrt nach Himmelstädt komisch vor. Wir waren lange nicht bei meinen Großeltern gewesen und sie ewig nicht bei uns. Vorher hatte es ständig Streit gegeben zwischen ihnen und den Eltern meines Vaters, die bei uns im Haus wohnten. Meiner Mutter war es nicht gelungen zu vermitteln. Und mein Vater hatte es nur halbherzig versucht.

Mit einem Mal geriet die ziehende Landschaft ins Stocken. Ein Stottern durchfuhr den Wagen. Es war, als ob ein Riese am Kofferraum zupfte. Ich schrie auf und klammerte mich an die Kopfstützen. Der Wagen ruckelte und sprang, meine Mutter riss das Steuer herum und schaffte es irgendwie, ihn auf den Seitenstreifen zu lenken. Mein Kopf tat weh. Ich war mit voller Wucht erst gegen den Autohimmel, dann gegen Iwona geknallt.

»Ist alles in Ordnung?« Meine Mutter beugte sich zwischen den Sitzen hindurch und befühlte meine Stirn.

Ich nickte, um sie zu beruhigen.

»Bist du sicher?« Tröstend strich sie mir den blonden Pony aus dem Gesicht.

»Was ist passiert?«, fragte ich benommen.

Meine Mutter drehte sich zurück zum Armaturenbrett.

»Ich hab vergessen zu tanken.«

Wenig später liefen wir über den Seitenstreifen der Bundesstraße. Mein Arm schaffte es nicht, den klobigen Benzinkanister weit genug von mir wegzuhalten, bei jedem Schritt schlug das leere Metall gegen meine Beine. Es war mühsam, aber meine Mutter trug ihre hochhackigen offenen Schuhe, die Zehennägel waren rot lackiert, von ihren Augen leuchtete blauer Lidschatten. Ich fand, dass ein rostiger Benzinkanister zu dieser »Aufmachung«, wie Martha-Oma, die Mutter meines Vaters, das immer nannte, nicht passte.

Es war für einen Apriltag ungewöhnlich heiß, und meine Mutter hatte es eilig. Selbst jetzt, in der Hitze, war sie darauf bedacht, dass ihr Gang elegant und mühelos wirkte, als würde sie schweben. Ich ließ mich immer wieder ein Stück hinter sie zurückfallen. Ich mochte, wie die Sonne unsere Schemen auf den Asphalt zeichnete. Der Schatten meiner Mutter war groß und breit, meiner war schmal und kurz, und ich versuchte mit jedem Schritt, in ihrer Silhouette zu bleiben.

In den Wochen zuvor waren die Wörter »Kalorien«, »Diät« und »Sommerurlaub« durch unsere Wohnung gegeistert. Mein Vater wollte, dass meine Mutter eine »Kur« machte. Meine Mutter weigerte sich aber, da sie sich selbst keineswegs zu dick fand.

Martha-Oma pflichtete ihm bei, »ungefragt«, wie sich

meine Mutter beschwerte. Meine Oma mochte meine Mutter nicht, und die Eltern meiner Mutter mochte sie ebenso wenig. Die Familie kam »von auswärts«, behauptete sie. Sie waren aus Polen und zugleich Deutsche, also »Schlesiendeutsche«, was ich furchtbar kompliziert fand.

»Da, Mama, da.« Vor Aufregung stolperte ich fast über den Kanister.

Wenige Meter vor uns war eine Notrufsäule am Seitenrand aufgetaucht, sie leuchtete so orange und hell wie unser Käfer. Meine Mutter schüttelte den Kopf und zog mich im Vorbeigehen weiter.

»Aber Papa sagt, dass man damit den ADAC rufen kann.«

Mein Vater hatte mir erklärt, wie das funktionierte. *Die gelben Engel* hießen die Leute vom Autodienst.

Meine Mutter lachte. Es war kein echtes Lachen, und ich mochte es nicht, wenn sie so spöttisch klang.

»Nicht, wenn man vergessen hat zu tanken.« Sie sah mich eindringlich an. »Du darfst Papa nichts davon sagen. Hörst du?«

Ich nickte, spürte aber ein heißes Flimmern im Nacken. Lügen, weinen und mit Essen spielen, das waren die drei Todsünden. Lügen war die tödlichste von allen. Nichts hasste meine Mutter so sehr.

»Du weißt doch, wie er ist«, sagte sie entschuldigend.

Es stimmte, mein Vater würde sich furchtbar aufregen, wenn er von ihrem Missgeschick erfuhr. In seinem Beruf musste alles exakt zugehen. Er konstruierte Getriebe, die andere Getriebe überprüften, und ein Fehler konnte Menschen das Leben kosten. Flugzeuge konnten abstürzen, Züge entgleisen, Formel-1-Rennwagen aus der Bahn geschleudert werden und ungebremst in die Tribüne rasen. Ich sah ein, dass es besser war, ihm nichts von dem leeren Tank zu erzählen.

»Schau. Wir sind gleich da.«

Tatsächlich konnte man in der Ferne ein Häuschen mit meerblau wehenden Fahnen erkennen.

Als wir die Tankstelle erreichten, hielt ich den Atem an, so beißend war der Benzingeruch.

»Atme durch den Mund«, befahl meine Mutter.

»Na? Liegen geblieben?«

Der Blick des Tankwarts verfing sich im Nu in der Gestalt meiner Mutter. Ich mochte nicht, wie der Mann sie betrachtete. Seine Augen wanderten erst ihren wadenlangen Jeansrock und dann den dünnen Pullover entlang. »Zu dick« schien er sie nicht zu finden.

Sein Blick streifte mich nur flüchtig. Ich aber ließ ihn nicht aus den Augen, so wie er meine Mutter nicht aus den Augen ließ, während er den Hahn in den Kanister steckte und glucksend Benzin hineinplätschern ließ.

Meine Mutter schob die Handtasche vor sich, zog ihr Portemonnaie hervor und verschränkte die Arme. Erst da fiel mir auf, dass etwas fehlte.

»Iwona.« In der Eile hatte ich sie im Auto vergessen.

»›Iwona‹. Ist das deine Schwester?« Die Stimme des Tankwarts hatte plötzlich einen seltsamen Unterton. Ich musste den Namen laut gerufen haben.

»Es ist nur eine Puppe. Und sie heißt Yvonne«, sagte meine Mutter schnell und schaute mich dabei drohend an. Tatsächlich hieß das Puppen-Modell im Original »Yvonne«, aber meine Himmelstädter Oma, die »von auswärts« kam, hatte sie vor lauter Heimweh in »Iwona« umgetauft.

»So. Bitte schön.« Der Mann zog den Hahn aus dem Kanister.

Meine Mutter öffnete ihr Portemonnaie. Ihre Handbewegungen waren erst konzentriert, wurden dann aber immer hektischer. Schließlich hob sie den Blick.

»Ich hab nicht genug Bargeld«, presste sie hervor.

Der Tankwart sah meine Mutter nun ohne jede Schwärmerei an.

»Ja, und was jetzt?«

Ich sah, wie meine Mutter die Zähne zusammenpresste und die Lippen nach innen rollte. Es war nicht das erste Mal, dass sie ohne Geld unterwegs war. Auch beim Metzger oder im Blumenladen ließ sie manchmal »anschreiben«. Nur waren das Leute, die sie kannten.

Der Tankwart musterte sie erneut von Kopf bis Fuß.

»Normalerweise müsste ich die Polizei rufen.«

Erschrocken sah ich zu meiner Mutter. Sie wirkte gefasst, aber ich wusste, wie es aussah, wenn sie ihre Wut unterdrückte.

Einen Moment lang stand sie einfach da und betrachtete die Weinberge, die sich auf der gegenüberliegenden Seite der Straße erhoben.

»Wissen Sie was«, seufzte sie dann. »Ich bringe Ihnen das Geld morgen. Und dazu einen selbst gebackenen Kuchen. In Ordnung?«

Der Mann zögerte. »Können Sie sich denn ausweisen?« Hastig zog meine Mutter ihre Papiere aus der Brieftasche. Der Tankwart schaute prüfend auf das Passfoto, dann nickte er, und wenige Minuten später liefen wir schon wieder auf dem Seitenstreifen zurück zum Auto.

Meine Mutter schleppte den schweren Kanister. Mit jedem Schritt platschte das Benzin.

Als ich ihr helfen wollte, winkte sie ab.

»Was macht dein Kopf? Ist wieder alles in Ordnung?«, fragte sie, aber es klang mehr nach Vorwurf als nach Sorge.

Ich nickte, obwohl ein dumpfer Schmerz in meinen Schläfen pochte. So liebevoll meine Mutter war, so plötzlich konnte ihre Stimmung umschlagen.

Den Rest des Weges sprach sie kein Wort mehr. Immer wieder blieb sie stehen, um kurz Atem zu holen. Mehrere Male knickte sie fast um. Es sah furchtbar ungesund und gar nicht mehr elegant aus, aber auf die Idee, die Stöckelschuhe auszuziehen, kam sie nicht.

Nachdem sie den Tank gefüllt hatte, schraubte sie den Kanister zu und sah erst mich, dann den Käfer mit scharfem Blick an.

»So. Dann fahren wir eben wieder nach Hause«, sagte sie und öffnete geräuschvoll die Tür.

Ich kroch zu Iwona auf den Rücksitz. Kaum dass meine Mutter eingestiegen war, schnallte ich mich an. Die ganze Rückfahrt über versuchte ich, an ihrem Kopf vorbei die Tanknadel zu erspähen.

In einer früheren Version meines Textes setzt meine Mutter kurzerhand die Tankstelle in Brand. Auch wenn sie dazu in der Realität niemals in der Lage gewesen wäre, entspricht dieses Bild meiner kindlichen Angst.

Wann immer ich später solch explosiven, zwischen Wut und Ohnmacht schwankenden Figuren begegnete, musste ich an meine Mutter denken: Kleists Michael Kohlhaas, Ulrike Meinhof usf.

Ähnlich wie bei diesen Figuren hat ihre ohnmächtige Wut etwas mit Geld zu tun. Mit der Rebellion gegen die Tatsache, dass es so etwas wie Geld gibt oder geben muss.

Kaum etwas ist meiner Mutter im Leben so wichtig wie ihre finanzielle Unabhängigkeit. Geiz ist ihr zutiefst fremd. Doch die Ungläubigkeit, über eigenes Geld zu verfügen, ist sie nie ganz losgeworden. Immer wieder muss ich mir klarmachen, wie ungewohnt es für Frauen damals noch gewesen sein muss, ein eigenes Konto zu besitzen. Ebenso neu war es, einen Beruf wählen zu können, einen, der nicht von den Eltern ausgesucht, oder eine Stelle anzutreten, die nicht einfach vom Ehemann gekündigt werden konnte. Erst seit 1977, dem Jahr meiner Geburt, erhielten Frauen dieses Recht auf berufliche Selbstbestimmung.

Ich sehe meine Mutter vor mir, wie sie ihr Portemonnaie öffnet. Im Kaufhaus, in der Fußgängerzone. Etwas daran wirkt verschämt und zugleich stolz. Es ist dieselbe Haltung, mit der sie aus dem Schlafzimmer hervortritt, wann immer sie mir ein neues Kleidungsstück vorführt.

2

An den Tagen nach dem Vorfall bemühte ich mich, unseren sonderbaren Ausflug mit keinem Wort zu erwähnen. Noch nie hatte ich etwas so Aufregendes so streng geheim halten müssen. Es kostete mich große Konzentration, meinem Vater nicht aus Versehen doch zu erzählen, wie sehr sich der Tankwart über den Kuchen gefreut hatte. Sogar ein Portemonnaie hatte meine Mutter ihm geschenkt. Durch ihre Arbeit in der Lederwarenfabrik besaß sie viele schöne »Muster«.

Meine Mutter tat das Ihre, um das Missgeschick geheim zu halten. Ihre größte Not bestand darin, die Beule auf meinem Stirnansatz zu kaschieren. Selbst durch den dichten Pony schimmerte es blauviolett hindurch. Wann immer ich Martha-Oma begegnete, lief ich daher mit gesenktem Kopf, aus Angst, sie könnte uns verpetzen.

»Was hott dann das Kind«, grummelte sie. »Macht ä Gesiescht wie drei Dach Räjewetter.«

Dann aber kam ein Brief von der Polizei, und noch bevor meine Mutter ihn an sich nehmen konnte, fischte Martha-Oma das Schreiben zielsicher aus der Post, um es meinem Vater am Abend zu präsentieren.

Die Wohnung meiner Großeltern lag direkt unter unserer eigenen, man musste nur die graue Marmortreppe rauf- oder runterlaufen. Getrennte Briefkästen waren da nicht nötig, hatte mein Vater bei ihrem Einzug befunden. Martha-Oma war das nur recht, so konnte sie meiner Mutter wunderbar hinterherspionieren.

Ein Autofahrer hatte die Polizei wegen des liegen gebliebenen Wagens verständigt.

Niemand, las mein Vater mit zitternder Stimme vor, durfte hierzulande sein Fahrzeug einfach auf dem Seitenstreifen parken. Nicht einmal ein Warndreieck hatte meine Mutter aufgestellt.

»Das ist doch nicht so schwer.« Mein Vater konnte es nicht fassen, wie sich eine kluge Frau wie meine Mutter so *dumm anstellen* konnte.

Dem Schreiben war ein Bußgeld beigelegt.

»Fast dein Monatsgehalt«, sagte mein Vater, fuhr sich durch sein dichtes eisblondes Haar, das ihm halblang über die Ohren fiel, und seufzte tief.

Ich wurde von Kopf bis Fuß begutachtet, und es dauerte nicht lange, bis er die Beule auf meiner Stirn entdeckte. Augenblicklich schrie er los.

Nicht nur meine Mutter, auch Kanzler Kohl bekam nun sein Fett weg, hatte er doch noch immer, entgegen allen Versprechen vor der Wahl, keine bundesweite Anschnallpflicht durchgesetzt.

Selbst ich wurde gehörig angeschnauzt.

»Dieses Kind«, stöhnte mein Vater, wie so häufig, wenn ich mich verletzte oder Unsinn anstellte. »Warum musst du auch immer hinten drin stehen?«

Die Hauptschuldige aber war klar meine Mutter.

»Fahrlässig ist das«, rief er.

Dass meine Beule kaum noch wehtat, interessiere ihn nicht. Unklar blieb, was ihn am meisten erzürnte: die Geldstrafe oder das Vergehen oder dass meine Mutter das Unglück verschwiegen hatte oder dass ich in Gefahr gebracht worden war.

Meine Mutter ärgerte sich derweil über ihre Schwiegermutter, die sich wieder einmal in Privatangelegenheiten eingemischt hatte. Der gemeinsame Briefkasten war schon häufig Anlass für schlimmen Streit gewesen. Meine Mutter hatte keine Chance, die an sie adressierte Post an sich zu nehmen, die Briefträgerin kam am Vormittag, wenn sie selbst auf der Arbeit war, und einmal mehr kritisierte sie die fehlende Privatsphäre, was mich seltsamerweise an dreckige Unterhosen denken ließ.

»Post von de Polizei. Nä, geh fatt«, brabbelte meine Oma unbeirrt.

»Der Brief war an mich adressiert. An mich!« Das Gesicht meiner Mutter glühte und funkelte, als sie ohne ein Wort der Erklärung zur Tür hinaus verschwand. *Fuchsteufelswild* hieß dieser Zustand.

Am frühen Abend kam Martha-Oma, mitten in die Nachrichten hinein, im Stechschritt zu uns in die Wohnung hinaufgeeilt. Sie war eine kleine Frau mit hellblondem Dutt, und wie immer, wenn sie sich über etwas aufregte, zitterte der erbsengroße blaue Pfefferfleck auf ihrem rechten Nasenflügel.

»So ä dreggisch Weibsstick. Nä, nä. Geh fatt«, kläffte sie meine Mutter an, die aber feilte weiter unbeirrt an ihren Fingernägeln, ohne den Blick zu heben.

»Kumm schnell«, drängte sie meinen Vater. »Guckt aisch das ahn.«

Mit klopfendem Herzen folgte ich den Erwachsenen. Alle bis auf meine Mutter liefen los in Richtung des kleinen Gemüsegartens, der zusammen mit anderen Parzellen entlang des einzigen kleinen Bachs im Ort lag. Ich hatte nur meine Turnschläppchen an, jeder Schritt schmerzte auf dem steinigen Kiesweg, aber ich biss die

Zähne zusammen. Der Garten war für Martha-Oma das, was Iwona für mich war: ihr Ein und Alles.

Als wir am Tor ankamen, lagen Harken, Rechen und Heckenscheren, die sonst sorgfältig in einem eigenen Schuppen untergebracht waren, über den kleinen Gehweg verstreut. Eine Bohnenstange war umgebogen, Radieschen und Möhren lagen verstreut und halb vertrocknet zwischen den Beeten. Das Ganze sah ein wenig aus wie in dem Buch mit der unartigen *Struwweliese*, die in einem Wutanfall den Garten der strengen Nachbarin verwüstet hatte. Erschrocken sah ich nach meinem Vater, der mit grauem Gesicht dastand.

»So ä Zores«, zeterte Martha-Oma. »So ä verriggt Huhn.«

Ich schluckte. Sie sprachen von meiner Mutter. Allen schien klar, dass nur sie die Übeltäterin sein konnte. Ich merkte, wie mein Herz laut klopfte.

»Still«, mischte Ludwig-Opa sich ein. »Net vor dem Kinn.« Er gab sonst ungern Befehle, aber meine Mutter und er mochten einander gern. Er nahm mich an die Hand.

»Kumm, Elasche. Mir gehn Beehre pflicke.«

Mein Vater blieb mit einem betroffenen Gesicht zurück. Während er seiner Mutter dabei half, das Gröbste wiederherzurichten, lösten Ludwig-Opa und ich die reifen Beeren von den Stielen und sammelten sie in einem kleinen weißen Eimer. Am kostbarsten waren die Himbeeren. Es war die Obstsorte, die meine Mutter am liebsten mochte, und bei jeder Frucht, die ich von ihrem grünen Docht streifte, wurde ich trauriger.

Auf dem Rückweg trug mich mein Vater huckepack, weil mir die Füße so weh taten, dass ich nicht laufen konnte, nicht ohne mich dafür gehörig anzuschnauzen, wie ich ohne richtige Schuhe in den Garten hatte loslaufen können. »Unselbstständig« nannte er dieses Verhalten, an dem meine Mutter Schuld hatte. Immerhin wäre ich schon sechs.

Ich genoss den Ausblick von seinen Schultern. Vögel saßen aufgereiht auf den Hochspannungsleitungen und zwitscherten ein leises Lied in die Abenddämmerung. Sie überlebten die Rast auf den gefährlichen Drähten nur, solange sie dabei den Mast nicht berührten, hatte mir Ludwig-Opa einmal erklärt.

Der Streit, der nach unserer Rückkehr losbrach, war so heftig, dass ich, die ich oben auf der leberbraunen Treppe vor meinem Kinderzimmer saß, jedes Wort verstehen konnte.

Meine Mutter versuchte, sich zu wehren, aber als sie nach einer ganzen Weile mit verweintem Gesicht aus dem Wohnzimmer stürmte, stand die Entscheidung fest. Sie würde allein in Kur fahren, ich durfte nicht mit in das sagenumwobene »Baden-Baden«.

Am Tag des Abschieds stand die große beigefarbene Reisetasche meiner Mutter vor dem filigranen schmiedeeisernen lackschwarzen Tor, das unseren Hof zur Straße hin begrenzte.

Mein Vater, meine Großeltern und ich standen aufgereiht da, *wie die Orgelpfeifen.* Es war früh am Vormittag und noch kühl. Meine Mutter trug ihre Pelzjacke über den Schultern, zum Ärger von Martha-Oma, die ihr dieses Kleidungsstück neidete.

»Ah, uuhs fein Dähmsche«, höhnte sie immer.

Mein Vater stand neben mir, die Arme vor der schlaksigen Brust verschränkt. Einerseits wirkte er erleichtert, dass meine Mutter ohne mich in Kur fuhr, mir gegenüber aber schien er verunsichert. Fast, als hätte er ein schlechtes Gewissen.

»Ludwig-Opa passt auf dich auf«, sagte er.

»Das arm klär Kinn«, sagte Martha-Oma und presste mich dabei gegen ihre Kittelschürze, die leicht nach Bratenduft roch.

»Das arm Elasche«, bekräftigte sie erneut ihre Fürsorge in Richtung meiner Mutter, die augenblicklich die Stirn in Falten legte. Sie mochte es nicht, wenn jemand meinen Namen verniedlichte. Es musste seltsam für sie sein, mich in der Obhut einer Frau zurückzulassen, die sie nicht ausstehen konnte.

Meine Mutter beugte sich zu mir herab. Hastig umschlang ich ihren Hals. Unbedingt wollte ich ihre warme Haut spüren. Mir ihren Geruch einprägen. Sie roch warm, süßlich, oft entdeckte ich einen Hauch von Karamell darin. Meine Kehle war wie zugeschnürt, aber ich schaffte es, keine Träne zu weinen. Am liebsten hätte ich mich an sie geklammert. Es war das erste Mal, dass meine Mutter länger fort sein würde, und ich vermisste sie schon jetzt, obwohl sie noch leibhaftig vor mir stand.

»Pass auf dich auf. Ja?«, flüsterte sie, ihr Gesicht ganz nah an meinem.

Ihr Körper blieb selbst in dieser letzten Umarmung auf Abstand. Ich spürte eine Art Rüstung. Eine Grenze, von der ich nicht wusste, ob sie zwischen mir oder ihr oder durch uns beide verlief.

Ein letztes Mal strich meine Mutter mir über das Haar. Dann winkte ich bereits, beide Hände in die Höhe gereckt, bis der Käfer auf die Hauptstraße abbog und um die Ecke verschwand. Es war, als hätte sich mit einem Mal eine Lücke in mir aufgetan, eine leere Stelle, die sich tief in meinem Inneren und zugleich außerhalb meines Körpers zu befinden schien.

MEIN VATER HAT ALS EINER DER ERSTEN jungen Männer im Ort der Landwirtschaft den Rücken gekehrt und einen »sauberen Beruf« ergriffen.

Kaum etwas hat er so geliebt wie seine Arbeit am Zeichenbrett. Das Konstruieren, das Errechnen von Drehzahlen, das Lösen komplizierter mathematischer Gleichungen, aber auch das Zeichnen selbst. Der spitze graue Graphit-Bleistift, der am Lineal entlang über den milchigen Zeichenblock oder das orangefarbene Gitter des Millimeterpapiers gleitet. Die geschmeidige Bewegung des Zirkels. Bei heute zeichnet er nicht am Computer, sondern lieber mit der Hand.

Indem er als Junge darauf beharrte, einen Angestelltenberuf zu lernen, gelang es ihm, »etwas Besseres« zu werden. Auch deshalb war er für meine Oma eine Art Prinz.

»Ich habe einen Prinzen bekommen und ihn weiter als Prinzen behandelt«, sagt meine Mutter immer und zuckt mit den Achseln. »Ich kannte es von zu Hause nicht anders.«

Ihre eigene Mutter hat sich ihrem Mann rückhaltlos untergeordnet.

»Opa hat entschieden, Oma ist gelaufen. Er war der Kopf, sie die Beine.«

Drei Dinge, sagt meine Mutter, hat sie bei ihrer Heirat unterschätzt: die Schwerkraft des Dorfes, die Bedürfnisse ihres Prinzen, den Neid ihrer Schwiegermutter.

Vor allem aber sich selbst hat sie unterschätzt. Meine Mutter wollte nicht laufen und ausführen. Sie hatte ihren eigenen Kopf. Ihren ganz eigenen Kopf. Samt Körper.

3

Pünktlich zu meinem siebten Geburtstag schickte meine Mutter ein Paket voller Geschenke. Noch am Frühstückstisch begann ich, es mit heißen Ohren auszupacken. Zuoberst lag eine Karte mit einem lachenden Delfin, auf der stand, wie lieb sie mich hatte. Darunter befanden sich ganze vier Päckchen, die alle in bunt gestreiftes Geschenkpapier eingepackt waren. In dem ersten waren Kleider für Iwona, vier verschiedene Garderoben insgesamt. In dem zweiten fand ich drei Hörspielkassetten, in dem dritten zwei Puzzles, in dem letzten ein Klebespiel. Den Platz, den die Schachtel zwischen den Paketen ließ, hatte meine Mutter mit Unmengen Bazooka-Joes gefüllt, ich jauchzte, so sehr liebte ich die harten lachsfarbenen Kaugummis und ihren unbestimmten süßen Geschmack. Mein Vater versuchte, keine Miene zu verziehen, doch ich konnte ihm ansehen, dass er die Geschenke überteuert und die Menge übertrieben fand.

Für Ludwig-Opa hatte meine Mutter zwei Bücher beigelegt. Nur mein Vater und Martha-Oma bekamen nichts. Aus irgendeinem Grund hatte ich das Gefühl, dass das Paket eher an meinen Vater als an mich adressiert war.

»Wofür deine Mutter Geld ausgibt, oje, oje«, murmelte er. Das kannte ich gut. Er klagte häufig darüber, wie »verschwenderisch« sie sei und dass sie mich zu sehr verwöhne.

Besonders die Kaugummis schienen ihn zu ärgern.

»Leg die weg«, sagte er. »Davon kriegt man Durchfall.«

Von meinem Vater bekam ich ein Paar riesige Stelzen aus Fichtenholz. Er hatte sie eigenhändig in seiner Tischlerwerkstatt angefertigt und an den Kanten sorgfältig abgerundet. Ich bedankte mich artig, auch weil ich wusste, dass er als Kind nur aus Konserven gebastelte Stelzen gehabt hatte. Und Murmeln aus Blei, keine glänzenden aus Glas. »Gligger«, wie sie im Dialekt hießen.

Er hatte auch viel *um die Ohren*.

Unsere Wohnung hatte sich in eine Baustelle verwandelt. Noch am Tag der Abreise hatte mein Vater begonnen, das Wohnzimmer leer zu räumen und das *unansehnliche* Laminat herauszureißen, um es durch Parkett aus tellergroßen Holzquadraten zu ersetzen. Jeden Abend schlüpfte er in eine alte Jeans und ein T-Shirt, die *ruhig dreckig werden konnten*, stellte das Radio an, öffnete sich eine Flasche Bier und werkelte gut gelaunt drauflos. Am liebsten mochte er »Knowing me, knowing you«, da drehte er immer lauter, und ich ließ mich von seiner guten Laune anstecken.

Dort, wo normalerweise der rot-weiß-schwarz gemusterte Perserteppich lag, auf dem ich gerne meine Hörspiele hörte, war bald nur noch eine kahle graue unebene Fläche. Die Böden waren teilweise schief und schwer zu begradigen, weshalb mein Vater ständig mit der Wasserwaage durch die Wohnung hetzte auf der Jagd nach einem ungeraden Winkel.

Nachdem meine Oma runter in ihre Wohnung gegangen war, setzten wir uns an den Frühstückstisch.

Es war seltsam, ohne meine Mutter hier zu sitzen, nur zu zweit. Auch meinen Vater schien die Situation zu befremden. Immer wieder stand er auf, wechselte sein Sakko, wurde aber von Mal zu Mal unzufriedener. Es war, als wäre ihm mit meiner Mutter auch eine Art Spiegel abhandengekommen. Und natürlich auch eine erwachsene Zuhörerin.

Wenn meine Eltern zusammen am Frühstückstisch saßen, redete mein Vater entweder über Politik oder über die Firma. Die Firma war in meiner Welt ein widersprüchliches Gefüge. Zum einen bereitete ihm sein Beruf große Freude. Auch bedeutete seine Anstellung finanzielle Sicherheit, wie er gerne betonte.

Zugleich aber war die Firma ein Quell fortlaufender Unzufriedenheit. Der sogenannte »Junior« war studierter Ingenieur, mein Vater aber nicht. Auch war er der Sohn des Firmenchefs und damit dessen *natürlicher Nachfolger.*

Jetzt, da meine Mutter nicht zur Verfügung stand, musste mein Vater mit mir als Gegenüber für seine Tiraden vorliebnehmen. Aber natürlich verstand ich weder etwas von Problemen mit Vorgesetzten noch von dem *Kalten Krieg,* von dem er gerne bei jeder Gelegenheit redete. Außerdem wollte ich mein *Micky Mouse*-Heft zu meinem Kuchen lesen, was ich, weil ich Geburtstag hatte, auch durfte.

Nach ein paar gescheiterten Anläufen, Konversation mit mir zu machen, vertiefte sich mein Vater in die dicken grauen VDI-Nachrichten, nicht ohne auf Kanzler Kohl und seine Atomkraftwerke zu schimpfen. Das tat er häufig. Aus irgendeinem Grund war ich fast sicher, dass vor allem das Übergewicht des Kanzlers der Grund dafür war, dass mein Vater ihn nicht mochte. Nicht die hohen Steuern, die er *dem Steuerzahler abpresste.*

Als ich nach einem weiteren Stück Torte griff, die Martha-Oma für mich gebacken hatte, sah er mit einem Mal hinter der Zeitung hervor. Seine hellen Augen hinter der Brille blickten streng.

»Ela«, sagte er. »Du willst doch nicht dick werden.«

Erstaunt betrachtete ich die Schokocreme, die sich auf meiner Kindergabel türmte. Ich kannte diese Art Maßregelung nicht. Meine Mutter achtete lediglich darauf, dass ich nicht zu viele Süßigkeiten aß, weil man dann Bauchschmerzen bekam. Das hier war etwas anderes.

Den Nachmittag über schlich ich um meine Stelzen herum. Sie waren hoch, starr, unhandlich und unheimlich, und ich traute mich nicht, sie allein auszuprobieren. Weder Martha-Oma noch Ludwig-Opa würden mich auffangen können, wenn ich das Gleichgewicht verlor. Außerdem hatte meine Oma einen schlechten Tag und zog hemmungslos über die Eltern meiner Mutter her, die mir »net e mol ä Geschenk« gebracht hatten.

Sie selbst hatte mir einen Puppenwagen für Iwona gekauft. Mit ihm fuhr ich dankbar im Hof auf und ab. Ich freute mich, hatte aber ein schlechtes Gewissen, dass sie so viel Geld ausgegeben hatte. Ich wusste, dass meine Himmelstädter Großeltern *Geld hatten* und die Obacher nicht.

Pepper strich mir unablässig um die Beine, während ich Iwona herumkutschierte. Er vermisste meine Mutter, deren Streicheleinheiten ihm lieber waren als meine patschigen Kinderhände.

Martha-Omas Vorschlag, Spielkameradinnen aus dem Kindergarten zu einer Geburtstagsfeier einzuladen, hatte ich abgewehrt. Die Kinder waren mir nicht geheuer. Sie sprachen Dialekt und ließen mich spüren, dass ich keinen sprach, meine Mutter redete Hochdeutsch mit mir. Klar war auch, dass sie sich nach der Kur erkundigen würden. Andere Mütter im Dorf fuhren niemals einfach über längere Zeit fort. Ich hatte mich schon damit abgefunden, dass ich im Kindergarten keine richtigen Freundinnen mehr finden würde, aber das war auch nicht so schlimm, denn bald würde ich in die Schule kommen. Zwar war ich ein Kannkind, was bedeutete, dass ich auch erst im nächsten Jahr hätte eingeschult werden können, aber laut der Erzieherin im Kindergarten war ich reif genug.

Den Nachmittag über vermied ich es, rauf in die Wohnung zu gehen. Mein Vater war im Büro, und oben war nur der Mann, der meinem Vater beim Parkettverlegen half. Er trug einen Lack auf, der über Nacht trocknen sollte, weshalb ich ermahnt worden war, auf keinen Fall den Raum zu betreten.

Während meine Oma kochte, vergnügte ich mich am Küchentisch mit dem Klebespiel. Es bestand aus einer hügeligen grünen Landschaft und einem großen blauen Himmel, etwa so groß wie ein Zeichenblock. Die Figuren waren Märchenfiguren nachempfunden, kleinteilige, flache Wesen, die ständig an meinen Fingerkuppen und auch aneinander kleben blieben. Sie waren schwierig zu handhaben, aber ich fand es toll, dass sie nicht einfach an einen Ort fixiert waren, sondern sich frei auf der Fläche bewegen konnten. Über Stunden klebte ich die empfindsamen Figuren erst hierhin, dann dahin, dabei aß ich ein *Bazooka-Joe* nach dem nächsten.

Am frühen Abend, als mein Vater wieder zu Hause war, klingelte das Telefon. Ich saß vor dem Fernseher, der nicht wie sonst im Wohnzimmer, sondern auf der kleinen Galerie in der oberen Etage stand, und schaute gerade *Luzie der Schrecken der Straße*. Da ich sicher war, dass meine Mutter am Apparat war, stürmte ich los. Mit einem kräftigen Schwung öffnete ich die Tür zum Wohnzimmer und lief hinein in Richtung des grünen Tastentelefons.

»Ela! Nicht!«, hörte ich eine sich überschlagende Stimme in meinem Rücken.

Erst als ich den Hörer in der Hand hielt, merkte ich, dass meine Füße festklebten.

Ich sah an mir herab. Mit meinen Turnschuhschläppchen stand ich inmitten der Lackversiegelung. Eine dicke, klare scharf riechende Schicht umschloss meine Sohlen.

»Komm sofort raus da«, rief mein Vater im Türrahmen.

»Ela. Was ist los?«, fragte meine Mutter im Hörer. Die Worte klangen wie von ganz weit weg. Sogar ihre Stimme schien dünner geworden zu sein.

»Du sollst rauskommen. Du wächst sonst fest«, wiederholte mein Vater mit regelrechter Panik in der Stimme.

Ich starrte ihn an. War das möglich? Dass meine Füße mit dem Lack verwuchsen? Ich spürte, wie Angst in mir hochstieg. Im nächsten Moment ging ein Rumoren durch meinen Darm, und ein warmer stinkender Brei lief meine Beine herunter.

Fassungslos starrte mein Vater auf das *Malheur*. Dann rief er lauthals nach Martha-Oma, während er ins Zimmer stürmte und mir den Telefonhörer aus der Hand riss.

»Du und deine blöden Kaugummis«, brüllte mein Vater los. »Dieser ewige Süßkram. Damit ist jetzt Schluss. Ein für alle Mal.«

Mit einem dramatischen »Wums« legte er auf. Ich wurde derweil von Martha-Oma in die Dusche manövriert.

Mein Vater kam hinterher. »Ist nicht schlimm«, sagte er, aber ich konnte ihm ansehen, dass es sehr wohl schlimm war. Den Lack zu erneuern, würde Geld kosten. Ich konnte sehen, wie er innerlich schwankte. Es war mein Geburtstag, er wollte ein lieber und großzügiger Vater sein, und außerdem wäre es seine Aufgabe gewesen, die Tür abzuschließen. Und doch spürte ich, wie aufgebracht er war. Er war nicht geizig, aber »Verschwendung« empörte ihn.

Der Zwischenfall hatte für mich zwei Dinge klargemacht. Erstens: Meine Mutter musste aus der Kur zurückkommen. Dringend. Zweitens: Ich war es, die dafür sorgen musste, dass sie zurückkam.

Vor dem Schlafengehen machte ich mich auf die Suche. Ich wusste, dass meine Mutter ihre Kalorientabelle in einer der Schubladen neben dem Herd aufbewahrte. Es war ein längliches grün-weißes Buch, auf dem ein rot geschminkter Frauenmund zu sehen war. Die Frau balancierte eine runde Kugel, in der Lebensmittel gestapelt waren, zwischen den Lippen. Darunter stand: »Du darfst.« Die kartonartigen Seiten des Buches waren alphabetisch sortiert. Von A wie »Ananas« bis Z wie »Zuckerwürfel« war ganz genau verzeichnet, wie viel Kalorien etwas hatte. Ich frohlockte. Ludwig-Opa, der selbst viel las, hatte mir das Frühjahr über das Lesen beigebracht.

Ich vergewisserte mich, dass mein Vater oben fernsah. Dann nahm ich das Buch an mich. Im Bett las ich noch heimlich weiter und versuchte, die wichtigsten Zahlen auswendig zu lernen. Ich orientierte mich dabei an den Lebensmitteln, die meine Mutter mit einem kleinen Kreuz versehen hatte.

Von meinem Vater wusste ich, wie man bis hundert zählte. Addieren konnte ich noch nicht. Aber ich sah, wie fettig oder fettarm die einzelnen Lebensmittel waren. Ein Ei hatte 80 Kalorien, eine Scheibe Käse 100, eine Banane ebenfalls 100. Ein Esslöffel Nutella 50.

NICHT IMMER UND ÜBERALL hat man unter »Diät« eine kalorienarme Ernährung verstanden. Das altgriechische díaita, von dem sich unser Wort ableitet, bedeutet »Lebensführung« oder »Lebensweise«. In der Antike stand ein dicker Bauch für Reichtum und Wohlstand.

Meine Mutter ist mit Eltern aufgewachsen, die sehr selbstverständlich und selbstbewusst mit einem dicken Körper lebten. Dick sein war in ihrer Familie mit Gesundheit und Wohlstand verknüpft, nicht mit einem Makel. Und sie selbst fand sich lange Zeit keineswegs »zu dick«.

Ich habe lange gezögert, über meine Mutter zu schreiben. Noch immer frage ich mich, ob es mir gelingt, die richtigen Worte zu wählen. Sie nicht doch durch eine Unachtsamkeit zu verletzen.

Die deutsche Sprache ist erstaunlich ungelenk, wenn es darum geht, einen dicken Körper zu beschreiben. Rund, stark, schwer, voll, fett, mächtig, feist, üppig, drall, voluminös, speckig, füllig, beleibt, vollschlank, vollleibig, korpulent. All diese Wörter wirken seltsam verschämt und euphemistisch. Das Wort dick scheint mir das ehrlichste. Es auszusprechen, kostet mich trotzdem Überwindung. Auch wenn meine Mutter selbst es benutzt.

Ich stehe bewundernd vor Aktivistinnen, die ihre dicken Körper nicht verstecken, sondern sichtbar machen, ihn zelebrieren, gegen die Logik klassischer Frauenzeitschriften.

Bei uns zu Hause gab es weder die *Brigitte* noch die *Petra* noch die *Freundin*.

»Zu unrealistisch«, die propagierten Ideale, so das Urteil meiner Mutter. Und: »Zu langweilig.«

Auf der Sehnsucht nach einem schlanken Körper gründen ganze Industriezweige. Würden alle Frauen dieser Erde morgen früh aufwachen und sich in ihren Körpern wirklich wohl und kraftvoll fühlen, würde die Weltwirtschaft über Nacht zusammenbrechen.

4

Mein Wunsch ging in Erfüllung. Nachdem mein Vater sie angerufen hatte, kehrte meine Mutter eine Woche früher als geplant aus der Kur zurück. Ich war überglücklich, sie zurückzuhaben. Auch mein Vater beäugte sie wohlwollend. Ihre Hüften waren deutlich schmaler als zuvor. »Vor allem an den Oberschenkeln hast du abgenommen«, sagte er anerkennend.

Meine Mutter ließ sich die Komplimente gefallen. Etwas an ihr wirkte verändert. Sie trug eine neue Sonnenbrille mit großen blau getönten Gläsern und sah fremd und schick aus.

»Wie Grace Kelly«, fand mein Vater.

Das glänzende neue Parkett, das er ihr stolz präsentieren wollte, konnte sie allerdings schon nicht mehr würdigen, denn da hatte sie bereits mich auf dem Treppenabsatz entdeckt. Ich war schließlich der Grund ihrer Rückkehr. Sie schlug die Hände vor das Gesicht.

»Ela! Kind Gottes!«

Sie sah an mir herab und wieder herauf. Ich trug meine Lieblingssporthose, eine Steghose aus glänzendem schwarzem Polyester. Normalerweise lag der Stoff eng an den Oberschenkeln an. Doch hatte ich in kürzester Zeit so viel an Gewicht verloren, dass der Polyester um die Beine schlackerte. Mein Oberkörper sah nicht besser aus. Unter meinem Lieblings-T-Shirt mit dem blau-weiß-schwarzen Batikmuster sahen zwei schmale Arme hervor, und die Schlüsselbeine zeichneten sich unübersehbar ab. Ich hatte das Ergebnis meiner Diät ausführlich im Spiegel begutachtet.

Erst sah es aus, als wollte meine Mutter mich an sich reißen, auf der Stelle kehrtmachen und zur Tür hinaus verschwinden. Dann aber beugte sie sich nur herab und drückte mich an sich.

Kurz nur, aber doch länger als sonst, war ihre Ritterrüstung verschwunden. Warm und nah ruhte ich an ihrer Brust und hörte ihr Herz pochen. Für einen kurzen Augenblick sah ich uns von außen, sie und mich, diese beiden ungleichen Silhouetten. Es war seltsam. Meine Mutter hatte Gewicht verloren, und ich hatte es ihr nachgetan. Der Abstand zwischen uns war der alte. Oder jedenfalls beinahe.

Es war fast unheimlich, nach welch strengen Regeln meine Mutter fortan aß. Morgens und abends nahm sie fast ausschließlich Knäckebrote zu sich, und ich sah, wie viel Mühe es sie kostete, diesen Essplan einzuhalten.

Mein Vater zollte ihr dafür Respekt, indem er sie immer wieder für ihre Disziplin lobte. Und doch dauerte es nicht lange, bis ein anderes Thema für Spannungen sorgte. Schon seit Längerem wurde mein Vater nicht müde, darauf hinzuweisen, dass Mamas Job *grottenschlecht bezahlt* sei. Sie war Fremdsprachensekretärin bei einer Lederwarenfirma namens Erich-Engel, betreute aber bisher nur die englische Kundschaft. Als ein paar Wochen nach ihrer Rückkehr aus Baden-Baden das Thema beim Abendessen wieder auf den Tisch kam, sagte sie entschieden: »Du hast recht. Ich verdiene zu wenig. Das muss sich ändern.« Mein Vater schaute sie fragend an.

»Wenn ich weiterkommen will«, sagte sie, »muss ich richtig Französisch lernen. In einem Fernkurs. An einer Fernuni. Einer Sprachschule.«

Mein Vater verschluckte sich an einer heißen Kartoffel.

»Ein Studium? Ohne Abitur?«, fragte er ungläubig.

»Ja«, sagte meine Mutter gut gelaunt. »Eine Frau, die mit mir in Kur war, hat da auch studiert.«

Ich hatte meine Mutter lange nicht so fröhlich erlebt. »Studieren« schien etwas Wunderbares zu sein, auch wenn mein Vater das offenbar anders sah. Er runzelte fragend die Stirn.

»Ich würde dann viel besser bezahlt«, versuchte es meine Mutter.

»Und wie genau stellst du dir das vor?«

Sie atmete tief ein und wieder aus. Plötzlich klang ihre Stimme gar nicht mehr gut gelaunt, sondern sehr müde.

»Warum machst du es mir so schwer?«, fragte sie leise.

»Ich will doch nur wissen, wie du dir das vorstellst. Auch zeitlich.« Er aß weiter, ohne sie anzuschauen.

Im Gesicht meiner Mutter war sofort eine Unsicherheit zu erkennen. Als hätte sie ein schlechtes Gewissen.

»Es ist berufsbegleitend«, sagte sie rasch. »Und so teuer ist es nicht.«

»Ach? Es kostet auch noch Geld?«.

»Klar kostet es Geld.« Meine Mutter biss sich auf die Lippen.

»Und was ist mit Ela? Wer passt auf sie auf?«

Meine Mutter sah ihn ratlos an.

»Na ja, Ela – Ela spielt. Wie sonst auch.«

Ich nickte eifrig.

»Ich hab doch Iwona. Und Pepper.«

Dem Gesichtsausdruck meines Vaters nach zu urteilen war eine Puppe keine ernst zu nehmende Spielkameradin. Er klagte häufig, dass ich mit den Kindern im Dorf spielen und meiner Mutter nicht so *am Rockzipfel hängen* solle.

»Sie findet Freundinnen. Wenn sie erst einmal in die Schule geht«, versuchte es meine Mutter vorsichtig, aber er sagte sofort: »Es ist doch noch gar nicht klar, ob sie zur Schule geht.«

Meine Mutter starrte ihn an

»Ich dachte, das hätten wir so entschieden. Sie ist so weit.«

»Ein Kind braucht seine Mutter.«

Jetzt fasste sich meine Mutter an die Stirn. Sie schüttelte den Kopf.

»Aber sonst sagst du immer: ›*Ein Kind braucht andere Kinder.*‹ Was denn jetzt?«

»Du hältst dich für besonders schlau«, sagte mein Vater plötzlich laut.

Er verschränkte die Arme vor der Brust, wie immer, wenn er behauptete, im Recht zu sein, obwohl alle wussten, auch er selbst, dass dem nicht so war.

»Es ist mir egal, was du denkst«, sagte meine Mutter. »Ich erkundige mich einfach. Und dann schauen wir weiter.«

Die Sommerferien *standen vor der Tür*. Wir würden nach Italien in Urlaub fahren, in eine Gegend mit dem verheißungsvollen Namen »Adria«. Jeden Abend lernte meine Mutter italienische Vokabeln, »um sich verständigen zu können«, wie sie sagte. Da sie bereits ein wenig Französisch sprach, konnte Italienisch nicht so schwer sein.

Mein Vater zeigte mir die Region auf dem Globus, der seit einiger Zeit in einem Regal des Wohnzimmerschranks stand. Die Kugel hatte eine Glühbirne im Inneren und leuchtete im Dunkeln, ich liebte es, mit dem Finger die Umrisse der Kontinente nachzuzeichnen. Und den Stiefel mochte ich besonders.

»So weid fatt von dehäm«, klagte Martha-Oma, die in ihrem Leben nicht weiter weg als in München gewesen war.

Die beiden Frauen sprachen seit der Kur nur noch das Nötigste miteinander. Martha-Oma verlangte eine Entschuldigung für den verwüsteten Garten, meine Mutter schwieg, hätte sich *lieber die Zunge abgebissen* und behandelte die Schwiegermutter, als wäre sie Luft.

Das Ganze ging so weit, dass Martha-Oma sich weigerte, mich zu beaufsichtigen, wenn ich aus dem Kindergarten kam. Ludwig-Opa bot an auszuhelfen, aber er konnte nicht kochen, nicht einmal etwas aufwärmen, und so hetzte meine Mutter Tag für Tag zum Mittagessen aus dem Büro zurück. Es war ihr wichtig, dass ich *eine warme Mahlzeit* bekam, auch wenn mir meine Polyesterhosen längst nicht mehr um die Beine schlackerten; ich sah aus wie immer.

»Das war die Bedingung«, hörte ich sie einmal zu meinem Vater sagen. »Dass deine Mutter auf Ela aufpasst.«

»Wie meinst du das – Bedingung?«

»Du weißt genau, was ich meine. Dafür, dass ich mit dir hier einziehe. Aufs Land.«

Bevor wir uns auf die lange Reise ans Mittelmeer machten, wollte mein Vater, dass ich schwimmen lernte. Und dafür machten wir einen Ausflug ins Freibad.

Im Hausflur standen die Bastmatten und die Schwimmtaschen bereit.

Während meine Mutter kalte Getränke in der Kühltasche verstaute, fuhr ich Iwona demonstrativ in einem Puppenwagen auf und ab, von der Küche den Flur entlang in Richtung Abstellkammer und wieder zurück. Ich wusste, dass es in der Hand meiner Eltern lag, ob ich ein Geschwisterchen bekommen würde oder nicht. Zwar wurden im Dorf Storchennester über den Haustüren aufgehängt, wenn irgendwo ein Baby geboren wurde, aber von Märchenerzählen hielt meine Mutter nichts. Sie hatte mir erklärt, dass ein Mann und eine Frau sich *lieb haben* müssten, damit ein Baby entstand.

Als selbst noch nach einer ganzen Weile niemand Notiz von mir nahm, kam ich auf die Idee, Iwona durch Pepper zu ersetzen, was natürlich nicht gut ausging. Er zerkratzte mir den Unterarm, und meine Mutter sah mich mahnend an.

»Ein Tier ist kein Spielzeug.«

Es war heiß, viel zu heiß, die Stimmung im Haus war ohnehin schon bedrückend, dann aber betrat mein Vater die Küche, die sich zu verdunkeln schien.

»Kannst du mir sagen, was das ist?«

So verstimmt klang er eigentlich nur, wenn er sich über seinen Junior geärgert hatte. Etwas war im Argen. Und zwar so richtig.

Mit Grabesmiene legte er eine Rechnung vor meine Mutter hin.

»Was das ist, will ich wissen«, blaffte er.

Meine Mutter schaute zu Boden.

»Ich wollte so schnell wie möglich nach Hause«, sagte sie. »Wegen Ela.«

»Und dann reist du einfach ab? Ohne ein Wort zu sagen?« Er schüttelte den Kopf. »Jetzt musst du die Kur selbst bezahlen. Ich fass es nicht. Wie kann man nur so verantwortungslos sein?«

»Verantwortungslos?« Jetzt *platzte* meiner Mutter *der Kragen.* »Wer hat denn das Kind halb verhungern lassen?« Sie warf das Handtuch auf den Boden, das sie grade in ihrer Badetasche verstauen wollte. »Weißt du was. Du kannst alleine ins Schwimmbad fahren. Und an die Adria auch.«

Ich erschrak. Sie würde nicht umzustimmen sein, zumindest im Moment nicht, das konnte ich sehen. Mein Herz *schlug bis zum Hals*.

»Jetzt komm schon«, versuchte mein Vater einzulenken. »So war das nicht gemeint.«

Aber da hatte meine Mutter schon die Küchentür hinter sich zugeknallt.

Im Freibad fror ich, die Kratzer, die Pepper mir zugefügt hatte, taten weh, und ich stellte mich auch nicht besonders geschickt an bei den Übungen. Mir das Schwimmen beizubringen, kostete meinen Vater merklich Geduld, aber er gab sich alle Mühe. Trotzdem gelang es ihm nicht, mich dazu zu bringen, mit dem Kopf unterzutauchen. Ich hasste es, wie das Chlor mir in den Augen brannte.

Irgendwann gab er auf und beschloss stattdessen, mir Pommes zu kaufen.

»Aber verrat Mama nichts«, sagte er.

»Dieses alte Öl, das immer wieder erhitzt wird. Igitt«, sagte sie immer.

Den Rest des Nachmittages lagen wir auf unseren

Bastmatten. Mein Vater saß mit hängenden Schultern da. Wir sprachen wenig miteinander, was ungewohnt war. Nur darum, ihm den Rücken einzucremen, bat er mich.

Das Wort »Kur« ist in meiner Erinnerung untrennbar mit dem Ort Baden-Baden verknüpft. Dabei ist meine Mutter zum Abnehmen ins Hessische gefahren. Nicht in den Süden des Landes.

All die Jahre habe ich nie erlebt, dass sie etwas allein unternommen hätte. Nie hat sie Urlaub gemacht oder hätte auch nur einen Ausflug unternommen. Es fällt mir schwer, sie mir allein in einer anderen Stadt vorzustellen. Dabei umgibt sie durchaus etwas Weltläufiges.

Womit hat sie sich die Zeit vertrieben, in der Kur? Hat sie an einem Flussufer gesessen und Tauben gefüttert? Hat sie Bekanntschaften geschlossen? Haben ihr Männer hinterhergesehen? Hat sie ein Eis gegessen, im Sommer? Mehr als eines?

Gefahr, Luzifer, Gefahr, Gefahr.

Als ich Dostojewskis *Der Spieler* wieder lese, der ebenfalls in Baden-Baden angesiedelt ist, mischen sich weitere Assoziationen in das Wort »Kur«. Zum einen das Motiv des Glücksspiels, zum anderen die Pelzmäntel meiner schlesiendeutschen Großmutter.

Vor meinem inneren Auge sehe ich meine Pelzmantel tragende Mutter an einem Baden-Badener Casino-Tisch sitzen, wo sie mit Geld um sich wirft. Sie spricht Polnisch, obwohl sie kaum Polnisch kann. In meiner Vorstellung wirkt sie glücklich auf mich, nicht unglücklich. Fast so wie ich, wenn ich am Schreibtisch sitze.

Auch Schreiben ist eine Art Roulette. Eine ewige Kur sowieso. Habe ich schon erwähnt, wie gern ich Kunstpelz trage?

5

Es blieb bei der Drohung, zum Glück. Meine Mutter fuhr mit an die Adria, unter der Bedingung, dass mein Vater über die abgebrochene Kur und die entstandenen Kosten kein Wort mehr verlor. Und er hielt sich tatsächlich zurück.

Wir würden die Ferien mit den Elsners verbringen, einem Ehepaar aus Garmisch-Partenkirchen und ihren Kindern. Die Familien kannten sich aus München, wo wir selbst eine Weile gewohnt hatten.

Man würde sich an einer Raststätte kurz vor der italienischen Grenze treffen, um dann gemeinsam »über den Brenner zu fahren«, wie mein Vater nicht ohne eine gewisse Ehrfurcht in der Stimme verkündete.

Die ganze Fahrt über staunte ich. In der Ferne erhoben sich die schneebetupften Alpen. Ich kannte die Berge nur von Bildern aus dem Fotoalbum. Ich staunte, wie massiv und mächtig sie in Wirklichkeit waren.

Als wir auf dem Parkplatz eintrafen, blieb ich zunächst auf Abstand. Ich konnte mich an die Familie nicht erinnern. Isolde, die Mutter, war klein und so dünn, dass sie in meine Kinder-Polyester-Turnhose gepasst hätte. Sie umarmte meine beiden Eltern herzlich, ebenso der Mann, der Gerd hieß. Auch mein Vater freute sich sichtlich, meine Mutter reagierte etwas verhalten, wie mir schien. Die beiden Töchter waren etwa in meinem Alter, die ältere zehn, die jüngere fünf. Sie hießen Thekla und Moni. Thekla, die Ältere, kaute unentwegt Kaugummi und hörte Musik aus ihrem Walkman, den sie lässig an den Gürtel ihrer Jeans gesteckt hatte. Als sie auf mich zutrat, sah ich ehrfürchtig zu ihr auf. Sie roch leicht nach Parfüm und schien überhaupt ungemein erwachsen. Die jüngere Tochter, Moni, schien nichts außerhalb ihrer selbst wahrzunehmen. Sie war ein etwas dickeres Kind, das zum Entsetzen meines Vaters unentwegt Essen einforderte.

Beim Mittagstisch an der Raststätte verschlang sie in Windeseile einen Teller Spagetti. Als ihre Eltern aufstanden, um an der Kasse zu bezahlen, beugte mein Vater sich über den Tisch und schaute Moni über den leeren Teller hinweg übertrieben fürsorglich an.

»Du musst langsamer essen. Nicht die Gabel so vollschaufeln. Und immer schön kauen. Zehnmal bei jedem Bissen. Mindestens.« Er gab sich Mühe, ein besonders deutliches Hochdeutsch zu reden. Dann wandte er sich um und bedachte meine Mutter mit einem seiner sorgenvollen Blicke, ganz so, als ob sie an Monis Essverhalten schuld wäre.

Kaum dass wir wieder im Auto saßen, fuhr er meine Mutter an.

»Passt dir dein Badeanzug überhaupt noch?«, fragte er gereizt.

Sein Spruch traf sie völlig unerwartet.

»Was meinst du damit? Natürlich passt er mir.«

Ich verstand sofort. Es war der Vergleich, dem sie nicht standhielt. Ihre Oberschenkel waren trotz all der Knäckebrote um so vieles breiter als die der dünnen Isolde.

Mein Vater hatte das bloß loswerden wollen und hätte es wohl einfach bei dieser *dummen Bemerkung* belassen, aber jetzt war meine Mutter bereits *in Rage.* Ich spürte deutlich, wie sehr sein Verhalten sie kränkte.

»Wie dünn soll ich denn noch werden? Deiner Meinung nach?«, fuhr sie ihn an, so heftig, dass ich mich tiefer in meinen Sitz drückte.

Mein Vater schwieg.

»Jetzt sag schon«, beharrte sie.

Als keine Antwort kam, zog auch sie sich hinter ein grimmiges Schweigen zurück.

»Es reicht sowieso nie. Hab ich recht?«

Den Rest der ganzen langen Fahrt sagte niemand mehr ein Wort. Ich versuchte mich auf meine Liederkassette zu konzentrieren. Mein Blick klammerte sich an die Landschaft, zugleich hatte ich das Gefühl, mitbremsen, mitüberholen, mitlenken zu müssen, so angespannt war die Stimmung im Wagen. Einmal nur bot meine Mutter mit tonloser Stimme an, meinen Vater abzulösen, der aber verneinte und fuhr eisern und ohne Pause durch.

Als wir endlich an dem Ort mit Namen Brindisi ankamen, waren wir alle verschwitzt und müde. Es war mitten am Tag, das Licht war ungewohnt hell und blendend. Zum Glück hatte meine Mutter mir eine Kindersonnenbrille gekauft, die ich stolz aufsetzte.

Das Hotel lag direkt an der Promenade und hieß »Banjo« wie der knusprige Schoko-Riegel, den ich manchmal an der Tankstelle bekam. Es war das allererste Mal, dass ich in einem Hotel übernachten würde. Ich freute mich und war sehr aufgeregt. Der Teppich und die Vorhänge leuchteten apricotfarben und rochen leicht nach Rauch, auch der Raumduft konnte das nicht überdecken. Meine Eltern wollten sich beide hinlegen, ich aber sprang auf dem großen Doppelbett herum und drängte, dass ich das Meer sehen wollte. Schließlich gab mein Vater nach. Meine Mutter *biss die Zähne zusammen* und packte die Sachen zum Schwimmen.

Am Strand richteten wir uns zusammen mit den Elsners ein, auch Thekla und Moni hatten sofort ans Meer gewollt. Ich stand erst einmal eine ganze Weile nur staunend da. Meine Füße steckten im warmen Sand. Es war vollkommen windstill, und die Sonne war noch hoch am Himmel. Nie zuvor hatte ich so viel Blau auf einmal gesehen, den Himmel, das Meer. Mein Vater und Gerd mieteten Sonnenschirme und Liegen von einem sehr braun gebrannten Mann in zitronengelben Shorts, der *ein Vermögen* dafür verlangte, aber es war ja Urlaub.

Meine Eltern redeten nach wie vor nur das Nötigste miteinander, die Stimmung zwischen den beiden wurde von Minute zu Minute schlechter. Mein Vater fixierte unentwegt den Körper meiner Mutter. Sie versuchte, seine Blicke zu ignorieren, aber es war offensichtlich, wie sehr sie das verunsicherte und betrübte. Ich wusste, wie sehr sie sich auf Italien gefreut hatte, jetzt aber schien ihr jeder Spaß verdorben. Nicht einmal die Muscheln, die ich für sie suchte, konnten sie aufheitern.

Während ich im Sand kniete und darauf achtete, dass mir keine der zarten weißen Hüllen beim Aufheben zwischen den Fingern zerbrach, schaute auch ich sie immer wieder vorsichtig an.

Ich verstand einfach nicht, was an meiner Mutter »dick« sein sollte. Hier am Strand gab es Frauen, die garantiert viel mehr wogen, und vor allem gab es Männer, die ganz selbstverständlich ihre enormen Bäuche vor sich hertrugen.

Isoldes Haut war so weiß, dass sie sich den ganzen Tag über unter dem riesigen orangefarbenen Sonnenschirm aufhalten musste. Dort saß sie, trank Bier, das man bei *fliegenden Händlern* mit Kühlboxen kaufen konnte, und spielte Skat mit den Männern, die neben ihr in knietiefen kleinen Stühlen hockten. Sie lachte viel. Ich mochte Isolde, aber irgendetwas sagte mir, dass es nicht richtig war, sie zu mögen.

Jetzt, wo mein Vater bei Gerd und Isolde saß, blühte er geradezu auf. In ihrer Gegenwart war er ausgelassen, machte einen Scherz nach dem nächsten, lachte unentwegt und schlug sich dabei auf die Schenkel, auch wenn etwas gar nicht wirklich lustig war. Allerdings nur bis zu dem Punkt, als die Männer begannen, sich über die Arbeit auszutauschen. Gerd war, wie sich herausstellte, gerade befördert worden, und je begeisterter er davon erzählte, desto mehr verdunkelte sich der Blick meines Vaters. Er tat mir leid. Ich wusste ja, wie sehr er darunter litt, dass er in der Firma *nicht zum Zug kam*.

Meine Mutter saß die ganze Zeit über abseits auf einer Decke, auf den Knien ein kleines Buch mit dem weißen Leinen-Einband. Sie brauchte keinen Schirm, ihre Haut liebte die Sonne, und sie sah schön aus in ihrem dunkelblauen Bikini. Besonders Freude zu machen schien ihr der Strandtag aber nicht. Sie ging nicht ins Wasser, sondern saß nur mit angezogenen Beinen da, las Seite um Seite, ohne kaum aufzusehen, das Gesicht halb verborgen hinter ihrer Grace-Kelly-Sonnenbrille.

Mein Vater machte keinen Hehl daraus, wie unangenehm es ihm war, dass seine Frau sich kaum an dem Gespräch beteiligte. Auch mir gegenüber war sie einsilbig und so abweisend, dass ich es bald nicht mehr wagte, mich ihr öfter als nötig zu nähern. Mein Vater wusste sich nicht zu helfen. Seine *kritischen Blicke* ignorierte sie stoisch. Isolde tat so, als bemerke sie nicht, wie eisig sich meine Mutter ihr gegenüber verhielt. Gerd war der Einzige, der sich erkundigte, was meine Mutter da las.

»*Homo faber*«, sagte sie, was in meinen Ohren unheimlich klang. »Eine Geschichte über einen Ingenieur.«

Ich sah, wie mein Vater bei dem Wort zusammenzuckte. Er wollte schließlich nichts sehnlicher sein als genau das: ein richtiger Ingenieur.

Gerd versuchte, meine Mutter zum Schwimmen zu überreden. Sie lehnte zwar ab, aber lächelte ihm dankbar zu. Auch Gerds Erzählungen aus Südamerika lauschte sie aufmerksam. Er hatte vor seiner Heirat eine ganze Weile in Argentinien gelebt. Er wiederum fragte sie nach ihrer Arbeit, und meine Mutter erzählte von ihren Korrespondenzen, die sie mit Käufern und Verkäufern führte.

»Ich mache gerade ein *Diplom*. In Französisch«, sagte sie stolz.

Mit jedem Satz, den die beiden miteinander wechselten, wurde der Blick meines Vaters düsterer. Er mochte es nicht, wenn meine Mutter von ihrer Arbeit erzählte. Es war ihm unangenehm, dass sie in einer Lederwarenfabrik angestellt war. »Die armen Tiere«, sagte er immer. Aber bald war das Gespräch auch schon vorbei, und Gerd ging wieder zu seiner Frau hinüber.

Irgendwann am späteren Nachmittag nahm Thekla mich und Moni an die Hand, und wir liefen zu dritt ins Wasser. Ich konnte sehen, wie froh es meinen Vater machte, mich mit anderen Kindern spielen zu sehen. »Schön aufpassen«, rief er uns gut gelaunt hinterher.

Meine Mutter beachtete uns nicht weiter. Sie konzentrierte sich auf ihr Buch, als hätte sie mit dem, was um sie herum geschah, nichts zu schaffen. Nicht einmal mein Sonnenbrand interessierte sie. Mein Hals und der Bereich über der Brust war über und über rot, mein Vater hatte die Stelle beim Eincremen vergessen, und allmählich spürte ich, dass die Haut sich dort sehr warm anfühlte.

Vorsichtig näherten wir uns dem Wasser. Bisher war ich nur in Begleitung meines Vaters baden gewesen und immer mit Schwimmflügeln. Jetzt aber ging es Schritt für Schritt hinein, allein gehalten durch Theklas Hand. Selbst im Wasser konnte ich ihr Parfüm deutlich riechen. Die Wellen schwappten um unsere Fesseln, dann um unsere Waden, schließlich um unsere Hüften. Unbeholfen hüpfte ich auf und ab.

Meine Schwimmflügel waren noch in der Strandtasche. Thekla und Moni brauchten auch keine, und ich wollte auch keine brauchen.

Wir standen etwa hüfttief im Wasser, als uns eine hohe Welle jäh erwischte und Theklas Hand sich von meiner löste.

»Ela! Pass auf«, hörte ich den gellenden Schrei meines Vaters hinter mir, doch da verlor ich schon den Halt.

Plötzlich war um mich herum nur noch Rauschen. Das Wasser flutete meine Ohren, meine Nase, meinen Mund. Ich strampelte und suchte Halt, aber ich wusste nicht mehr, wo oben oder unten ist. Erst aber als mein Vater mich aus dem Wasser emporriss, kam die Panik. Ich schrie und schrie und schrie. Meine Schleimhäute brannten, ich konnte nichts sehen, und alles schmeckte nach Salz.

Zurück am Ufer, zeigte meine Mutter keine sichtbaren Anzeichen eines Erschreckens. Ihr Trost fiel wortkarg aus, wohl aus Trotz, da mein Vater sie unablässig mit vorwurfsvollen Blicken traktierte und Thekla von Gerd ordentlich ausgeschimpft wurde. Meine Mutter trocknete mich lediglich ab, der Stoff fühlte sich rau und hart an auf meiner geröteten Brust, es tat weh.

»Du hast nur ein bisschen Wasser geschluckt. Kein Grund zum Weinen«, sagte sie harsch, woraufhin mein Vater plötzlich laut wurde. »Jetzt ist aber langsam genug!«, schrie er, und ich verstummte, weil ich im ersten Moment nicht wusste, ob er mich oder meine Mutter meinte. Ich sah von einem zum anderen und versuchte herauszufinden, wer was wann falsch gemacht hatte, meine Mutter, Thekla oder ich oder wir alle drei, aber weder mein Vater noch meine Mutter sagten ein Wort.

Ein paar Tage später spielten Thekla, Moni und ich mit dem italienischen Mädchen vom Nachbartisch. Auch sie frühstückte mit ihren Eltern jeden Morgen im hoteleigenen Restaurant, und im Laufe der Woche hatten wir uns angefreundet. Sie konnte beide Sprachen, Deutsch und Italienisch, und war selbstsicher im Umgang mit den Kellnern, die immer wieder zu uns rüberkamen und mit der Kleinen scherzten. Als mein Vater das mitbekam, nutzte er die Gelegenheit und schickte meine Mutter vor, um die jungen Männer zu fragen, wo man eine bestimmte Sorte Ziegel kaufen konnte. Sämtliche Dächer in der Altstadt von Brindisi waren damit gedeckt. Meine Mutter, mit einem Mal ganz in ihrem Element, versuchte es mit Englisch, Französisch und ihrem frisch erlernten Italienisch.

Mich langweilte das Gespräch, und so lief ich hinaus, auf den Vorplatz des Hotels, wo gerade ein Luftballon-Verkäufer auf einem Fahrrad vorbeifuhr, der lautstark seine Ware anpries. Ohne nachzudenken, tänzelte ich dem Mann hinterher.

Keine zwei Minuten später, und ich war verloren. Um mich herum nur die unbekannten, engen Gassen der Altstadt. Hier gab es keine Marktverkäufer mehr und auch keine Touristen. Es roch nach Fisch, nach feuchten Turnschuhen und nach Gewürzen. Ich spürte, wie mir am ganzen Körper der Schweiß ausbrach. Eine Weile irrte ich auf und ab, fand eine belebtere Straße, aber vertraut kam mir auch hier nichts vor. Ich würde niemals den Weg zum Hotel wiederfinden. Um mich herum sah ich nur noch Beine. Erwachsenenbeine und Erwachsenenhüften, Gedränge. Ich blieb wie erstarrt stehen und kämpfte die Tränen nieder.

Mit einem Mal beugte sich eine junge Frau mit lockigem schwarzem Haar zu mir herunter. Sie trug ein buntes Kleid und redete unablässig Italienisch auf mich ein. Zwischendurch legte sie sich die Hand flach auf die Brust und sagte »Mariella«, »Mariella«. Nach einer Weile konnte ich aus dem fremden Klangteppich einzelne Wörter herausfiltern. Ich glaubte »Hotel« und »Polizei« zu verstehen. In meiner Verzweiflung nannte ich ihr den Namen des Hotels, »Banjo«, aber das schien ihr nichts zu sagen.

Sie brachte mich zum Polizeirevier und wartete dort mit mir, in der Hoffnung, dass meine Eltern irgendwann auftauchen würden. Ich war ihr unendlich dankbar. Ihre Haare waren wunderschön, ich bewunderte ihre hochhackigen Schuhe und durfte mir ihre schicke Handtasche anschauen, und die ganze Zeit lächelte sie ihr warmes weiches Lächeln. Ein wenig erinnerte sie mich an die Frau aus der Werbung für *Du darfst*.

Eine gefühlte Überquerung des Brenners später kamen meine Eltern. Mein Vater sank mit dramatischer Geste vor mir auf die Knie, presste mich an sich und wiegte mich in seinen beiden Armen hin und her.

»Dieses Kind«, wiederholte er in einem fort, und: »Ela, Ela, Ela. So ein Glück.«

Als er mich wieder losließ, sah ich auf. Ich spürte seinen stillen Vorwurf. Für ihn bestand kein Zweifel daran, dass meine Mutter allein Schuld daran hatte, dass ich aus dem Hotel weggelaufen war. Meine Mutter, wohl um diese Vorwürfe von sich zu weisen, betrachtete mich mit einem sehr sonderbaren Ausdruck im Gesicht.

»Tut mir leid«, flüsterte ich.

»Was tut dir leid?«, wollte sie wissen.

»Dass ich verloren gegangen bin.«

Ganz still ruhte ihr Blick auf mir. Forschend, irgendwie. Womöglich hatte sie mich bei einem Gedanken ertappt. Seit Mariella mich an die Hand genommen und durch die Stadt zum Revier geführt hatte, seit also klar war, dass ich in Sicherheit war, hatte ich mir vorgestellt, wie es wäre, sie zur Mutter zu haben. Eine dünne gut gelaunte Italienerin. Mit der mein Vater entspannt am Strand liegen konnte und die bestimmt niemals, niemals eine Diät würde machen müssen.

Den restlichen Urlaub über hielt meine Mutter sich in der Altstadt auf, sie ging *Kaffee trinken* oder *einkaufen*, während ich neben der dünnen Isolde und ihren beiden

Töchtern am Strand unter dem Sonnenschirm saß und mein Vater betont beschwingt Frisbee spielte und so tat, als wären er und ich eine ganz normale Familie.

Es IST SONDERBAR, dass ich meiner Mutter kein bisschen ähnlich sehe. Wer nicht weiß, dass wir Mutter und Tochter sind, würde niemals eine Verwandtschaft ersten Grades vermuten. Vom Körperbau her »komme ich nach meinem Vater«. Trotzdem war ich als Heranwachsende davon überzeugt, dass ich ebenfalls einmal dick werden würde. Unverrückbar stand für mich fest, dass eines Tages die Figur meiner Mutter aus mir hervorbrechen und sich als meine wahre Gestalt zu erkennen geben würde.

Was für ein Paradox: Ich hätte als Heranwachsende alles dafür gegeben, meine Mutter vor den abschätzigen Blicken ihrer Umgebung beschützen zu können. Zugleich aber registrierte ich eine erwachende Scham in mir.

Die wenigsten Mädchen wollen so aussehen wie ihre Mutter. Das ist eine verständliche Abgrenzung. In meinem Fall steckt eine kompliziertere Distanznahme dahinter. Früh hat sich in meinen kindlichen Blick der Blick meines Vaters eingeschrieben. Lange Zeit habe ich seinen Blick mitgesehen, ob ich wollte oder nicht. Ich musste lernen, ihn aktiv zu verweigern.

6

»Ich lebe, wie jeder wirkliche Mann, in meiner Arbeit.«

Max Frisch: *Homo faber*

Nach unserer Rückkehr begann mein Vater, Pläne zu schmieden. Das Dach unseres Hauses sollte neu gedeckt werden. Die grauen Ziegel waren nicht kaputt, aber alt und hässlich, wie er befand.

Er verkündete, den restlichen Jahresurlaub für Renovierungsarbeiten verwenden zu wollen. Meine Mutter sah ihn verblüfft an. Er fragte nicht einmal, ob sie einverstanden war. Dabei hatte sie *alle Hände voll zu tun* mit ihrem Diplom. Jede Woche bekam sie zwei neue Aufgaben zugeschickt, die sie dann innerhalb einer gewissen Frist bearbeiten musste. Sie war ganz aufgeregt, als sie die ersten Rückantworten auf den Weg brachte.

Ohne die Hilfe meiner Mutter aber ging es nicht, mein Vater war angewiesen auf ihre Fremdsprachenkenntnisse. Und so kam es, dass meine Mutter Abend für Abend an ihrer Schreibmaschine saß und Briefe an italienische Ziegelhersteller aus Brindisi formulierte. Mein Vater wollte unser Dach unbedingt *süditalienisch* decken. Er liebte es, wenn »Worte die Farben zum Leben erweckten«, wie er sagte. *Karminrot, Seegrün, Zitronengelb, Preußischblau.* Und nun musste es das *süditalienische Rot* sein. Und das gab es nun mal nur in Brindisi.

Die Anschreiben, die sie abends zu Hause abtippte, faxte sie tagsüber heimlich aus ihrem Büro an die Firmen. Sie ließ keinen Zweifel daran, wie widerwillig sie das alles tat, denn sie hielt die ganze *Aktion* für überflüssig. Wenn wir beide allein waren, schimpfte sie bei jeder Gelegenheit über die »teuren dummen Ziegel«.

Die Männer, die schließlich an den Samstagnachmittagen kamen, um das Dach zu decken, stammten aus Jugoslawien, einem Land, in das auch meine Eltern früher in den Urlaub gefahren waren, auf eine Insel, deren Name mich immer fasziniert hatte: »Krk«. Meine Mutter versorgte sie mit Kartoffelsalat, Frikadellen, Bier und Ćevapčići, die ihr die Wirtin der Pension, in der sie damals in Krk gewohnt hatten, beigebracht hatte. Sogar ein paar jugoslawische Sätze lernte sie.

Ich konnte sehen, wie wichtig meiner Mutter diese Bewirtung war. Sie fand, dass die Männer ein *anständiges Essen* verdienten, so fern von ihren Familien, wo sie gefährliche Schwarzarbeit leisten und in der Mittagshitze hinauf auf den Dachstuhl klettern mussten.

Das Geld, das meine Mutter ihnen am Ende des Tages zusteckte, war immer ein bisschen mehr als die vereinbarte Summe. In ihrem Großmut ließ meine Mutter sich sogar die begehrlichen Blicke des Vorarbeiters gefallen. Mein Vater war immer freundlich und lustig in Gesellschaft der Männer, aber es war deutlich zu spüren, dass ihm das Verhalten meiner Mutter nicht gefiel. Einmal bekam ich mit, dass sie stritten, weil meine Mutter *immer so übertrieben auftafelte.*

Das Wiedersehen mit Gerd hatte meinen Vater ermutigt, endlich das Gespräch mit seinem Chef zu suchen. Sobald die Sache mit dem Dach fertig wäre.

»Gleich nach den Ferien«, sagte er. »Gleich, wenn ich wieder arbeiten gehe, rede ich Klartext.«

Mein Vater hatte keinen Zweifel: Die Beförderung stand ihm zu.

»Dieser blöde Junior«, sagte er. »Was der sich einbildet. Nur weil er *Ingenieur* ist.«

Kaum dass mein Vater wieder ins Büro ging, verkündete er Morgen für Morgen, heute sei der richtige Tag für das Gespräch. Und jeden Abend kehrte er unverrichteter Dinge zurück. Irgendwann hatte meine Mutter genug.

»Frag ihn endlich, oder lass es bleiben, Herrgott noch mal«, sagte sie. »Aber hör auf, immer nur davon zu reden.«

Mein Vater zuckte richtiggehend zusammen, aber dann pflichtete er ihr bei.

»Ich will Klarheit«, sagte er, mehr zu sich. »Ein für alle Mal.«

Den ganzen Nachmittag über war meine Mutter angespannt. Abends um die Zeit, in der mein Vater normalerweise aus dem Büro kam, ging sie in Habachtstellung. Sie wusste, wenn das Gespräch nicht zu seinen Gunsten verlaufen war, würde der Misserfolg auf sie zurückfallen.

Als mein Vater die Haustür aufschloss, war sofort zu sehen, dass das Gespräch nicht erfolgreich gewesen war. Er ließ die Schultern hängen und bewegte sich wie fühllos durch den Raum. Meine Mutter und ich waren geübt darin, seine Stimmungen zu erspüren, wie Rehe angeblich ein Gewitter aufkommen spürten, noch bevor sich die ersten Anzeichen am Himmel abzeichneten. Ich konnte jede noch so kleine Regung im Gesicht meines Vaters entziffern. Sein Gesicht war unser Wetter.

Er ließ sich in einer Ecke des Tisches auf den Stuhl fallen und schaute meine Mutter düster an. Die Beförderung *könne er sich abschminken*, das sei ihm heute klar geworden. Ein Mann ohne eine *vorzeigbare Frau* würde eine solch gehobene Stellung niemals bekommen. Nicht einmal zur Weihnachtsfeier, zu der alle anderen Ehefrauen mitkämen, tauge sie.

Meine Mutter blieb ganz still. In ihrem Inneren aber muss alles drunter und drüber gegangen sein, sie vergaß sogar, mich nach oben in mein Zimmer zu schicken.

»Wenn du glaubst«, sagte sie schließlich ganz ruhig, »wenn du glaubst, dass *ich* der Grund bin, dass sie dich nicht befördern, dann ist dir nicht zu helfen.«

»Guck dich doch an«, sagte mein Vater scharf. »Wie du schon wieder aussiehst.«

Vorsichtig hob auch ich jetzt den Blick. Er hatte recht. Sie hatte wieder zugenommen. Wahrscheinlich wog sie wieder so viel wie vor der Kur.

»Mama sieht aber trotzdem hübsch aus«, sagte ich vorsichtig, aber mein Vater ignorierte es.

»Kein Wunder«, sagte er, »dass du keine Diät durchhältst. Du hast einfach keinen Biss.«

»*Keinen Biss*, soso.« Mit funkelndem Blick griff meine Mutter nach ihrem selbst gemachten Kartoffelsalat und begann, genüsslich zu essen, Gabel für Gabel.

»Mama. Nicht«, rief ich. Kartoffelsalat, wusste ich, hatte viele Kalorien. Aber sie schaufelte in aller Seelenruhe Brot, Butter, Wurst und Käse auf ihren Teller.

»Das werden wir ja sehen«, sagte sie kauend. »Ob ich Biss habe.«

Ich habe die Tatsache, dass mein Vater einen übertriebenen Wert auf Äußerlichkeiten legt, lange schlicht als Eitelkeit abgetan. Und in Teilen ist es das sicher auch. Inzwischen aber glaube ich, dass seine Obsession tiefere Gründe hat.

Wohlgestalt bedeutet für ihn Harmonie, Harmonie wiederum Ordnung, Ordnung bedeutet Orientierung, und Orientierung bedeutet Sicherheit. Sein inneres Gleichgewicht hängt von einem äußeren Gleichgewicht ab. Der Körper meiner Mutter hat in ihm, der ohnehin schon verunsichert war, eine massive zusätzliche Verunsicherung bewirkt.

Bis heute hadert mein Vater mit seiner sozialen Stellung. Meine Großmutter hat ihm, dem emporgekommenen Bauernkind, die Scham über die ländliche, allzu ländliche Herkunft vererbt.

Gutes Aussehen kann ein Kompensationsmittel für den sozialen Aufsteiger darstellen. Man kennt das aus Märchen wie *Der gestiefelte Kater,* wo es die Schönheit des Müllerssohnes ist, die dafür sorgt, dass die Leute ihm die Rolle des Prinzen abkaufen. Auch der Emporkömmling Julien Sorel aus Stendhals *Rot und Schwarz* wird als ausnahmslos schön beschrieben. Ebenso Jack Londons schreibender Matrose, Martin Eden.

»Einen Schauspieler seiner selbst«, hat meine Mutter meinen Vater gerne genannt, weil er sein gutes Aussehen und die Wirkung auf andere über alles andere stellte.

Es stimmt, fällt mir auf. Im Grunde spielt mein Vater die

ganze Zeit Theater. Nur was für ein Stück ist es, das er da seit so vielen Jahren aufführt? Und woher diese Neigung zum Drama?

7

Dann war der Urlaub meiner Mutter zu Ende. Inzwischen hatte sie sich durchgesetzt. »Kannkind« hin oder her, ich würde nach dem Sommer in die Schule gehen. Allerdings hatte das Schuljahr noch nicht begonnen, und in den Kindergarten durfte ich nicht länger. Martha-Oma verweigerte ihrer Schwiegertochter weiterhin die Unterstützung, und so blieb meiner Mutter nichts anderes übrig, als mich ins Büro mitzunehmen.

An unserem ersten gemeinsamen Arbeitstag war ich so aufgeregt, dass ich schon abfahrbereit am Tor wartete, lange bevor meine Mutter ihren cremefarbenen Trenchcoat übergezogen, den Lippenstift aufgefrischt und die Autoschlüssel gesucht hatte.

Die Lederwarenfabrik war ein langes flaches, einstöckiges Gebäude. Neben den Büroräumen gab es Fertigungshallen, in denen Taschen, Portemonnaies und Koffer hergestellt und anschließend in Pakete verpackt und in LKWs verladen wurden.

»Und von da gehen sie dann in die ganze Welt«, erklärte mir meine Mutter. Seit dem Streit mit meinem Vater wirkte sie selbstbewusster, irgendwie aufrechter. Das gefiel mir.

Die meisten Mitarbeiter saßen in den Hallen an den Maschinen, die übrigen Angestellen teilten sich ein einziges großes Büro, nur meine Mutter und eine andere Frau, die schon sehr alt war und den Posten der Chefsekretärin innehatte, arbeiteten in einem separaten Zimmer, dessen Tür man schließen konnte. Sie telefonierten und verschickten Faxe, Briefe und Verträge, damit andere Firmen ihnen Leder lieferten oder ihnen ihre Taschen und Portemonnaies oder Koffer abkauften.

Auf einem Seitenregal ihres Büros stand ein Globus, wie ich ihn von zu Hause kannte, und ich suchte mit dem Finger nach den Ländern, mit denen Erich-Engel Handel betrieb: Marokko, Tunesien, Algerien, Hongkong. Die Schreibmaschine, mit der meine Mutter im Büro schrieb, klang ganz anders als die zu Hause, trocken, weniger metallisch und ohne das kleine »Kling«, das sonst ertönte, wenn sie an das Ende einer Zeile gelangte.

»Das ist eine elektrische Schreibmaschine«, erklärte sie mir.

Meine Mutter wirkte gelöst, hier auf der Arbeit. Alle waren freundlich zu ihr, niemand mäkelte an ihrem Gewicht oder irgendwas anderem herum.

Am Nachmittag sagte die grau gelockte Chefsekretärin zu ihr:

»Herr Engel hätte jetzt Zeit. Sie wollten ihn doch sprechen. Oder nicht?«

»Ich will mit, ich will mit«, bettelte ich sofort.

Über dem Schreibtisch des Chefs hing ein kleiner Alligator an der Wand, genau genommen war es nur die Haut eines Alligators. Ich hatte ihn bei meinem ersten Besuch anschauen dürfen. Der Anblick faszinierte mich enorm, ich konnte mich nicht sattsehen daran. Aber diesmal durfte ich nicht mit, um das Tier zu bestaunen. »Du bleibst hier«, sagte meine Mutter streng.

Seit ich in Italien verloren gegangen war, hatte sie mich nicht aus den Augen gelassen. Nicht einmal zu Martha-Oma in den Gemüsegarten durfte ich mehr allein laufen.

Sofort witterte ich die Chance auf ein bisschen Freiheit, also quengelte ich nicht weiter. Stattdessen fragte ich: »Darf ich zum Kopierer?«

Der stand im Flur, vor den Büros, und war fast genauso aufregend wie das Krokodil.

Ein junger Kollege hatte mir in der Mittagspause beigebracht, wie man seine Hände fotokopierte. Es war faszinierend, wie die Furchen und der rosa Farbton meiner Haut durch das grelle Licht zu einer einheitlichen weißen Fläche wurden. Als hätte ich Fausthandschuhe an.

»Meinetwegen«, sagte meine Mutter.

Nach etwa fünfzig Aufnahmen war ich der Sache überdrüssig. Auch, weil ich Iwona auf den Kopierer gelegt und dabei vergessen hatte, die Augen zu schließen, jetzt saßen mir unzählige kleine Sterne im Blickfeld. Das Ergebnis der Kopien war enttäuschend gewesen. Ein unförmiger heller Fleck, wie eine Puppe sah das nicht aus.

Ich überlegte. Das Büro von Herrn Engel lag am Ende des Ganges. Kurz wog ich ab, wie viel Ärger ich wohl bekommen würde. Dann ließ ich mich kurz entschlossen zu Boden gleiten.

Auf allen vieren kroch ich den Flur entlang, bis ich an der Tür angekommen war. Dort setzte ich mich auf die Knie, richtete mich vorsichtig auf und spähte durch das Glas, das etwa von der Klinke bis zum oberen Türrahmen reichte und die Tür in zwei Hälften zerteilte.

Meine Mutter saß mit dem Rücken zu mir, Herr Engel an seinem Schreibtisch. Er war eher klein, hatte leicht graues Haar und eine große Nase. Freundlich sah er aus.

Direkt über seinem Kopf thronte der Minialligator.

Das arme Tier wirkte so platt gefahren wie Paulchen Panther, wenn er unter einen Laster geriet oder von einer Tür erschlagen wurde. Während meine Augen das Tier studierten, musste ich an Pepper denken. *Das Fell über die Ohren ziehen* war ein unheimlicher Ausdruck, den meine Mutter manchmal benutzte, wenn es darum ging, dass jemand ungerecht bezahlt wurde.

Dann gerieten die beiden Körper im Raum in Bewegung. Ich sah, wie meine Mutter aufstand und Herrn Engel die Hand reichte. Die beiden hatten miteinander geredet, auch gelacht, und jetzt schien es, als wolle der Mann, als er hinter dem Schreibtisch hervorkam, die Hand meiner Mutter gar nicht mehr loslassen. Es fehlte nur noch, dass er sie küsste. Schnell duckte ich mich fort und krabbelte zum Kopierer zurück.

Auf der Fahrt nach Hause strahlte meine Mutter wie lange nicht.

»Es hat geklappt. Ich werde befördert. Zur Chefsekretärin. Stell dir vor.« Sie lachte und schüttelte den Kopf. »Und er hat gefragt, ob ich ihn nach Marokko begleiten kann. Nach Fès. Gleich im neuen Jahr. Auf Geschäftsreise. Aber sag Papa noch nichts.«

Ich merkte, wie mir heiß und kalt wurde. Marokko war furchtbar weit weg. Womöglich gehörte es sogar zum OSTBLOCK, von dem die Erwachsenen ständig redeten. Ich stellte ihn mir als einen großen unverrückbaren Eisklotz vor. Mein Bauch tat weh, und ich war wütend. Da konnte meine Mutter unmöglich hinwollen. So weit weg von mir?

Als wir zu Hause ankamen, war der Tisch für das Abendbrot schon gedeckt. Nachdem mein Vater über Wochen hinweg vor sich hin geschimpft hatte, benahm er sich wieder halbwegs normal. Sein Unmut über die geplatzte Beförderung hatte sich verflüchtigt wie sein Aftershave, das am Morgen das ganze Bad vernebelte, ihn aber am Abend nur noch als ganz schwacher Duft umwehte. Seit seine karminroten Ziegel aus Brindisi geliefert worden waren, hatte er wieder akzeptable Laune.

Heute hatte er außerdem ein Glas Bier getrunken, oft genügte das, um ihn milder zu stimmen, das wusste ich, weshalb ich mich immer freute, wenn er sagte: »Ich hole mir mal ein Bier.« Auch hatte meine Mutter ihm sein Lieblingsessen mitgebracht. Zwei Weißwürste, eine frische Salzbrezel und süßen Senf.

»Na, wie war's im Büro?«, fragte er.

Ohne die Antwort abzuwarten, begann er, von einem Naturschutz-Projekt zu erzählen, das ihn begeisterte und für das er Geld spenden wollte.

»Um die Nebelwälder zu schützen. Südamerika. Die Anden! So gern würde ich da mal hin.« Er seufzte, offenbar dachte er an die Geschichten aus Argentinien, die er von seinem Freund Gerd gehört hatte.

»Mama fliegt nach Marokko«, platzte ich heraus. »Und befördert wird sie auch.«

Meine Mutter warf mir einen erschrockenen Blick zu. Mein Vater hielt in der Bewegung inne. Er hatte gerade mit der Gabel seine Weißwurst zerteilen wollen.

»So, nach Marokko« Sein Gesicht hatte sich verdunkelt. »Und wann wolltest du mir das sagen?«

Die Augen meiner Mutter jagten hektisch durch den Raum. Ich spürte, wie meine Wangen rot wurden. Ich war noch immer wütend, weil sie schon wieder von mir wegwollte, jetzt aber überwog die Schuld. Ich hatte ihr Geheimnis ausgeplaudert.

»Na ja, das Wichtigste ist die Beförderung«, sagte sie schnell. »Und zu der kommt es auch erst, sobald ich mein Diplom habe.«

»Beförderung?« Er runzelte die Stirn. Fragte weiter: »Wie soll das gehen? Wenn man keine Ausbildung hat?«

»Was meinst du?«, mischte ich mich ein. »Mama ist doch Sekretärin.«

»Ja, aber keine richtige.«

Meine Mutter schaute auf die Tischdecke.

»Es bedeutet mehr Geld«, versuchte sie es und hob dabei wie fragend die Schultern.

»Eine Beförderung«, blaffte mein Vater, »setzt mit Sicherheit voraus, dass man eine abgeschlossene Ausbildung hat.«

»Ich hab ja bald mein Diplom«, sagte meine Mutter schuldbewusst.

»Na dann.« Mein Vater kaute missmutig auf seiner Brezel herum. Seine miese Laune hing wie eine dunkle Wolke über dem Tisch.

»Es wäre doch gut für uns, wenn ich mehr verdiene«, sagte meine Mutter. »Oder nicht?«

»Und Ela?«, sagte mein Vater, als wäre ich gar nicht da. »Wer passt auf sie auf? Während du weg bist?«

Meine Mutter zögerte.

»Kannst du nicht mit deiner Mutter reden?« Es fiel ihr ungemein schwer, diese Bitte zu äußern, das konnte ich sehen.

»Red du doch mit ihr«, kam die Antwort. »Oder frag deine Eltern.«

Der Satz traf meine Mutter unvorbereitet. Mein Vater wusste genau, dass meine Mutter gerade nicht gerne nach Himmelstädt fuhr.

»Gut. Dann nehm ich Ela eben mit.«

»Nach Marokko?«

»Ins Büro, verdammt.« Ich zuckte zusammen, denn fluchen war bei uns zu Hause verboten. Aber ich spürte, dass meine Mutter nur noch mit Mühe an sich halten konnte, deshalb sagte ich nichts.

»Damit sie noch mehr Zeit mit Erwachsenen verbringt?«, empörte sich mein Vater. »Auf gar keinen Fall. Außerdem wird sie eingeschult. Schon vergessen?«

Ich sah zu meiner Mutter, die auf ihrem Stuhl saß und vor sich hin starrte, fassungslos und zugleich wütend, immer wieder setzte sie an, wollte etwas erwidern, holte Luft, öffnete den Mund und schloss ihn wieder.

Lange Zeit war meine Mutter tatsächlich ›nur‹ Hausfrau und Mutter für mich. Ihre Lohnarbeit blieb selbst vor mir, ihrem Kind, unsichtbar.

Meinem Vater ist die Berufstätigkeit meiner Mutter immer ein Dorn im Auge gewesen. Es war schwer für ihn, sich einzugestehen, dass sein Auskommen nicht ausreichte, der Familie angemessenen Wohlstand zu bescheren. Meine Mutter sollte arbeiten, aber bitte nur, um etwas *dazuzuverdienen*. Gleichzeitig hat er ihr regelmäßig vorgeworfen, sich unter Wert zu verkaufen.

Meine Mutter hat ihre Arbeit immer gemocht. Anders als mein Vater hat sie sich für den gesellschaftlichen Aufstieg, den er sich immer ersehnte, nie ernsthaft interessiert. Sie ist ein genügsamer und auch ein pragmatischer Mensch.

Als ich meine Mutter frage, von welchem Beruf sie als junge Frau geträumt hat, fällt ihr keine Tätigkeit ein. Keine einzige.

Ich erinnere mich daran, wie ich in der 6. Klasse staunend vor meiner Physiklehrerin stand, als diese uns erzählte, wie sie beinahe Astronautin bei der Deutschen Luft- und Raumfahrtbehörde geworden wäre. Erst eine plötzlich auftretende juvenile Sehschwäche hat ihren Wunsch durchkreuzt. Eine Frau, die so alt war wie meine Mutter und die zum Mond hatte fliegen wollen und auch fast geflogen wäre, ließ mein Herz stocken und zugleich höherschlagen. Die Vorstellung von einem schwebenden weiblichen Körper im All.

8

»Menschen bäuerlicher Herkunft
behalten die Schwielen
der väterlichen Hände
auf dem Herzen zurück.«

Gustave Flaubert: *Madame Bovary*

An ihrem Geburtstag lackierte meine Mutter sich die Nägel dunkelrot und drehte das hellbraune glatte Haar an den Spitzen mit dem Lockenstab nach außen auf, sodass es engelsgleich ihre Schultern umkränzte. Sie zog den neuen dunkelblauen Rock an und dazu die karierte Bluse, die sie bei einem unserer Einkaufsausflüge in die Kreisstadt gekauft hatte. *Sich hübsch machen* hieß das.

In den Tagen zuvor hatte sie abwesend gewirkt, es war nicht allein der Streit wegen ihrer Beförderung, etwas anderes beschäftigte sie. Ihr Gesicht leuchtete richtig. Irgendetwas war anders als sonst.

»Ein neuer Rock«, stellte auch mein Vater fest, während er sich dick Himbeermarmelade auf den Toast kleckste.

Sein Blick wanderte nach draußen auf den Hof hinaus. Das Dach war inzwischen fertig. Waschechte italienische Ziegel, von fleißigen Männerhänden angebracht, strahlten einem karminrot entgegen, wenn man das Dorf hinauflief.

Ich sah, wie meine Mutter versuchte, Haltung zu bewahren. Ein Geburtstagsgeschenk von ihm lag nirgends auf dem Frühstückstisch. Auch keine Karte.

Ich hatte ihr ein Album mit gepressten Blumen und Blättern gebastelt. Ludwig-Opa hatte mir beim Sammeln geholfen, meine Mutter blätterte es artig durch, aber so schön es auch war, es konnte das fehlende Geschenk meines Vaters nicht wettmachen. Ich war nicht diejenige in diesem Haus, von der sie sich diese Art Zuneigung wünschte. Auch war ihr meine schließlich immer gewiss.

Mein Vater frühstückte schweigend. Seit der Aussicht auf die Beförderung meiner Mutter ging das so. Sie war dabei geblieben, dass sie die Stelle antreten und auch diese Geschäftsreise machen wollte. Und das Schweigen war die Strafe meines Vaters. Immerhin bedeutete das auch, dass er sich nicht ständig über ihr Gewicht beschwerte.

Dennoch oder gerade, weil er sich dazu ausschwieg, hatte meine Mutter mit einer neuen Diät begonnen. Freiwillig, wenn auch mit einer nicht ganz so strengen.

Am Morgen ihres Geburtstags schien sie aber noch etwas anderes *auf dem Herzen zu haben*, das spürte ich.

Ich sah, wie sie immer wieder ansetzte, etwas zu erzählen, dann aber abbrach.

»Wir müssen über etwas reden. Etwas Wichtiges«, sagte sie schließlich.

Mein Vater aber wischte sich den Mund mit der Serviette sauber und sagte: »Später, ich muss jetzt.« Er würdigte sie keines Blickes. Dann nahm er seine Aktentasche und ging.

Als er die Wohnungstür öffnete und wieder schloss, stieg aus dem Erdgeschoss Kuchenduft hinauf. Martha-Oma buk jeden Samstag »Zuckerkuche«, manchmal hatte ich Glück und durfte von den Streuseln naschen, die zu dunkel geworden waren, sie waren das Beste. Es duftete herrlich, aber meine Mutter sah blass aus, als würde ihr übel davon.

»Was ist, Mama?«, fragte ich.

»Nichts«, sagte sie schnell und strich mir etwas zu hektisch über den Kopf.

Erst fing sie an, das Geschirr abzuräumen, dann brach sie mittendrin ab und setzte sich wieder zu mir. Eine ganze Weile saß sie einfach reglos da und starrte auf den leeren Geburtstagstisch.

Als sie schließlich aufstand, wirkte sie immer noch traurig, aber auch gefasst.

»Ich muss telefonieren.«

Sie verschloss die Tür zum Wohnzimmer, was sie sonst nie tat.

»Hör zu«, sagte sie, als sie wieder zu mir kam. »Ich muss zu einem Arzt. Jetzt gleich.«

»Ich will mit.«

»Das geht nicht.«

»Aber wieso?«

»Ich muss zum Gynäkologen.«

Ich war enttäuscht. Der Gynäkologe war der einzige Arzt, zu dem ich meine Mutter nicht begleiten durfte. Für alle anderen Sprechstunden, beim Zahnarzt oder beim Hausarzt, vereinbarte sie immer Doppeltermine für uns beide.

Meine Mutter sah auf die Uhr. Sie hatte sich freigenommen, und eigentlich hatten wir den Tag zusammen verbringen wollen. Der Arztbesuch hatte sich offenbar gerade erst ergeben durch das Telefonat. Jetzt musste sie sich etwas einfallen lassen.

Ludwig-Opa, der uns zwei noch warme Stücke Hefekuchen nach oben brachte, erwies sich als *rettender Engel*. Er bot sofort an, den Vormittag über auf mich aufzupassen. Wir würden zusammen spazieren gehen, sagte er und nahm mich gleich mit. Als Martha-Oma sich beschwerte, dass sie schon wieder meiner Mutter aushelfen sollten, schaltete ihr Mann mit bestimmter Geste sein Hörgerät aus, wie er es häufiger tat, wenn seine Frau loskeifte. Wir beide verstanden uns auch ohne Worte.

Gleich nach dem Frühstück liefen wir los. Unser liebster Weg war der »zu den Hirschen«, einem verwunschenen Pfad, der aus Obach heraufführte. Links lag der Wald, rechts der kleine Bach, am Friedhof ging es vorbei bis auf eine Anhöhe, die aus Kornfeldern und Obstwiesen bestand. Ganz weit konnte man von dort sehen, hinunter auf die Häuser und Kirchtürme der zwei umliegenden Ortschaften. Für einen kurzen Moment glaubte ich, meine Mutter in der Ferne über die Felder wandern zu sehen.

Etwa um die Mittagszeit rief sie an.

»Hör zu, mein Schatz. Es dauert noch etwas. Aber du hast es bestimmt nett bei Opa, oder? Und Oma hat was Leckeres gekocht, nehme ich an?« Sie versuchte, heiter zu klingen, aber ich spürte, dass sie irgendetwas bedrückte. Deshalb sagte ich Ja, obwohl ich gerne wieder hoch zu uns in die Wohnung gegangen wäre.

»Ich komme bald wieder«, versicherte sie. »Versprochen.«

Als meine Mutter vom Arzt zurückkehrte, fiel mir auf, dass sie sich vorsichtiger bewegte als sonst. *Wie auf rohen Eiern* hätte sie selbst dazu gesagt. Immer wieder legte sie wie schützend ihre Hand auf den Bauch. Es war eine seltsame Geste, ich hatte sie nie zuvor an ihr gesehen. Sie legte sich sofort hin, um einen Mittagsschlaf zu machen. Ich war ratlos. So etwas kam nicht vor, normalerweise.

Den Nachmittag über spielte ich allein mit einem Ball, den ich immer wieder gegen die Hausmauer warf. Dann holte ich die Stelzen hervor. Es waren halbherzige Versuche, der Abstand zum Boden flößte mir Respekt ein.

Während ich übte, saß Martha-Oma auf einem Hocker vor der großen alten Scheune, die gegenüber vom Tor lag, und pulte Erbsen. Zu ihren Füßen standen mehrere große Körbe mit grünen Schoten. Irgendwann kam meine Mutter dazu, die offenbar doch nicht schlafen konnte. Sie holte sich einen Hocker und pulte mit. Das war ungewöhnlich. Noch dazu an ihrem Geburtstag, und zumal es ihr ganz offensichtlich ja nicht gut ging. Für den verwüsteten Garten entschuldigt hatte sie sich nach wie vor nicht. Und doch kam es mir vor wie ein Friedensangebot. Auch Martha-Oma gab sich verträglich, für ihre Verhältnisse. Irgendetwas hatte die Frauen einander nähergebracht. Nur was, wusste ich nicht.

So saßen die beiden beisammen und pulten schweigend und schauten nur manchmal auf, um zu sehen, was ich machte oder was hinter dem lackschwarzen Tor so vor sich ging.

Dahinter befand sich die Straße, die den oberen Teil des Dorfes mit dem unteren verband. Den ganzen Tag über herrschte hier reges Kommen und Gehen, Fußgänger, Fahrräder, Autos, Traktoren, sogar die Panzer der Amerikaner rollten manchmal durch den Ort. Zur Militärbasis nach Baumholder war es nicht weit, und oft kamen die Soldaten auf ihrem Weg zur Hunsrückhöhenstraße direkt an unserem Haus vorbei. Wenn man in der Küche stand, klirrten Geschirr und Gläser. Mein Vater regte sich regelmäßig darüber auf, dass die Panzer einfach so, ohne Vorwarnung, *durchs Dorf brettern* durften.

An jedem, der am Tor vorbeikam, hatte meine Oma etwas auszusetzen. Sogar an den Soldaten, die manchmal in der Panzerluke standen, denn einige amerikanische Soldaten waren schwarz.

»Amerikaner, meinetweje. Aba müsse die glesch schwaz sin?«, schimpfte sie dann in ihrem breiten Dialekt.

Heute schwieg sie zu allem. Es war ein konzentriertes Schweigen, schließlich musste sie Schote für Schote die grünen Perlen herauslösen und darauf achten, dass sie mit dem Nagel die Falz traf. Sie schwieg, bis schließlich etwas vorne an der Straße ihre Aufmerksamkeit erregte. Ohne die Arbeit zu unterbrechen, sagte sie:

»Gucke mol do. Be'suuch fa disch.«

Meine Mutter blickte auf. Der lindgrüne Mercedes meiner Großeltern stand vor dem Tor, und ich sah, wie Oma Ella mühsam ihren massigen Körper vom Beifahrersitz schälte.

Obwohl es Sommer war, trug sie einen Pelzmantel. In der einen Hand hielt sie eine Plastiktüte, in der anderen einen kleinen Strauß Blumen. Opa Adam, der am Steuer saß, blieb einfach sitzen, den Blick starr geradeaus gerichtet.

Meine Mutter beeilte sich, die Schüssel mit den Erbsen beiseitezustellen, doch bereitete ihr das Aufstehen sichtlich Schmerzen. Auch ich sprang von den Stelzen, rutschte dabei aber aus und schlug mit beiden Knien auf den Steinen auf. Sofort machte meine Mutter kehrt und eilte zu mir.

Als sie endlich beim Tor angelangt war, mich mit blutenden Knien im Schlepptau, lagen dort ihr Geburtstagsgeschenk und ein Blumenstrauß auf der Erde. Oma Ella hatte sie einfach dort abgelegt. Der lindgrüne Mercedes war verschwunden.

Am Abend überreichte mein Vater meiner Mutter schließlich doch noch ein Geschenk. Ein Parfüm.

»Alles Gute zum Geburtstag«, murmelte er. Es klang kleinlaut.

Meine Mutter schob das Päckchen beiseite. Sie mochte kein Parfüm.

Meinem Vater etwas von dem Arztbesuch zu erzählen, hatte sie mir streng verboten.

»Ich sage es ihm selbst. Hast du gehört?«

Ich nickte. Inzwischen hatte ich meine Lektion gelernt. Ich schaffte es, Stillschweigen zu wahren, schwitzte aber den ganzen Abend über. Noch verbotener als Lügen fühlte es sich an.

Kaum dass er aufgegessen hatte, wollte mein Vater schon wieder los, »ins Dorf«. Dort war er jetzt immer öfter an den Abenden.

Er war schon halb aus der Küchentür, als meine Mutter sich ihm mit kühlem Blick zuwandte.

»Deine Mutter passt übrigens auf Ela auf«, sagte sie. »Während ich in Marokko bin.«

Ich staunte. Davon hatte sie mir noch gar nichts erzählt. Offenbar hatten die beiden Frauen sich tatsächlich wieder vertragen. Ihrer Reise stand also nichts mehr im Weg.

»Aha« war das Einzige, was mein Vater sagte.

Dann war er auch schon verschwunden.

Ich sah, wie meine Mutter an die Küchenzeile trat, das Parfüm auspackte, den Flakon aufschraubte und das Ganze ohne einen Kommentar in den Ausguss kippte.

Eine dichte stechend süße Wolke hing in der Luft. Es roch schlimmer als an einer Tankstelle.

Am Abend lag ich lange wach. Ich konnte nicht benennen, was zwischen den beiden gerade passierte. Und ich verstand nicht, warum meine Mutter so dringend fortwollte. Doch es fühlte sich an, als würde etwas zerbrechen, lautlos zwar, doch aber so, dass sich die Einzelteile nicht mehr zu einem Ganzen würden zusammensetzen lassen. Wie bei der leuchtend blauen kostbaren alten Vase, die Martha-Oma zuletzt beim Putzen aus der Hand geglitten war.

DIE UNAUSWEICHLICHE, UNVERMEIDBARE FRAGE: Wo haben meine Eltern sich kennengelernt? Wie und wann nahm dieses Drama seinen Anfang?

Antwort: auf einem Rummelplatz. An einem Schießstand in der nahen Kreisstadt. Kein Scherz. Am Anfang dieser Beziehung stehen ein paar Luftgewehre, mit denen auf Blumen und Plastiktiere geschossen wird. Mein Vater verbrachte den Abend mit einem Kameraden von der Bundeswehr, meine Mutter war in Begleitung einer Freundin. Die dünner war als sie selbst.

»Schon da habe ich seinen Blick bemerkt«, sagt sie, als sie über die Geschichte spricht. »Er hat meine Freundin anders angeschaut als mich. Er fand ihren Körper schöner, da bin ich mir sicher. Dein Vater fand mich immer schon zu dick. Im Grunde von Anfang an.«

»Warum hat er dich dann geheiratet?«

Sie zuckt die Achseln.

Mir fällt ein Satz ein, den mein Vater einmal gesagt hat, nicht ohne sich anschließend wie erschrocken auf die Lippen zu beißen.

»Deine Mutter war es, die unbedingt heiraten wollte. Ich wollte ja gar nicht.«

»Ach so?« Ich erinnere mich an sein sehnsüchtiges Seufzen.

»Aber sie hat so schöne Briefe geschrieben. Wirklich schön.«

Briefe, denke ich. Ernsthaft? Was ist das hier? Ein Minne-

Drama, mit meiner Mutter in der Rolle als Troubadour? Vor seiner Bundeswehrkaserne?

Warum, zur Hölle, hat mein Vater eine Frau geheiratet, die er nicht heiraten wollte? Wie hat er es nur geschafft, diese entscheidende Frage all die Jahre über als unwesentlich zu verschleiern?

Wie hat er es geschafft, die Rollen so zu verteilen, dass er der »Normale« ist und sie die »Obskure«? Obwohl er selbst mindestens so sehr ein Enigma ist wie meine Mutter. Eine verdammte Blackbox. Und keineswegs weniger rätselhaft als sie.

9

Am ersten Schultag klammerte ich mich an meine Schultüte. Ich hatte das Haar zu einem hohen Pferdeschwanz gebunden und trug ein kurzes hellrosa Kleid. Meine Schultüte war ebenfalls hellrosa, der Ranzen und die Schuhe leuchteten pinkrot. Meine Mutter war gegen diese Farbwahl gewesen, mein Vater aber hatte sich durchgesetzt, ich sollte an meinem ersten Schultag schön sein. Den ganzen Vormittag hatte er wieder an ihrem Aussehen herumgemäkelt und missbilligend auf ihre Körpermitte gezeigt.

»Man könnte meinen, du wärst schwanger.«

Meine Mutter hatte nur befreit gelacht.

Sie begleitete mich bis zur Tür. Im Klassenraum saßen schon die anderen Kinder, aufgereiht in Bänken wie Spatzen auf den Stromleitungen. Ich sah, wie sich für einen kurzen Moment alle Augen auf uns richteten. Einige begannen zu tuscheln, als meine Mutter sich zum Abschied zu mir herabbeugte und mich auf die Wange küsste. Dann war sie auch schon verschwunden, ich blieb zurück im Klassenzimmer.

Unser Lehrer hieß Herr Hugo, war schon ziemlich alt. Er hatte eine große, leicht gerötete Nase und spuckte beim Lachen immer ein wenig. Aber sein Lachen war ansteckend, und er war nett zu uns.

In der Pause kletterte ich zusammen mit anderen Kindern auf den steinernen Tieren herum, die in einer Ecke des Schulhofs aufgebaut waren: ein Drache, ein Dinosaurier und ein Nashorn. Die Kinder in meiner Klasse schienen nett zu sein, und ich wusste, dass meine Eltern sich wünschten, dass ich endlich eine richtige Freundin fand. Ich aber konnte nur daran denken, wieder nach Hause zu kommen. Der Vormittag in der Schule erschien mir endlos. In meinem Kopf schwirrten Informationen durcheinander, die ich aus den Gesprächen mit Erwachsenen aufgeschnappt hatte.

In den vergangenen Wochen waren zwei Flugzeuge abgestürzt. Eine Boeing 737 in Angola, eine Boeing 747 in Spanien. Mein Vater selbst flog immer wieder mal, und die Unfälle machten ihm Angst.

»Es gibt kein technisches Versagen. Nur menschliches«, hatte mein Vater mir erklärt. »Jedem technischen Versagen geht ein menschliches voraus.«

Seither lebte ich mit der Angst, dass meine Mutter auf dem Weg nach Marokko abstürzen würde. Ein Flugzeug war offenbar kein sicheres Verkehrsmittel. Ich bekam Schweißausbrüche, wenn ich nur daran dachte. Als ich in Obach aus dem Bus stolperte, stürzte ich mich auf meine Mutter wie eine Ertrinkende.

Am Nachmittag überredete ich sie, »Frisör« zu spielen. Strähne um Strähne drehte ich Lockenwickler in ihr Haar. Als sie in der weißen Einbauküche mit den rubinroten Oberflächen Kartoffeln schälte, rutschte ich so weit wie möglich an den Herd heran, sodass meine Füße seitlich ihren Bauch berührten.

Als ich am Nachmittag neben ihr über den Marktplatz der benachbarten Kleinstadt lief, fasste ich nach ihrer Hand und presste sie an mich, so fest es ging.

Beim Autofahren schlang ich von hinten meine Arme um ihre Schultern, sodass sie Mühe hatte, geradeaus auf die Straße zu sehen.

Vor dem Einschlafen bettelte ich, dass wir uns gegenseitig unsichtbare Buchstaben auf den Rücken schreiben könnten, und jedes Mal, wenn ihre Fingerspitzen meine Haut berührten, durchfuhr mich ein wohliges Kribbeln.

Sie ließ all das zu, ohne aber wirklich beteiligt zu wirken oder diese Gesten und Umarmungen zu erwidern. Sie wirkte abwesend, aber alles andere als unglücklich. Ihr Gang war leicht, sie war voller Vorfreude, Obach für eine Weile verlassen zu können. Ich hasste dieses Marokko, das mir meine Mutter rauben würde, merkte ich. Und ihren Herrn Engel hasste ich auch.

Dann, an einem Samstag, stand plötzlich ein Mädchen vor dem schmiedeeisernen Tor. Mein Vater polierte seinen blassblauen BMW, meine Mutter wusch ihren Käfer, als uns ein unbekanntes Gesicht, die Nase gegen das Gitter gepresst, voller Neugier betrachtete.

»Komm doch rein«, sagte meine Mutter nach einem kurzen Zögern.

Mit einem Schritt war die Kleine zum Tor hereingeschlüpft. Sie hatte halblanges, schwarz glänzendes Haar, trug eine zitronengelbe Jeans, ein weites weißes T-Shirt und strahlte mich aus einem kleinen, leuchtenden Gesicht hervor an. Ihr Gesicht war eben und klar, ich musste sie unentwegt ansehen. Erst auf den zweiten Blick nahm ich ihren Körper wahr. Das Mädchen, das vor mir stand, war einen Kopf kleiner als ich und wirkte untersetzt. Fast schon *pummelig.*

»Ich bin Jessy«, sagte sie, mit einer Stimme so hell wie der Mond. Es war, als wären ihre Worte mit einem Leuchten untermalt.

Mein Vater sah das fremde Kind misstrauisch an, wie so oft, wenn er jemanden neu kennenlernte. Anders meine Mutter. Sie lächelte ihr breitestes Lächeln.

»Hallo Jessy.«

»Ich wohne jetzt hier.«

»Hier?«

Die Kleine zeigte auf das Haus gegenüber. Ich sah zum Fenster hinauf. Eine ältere, auffällig gekleidete und geschminkte Frau lehnte in einem Fenster des oberen Stockwerks und blickte betont grimmig zu uns herab.

»Bei der Bopp?«, entfuhr es meinem Vater, sichtbar irritiert. »Sie ist – wieder da?«

Er ließ den Wasserschlauch sinken. Kurz stand er mit offenem Mund da. Allmählich konnte er das Mädchen wohl zuordnen.

»Die Bopp?«, wollte ich wissen. »Wer ist das?« Ich kannte das Wort. Es war Dialekt und bedeutete »Puppe«.

Das Schweigen, das darauf folgte, war fühlbar unangenehm.

»Meine Tante«, sagte Jessy.

»Na dann«, meinte meine Mutter schnell. Sie hatte sich die Hände trocken gewischt.

»Willkommen in Obach.« Sie deutete auf mich. »Das ist Ela. Besuch uns doch mal.«

In diesem Moment erhob sich im Haus gegenüber ein seltsames Geschrei. Am Fenster war niemand mehr zu sehen. Selbst von unserem Hof aus hörte man, wie jemand im Obergeschoss randalierte und dazu derbe Flüche ausstieß.

»Ich muss dann«, sagte Jessy rasch. Sie wirkte plötzlich unruhig.

Meine Mutter zögerte. Am liebsten, sah ich, hätte sie das neue Nachbarskind zum Essen dabehalten. Aber mein Vater sagte bloß: »Ja, wir müssen auch.«

Er wollte keine voreiligen Verbindlichkeiten schaffen, das konnte ich sehen. Doch es war zu spät.

»Du bist immer willkommen bei uns«, bekräftigte meine Mutter.

Jessy nahm sie beim Wort.

»Dann komm ich gleich morgen?«

»Morgen ist Sonntag«, versuchte mein Vater es ein letztes Mal.

»Dann am Montag.«

»Einverstanden.« Jessy grinste und starrte auf Iwona. Ich hatte mit ihr und Pepper »Vater, Mutter, Kind« gespielt.

»Du spielst noch mit Puppen?« Plötzlich war es mir unangenehm, Iwona im Arm zu halten. Jessy lachte ihr glockenhelles Lachen und strahlte noch eine Spur heller, und spätestens da war es um mich geschehen. Ich liebte es, wie sie ihr langes schwarzes Haar schüttelte, und ihr Lachen liebte ich auch. Und das, obwohl sie mich gerade beleidigt hatte.

Wie sich beim Abendessen herausstellte, war Jessy tatsächlich eine Verwandte von mir, eine Art Groß-Groß-Großcousine. Normalerweise lebte sie mit ihren Eltern in Baumholder. Vor ein paar Monaten hatte man ihren Vater, einen GI, der hier stationiert gewesen war, in die USA zurückbeordert. Seither war Jessys Mutter *traurig*, wie meine Mutter mir erklärte. Sie *kam nicht aus dem Bett hoch* und musste *sich ausruhen* in einem Heim, das extra für Frauen wie sie eingerichtet war.

»Ach was«, keifte Martha-Oma. »In de Anschdaldt, bei de Verriggte is sie.«

Ich fand es empörend, dass man meine Groß-Groß-Großcousine bisher vor mir geheim gehalten hatte. Eine Cousine war eine Art Schwester. Oder nicht?

Die Bopp wiederum war, wie ich staunend erfuhr, die Schwester von Martha-Oma und hieß eigentlich Maria. Alle im Dorf aber nannten sie nur *die Bobb*, weil sie Pelzmäntel trug und auffälligen Schmuck und weil sie einen jungen türkischen Liebhaber aus der nahen Kreisstadt hatte. Ihr eigener Mann, ein Offizier, war früh im Krieg gefallen, seither bezog die Bopp angeblich eine amtliche Rente. Die Legende besagte, dass sie Kinder hasste und dass sie ihren Eimer mit Putzwasser über jedem ausleerte, der sich mit ihr anlegte. Und da diese Frau die einzige Verwandte war, die Jessy blieb, würde sie also bei ihr wohnen, bis es ihrer Mutter besser ging.

Mein Vater machte keinen Hehl daraus, dass er Jessy einen schlechten Umgang fand. Auch Martha-Oma, die aufgeregt nach oben gekommen war, kaum dass sie die Neuigkeit gehört hatte, ließ kein gutes Haar an ihrer Schwester. Lauthals schimpfte sie über den *jungen Türken*, der nun wieder im Nachbarhaus ein und aus gehen würde, wobei unklar war, was das Problem darstellte: dass er jung war oder Türke oder beides oder dass die Bopp die Hälfte ihrer Rente an ihn *verschleuderte*.

»Auf gar kenne Fall geht Ela zu däne«, sagte sie bestimmt.

»Dann können sie ja hier spielen. Erst mal.« Meine Mutter zuckte die Achseln.

»Du holst dir nur Ärger ins Haus«, sagte auch mein Vater.

»Ihr kennt die Kleine doch gar nicht«, sagte meine Mutter.

Jessys erster Besuch stellte für meine Mutter eine echte Geduldsprobe dar. Sobald sie das Haus betreten hatte, begann sie sofort, sich ungeniert umzusehen. Es hätte nur noch gefehlt, dass sie sämtliche Schubladen aufmachte oder ins Ehebett stieg.

Keine Manieren nannte mein Vater ein solches Verhalten.

Jessy konnte es kaum fassen, wie viel Spielzeug ich besaß, dazu ein eigenes Zimmer, schöne Kleider und einen unbegrenzten Zugriff auf Süßigkeiten.

Nach dem Hühnerfrikassee, von dem sie drei Portionen aß, spielten wir im Garten hinter dem Haus, wo es einen kleinen überdachten Anbau gab, weshalb das Gebäude bei uns in der Familie nur »das Haisje«, »das Häuschen«, hieß. Jessy aber hatte keine Lust, Gummitwist oder Verstecken zu spielen. Ihre Passion waren Barbies. Sie hatte einen ganzen Koffer davon. Ich besaß keine einzige. Meine Mutter hatte es mir verboten. »So sieht keine normale Frau aus«, hatte sie gesagt. »Ich will nicht, dass du ein falsches Bild bekommst.«

Warum sie uns jetzt erlaubte, damit zu spielen, war mir schleierhaft. Vielleicht lag es daran, dass Jessy meine Mutter unverhohlen anhimmelte und sie ihr deshalb nichts verwehren konnte. Vielleicht wollte sie aber auch einfach nur ihre Ruhe haben.

Als Vorbereitung auf *die Reise* versuchte meine Mutter die Aufgaben, die die Sprachschule ihr zusandte, besonders gewissenhaft zu bearbeiten. Stundenlang saß sie in der Küche über ihren Lernmaterialien. Schon bald würde sie zu einer ersten Prüfung nach Baden-Baden fahren müssen.

Es war offensichtlich, wie sehr sie sich freute, dass ich durch Jessy *Gesellschaft* bekommen hatte. Mir erklärte sie, wie schön es wäre, eine Freundin im Ort zu haben.

Schon am Nachmittag aber waren Jessy das »Haisje« und unser Garten zu klein, und schließlich erlaubte mir meine Mutter, ihr das Dorf zu zeigen, solange wir zusammenblieben.

Es war aber eher umgekehrt. Jessy zeigte mir mein Zuhause. Für sie war Obach ein einziger großer Abenteuerspielplatz. Durch sie entdeckte ich Dinge, die mir bis dahin verborgen geblieben waren, Schleichwege und Abkürzungen und auch so unheimliche Sachen wie etwa den Brunnen hinter dem Kirchgarten. Das Bassin war türkis, und das Wasser schimmerte leicht grünlich. Der Wasserhahn bestand aus einer metallenen grauen Schlange, die ihr Maul weit aufriss, der Metallschmied hatte die Bewegung in einem seltsamen Moment gefrieren lassen, als ob das Tier etwas auswürgte oder sich übergeben musste. Über dem Brunnen stand auf Messing graviert KEIN TRINKWASSER. Jessy machte das nichts aus. Sie tauchte beide Hände hinein, und als wir danach in die Wirtschaft liefen und uns dort ein Eis kauften, leckte sie achtlos ihre Finger ab, die sie gerade noch in das giftige Brunnenwasser gehalten hatte.

Das Aufregendste aber waren der Spielplatz und die Affenschaukel. Ich wäre nie auf die Idee gekommen, dort hinzugehen, denn es war ein Treffpunkt für ältere Kinder. Die Jungs fuhren schon Mofas, manche rauchten. Als wir den Spielplatz betraten, begannen die Kinder über

Jessy zu tuscheln, so wie sie über alle tuschelten, die *von auswärts* kamen. Jessy schnappte sich einfach die Affenschaukel und sauste kopfüber vor allen davon. Etwas an ihr verhinderte, dass man sie attackierte. Auch ich spürte es. Es war nicht unbedingt Aggression, wohl aber die Bereitschaft, sich zu verteidigen, im Fall der Fälle.

Als Jessy am Abend nach Hause ging, sah mein Vater ihr mit sorgenvollem Blick hinterher. Hier war sie, die Freundin, die sich mein Vater so sehr für mich gewünscht hatte. Er deutete auf meine aufgeschürften Knie, die in Wahrheit von seinen Stelzen herrührten.

Meine Mutter wolle mich *»loswerden«*, empörte sich mein Vater. »Hauptsache, du hast deine Ruhe, um welchen Preis ist dir egal.« Bevor meine Mutter widersprechen konnte, öffnete sich die Tür im Nachbarhaus und eine Frau trat heraus. Sie trug eine Bluse mit aufwendigen Applikationen und eine Riesenmenge Schmuck. Das also war *die Bopp*. Ich staunte. Sie war alt, was bisher für mich bedeutet hatte, dass sie »hässlich« war, denn die Wörter »alt« und »hässlich« schienen untrennbar zusammenzugehören. Diese Frau aber war schön auf eine Weise, dass man sie unentwegt anstarren musste.

In dem Moment, in dem Jessy unter den Armen der Bopp hindurchschlüpfte, um uns, die wir im Hof standen, zum Abschied zu winken, begegneten sich die Blicke der Frau und meiner Mutter.

Ich spürte ein Einvernehmen zwischen den beiden, das sich noch steigerte, als meine Mutter die Nachbarin unbeirrt mit »Guten Tag« grüßte und die Hand hob. Überrumpelt von der ungewohnten Freundlichkeit, senkte die Bopp gnädig das Kinn und nickte.

Kaum dass die Tür ins Schloss fiel, baute sich Martha-Oma vor meiner Mutter auf. Ihre Nase mit dem blauen Muttermal bebte.

»So ä Zores kimmt ma nett ins Haus«, schimpfte sie.

Sollte das *Ziehkind* ihrer Schwester weiter hier *ein und aus gehen*, würde sie auf gar keinen Fall auf mich aufpassen, wenn meine Mutter weg wäre.

Meine Mutter blickte sie hilfesuchend an. Für einen Moment sah es so aus, als würde ich Jessy, kaum, dass sie in mein Leben getreten war, schon wieder verlieren. Aber dann veränderte sich ihr Gesichtsausdruck, sie fixierte Martha-Oma mit schmalen Augen. Es war mir ein Rätsel, warum Erwachsene ausgerechnet so ihre Geringschätzung zum Ausdruck brachten. Wenn man Katzen so anblickte, werteten diese das angeblich als ein Ausdruck von Zuneigung, hatte Ludwig-Opa mir erklärt.

»Wenn du glaubst, du kannst mich erpressen«, sagte sie, »verlässt du am besten ganz schnell meine Wohnung. Raus hier!«

WARUM HATTE MEINE MUTTER KEINE ENGERE FREUNDIN? Warum hat sie zeitlebens versucht, meine Freundin zu sein? Obwohl sie hätte wissen müssen, dass Mütter und Kinder niemals Freunde sein können?

Im Dorf hat sich diese Situation verschärft, hier gab es tatsächlich niemanden, dem sie sich hätte anvertrauen können. Aber auch in ihrer Jugend hatte sie keine richtig engen Freundinnen. Sie selbst sagt, es hätte wohl daran gelegen, dass sie kein Geld für Unternehmungen hatte, wie die anderen auf dem Gymnasium. Und weil sie auch niemanden mit zu sich nach Hause bringen konnte.

Als sie 16 war, ergab sich die Möglichkeit, dass mein Opa für 5 DM im Monat zu der beengten Mietwohnung, in der sie anfänglich als Aussiedler lebten, eine kleine Mansarde im Haus hätte anmieten können. Meine Mutter hätte in Ruhe Hausaufgaben machen, Freunde empfangen und Musik hören können. Aber all ihr Betteln half nicht. Dem Dafürhalten meines Opas nach brauchte ein junger Mensch keine Privatsphäre.

Für meine Mutter ist dieser fehlende Raum das Sinnbild ihres Lebens. Es ist, als hätte ihr Körper sich niemals Raum nehmen dürfen. Im ganz buchstäblichen Sinne nicht.

In gewisser Hinsicht ist meine Mutter schon als Einsame in die Ehe gekommen. In der Beziehung mit meinem Vater hat sich nur fortgesetzt, was sie aus ihrem Elternhaus kannte. Immer hatte sie das Gefühl, das fünfte Rad am

Wagen zu sein. Sie hatte in dem Familienmodell ihrer Eltern keinen Platz.

Meine Oma hat damals unter der Geburt meiner Mutter eine Thrombose entwickelt. Im Polen der Nachkriegszeit gab es dagegen keine Medikamente, und so musste meine Oma nach der Entbindung drei ganze Monate mit hochgelagerten Beinen im Krankenhaus liegen, in der steten Angst, dass das Blutgerinnsel sich lösen und zum Herz wandern würde. Die Geburt ihres Kindes hat sie also fast das Leben gekostet.

Meine Mutter sagt: Im Grund hat mein Opa ihr nie verziehen, seine geliebte Frau so in Gefahr gebracht zu haben. Für ihn war meine Oma sein Ein und Alles: Mutter, Geliebte, Krankenschwester. Familienersatz. Wie gefährlich das ist. Wenn ein Mensch »alles« sein soll.

10

Wenige Tage später verkündete meine Mutter, dass wir beide heute meine Großeltern in Himmelstädt besuchen würden. Das kam überraschend. Unser letzter Besuch war ewig her. Und abgesehen von der Übergabe der Geburtstagsgeschenke am Tor waren auch sie seit vielen Wochen nicht mehr bei uns gewesen. »Habt ihr euch wieder vertragen?«, fragte ich erstaunt.

Meine Mutter versuchte ein Lächeln. »Ich hoffe es.«

Ich überlegte. Vielleicht war ja einer dieser Feiertage, die nur meine Großeltern feierten, weil sie katholisch waren. Wir bekamen das in Obach dann nie mit, weil hier alle in die evangelische Kirche gingen. Meine Mutter besuchte nie einen Gottesdienst, aber die Feiertage waren ihr dennoch wichtig. Der Namenstag etwa.

»Nein, kein Feiertag und auch kein Namenstag«, sagte sie. »Und jetzt komm.«

»Hast du auch genug getankt?«, fragte ich, als wir auf die Bundesstraße auffuhren. Die Frage war mir inzwischen zur lieben Gewohnheit geworden.

»Ja, habe ich.« Meine Mutter sah mich ungehalten durch den Rückspiegel an. Sie war nicht in der Stimmung für meine besorgten Nachfragen.

In den Tagen zuvor war es eisig bei uns zu Hause zugegangen. Martha-Oma schwieg beleidigt, mein Vater ebenso. Auch meine Mutter hatte neuerdings das Schweigen für sich entdeckt. Nun hatte ich also zwei Elternteile, die schwiegen. Es war wie im Kalten Krieg, nur dass ich keine Ahnung hatte, wer von beiden jetzt der OSTBLOCK war.

Jedenfalls sagte meine Mutter die gesamte Autofahrt über kein Wort. Traurig wirkte sie aber nicht, eher angespannt und nervös.

»Hör zu«, sagte sie irgendwann. »In der Zeit, in der ich in Marokko bin, darfst du vielleicht bei Oma und Opa in Himmelstädt bleiben.«

Ich runzelte die Stirn.

»Drei Wochen?«

»Wie früher«, bekräftigte meine Mutter. »In den Ferien. Weißt du noch? Das mochtest du immer so gern.«

Ich überlegte. Ich sah meinen Vater vor mir, der die Wohnung am Abend ohne uns vorfinden würde bei seiner Heimkehr.

»Und was ist mit Pepper?«

»Das sehen wir dann.«

»Und Jessy?« Alles an meinem Hals zog sich zu. Drei Wochen waren eine Ewigkeit. Vielleicht hätte sie dann schon neue Freunde in Obach gefunden. Es war vollkommen ausgeschlossen, dass ich jetzt so lange fortging.

»Benimm dich«, sagte meine Mutter, nachdem wir geparkt hatten und zum Haus hinübergingen. »Und wenn gebetet wird am Tisch, dann bete gefälligst mit. Hast du gehört?«

»Klar benehme ich mich«, sagte ich, ein bisschen beleidigt.

Oma Ella und ich kamen wunderbar miteinander aus, ich verstand nicht, warum meine Mutter so besorgt war.

Himmelstädt war eine kleine Ortschaft an der Bundesstraße, also nicht ganz so entlegen wie Obach. Der Bungalow meiner Großeltern befand sich etwas weiter oben *im Berg*, eine steile Auffahrt führte hinauf. Auf dem Balkon und in den Beeten und dem Hang und dem kleinen Vorgarten hatte meine Oma violette und rubinrote Stiefmütterchen gepflanzt. Dieses Haus war es, das Martha-Oma meinen Großeltern vor allem anderen neidete. Noch mehr als die Pelzmäntel. Auf mich machte das Anwesen einen irgendwie stolzen, aufgeräumten, aber auch einsamen Eindruck.

Meine Mutter drückte auf die Klingel, über der auf einem Messingschild dieser schöne schlesiendeutsche Nachname stand. Ihr Mädchenname, wie sie sagte. In meinen Ohren klang er weich und rätselhaft.

Die Tür ging auf, Oma Ella beugte sich mit ihrem massigen Oberkörper herab und drückte mir ohne Vorwarnung einen Kuss auf den Mund. Ich traute mich nicht, ihr zu sagen, dass ich so nicht geküsst werden wollte, und hielt still.

»In Schlesien macht man das so«, hatte meine Mutter mir erklärt.

Ihr war es immer furchtbar wichtig, dass ich ihre Eltern nicht verärgerte. Heute musste ich mich offenbar besonders *gut benehmen*, so streng, wie sie mich ansah.

»Mein scheenes, grrrrroßes Goldkind«, flüsterte Oma Ella mit ihrer sanften Stimme. »Gott, was bist du grrrrroß.«

Ihr gerolltes schlesisches »rrrrr« klang wie ein zartes, ungefährliches Donnergrollen. Ich drückte mich sehnsüchtig an sie und schnupperte. Immer roch sie nach Rosenseife.

Dann traten wir ein. Opa Adam lehnte, auf Krücken

gestützt, im hinteren Teil des großen quadratischen Flurs. Als ich auf ihn zutrat, drückte auch er mich mit einem Arm an sich, verzichtete aber auf den schlesischen Kuss. Seine untersetzte Gestalt und sein rundes Gesicht unter seiner spiegelblanken Glatze schienen unentwegt zu lächeln, nur die Augen umgab eine große Traurigkeit. Seit ich denken konnte, lief er auf Krücken. Der Hüftschaden war die Folge von fast vierzig Jahren Bergmannsarbeit »unter Tage«. Hin und wieder versuchte er, vom Krieg zu erzählen, brachte aber meistens kaum mehr als einen Satz hervor, und auch diesen sprach er nicht zu Ende. Trotzdem fing er immer wieder damit an. Kein Besuch bei meinen Großeltern verging, ohne dass er erwähnte, wie dankbar wir alle sein mussten, dass wir endlich in Frieden leben durften.

»Kommt rein«, sagte er und deutete mit der Krücke auf die geöffnete Tür in seinem Rücken.

Vom Flur ging es rechts ab in die kleine Küche und von dort in das Esszimmer, das mit dem Wohnzimmer verbunden war. Heute aber hatte niemand vor zu essen. Ich suchte mit den Augen nach Töpfen auf dem Herd und sog Luft durch die Nase, aber vergeblich. Keine Spur von Oma Ellas dicker Suppe mit den selbst gemachten schlesischen Eiernudeln. Anders als sonst sollte ich auch nicht mit ins Wohnzimmer kommen.

Mein Opa humpelte voraus, meine Mutter folgte ihm und zog die Tür hinter sich zu. Ich blieb in der Küche stehen und sah ratlos an Oma Ella empor. Diese deutete auf Iwona.

»Geh scheeen spielen. Ich brrring dir gleich was.«

Sie drehte mich an den Schultern herum und schob mich hinaus in den Flur. Nachdem auch sie im Wohnzimmer verschwunden war, legte ich mich auf den cremefarbenen Flokati links von der Eingangstür. In der Wand befanden sich bunt leuchtende Glasbausteine, durch die man hinaus auf den Rosengarten blickte. Die quaderförmigen gläsernen Bauteile übten eine enorme Faszination auf mich aus. Sah man durch sie hindurch, färbte sich der Garten draußen abwechselnd grün, rot, blau und wieder gelb. Aus dem Wohnzimmer hörte man dumpf die Stimmen der Erwachsenen. Nach Streit klang es immerhin nicht.

Irgendwann kam meine Oma, um mir ein Malbuch zu bringen, ging aber sofort wieder zu den anderen zurück. Das Heft stammte aus der Reihe »Malen nach Zahlen«. Das Bild, das ich als erstes wählte, war ein lachendes, pausbäckiges Mädchen mit Katze. Schnell hatte ich es fertig ausgemalt, bis auf die Hautfarbe. Ich entschied, Orange dafür zu verwenden. Mit einem Mal musste ich an *Merfen orange* denken, die blutähnliche Tinktur, die meine Mutter immer auf meine aufgeschlagenen Knie tropfte. Ich entschied, dass auch Iwona sich die Knie aufgeschlagen hatte. Vorsichtig presste ich den farbigen Filz auf das harte Plastik. Es funktionierte. Bald waren Iwonas Unterarme vollgemalt. Es sah täuschend echt aus.

Schließlich brachen die dumpfen Stimmen aus dem Wohnzimmer ab, und die Tür zum Flur wurde aufgerissen. Schnell versteckte ich Iwona hinter meinem Rücken. Ich blinzelte an der Silhouette meiner Mutter hinauf. Ihr Gesicht lag im Dunkeln, aber als sie ins Licht trat, wirkte ihr Gesicht entspannter als zuvor. Ihre Stirn war glatt, die Lippen umspielte ein kleines Lächeln. Wie es aussah, würde ich in Himmelstädt bleiben können.

»Kind! Was hast du gemacht?«

Ich zuckte zusammen.

Opa Adam kam an meiner Mutter vorbeigehumpelt und deutete mit seiner Krücke auf Iwona, die hinter meinem Rücken hervorsah. »Deine scheene Puppe. Nu, Kind, das macht man doch nich«, sagte er mit zusammengepressten Zähnen.

Ich biss mir auf die Lippen. Opa Adam stand da, mit eisernem Gesichtsausdruck. Ich spürte, wie mit einem Mal Wut in mir emporstieg. Und Tränen.

»Das ist meine Puppe.«

Einen Moment lang schaute mich meine Mutter unentschlossen an, als wüsste sie nicht, was tun, als müsse sie sich entscheiden, zwischen mir und ihrem Vater. Dann zog sie mich mit hartem Griff vom Boden empor.

»Du entschuldigst dich.«

»Mach ich ja schon«, presste ich hervor. »Entschuldigung.«

Der Besuch war damit abrupt zu Ende. Meine Großeltern verabschiedeten sich knapp, dann zog mich meine Mutter hinter sich her zum Auto. Als wir an der Mülltonne vorbeikamen, griff sie plötzlich nach Iwona, und ehe ich's mich versah, war meine Puppe im Müll gelandet.

»Mama«, rief ich. »Nicht!« Aber sie ließ sich nicht erweichen.

Als sie den Motor startete, drehte sie sich mit eisigem Blick nach hinten zu mir um.

»Mach das nie wieder, hast du gehört?«

»Was?«

»So frech zu Opa zu sein.«

Mit einem Mal sah ich Opa Adams trauriges altes

rundes Gesicht vor mir. Ich bekam ein furchtbar schlechtes Gewissen.

»Darf ich jetzt doch nicht bei ihnen bleiben? Weil ich so frech gewesen bin?«, fragte ich. Zwei Gefühle kämpften in mir, merkte ich. Ich wollte nicht fort aus Obach. Aber ich wollte auch nicht der Grund sein, dass meine Mutter nicht auf diese Geschäftsreise mitkonnte.

»Doch. Darfst du.« Sie versuchte ein kurzes Lächeln. Erst war ich beruhigt, aber dann sah ich, dass sie weinte.

Ich musste an das Diätbuch mit den weißen Zähnen denken.

»Was hast du, Mama?«, fragte ich.

»Nichts.«

Sie sah zum Fenster hinaus.

Ich dachte an Iwona und ihre bemalten Arme. Und an die Mülltonne, in der sie jetzt lag.

»Was hat Opa gesagt? Warum habt ihr gestritten?«

Eine ganze Weile erwiderte meine Mutter nichts. Obwohl sie weinte, deutete nichts in ihrem Gesicht darauf hin, dass sie etwas dachte oder fühlte. Ihr Blick war vollkommen leer, sie schien allein aus großen wasserblauen Augen zu bestehen.

Und dann sagte sie einen Satz, den ich nicht verstand und von dem ich nicht wusste, was er wirklich zu bedeuten hatte.

»Er hilft mir mit dir, dieses eine Mal, das ja.« Sie holte Luft, während sie den Käfer zurück auf die Bundesstraße lenkte. »›*Aber du musst mit deinem Manne leben*‹«, sagte sie leise. »Das hat er gesagt.«

WAS ICH ALS KIND NICHT VERSTAND: Meine Mutter musste ständig zwischen ihrem Mann und ihrem Vater vermitteln, und sie litt sehr unter dem schlechten Verhältnis der beiden.

Mein Opa machte keinen Hehl aus seiner Ansicht, seine einzige Tochter unter ihrem Stand verheiratet zu haben. Meine Mutter selbst hat keinerlei Standesdünkel. Im Gegenteil. Und doch hat mein Vater ihr genau das immer wieder vorgeworfen. Dass sie sich aufgrund ihrer Bildung, des Geldes meiner Großeltern und ihres Hochdeutschs für etwas Besseres hielt.

Wann und wie hat die gegenseitige Ablehnung zwischen den Männern begonnen? Meine Mutter überlegt.

»Als dein Vater das erste Mal zu uns zum Kaffee nach Hause kam, hatte er seine Uniform angezogen. Stell dir nur vor.«

»Seine Uniform?« Ich muss fast lachen, so absurd erscheint es mir.

»Er war ja bei der Bundeswehr, damals.« Sie schüttelt den Kopf. »Er hat sonst immer Zivil getragen. Ich hab ihn nie in Uniform gesehen. Nie.«

Ich staune. Wie kam mein Vater nur auf die Idee, seinem Schwiegervater als Soldat gegenüberzutreten?

»Ich hab mich so geschämt«, gesteht sie.

Mein Opa hat den Krieg und die russische Gefangenschaft nur knapp überlebt. Kaum einer in diesem Nachkriegsdeutschland aber akzeptierte ihn, den Veteranen, als jemanden, der selbstverständlich hierhergehörte.

Wollte mein Vater stattlich wirken? Mannhaft? Hat er versucht, seine wenig noble Herkunft zu kaschieren? Beruhte das Misstrauen zwischen den beiden Männern also auf einem Missverständnis?

Ich vermute, mein Opa hat das Befremden ihm gegenüber gespürt. Zeitlebens hat meinen Vater die schlesische Herkunft meiner Mutter mehr irritiert, als er zugeben wollte.

11

Es war Anfang November. Meine Mutter stand am Herd und schälte Kartoffeln. Ein ganzer Berg der gelben Ovale lag bereits in einer mit kaltem Wasser gefüllten Schale. Anders als Martha-Oma, die nur ein einziges Mal mit dem Messer ansetzen musste, um die Schale spiralförmig von dem gelben Inneren zu trennen, hatten die Kartoffeln meiner Mutter Ecken und Kanten. Wie kleine Kunstwerke sahen sie aus, fast so wie die Kastanienmännchen, die meine Mutter mit mir und Jessy den Herbst über gebastelt hatte. Die ganze Küche stand voll damit.

Mit einem Mal aber weinte meine Mutter so ungehemmt los, dass ich es mit der Angst bekam. Allen Tränen zum Trotz fuhr sie mit Schälen fort. Noch nie, durchfuhr es mich, hatte ich sie so offen verzweifelt gesehen. Was war passiert? Hatten meine Großeltern einen Rückzieher gemacht? Wusste sie wieder nicht, *wohin mit mir?*

»Es kann nicht sein. Wie kann das sein?«, murmelte sie immer wieder vor sich hin.

Jessy sah erschrocken von mir zu ihr. Ihr Blick pendelte förmlich zwischen unseren Gesichtern. Seit sie bei der Bopp eingezogen war, wohnte sie gewissermaßen bei uns. Meine Mutter bedeutete ihr alles. Auf Jessy musste der Ausbruch wirken, als würde ein Fels ins Wanken geraten. Auch ich spürte es. Der Körper meiner Mutter bebte, so sehr schüttelte es sie. Jessy schob den Stuhl von sich. Sie zögerte.

»Soll ich gehen?«, erkundigte sie sich.

»Ja bitte. Tut mir leid«, schluchzte meine Mutter. »Komm doch morgen wieder.«

Und wie immer, wenn meine Mutter etwas sagte, gehorchte Jessy.

Sie schnappte ihre Jacke, murmelte einen schnellen Abschiedsgruß und beeilte sich, zur Tür hinauszukommen.

»Was ist los, Mama?«, wagte ich mich vor.

»Nichts.« Schnell wischte meine Mutter die Tränen von den Wangen. Sie bemühte sich um Fassung, wirkte aber völlig aufgelöst.

In diesem Moment hörten wir, wie mein Vater die Marmortreppe zu unserer Wohnung hinaufkam. Wie immer, bei seiner Heimkehr, horchten wir auf. Nie konnten wir wissen, in welcher Stimmung er war.

Ich wappnete mich. Ich bildete mir ein, es bereits an seinem Gang zu hören. Alles deutete auf *ein Donnerwetter* hin.

Mein Vater trat herein und setzte sich an den gedeckten Tisch. Er schob den Teller beiseite und stellte eine Plastiktüte darauf ab. Ich staunte. Normalerweise erledigte meine Mutter sämtliche Einkäufe.

Die Miene meines Vaters war düster.

»Alle kommen mit ihrer Frau. Nur ich nicht«, brach es aus ihm hervor.

Es würde eine Weihnachtsfeier in der Firma geben, entnahm ich dem Streit, der daraufhin losbrach. Und diese Weihnachtsfeier war mehr als eine Weihnachtsfeier. Sie konnte und würde darüber entscheiden, erklärte mein Vater, ob man ihm eines Tages den Posten des Abteilungsleiters anbieten würde. Die letzten beiden Jahre hatte mein Vater allein zu sämtlichen Firmenfesten gehen müssen.

»Ohne anständige Begleitung.«

»Bitte was?«

»Guck dich doch an. Wie du aussiehst.«

Mein Vater musterte sie, und auch ich besah meine Mutter augenblicklich eingehender. Ich staunte. Seit Jessys Auftauchen hatte ich kaum auf ihr Äußeres geachtet. Fast war es, als hätte die Gegenwart meiner neuen Freundin ein Schutzschild um den Körper meiner Mutter errichtet. Jetzt aber fiel mir auf, dass sie in den letzten Wochen einen richtigen kleinen Bauch bekommen hatte. Den Reißverschluss an der Rockseite bekam sie gerade noch bis zur Hälfte zu. Wie konnte das sein? So streng, wie sie Diät hielt?

»Du hast Probleme«, fauchte sie meinen Vater an und warf eine frisch geschälte Kartoffel so heftig in die Schüssel, dass das Wasser aufspritzte. »Versorg du mal zwei Kinder. Und geh arbeiten. Und versuch zu lernen nebenher.«

»Du und deine Ausreden. Damit ist jetzt Schluss«, erklärte mein Vater unbeirrt.

Mit einem schnellen Griff fasste er in die Plastiktüte und zog eine Waage daraus hervor. Das Gerät war aus Glas und hatte eine digitale Anzeige. Sehr modern sah es aus, ganz anders als das eierschalenfarbene schwere Ungetüm, das im Bad direkt neben der Toilette stand und mit dem meine Mutter heimlich ihr Gewicht kontrollierte.

»Ab jetzt wiegst du dich. Jeden Morgen. So, dass ich es sehe. Hast du gehört?«

»Ich soll bitte was?«, fragte sie komplett entgeistert.

Ich sah, wie ihre Hände vor Wut zitterten. Mit mühsam beherrschtem Gesicht bat sie mich, nach oben in mein Zimmer zu gehen.

Ich gehorchte, blieb aber auf dem Treppenabsatz sitzen und lauschte. Ich hatte von da, wo ich saß, keine Einsicht in die Küche. Lediglich die Stimmen hörte ich.

»Wie viel bringst du auf die Waage? Sag schon«, hörte ich meinen Vater.

In diesem Moment schrie meine Mutter los, und zwar so laut, dass selbst ich oben auf der Treppe zusammenzuckte. Ich verstand nicht, was sie sagte, so gellend war es.

Dann aber, nach einigem Hin und Her, hörte ich die beiden mit gesenkter Stimme miteinander sprechen. Daraufhin wurde es furchtbar still. So still, dass ich fürchtete, das Knarzen der Treppe könne mich verraten.

Eine ganze Weile war nichts zu hören. Dann hörte ich, wie Stühle gerückt wurden, dann, wie meine Mutter weinend aus der Küche lief, und schließlich fiel die Tür ins Schloss. Mein Vater war offenbar in die Wirtschaft gegangen. Ich überlegte.

Der Streit musste mit der Reise zu tun haben. War sie vielleicht so reizbar, weil sie so wenig aß? Durch meine eigene Diät wusste ich, wie furchtbar anstrengend es war, den ganzen Tag Hunger zu haben. Wie ungerecht es war, dass sie dabei noch zunahm.

Ich hatte keine Ahnung, was genau zwischen den beiden vorgefallen war, entschied aber, lieber nicht nach unten zu gehen. Meine Mutter tobte und knallte schon eine ganze Weile mit den Türen. Als ob sie kaum wüsste, wohin mit ihrer Wut.

Ich entschied, in meinem Zimmer zu bleiben und den Kaufmannsladen zu sortieren. Jessy fand Einkaufen-

Spielen langweilig. Ich liebte die vielen Details. Stück für Stück kontrollierte ich, ob die kleinen weißen Schubladen und auch die Papppäckchen ordentlich gefüllt waren. Meine Mutter hatte mir erlaubt, sie mit echten Lebensmitteln zu bestücken. Es gab echten Reis in den Reispäckchen, echte Nudeln in den Nudelpäckchen, echte Smarties in den Smarties-Päckchen, echte Haferflocken in den Haferflocken-Päckchen, echte Rosinen in der Tüte mit Rosinen und echtes Maggie in den kleinen Maggie-Fläschchen. Sogar eine Reihe mit kleinen Kaffeesahne-Döschen hatte ich im Angebot.

Aus irgendeinem Grund kam ich auf die Idee, alles ineinanderzurühren. Ich wollte sehen, was die Gesamtheit dieser Dinge ergab. Wie beim Kuchenbacken. Dazu aber brauchte ich eine Schüssel. Eine echte Schüssel.

Ich schlich zurück auf den Treppenabsatz und lauschte, wie meine Mutter unten in der Wohnung hin und her tigerte. Irgendwann verschwand sie im Bad. Da sie den Schlüssel umdrehte, konnte ich davon ausgehen, dass sie duschte und eine Weile nicht herauskommen würde. Das war die Gelegenheit.

Auf leisen Sohlen eilte ich die Stufen in die Küche hinab. So geräuschlos wie möglich zog ich eine der Aluminiumschalen aus dem Schrank. Die Behälter standen ineinandergestapelt, sieben an der Zahl. Mein Herz schlug laut, aber ich schaffte es, fast kein Geräusch zu verursachen, als ich eine der mittleren Schalen hervorzog.

Zurück in meinem Zimmer, warf ich Nudeln, Reis, Rosinen und Haferflocken ineinander. Kurz nur zögerte ich. Dann gab ich Maggie und Kaffeesahne hinzu. Das Ergebnis war ein faszinierend brauner, salzig riechender Brei.

Da stand mit einem Mal meine Mutter im Zimmer. Erst starrte sie nur stumm auf den Inhalt der Schüssel. Dann war sie mit zwei Schritten bei mir und zerrte mich die leberbraune Treppe hinunter. Ich wusste, wie sehr sie es hasste, wenn man *mit Essen spielte.*

Ich spürte, wie Tränen in mir aufstiegen.

»Hör auf zu heulen. Du hast keinen Grund.«

»Ich hör schon auf.«

»Das machst du nie wieder. Nie wieder. Hast du gehört?«

Mit einem Mal zog meine Mutter einen Kochlöffel aus der Schublade hervor. Ihr rotes Gesicht glühte über mir, und ehe ich es mich versah, hatte sie mich geschnappt und zu sich herumgedreht und drosch mit dem harten Holz auf mein Hinterteil ein.

Einmal, zweimal, dreimal, viermal. Ich hatte das Gefühl, der Kochlöffel würde direkt auf meine Sitzbeinhöcker treffen, Holz auf Knochen. Erst nach vielleicht zehn oder zwölf Schlägen ließ sie von mir ab und verschwand zur Tür hinaus. Sie weinte.

Still lief ich in mein Zimmer hinauf. Mein Gesäß brannte, aber noch heißer brannte die Demütigung auf meiner Stirn. Mein Po fühlte sich unendlich klein an, winzig nahezu, flach, wie ein Klebemännchen. Ich presste die salzigen Lider zusammen und wünschte mir, dass mein Vater nach Hause käme und mich fragte, warum ich weinte. Alles, schwor ich, würde ich ihm erzählen.

Alles.

In dem Kammerspiel mit Namen »Familie« wird das Kind nicht selten zum Blitzableiter der Kräfte, denen die Frau im Patriarchat unterworfen ist.

Ich könnte eine lange Liste mit dramatischen Gesten meiner Mutter anfertigen. Wie sie das Küchenhandtuch durch die Küche schleudert. Oder einen Topf auf den Tisch knallt. Wie sie Löffel und Schürze von sich wirft und mitten im Kochen alles stehen und liegen lässt. Wie sie mit loderndem Blick in ihr Auto steigt und davonbraust. Den Besen mitten im Fegen in die Ecke pfeffert. Wie sie mit strammen Strichen ihr glattes Haar striegelt. Auch mein Vater beherrschte diese Dramatik. Es ist die Sprache einer ganzen Generation.

Mit dem Alter ist dieser offene Furor in ihr erloschen. Nach und nach ist sie immer stiller geworden. Aber nicht weniger dramatisch. An die Stelle der Wutausbrüche rückten Posen der völligen Selbstaufgabe. Miniaturen der Traurigkeit. Wie sie vom Balkon aus sehnsüchtig in den Himmel blickt. Wie sie mit letzter Kraft einen Kuchen in den Ofen schiebt. Wie sie stoisch die Schmerzen erträgt, die jede Bewegung für sie bedeutet. Das Schlimmste aber war ihr Blick. Eine Einsamkeit, schwer und grau wie Blei, schimmerte darin.

Während meiner frühen Kindheit war die Möglichkeit ihrer Wut immer präsent. Ich bin, könnte man sagen, mit einem schlafenden, aber aktiven Vulkan im Rücken aufgewachsen. In einem zwielichtigen Frieden.

Mein halbes Erwachsenenleben hatte ich panische Angst vor stillen Gefahren. Lautlos hervorkriechenden Schlangen, dem Tod durch Ertrinken, schleichenden unheilbaren Erkrankungen, die unerkannt in meinem Körper nisteten. Auch der plötzliche Verlust von Sicherheit verfolgte mich in Form von jäh abstürzenden Flugzeugen, Verleumdungen durch nahe stehende Menschen, Kriminalfilme, in denen sich der Gute mit einem Mal als der Böse entpuppte.

Vielleicht stimmt es gar nicht, dass mich dieses familiäre Kammerspiel nicht loslässt, weil ich Schriftstellerin geworden bin. Vielleicht muss ich den Satz umdrehen. Vielleicht habe ich überhaupt nur angefangen zu schreiben, weil ich als Teil dieses Kammerspiels aufgewachsen bin.

12

Am Vormittag des Weihnachtsabends saßen alle bei uns im Wohnzimmer und schauten Charly Chaplins *Goldrausch*. Alle, das waren Ludwig-Opa und Martha-Oma. Sogar Oma Ella und Opa Adam hatten die Einladung ins Haus der Schwiegereltern angenommen und waren schon am Vormittag aus Himmelstädt angereist. Ihr Besuch passte in eine Reihe rätselhafter Dinge.

Von der Weihnachtsfeier in der Firma meines Vaters war keine Rede mehr gewesen. Und zu der Reise nach Marokko hatte meine Mutter nur irgendwann mit tonloser Stimme gesagt: »Das hat sich erledigt«, was mich natürlich ungemein freute. Das Problem war vom Tisch. *Sich in Luft auflösen* hieß das. Trotzdem hätte ich gerne gewusst, was sie zu dieser Entscheidung veranlasst hatte.

Auch der Plan der morgendlichen Gewichtskontrolle schien sich erübrigt zu haben. Die unheimliche Waage lag in der Abstellkammer, originalverpackt und ohne dass jemand auch nur eine Batterie dafür gekauft hätte.

Meine Mutter schien sich insgesamt *beruhigt zu haben*, doch war es eine eigentümliche Ruhe, die sie ausstrahlte. Ein wenig wie eine matte Kriegerin erschien sie mir.

Auch mein Vater war auffallend still. Etwas schien ihn diese Weihnachten besonders sentimental zu stimmen. Chaplins kleinen Tramp und seine Grimassen und virtuosen Slapstick-Bewegungen betrachtete er mit weicher, fast kindlicher Miene. Als die Szene kam, in der Charly versuchte, anstelle einer echten Mahlzeit aus Hunger einen ungenießbaren alten Stiefel zu verzehren, rutschte mein Vater vor auf die Sofakante, um so nah wie möglich am Fernseher zu sitzen. Es hätte mich nicht gewundert, wenn er versucht hätte, die Hand auszustrecken, um den kleinen Tramp durch den Bildschirm hindurch zu trösten.

Meine Lieblingsszene war der Moment, in dem die Berghütte samt Charlie von dem Schneesturm hin- und herumgeworfen und dabei fast über die Klippe geschleudert wird.

Da es für so viele Menschen eigentlich kein Platz in unserem Wohnzimmer gab und sämtliche Sitzmöbel besetzt waren, lümmelte ich mich auf dem Perserteppich vor dem Fernseher. Ab und zu sah ich mich nach den Erwachsenen um, die, mal kichernd, mal feixend, mal wehmütig, Chaplins Kunststücke bewunderten.

Immer wieder musste ich an Jessy denken. Meine Mutter hatte sie Heiligabend zu uns einladen wollen, weil sie die Vorstellung unerträglich fand, dass ein Kind ohne seine Eltern Weihnachten feiern musste. Aber mein Vater hatte sich durchgesetzt. *Ein Machtwort sprechen* hieß das. Immerhin bekam Jessy ein Weihnachtsgeschenk von ihr. Eine Teenager-Barbie, die Jessy sich gewünscht hatte, und dazu einen Safari-Ken.

Auf *Goldrausch* folgte *Dick und Doof*, aber Ludwig-Opa wollte lieber *Winnetou* sehen, weshalb vom Ersten ins Zweite umgeschaltet wurde, was mich sehr erleichterte.

Zum Abendessen kam meine Tante Lu aus Ludwigshafen. Sie war die Schwester meines Vaters und meine

Patentante. »Patentante« war ein bedrohliches Wort. Es rief mir in Erinnerung, dass meine Eltern eines Tages sterben könnten und dann jemand anderes für mich sorgen müsste. Das war die Aufgabe einer Patentante, hatte mein Vater mir erklärt.

Tante Lu hatte dichtes halblanges Haar, das genauso eisblond war wie das meines Vaters, nur als Dauerwelle. Sie trug eine rote Hornbrille, keine mit randlosem Gestell, wie sie gerade in Mode kamen. Sie war viel dicker als meine Mutter und hatte einen großen Busen, der mich faszinierte.

Mit einem Mal war meine Mutter *in dieser Hinsicht* nicht mehr allein, fiel mir auf. Zusammen mit meinen Großeltern saßen nun vier dicke Menschen bei uns am Tisch.

Der Fondue-Dampf hing schwer über der Tafel. Ich mochte das Gericht nicht, nicht den Geruch von heißem Fett, nicht die sonderbar riechenden, selbst gemachten bunten Saucen, für die meine Mutter so viele Stunden in der Küche gestanden hatte. Alle saßen eng beieinander und wirkten seltsam angespannt. Ich spürte, dass die Stimmung jederzeit umschlagen konnte. Instinktiv rutschte ich näher an meinen Vater heran, seit der Sache mit dem Kochlöffel suchte ich öfter seine Nähe.

Tante Lu war Sozialarbeiterin und sehr streng, wenn es um Frauenfragen ging. Mit ihr saß eine sehr selbstbewusste dicke Frau am Tisch. Eine, die hemmungslos ihren Lockenkopf schüttelte, wenn mein Vater *Unsinn* redet und die niemals zugelassen hätte, dass man ihren Körper kommentierte.

»Mein Fett sagt: Nehmt mich, wie ich bin«, erklärte sie.

Sowohl mein Vater als auch Opa Adam runzelten hier heftig die Stirn. Solche Parolen schienen ihnen an einer Weihnachtstafel nicht angemessen.

Irgendwann war endlich Zeit für die Bescherung. Mein Vater verschwand im Wohnzimmer, woher sogleich ein Klingelzeichen ertönte. Dann traten alle *auf Kommando* ein, um den beleuchteten Weihnachtsbaum zu bestaunen. Sie hatte ihn ausschließlich rot geschmückt. Blutrot. Die Kugeln, die Schleifen, sogar das Lametta.

Von meinen beiden Großeltern bekam ich das unvermeidliche Silberbesteck geschenkt. Zu Ostern, Weihnachten und meinem Geburtstag, immer ein neues Teil. In diesem Fall war es ein Messer. Irgendwann sollte das Ganze einmal vierundzwanzig Teile ergeben. Einen richtigen »Besteckkasten«.

»Wenn de mol heiratschd«, sagte Martha-Oma vorwurfsvoll in Richtung Tante Lu, die zum Leidwesen ihrer Mutter »unverheiratet« geblieben war.

Das größte Geschenk war eine »Villa« für meine neuen Barbies. Meine Mutter hatte Erbarmen gezeigt. Dabei war das Haus im Grunde Jessys Wunsch gewesen, nicht meiner. Seit Wochen hatte sie von nichts anderem geredet, sodass ich es schließlich auf meine Weihnachtswunschliste gesetzt hatte.

Mein Vater pfiff durch die Lippen.

»Eine Villa. Sieh an.«

Augenblicklich fühlte ich mich schlecht, weil ich nun eine »Villa« besaß und mein Vater nicht. Meine Mutter hob die Achseln. So wichtig es ihr war, dass ihre Geschenke vor den Augen meines Vaters Gnade fanden, so immun schien sie an diesem Heiligabend gegen seine Bemerkungen.

Tante Lu, die das Haus kritisch beäugte, schenkte mir ein Spiel, das *Mix-Max* hieß und bei dem man Figuren zusammensetzen konnte. Meine Mutter bekam ein Parfüm, mein Vater eine neue Stereoanlage. Das Gerät war schwer und silbern und hatte unfassbar viele Knöpfe, auf denen ich keinesfalls herumdrücken durfte, wie ich erfuhr. Mit der neuen Anlage konnten wir Musik aus dem Radio aufnehmen, verkündete mein Vater begeistert.

Das Barbie-Haus aufzubauen, dauerte fast eine Stunde. Dann stand es vor uns, über einen Meter hoch. Es hatte drei Stockwerke mit jeweils zwei Zimmern und war nach vorn und an den Seiten offen. Das Auffallendste waren die orangefarbenen Säulen, die den Pappwänden und Böden Stabilität verliehen.

Vielleicht lag es an der Villa, vielleicht an dem Bier, dass mein Vater redseliger wurde.

In naher Zukunft, prahlte er vor Opa Adam, sollte die alte Scheune ausgebaut werden. Man musste Estrich hineingießen, ein neues Dach sollte sie außerdem erhalten. Mein Vater wollte das *grässliche alte Gemäuer* in eine Garage umwandeln!

Ich sah, wie meine Mutter sich an ihrem Glas Orangensaft verschluckte. Die Scheune war riesig, die Dachfläche bestimmt viermal so groß wie die unseres Hauses. Auch Ludwig-Opa war sichtlich empört und erhob Einspruch. Immerhin gehörte ihm das Anwesen, über das mein Vater wie selbstverständlich verfügte. Außerdem sei die alte Scheune viel zu marode. Mein Vater strich sich das glatte Haar aus dem Gesicht.

»Sei nicht so altmodisch«, sagte er abfällig.

Ludwig-Opa bekam einen roten Kopf, schwieg aber.

Aber jetzt ergriff Opa Adam leise das Wort.

»Habt ihr überhaupt genug Geld?« Auch ihm erschien das Vorhaben offenbar unnötig und verschwenderisch.

»Selbstverständlich.« Mein Vater nahm einen Schluck von seinem Bier.

»Un ehrlisch vadiendtes noch dezu«, schickte Martha-Oma hinterher.

Ich sah, wie meine Mutter erstarrte. Im nächsten Moment traktierte sie ihre Schwiegermutter mit tödlichen Blicken.

Wir alle kannten Martha-Omas *loses Mundwerk*. So offen ausgesprochen vor Opa Adam aber hatte sie ihre Beleidigungen noch nie.

»Mama«, zischte auch Tante Lu. »Halt deinen dummen Mund.«

Aber es war zu spät. Opa Adam war bereits aufgestanden.

»Mutti, wir gehen.«

Auch eine sichtlich verstörte Oma Ella erhob sich nun. Immer, wenn sie in Obach zu Besuch war, bewegte sie sich ganz anders, fiel mir auf. Angespannter. Vorsichtiger. Sie lachte auch viel weniger und war längst nicht so souverän wie in ihrem Himmelstädter Zuhause.

Erst sah es so aus, als wollte mein Vater etwas Entschuldigendes sagen, um seine Mutter in die Schranken zu weisen, dann so, als wollte meine Mutter ihren Eltern hinterherlaufen. Schließlich aber blieben sie beide stumm auf ihrem Platz sitzen.

Den restlichen Abend über stritten mein Vater und Tante Lu. Seiner Schwester gegenüber bemühte er sich stets um ein besonders korrektes Hochdeutsch. Wie die Männer in der *Tagesschau*. Vermutlich, weil auch Tante Lu so sprach. Sie hatte sich jede Spur des Obacher Dialekts abtrainiert.

Erst drehte sich der Streit um Amerika, dann um die GRÜNEN, die mein Vater »weltfremd« nannte, weil sie sich nicht darum kümmerten, ob jemand »zu essen« hatte oder nicht, später dann echauffierte er sich über all diejenigen, die Sozialhilfe bezogen, während andere hart arbeiteten. Anders als Chaplin im Fernsehen waren echte Arme ihm suspekt.

Meine Mutter, die schweigend zugehört hatte, rollte die Augen.

»Und dann noch Kinna in die Welt setze«, meinte mein Vater, wobei er in den Dialekt zurückrutschte, und deutete mit dem Kopf in Richtung der Straße. »Asozial ist das.«

»Nicht dieses Wort«, mahnte Tante Lu streng.

»Was ist damit? Ist es ein schlimmes Wort?«, fragte ich interessiert.

»Ein sehr schlimmes.«

Ich überlegte. Mit einem Mal wurde mir heiß und kalt. Auf dem Spielplatz hatten Kinder Jessy dieses Wort hinterhergerufen. Ich hatte mir nichts weiter dabei gedacht.

Im Haus gegenüber war lediglich ein Fenster erleuchtet. Ich stelle mir vor, wie Jessy wohl den Abend verbrachte. Nicht einmal einen Weihnachtsbaum hatte die Bopp besorgt.

»Beschdimmt wehe ihrem Ali.« Martha-Oma nannte den Geliebten der Bopp »Ali«, aber niemand wusste, ob der Mann wirklich so hieß.

Je später der Abend wurde, umso mehr Rotwein und Bier wurde getrunken, und am Ende brach ein Streit aus über den amerikanischen Präsidenten und irgendwelche Raketen, aber er dauerte zum Glück nicht lang.

Irgendwann räusperte sich meine Mutter, die bisher auffallend still geblieben war.

»Ein Geschenk hast du übersehen, Ela.«

Sie schaute mich mit einem Blick an, der fröhlich sein sollte, aber etwas ganz anderes ausstrahlte. Sie deutete auf den blutroten Weihnachtsschmuck und wirkte dabei auf mich so unter Spannung wie ein Tier in der Falle.

Ich sah, wie Tante Lus Blick wanderte, bis hoch zur Baumkrone, und dann mit einem kaum verborgenen Entsetzen innehielt. Ich sah ebenfalls hinauf. An einem der hinteren Zweige, ganz versteckt, baumelte ein kleiner Schuh. Ein Babyschuh. Ich starrte sie an. Das war der Grund, weshalb meine Mutter nicht nach Marokko fliegen würde.

Später hörte ich die beiden Frauen miteinander flüstern.

»Ich dachte, du hast es wegmachen lassen«, erkundigte sich Tante Lu.

Ich wusste nicht, wovon die beiden sprachen, die Antwort meiner Mutter war nicht weniger rätselhaft.

»Ja. Aber es hat nicht funktioniert«, erklärte sie und hob die Achseln. »Das kann passieren. Sagt der Arzt.«

Mein Vater, der hinzutrat, sah mich an, halb erwartungsvoll, halb verunsichert, als wüsste er selbst nicht, wie er die Lage einzuschätzen hatte. Fest stand nur: Ich sollte endlich ein Geschwisterchen kriegen.

Ich war gerade mal zwölf oder vielleicht dreizehn, als meine Mutter mir von ihren beiden Abtreibungen erzählte, an einem unserer vielen endlosen Nachmittage auf dem Balkon, an denen wir ihre Ehe besprachen. Sie hatte einen Abbruch vor und einen nach meiner Geburt.

Ich erinnere mich genau an diesen Moment, in dem mir die Zufälligkeit meiner Existenz bewusst wurde. An das Bewusstsein, genau dieser mittlere Fötus gewesen zu sein.

Warum hat meine Mutter meinen Vater nicht verlassen, damals?, frage ich mich. Obwohl sie wusste, dass diese Ehe nicht zu retten war? Ich habe Angst vor der Antwort, ich kenne die Antwort, ich möchte die Antwort lieber nicht hören. Die Antwort lautet: Ich bin der Grund. Es wäre schwierig gewesen, mich allein großzuziehen, sagt sie. Ihre Eltern hätten sie nicht unterstützt, Alimente hätte sie nicht annehmen wollen.

»Wolltest du überhaupt Kinder? Oder hast du nur geglaubt, welche zu wollen?«, frage ich sie jetzt. Die Frage ist gemein, aber ich fühle mich berechtigt, sie zu stellen.

Meine Mutter zögert, bevor sie antwortet.

»Ach, weißt du, das war damals so.«

»Was soll das heißen, ›das war damals so‹?«

Ich bin empört und hake nach: »Wenn du die Zeit zurückdrehen könntest, würdest du noch einmal Mutter werden? Hast du es bereut?«

»Bereut?« Jetzt ist sie es, die empört reagiert. »Wie kann ich die Existenz meiner Kinder bereuen?«

Meine Mutter blickt ratlos drein. Ich merke, wie sehr meine Frage sie überfordert. Kein Wunder, denke ich. Wir sind es, ihre Kinder, Frucht ihres Leibes, unsere Existenz ist es, an der sich der Wert ihres eigenen Lebens bemisst.

In meiner Erinnerung ist die Zeit der zweiten Schwangerschaft das letzte Mal, dass ihr Körper vergleichsweise selbstverständlich den Raum beanspruchen konnte, den er brauchte. Zum Atmen, zum Leben, zum Sein.

Zwei

1984: Jahr der Frauen in Südafrika
Vogel des Jahres: der Weißstorch

I

»Can I start again?«

Jennifer Beal: *Flashdance*

Mitte April hatte sich der Bauch meiner Mutter in einen Medizinball verwandelt. Da war also mein Geschwisterkind drin. Auch der übrige Körper hatte sich verändert. Ihre Hüften und vor allem ihr Po waren viel runder und schwerer als sonst. Mein Vater bezweifelte, dass das allein mit der Schwangerschaft zu rechtfertigen war. Meine Mutter übte sich in ungewohnter Gelassenheit. Es sei normal, widersprach sie, dass schwangere Frauen an Gewicht zulegten. »Nach der Entbindung ist der Speck wieder weg.«

Ich selbst stand ungläubig vor ihrer mächtigen Gestalt. Inzwischen hatte ich verstanden, dass es ausgeschlossen war, einen älteren Bruder zu bekommen. Ich musste mit einer kleinen Schwester vorliebnehmen. Zu berühren wagte ich den Bauch meiner Mutter nicht. Umso weniger konnte ich mich daran sattsehen. Wann immer sich mir die Gelegenheit bot, bestaunte ich fasziniert seine Konturen.

»Lass das«, sagte meine Mutter, wenn sie es bemerkte. Sie hasste es, angestarrt zu werden.

Ins Büro ging sie nicht mehr. Der *Mutterschutz* sorgte dafür, dass sie weiterhin Geld bekam, auch ohne zu arbeiten. Sie hätte lieber weiter gearbeitet, aber das war vom Gesetzgeber verboten. Größeres Kopfzerbrechen bereitete ihr die Zeit nach der Geburt. Ihr volles Gehalt würde sie nur in den ersten sechs Wochen erhalten. Danach hatte sie kein »eigenes Geld« mehr. Am Telefon mit Tante Lu hatte sie erklärt, sie werde meinen Vater keinesfalls um das Geld für die Sprachschule »anbetteln«. Es war schlimm genug, dass sie das Haushaltsgeld von ihm würde fordern müssen.

»Mir muss etwas einfallen«, murmelte sie immer wieder. »Schon bald ist auf meinem Konto Ebbe.«

Mein Vater hatte seine Ankündigung wahr gemacht und tatsächlich mit dem Umbau der Scheune begonnen. Wenn er am Abend von der Arbeit kam, schleppte er mit der Schubkarre riesige Säcke mit Schutt daraus hervor und entlud sie auf einen Anhänger, ein *sündhaft teures* Gerät, wie sich meine Mutter beschwerte. Er hatte ihn extra für den Umbau angeschafft.

Zunächst müsse man das Gebäude entrümpeln, erklärte mein Vater. Erst dann käme das Dach an die Reihe. Ludwig-Opa zeigte keinerlei Bereitschaft, ihm zu helfen. Seit Weihnachten hatten Vater und Sohn kaum ein Wort miteinander gewechselt.

Meine Mutter hingegen verspürte offenbar den dringenden Wunsch mitanzufassen, doch mein Vater verbot es ihr. Wenn sie sich nicht gerade an den Küchentisch setzte, um Vokabeln zu lernen, saß sie tatenlos zu Hause.

Ich war sicher, am liebsten hätte sie einfach in der Sonne gelegen und gelesen. Das aber wagte sie nur, wenn sie und ich allein im Garten oder *im Haisje* waren. Sie las unterschiedslos alles, was sich in der heimischen Bibliothek meiner Eltern und der von Ludwig-Opa befand: Fallada, Kishon, sogar zu Konsalik griff sie in ihrer Not, auch wenn sie den vielen *Herzschmerz* nicht mochte. In Gegenwart von Martha-Oma, die selbst keine Sekunde still saß und unablässig in Hof oder Garten werkelte, konnte sie sich wohl kaum in ein Buch vertiefen, es genügte, dass Ludwig-Opa auf seiner Chaiselongue lag und in seinem *Winnetou* schmökerte.

Andere Frauen im Dorf trafen sich in ihrer Freizeit, um Makramee zu knüpfen oder aus Salzteig Kränze zu flechten. Meine Mutter konnte mit diesen Dingen nichts anfangen. Mit mir bastelte sie hin und wieder, zum St.-Martins-Umzug eine Laterne oder zu Weihnachten einen Adventskalender. Wie man aber als Erwachsene freiwillig und grundlos basteln konnte, war ihr ein Rätsel. Ratlos stand sie vor den Hexen, die gerade bei so vielen Frauen im Ort beliebt waren. Kaum ein Küchenfenster blieb frei davon. Die Figuren waren aus Draht gebogen, hatten grimmige Gesichter, einen Kopf aus Stoff und ritten meist auf einem Besen aus Stroh.

»Das soll einer verstehen.« Sie konnte darüber nur den Kopf schütteln.

Ein Kompromiss zwischen Lesen und Nichtlesen war, dass ich meiner Mutter und Jessy vorlas, während sie im Hof neben meiner Oma saß und junge Erbsen pulte. Ich las *Madita, Michel, Pippi*, die ich aus der Schule kannte, aber meine Mutter mochte die heile Welt dieser Geschichten nicht besonders. Jessy hingegen lauschte fasziniert. Auch Martha-Oma hörte aufmerksam zu, auch wenn sie die ganze Zeit über dabei die Nase mit dem blauen Muttermal rümpfte.

Inzwischen hatte sich meine Mutter zu einem Waffenstillstand durchgerungen. Nun, da ihre Eltern erneut den Kontakt zu ihr abgebrochen hatten, würde sie auf

Martha-Omas Hilfe angewiesen sein, spätestens, wenn sie ins Krankenhaus musste. Mein Vater konnte ja nicht einmal ein Rührei für mich zubereiten.

Schließlich war das Dach der Scheune so weit gesichert, dass mein Vater die Mitarbeit meiner Mutter für ungefährlich erklärte. Das Entrümpeln ging ihr leicht von der Hand, sie störte sich weder an dem vielen Staub noch an den Spinnweben, vor denen sich mein Vater ekelte. Diese Arbeit überließ er ihr gern, auch weil er anderes im Sinn hatte. Er hatte sich einen schicken weißen Motorroller gekauft, und dazu einen weißen Helm. Damit brauste er durch den Ort oder manchmal, nach Feierabend, auch über die Felder.

»Zur Belohnung. Für die Schufterei«, erklärte er.

Und als sollte auch meine Mutter für die Anstrengung belohnt werden, entdeckte sie zuletzt in einem hinteren Teil der Scheune einen alten Waschtisch. Er hatte zierliche gedrechselte Beine und formschöne Armaturen aus Metall. Nur das Holz war mit einer dicken rotbraunen Farbe übermalt und splitterte an sämtlichen Ecken und Kanten.

Martha-Oma winkte ab, als sie sah, was meine Mutter vorhatte.

»Gee fatt. Das alte Zaisch.«

Wie mein Vater hasste sie alles, was alt war und an die Zeit erinnerte, in der sie und Ludwig-Opa Bauern gewesen waren.

»Ich werde den Tisch restaurieren«, verkündete meine Mutter begeistert. »Menschen bezahlen viel Geld heutzutage. Für alte Bauernmöbel.«

Es gab noch mehr Mobiliar in der Scheune, wie sich herausstellte, das längst auf den Sperrmüll hätte gebracht werden sollen. Einen Bauernschrank, ein Bett und einen Nachttisch. Sämtliche Möbelstücke zusammen ergaben ein *Fremdenzimmer*. Meine Mutter war begeistert.

Durch Erkundigungen in einem Antiquitätengeschäft fand sie heraus, was restaurierte Möbel wie diese wert waren.

»Ich kann sie verkaufen«, strahlte sie. »Für richtig viel Geld. Stellt euch vor.«

Als sie das hörte, war Martha-Oma direkt angetan. Da die Möbel ihrer Mutter gehört hatten, sollte sie selbstverständlich ihren Anteil bekommen.

»Vielleicht reicht es ja für einen Pelzmantel«, sagte meine Mutter, woraufhin die Augen meiner Oma leuchteten.

Auf einmal waren die beiden verfeindeten Frauen Geschäftspartnerinnen. Mein Vater runzelte die Stirn, als er von dem Vorhaben hörte, aber er kommentierte es nicht weiter.

Schon am nächsten Morgen zog meine Mutter entschlossen ein Paar rosa Gummihandschuhe über, bis zum Ellbogen reichten die Dinger. Jessy und ich mussten währenddessen in sicherem Abstand auf dem Treppenabsatz vor unserem Haus sitzen. Dieses Versprechen hatte mir mein Vater abgenommen. Ihm war nicht wohl bei der Vorstellung, dass jemand in Gegenwart seines Kindes mit einer ätzenden Lauge hantierte.

Von Weitem sahen wir zu, wie meine Mutter den breiten schweren Malerpinsel in eine scharf riechende braune Brühe tauchte, um anschließend die einzelnen Holzteile damit zu bestreichen. In großen Schwüngen, sodass die Flüssigkeit links und rechts auf den Boden tropfte. »Ablaugen«, nannte sie das.

Dann kam der Teil, der körperliche Anstrengung bedeutete. Mit einem Spachtel musste man die weich gewordene alte Farbe vom Holz kratzen. Schon nach wenigen Minuten war meine Mutter über und über rot im Gesicht. Alles, was an ihrem Körper wackeln konnte, wackelte. Die Brüste, ihr Po und zu meinem Schreck auch ein wenig ihr Bauch mit dem Baby darin. Meine Mutter selbst schien nichts zu bemerken, sie war ganz vertieft in ihre Arbeit.

Am Ende kam noch eine Lasur auf das Holz.

»Wenigstens sieht man am Ende des Tages, was man gearbeitet hat«, sagte sie fröhlich. »Nicht wie beim Bügeln oder Kochen.«

Als sie gerade vor der Herausforderung stand, die schweren Schrankteile von den Böcken zu wuchten und in einen überdachten Teil des Hofes zu bringen, tauchte glücklicherweise der Geliebte der Bopp an unserem Tor auf. Er hatte gerade in sein Auto steigen wollen, und zögerte auch erst, unseren Hof zu betreten, doch meine Mutter winkte ihm zu, dass er hereinkommen sollte.

In diesem Moment trat Martha-Oma aus der Tür, sie musste uns vom Küchenfenster aus beobachtet haben. Drohend betrachtete sie meine Mutter, aber die ließ sich nicht beirren.

Ich hatte viel über den fremden Mann gehört, aber aus der Nähe gesehen hatte ich ihn noch nie. Ein bisschen wie *007* sah er aus, nur schmächtiger.

»Ich bin Ilay«, sagte er.

Martha-Oma hatte sich also geirrt, er hieß nicht »Ali«, sondern »Ilay«.

Viel Deutsch konnte er nicht, aber die beiden schafften es auch so, den frisch gestrichenen Schrank in Sicherheit zu bringen. Am Ende wollte meine Mutter sich erkenntlich zeigen und ihm etwas Geld geben, aber Ilay winkte ab.

Sie lächelten einander vorsichtig zu. Er war auch *von auswärts,* wie sie selbst, und die beiden schienen dadurch wie miteinander verbunden. Wie eine geheime Linie, die direkt von Herz zu Herz führte.

Ich muss jedes Mal schlucken bei dem Wort »Fremdenzimmer«. Es kommt mir vor, als wäre meine Mutter ihr ganzes Leben lang eingesperrt gewesen, von diesem Wort.

Ich zeige ihr einen Zeitungsartikel, den ich mitgebracht habe. Es geht darin um Stressfaktoren, die zu Gewichtszunahme führen können. Punkt eins: »Soziale Isolation«.

»Was meinst du damit?« Sie klingt gekränkt, mit einem Mal.

Aber sie weiß, dass es stimmt. Weder in der Ehe mit meinem Vater noch im Dorf hat sie so etwas wie selbstverständliche Geborgenheit erlebt. Sie kam mit fast allen im Ort gut aus, und doch blieben die Leute ihr fremd.

Sie selbst hat Minderheiten stets lautstark verteidigt. Kein Tiefpunkt ihres Lebens hat sie zu Ressentiments verleiten können.

Nach der Trennung hat meine Mutter lange als Kindermädchen für eine Schwarze Familie gearbeitet. Ich erinnere mich an ihr Staunen über die karibischen Gerichte, die man sie bat, für die Kinder zu kochen, aber selbst auf diese für sie fremde Küche hat sie sich im Alter noch bereitwillig eingelassen.

Wie groß war ihre Scham, als ich sie später darüber aufklärte, was für ein Kinderlied sie mich da eigentlich hatte singen lassen, mit ihren »Zehn kleinen N.«.

2

Den Berechnungen der Ärzte zufolge dauerte es nicht mehr lange, und meine Schwester würde zur Welt kommen. Wenige Tage vor dem Termin feierte man im Dorf Himmelfahrt, Vatertag, und an diesem Tag gingen die Männer traditionellerweise *in den Wald.* Auch mein Vater war mit von der Partie, und Jessy und ich begleiteten ihn, während meine Mutter zu Hause saß und darauf wartete, dass die Wehen einsetzten.

»Ist das in Ordnung?«, erkundigte sich mein Vater.

»Aber sicher. Geht nur«, wehrte meine Mutter ab.

Ich war aufgeregt, zugleich aber auch in andächtiger Stimmung. Es würde nicht mehr lange dauern. Ich konnte es kaum abwarten, endlich meine Schwester im Arm zu halten.

Seit dem frühen Morgen schon saßen Jessy und ich in unserem Hochsitz und hielten nach Rehen Ausschau. Mein Vater war mit den anderen Männern zur *Festhütte* gegangen, wo gegrillt und getrunken wurde. Wir spähten konzentriert ins Grün. In dem dichten Gestrüpp konnte man, wenn man sich Mühe gab, Vögel, Eichhörnchen und manchmal eben auch ein Reh entdecken. Mein Vater hatte uns sein Fernglas ausgeliehen, unter der Bedingung, es heil und ohne den kleinsten Kratzer zurückzubringen. Er liebte die Bäume und auch Tiere des Waldes und verfolgte akribisch das Waldsterben, das allerorts im Land zu beobachten war.

Jessy und ich fanden den Wald beide unheimlich. Nur

auf dem Hochsitz fühlten wir uns sicher. Die größte Gefahr, die im Unterholz lauerte, war Tollwut. Eindringlich warnte Ludwig-Opa uns jedes Mal vor Tieren, die Schaum vor dem Mund hatten.

Auch um nicht ständig zur Festhütte zurücklaufen zu müssen, hatten wir Vorräte mit hochgebracht: *Knoppers, SUNKIST, Hubba Bubba.*

Um die Mittagszeit stand plötzlich einer der älteren Jungen am Fuß des Hochsitzes. Unter dem Arm hatte er einen Helm. Er war außer Atem, und es dauerte kurz, bis ich verstand, was er sagte. Meine Mutter war mit Wehen ins Krankenhaus eingeliefert worden, und wenn es stimmte, was der Junge sagte, war meine Schwester bereits auf der Welt. Ludwig-Opa hatte in seiner Verzweiflung den Nachbarsjungen mit dem Motorrad in den Wald losgeschickt. Ich konnte die schwere schwarzblaue Maschine vom Hochsitz aus erkennen.

Sofort kletterte ich hinab und stürmte zwischen Bäumen und Unterholz hindurch auf die Festhütte zu. Männer auf Klappstühlen saßen im Kreis um ein Feuer herum. In ihrem Rücken wurde ein Wildschwein gegrillt, ich vermied es, dem Tier ins Gesicht zu sehen.

Die Nachricht hatte sich bereits herumgesprochen. Einige prosteten meinem Vater zu, andere klatschten ihm feierlich auf den Rücken. Eine Frau gratulierte ihm, indem sie anerkennend durch zwei Finger pfiff. Für einen Moment stutzte ich. Es war *die braune Manuela*. Die braune Manuela hieß »die braune Manuela«, weil es auch eine schwarzhaarige und eine blonde und eine rothaarige Manuela im Dorf gab. Sogar eine mit grauem Haar, wenn man es genau nahm. Das erste Mal fiel mir auf, dass die Frau eine gewisse Ähnlichkeit mit meiner

Mutter hatte. Sie war dünner, eher sportlich und nicht so elegant. Sie spielte in der örtlichen Frauenfußballmannschaft, sie rauchte und trank und trug Turnschuhe und eine schwarze Lederjacke. Aber ihre Gesichter, oder vielleicht auch nur ihre Augen, ähnelten einander.

Mein Vater lachte und lächelte, dann setzte er sich auf seinen schicken neuen weißen Roller, ich schlüpfte vorbei an seinen Beinen und stellte mich so vor ihn hin, dass ich sicher das Lenkrad fassen konnte.

Erst als wir losfuhren, bemerkte ich Jessy im Rückspiegel. Sie stand da, mit ihrem feinen kleinen Gesicht, und als ich die Hand hob und winkte, winkte sie zurück. Ich wusste, dass sie liebend gern mit ins Krankenhaus gekommen wäre. Aber sie *gehörte nicht zur Familie,* wie mein Vater mehr als einmal klargestellt hatte.

Zu Hause tauschte er den Roller gegen den blassblauen BMW. Er wunderte sich, dass der Käfer meiner Mutter noch im Hof stand, hatte aber keine Zeit, das zu hinterfragen, weil Martha-Oma aufgeregt wie ein Huhn um uns herumschwirrte.

»Ob ach jooo alles gut geht«, unkte sie.

Zu viele Frauen hatte sie *im Kindbett sterben sehen*, als dass eine Geburt für sie etwas Alltägliches hätte sein können. Etwas an Martha-Oma war sonderbar. Sie sah so aus, als ob sie meinem Vater etwas sagen wollte, sich dann aber entschloss, zu schweigen.

Im Auto betrachtete ich uns eingehender. Zwar hatte mein Vater geduscht und sich eine frische Jeans, ein paar saubere Schuhe und ein kurzes Sommerhemd angezogen, trotzdem rochen sein Haar und seine Haut nach Wald und Feuer und nach Bier. Ich selbst hatte nicht geduscht, ich badete lieber, aber für Baden war keine

Zeit geblieben, und so war ich von oben bis unten mit Schmutz, Gras und kleinen Kletten übersät.

Im Krankenhaus mussten wir endlos lange Gänge entlang laufen an unzähligen Zimmertüren vorbei, die alle gleich aussahen. Mein Vater schien sich genauso unwohl zu fühlen wie ich durch die umherschlurfenden Kranken, den Geruch nach Desinfektionsmittel. Er bewegte sich linkisch, hastete mehr, als dass er schritt, und wirkte so, als wäre er zu spät zu einem Geschäftstermin.

Wir traten durch eine Tür ein, und dann sah ich sie. Oder vielmehr *es*. Mein Vater trat zu meiner Mutter ans Bett. Sofort streckte er die Hand aus, tastete zärtlich über den kleinen Kopf, die winzigen Hände.

Ich schluckte, um die Enttäuschung zu verbergen. Das Baby hatte weder Haare noch Zähne. Es hatte rote und faltige Haut, schrie in einem fort und sah unglaublich hässlich aus. Ich zögerte.

»Können wir sie vielleicht – umtauschen?«

Sofort brach mein Vater in lautes Gelächter aus. Er lachte, so wie er lachte, wenn er kaum an sich halten konnte, erst lautlos, dann befreit heraus, mit verkniffenen Augen, während er ein Bein anwinkelte und das Knie nach innen drehte und sich mit der Hand auf den Oberschenkel des anderen klatschte. Offensichtlich hatte ich einen guten Witz gemacht.

Meine Mutter lachte nicht.

»Aber Ela«, sagte sie streng. »Was redest du da?«

Sie sah mich an, ganz offensichtlich schockiert darüber, dass ich meine Schwester nicht schön fand. Eine ihrer goldenen Regeln lautete, dass man gefälligst niemanden nach seinem Aussehen beurteilte.

Ich schluckte. Mir war nach Heulen zumute, nicht

nach Lachen. Ich wusste nicht, wie ich mich ihr hätte verständlich machen können. Es ging nicht darum, was ich schön fand oder nicht. Meine Sorge galt meinem Vater. Jetzt, in diesem Moment, mochte er vielleicht nicht sehen, wie verknittert, zahnlos und kahlköpfig meine Schwester war. Aber sobald seine Bierseligkeit sich gelegt hatte, würde er auch an unserem Baby herumnörgeln, da war ich ganz sicher. Das war die Regel in unserer Familie, oder nicht? Dass man schön auszusehen hatte. Und schön war dieses kleine Wesen wirklich nicht.

Meine Mutter sah erschöpft aus, und das lag gewiss nicht allein an der Geburt. Mehrmals hörte ich sie seufzen. Nicht ohne eine gewisse Unruhe versuchte ich die Stimmung meines Vaters zu deuten. Ich sah, wie sein Blick den Körper meiner Mutter durch die Krankenhausbettdecke hindurch absuchte. Das Baby war geboren. Ich wusste und mein Vater wusste und auch meine Mutter wusste es. Sie würde abnehmen müssen.

Mit einem Mal sah mein Vater sie an, wie sie meine Schwester an die Brust anlegte.

»Wer hat dich eigentlich ins Krankenhaus gefahren?«, wollte er wissen.

Meine Mutter sah ihn mit festem Blick an. Kurz nur zögerte sie.

»Das war Ilay«, sagte sie dann.

»Wer?«

Mein Vater stutzte für einen Moment.

»Der Geliebte von der Bopp?«

»Unser Nachbar.«

OFT HABE ICH MICH GEFRAGT, inwiefern ich tatsächlich der Auslöser von alldem war. Sicher ist: Mit meiner Geburt nimmt das Drama an Fahrt auf.

»Erst durch die Schwangerschaft hast du zugenommen. Richtig?«, taste ich mich vor.

Meine Mutter überlegt.

»So würde ich das nicht sagen.«

Gemeinsam betrachten wir die Fotos aus der Zeit vor meiner Geburt.

»Nach der Entbindung sah ich aus wie vorher. Im Grunde.« Meine Mutter wirkt stolz, wie sie ihr altes Ich betrachtet.

Wir blättern uns durch das Album, Seite um Seite. Es stimmt. In der Münchner Zeit, als ich zwei oder drei Jahre alt bin, ist sie eine schlanke, klassisch schöne Frau. Überhaupt wirkt sie recht unbeschwert auf den Bildern. Auf einem Foto, das im Englischen Garten aufgenommen war, sieht man meine lachende Mutter. Wie ein Flugzeug schleudert sie mich, ein Kleinkind mit weißem Kopftuch, durch die Luft.

»Tja, aber dann«, sagt sie bedauernd und deutet auf ein Bild. »Siehst du? Ab da ging es los.«

Im Kopf rechne ich nach. Die Zeit ihrer Gewichtszunahme fällt genau in die Jahre zwischen der ersten und der zweiten Schwangerschaft. In die Zeit des Umzugs in unser Dorf.

»Was ist passiert?«

Meine Mutter schaut zur Decke.

»Ich weiß auch nicht«, sagt sie schließlich. »Es war alles so – so traurig.«

»Im Dorf, meinst du?«

Sie nickt. Wir sind uns sicher, die Ehe meiner Eltern wäre anders verlaufen, wenn sie in München wohnen geblieben wären. Grund für den Umzug soll die Miete gewesen sein.

Meinem Vater war die Wohnung in Schwabing zu teuer. Auch fand er das Großstadtleben »zu anonym«, wie er sagt. An München mochte er die nahen Berge und die Seen, die bayrischen Sitten und Gebräuche. Nicht die Stadt.

Als ich geboren wurde, stand für meinen Vater außer Frage, dass meine Eltern in sein Heimatdorf zurückkehren würden. Ich sollte »nah an der Natur« aufwachsen. Meine Mutter hat München geliebt. Sehr sogar. Man könnte also sagen: Der Preis für das Wohlbefinden meines Kinderkörpers war das Wohlbefinden ihres eigenen Körpers. Wenn das kein Drama ist, weiß ich auch nicht.

3

Als meine Mutter aus dem Krankenhaus entlassen wurde, hatte sich die Haut meiner Schwester geglättet, ein hellblonder Flaum war ihr auf dem Kopf gewachsen, und sie lächelte aus einem bezaubernden kleinen himbeerroten Mund. Ich war vernarrt in sie, ebenso mein Vater. Nur Jessy blieb auf Abstand, ähnlich wie Pepper. Die neue Hausbewohnerin beanspruchte viel Aufmerksamkeit.

Meine Mutter wiegte und trug und wickelte und fütterte meine Schwester in einem fort. Ich sah, wie müde und erschöpft sie oft schon am Morgen war, doch verlor sie darüber kaum ein Wort.

An Französischvokabeln war zunächst nicht zu denken. Die Prüfung für ihr Diplom hatte sie zum Glück verschieben können, eine Information, die mein Vater wortlos zur Kenntnis nahm. Das viele *Gelerne* war ihm ohnehin suspekt.

Ich musste zum Glück kaum etwas für die Schule tun. Alles, was wir im Unterricht beigebracht bekamen, verstand ich, auch bei Jessy war das so. Sobald wir den Schulranzen beim Nach-hause-kommen von den Schultern streiften, verschwendeten wir keinen Gedanken mehr an schulische Dinge.

Die Freude über meine perfekte kleine Schwester währte nicht lange.

Der Ausbau der Scheune war ins Stocken geraten, es war viel teurer als gedacht, und mein Vater wurde zusehends ungehaltener, als er verstand, dass sein Gehalt ohne den Zuverdienst meiner Mutter, der nun wegfiel, nicht reichte. Die sechs Wochen Mutterschutz waren vorüber, und sie verdiente keinen Pfennig mehr. Die leer geräumte Scheune würde deshalb bis auf Weiteres unvollendet bleiben. Es wäre sinnlos, einen neuen Boden zu gießen, wenn man sich kein neues Dach leisten konnte. Der blassblaue BMW meines Vaters sah verschwindend klein aus in dem riesigen, zum Himmel offenen Raum, als hätte man ihn in einer Kirche geparkt.

Das Ergebnis des gescheiterten Scheunenumbaus war, dass der Körper meiner Mutter wieder ganz ins Zentrum der Aufmerksamkeit meines Vaters rückte. Und natürlich fand er ihn zu dick.

»Das ist normal nach einer Schwangerschaft«, versuchte sie sich zu wehren, aber es klang wenig überzeugend.

Entgegen ihren Prophezeiungen hatte sie nicht auf wundersame Weise an Gewicht verloren unter der Geburt. Das Gegenteil war der Fall. Inzwischen hatte ich gelernt, den Unterschied zu sehen. Die Grußkarte von Gerd und Isolde machte es nur noch schlimmer. Die beiden hatten einen Trauerfall in der Familie, sie bedauerten, nicht zum Tauffest kommen zu können, aber die Glückwünsche beschworen das Bild der dünnen Isolde herauf.

Seit meine kleine Schwester da war, hatte meine Mutter ihren Kleidungsstil verändert. Sie trug jetzt ausschließlich dunkelblaue oder schwarze Röcke aus elastischem Stoff und mit Gummibund und weite wallende Blusen. An den geliebten Jeansrock war nicht mehr zu denken, überhaupt an keine Kleidung mit Reißverschluss mehr. Meinem Vater gefiel das alles ganz und gar nicht.

»Früher warst du immer so chic gekleidet«, sagte er oft. »Jetzt versuchst du, dich zu verstecken. Meinst du nicht, dass es langsam an der Zeit wäre abzunehmen? Die Geburt ist lange genug her.«

»Lass mich in Ruhe. Ich stille«, war ihre Standardantwort, die mein Vater grummelnd akzeptierte.

Dann aber bekam meine Mutter eine Blasenentzündung, gegen die der Arzt ein Antibiotikum verordnete, was das Stillen unmöglich machte. Der Diät stand also nichts mehr im Wege.

Lange hatte sie unsichtbar in der Kammer geruht, jetzt thronte die fürchterliche gläserne Waage im Badezimmer neben dem Korb für die Schmutzwäsche. Jeden Samstagmorgen musste meine Mutter pünktlich vor seinen Augen ihr Gewicht kontrollieren. Anschließend trug mein Vater die Zahlen in ein dafür vorgesehenes Notizbuch ein.

»Wir schreiben auf, was du wiegst«, erklärte er eifrig. »So kannst du das besser kontrollieren.«

Meine Mutter funkelte ihn wütend an.

»Ich meine es doch nur gut«, erklang es.

Der Sommerurlaub war zum Glück kein Thema in diesem Jahr, meine Schwester war noch zu klein für eine lange Autofahrt. Dafür stand uns die alljährliche Kirmes bevor, »die Käbb«, wie es im Ort hieß. Es war *das* Ereignis in Obach. Im Vorjahr hatte die Gemeinde das Geld nicht aufbringen können. Umso gebannter wartete man auf die diesjährige Ausgabe. Jessy und ich freuten uns schon seit Wochen darauf, Schiffschaukel zu fahren und Lose zu ziehen.

Das grün-weiße Buch mit dem großen Frauenmund und den darin gestapelten Lebensmitteln lag Tag für Tag aufgeschlagen neben dem Herd und schrie einem *»Du darfst«* entgegen. Eine Kohl-Diät war ihr Mittel der Wahl, sodass unser Haus über Wochen hinweg nach gedünstetem Rosen- und Blumenkohl stank. Meine Mutter hatte ausnehmend schlechte Laune.

Was sie vom Terror der Waage befreite, war ein unerwartetes Ereignis in der Firma meines Vaters.

An einem Abend stieg er mit beschwingtem Schritt die Marmortreppen hinauf und nahm atemlos am Küchentisch Platz. Stolz und glücklich wirkte er.

Es war ihm gelungen, einen Auftrag mit einem chinesischen Stahlwerk *an Land zu ziehen*. Genauer gesagt würde er ein Prüfgetriebe für ein Stahlwerk bauen, in einer Millionenstadt, deren Namen er sich aber nicht hatte merken können, so unaussprechlich und abenteuerlich schien sie ihm. Es handelte sich bei dem Auftrag um eine außerordentlich wichtige und finanzschwere Angelegenheit.

»Millionen zahlen die. Millionen.« Er schnalzte mit der Zunge. »Wenn der Senior mich *jetzt* nicht befördert, dann weiß ich auch nicht.«

Meine Mutter atmete sichtlich auf angesichts der frohen Botschaft.

»Ein Glück«, nickte sie und sagte wie zu sich selbst: »Dann hat die liebe Seele ihren Frieden.«

»Schon Anfang Herbst fliege ich. Also noch in diesem Jahr«, sagte mein Vater sichtlich stolz.

»Was? Wohin?« Meine Mutter schaute ihn ungläubig an.

»Na, nach China.«

In diesem Moment ging eine seltsame Bewegung durch ihr Gesicht. Schnell beugte sie sich über die Wiege. Meine Schwester war aufgewacht und gab glucksende Töne von sich.

»Ist das sehr weit weg?«, erkundigte ich mich.

»Jedenfalls weiter als Marokko«, sagte sie nur.

Während mein Vater regelrecht euphorisch Pläne schmiedete, sah ich, wie meine Schwester mit großen Augen ihr Mobile studierte. Es waren kleine handbemalte Katzen, eine Laubsäge-Arbeit, die ich unter Anleitung meines Vaters für sie gebastelt hatte. Kurz nur durchflackerte mich ein Gedanke. Meine kleine Schwester war der Grund, dass meine Mutter nicht nach Marokko hatte fahren können. Ich schluckte. Mit einem Mal hatte ich furchtbare Angst um sie. Als wäre ihr Dasein plötzlich infrage gestellt. Und das, obwohl sie so schön und so brav und so niedlich war.

In den nächsten Wochen verging kaum ein Abend, an dem beim Abendbrot nicht über die bevorstehende Reise geredet wurde. Was meinem Vater am meisten zu schaffen machte, waren seine mangelnden Sprachkenntnisse. Jeden Tag, auf dem Weg zur Arbeit und am Abend, wenn er von der Arbeit zurückkam, hörte er die »*Learning English, Lesson One*«-Kassetten, die meine Mutter ihm gekauft hatte. In China würde er mit seinen Geschäftspartnern zumindest ein paar Worte auf Englisch reden müssen. Ein weiteres Problem waren die Stäbchen. Meine Mutter besorgte ihm das seltsame fremdländische Essbesteck. Er übte so lange, bis ihm das Kunststück tatsächlich gelang.

Das Einzige, was ich über China wusste, etwa, dass eine riesenlange Mauer durch das Land führte, stammte aus meinen *Donald-Duck-* und *Mickey-Mouse*-Heften.

Immer wieder nahm mich mein Vater nach dem Essen mit zum hell leuchtenden Globus und zeigte mir feierlich die Strecke, die er bald mit dem Flugzeug überwinden würde. Das Unheimlichste von allen fand ich das Gebirge mit Namen Ural. Auch mein Vater sprach mit sichtlicher Ehrfurcht davon.

Martha-Oma war schlichtweg entsetzt über das Vorhaben. Sie war der festen Überzeugung, das Flugzeug meines Vaters werde abstürzen, wie in dem Film *Verschollen im Bermuda-Dreieck,* der schließlich auf einer wahren Begebenheit beruhte. Oder er werde in Moskau, wo er würde zwischenlanden müssen, in Gefangenschaft geraten. Dass der echte Krieg schon lange vorbei war, schien für Martha-Oma kein Argument. Russe blieb Russe, so wie Polin Polin und Türke Türke.

Mein Vater hatte sich einen Reiseführer gekauft und bestellte alle Literatur, die er in dem kleinen *Zweitausendeins*-Katalog mit den dünnen durchscheinenden Blättern zum Thema fand. Wenn eine Meldung über China in der Tagesschau kam, stellte er lauter. Anlässlich von Kanzler Kohls sechstägiger Reise in *das Land der Mitte* wurde viel darüber berichtet. Im Fernsehen sah man junge chinesische Studenten, die bei den Paraden demonstrativ Fernsehgeräte, Computer, Roboter und andere technische Wunder *aus dem Westen* in die Höhe hielten. Was meinen Vater am meisten faszinierte, war die Friedfertigkeit des Landes.

Diese färbte auch auf ihn ab, wie es schien. Die Waage des Grauens stand gefahrlos im Bad, ohne dass jemand

Notiz nahm von ihr. Seit Wochen schon konnte sich meine Mutter vergleichsweise unbehelligt vor den Augen meines Vaters bewegen. Sie selbst registrierte diese Veränderung wie ungläubig, und ich war sicher, mehr als einmal dankte sie dem Machthaber, Deng Xiaoping, für seinen Entschluss, sein Reich in den Wohlstand für alle hinaufführen zu wollen.

An einem Wochenende kam Tante Lu zu Besuch. Sie war entsetzt, dass mein Vater meine Mutter so lange allein lassen wollte, *so kurz nach der Entbindung*.

»Du brauchst Unterstützung. Bei den Einkäufen. Und bei deinen Schränken? Oder nicht?«, erkundigte sie sich, während sie in aller Seelenruhe die Schale mit den Erdnussflips aufaß, die meine Mutter auf den Wohnzimmertisch gestellt hatte.

Mein Vater sah meine Mutter streng an.

»Nicht dass du wieder deinen Ali einspannst.«

Tante Lu ging dazwischen.

»Soweit ich weiß, heißt er Ilay. Was ist das Problem? Dass er Türke ist?«

Mein Vater überging die Bemerkung. Er kannte nur ein Thema.

»China ist die einzige Großmacht, die niemals Kolonialmacht gewesen ist«, dozierte er. »China hat nie versucht, andere Länder zu erobern oder zu besetzen.«

»Sieht man von Tibet mal ab«, sagte Tante Lu spöttisch.

Mein Vater überging diesen Einwand und lenkte das Gespräch auf das Ziel seiner Reise. Guangzhou war eine an der südöstlichen Küste gelegene Stadt am Ostchinesischen Meer. Inzwischen ging ihm der Ortsname flüssig über die Lippen. Die Endung sprach er seltsam ehrfurchtsvoll aus, ein wenig so, als würde er den Namen der fremden Stadt lediglich mit den Fingerspitzen berühren.

»In Guangzhou haben sie die meiste Industrie«, erklärte er. »Die brauchen Walzwerke noch und nöcher.«

»Walzwerke. Aha. Und wofür?«, fragte Tante Lu.

»Für die Automobilindustrie. Die Chinesen wollen *von Deutschland lernen*«, zitierte mein Vater einen Satz, den er in einem Artikel aufgeschnappt hatte. »Und vor allem: Sie wollen kaufen! Kraftwerke, TV-Satelliten, alles.«

»Mit China darf man keine Geschäfte machen«, sagte Tante Lu knapp. »Die foltern alle, die nicht staatstreu sind.«

»Dieser Deng Xiaoping ist ein kluger Mann«, widersprach er. »Er reformiert den Kommunismus. Der Staat will den Leuten nicht länger vorschreiben, was sie tun oder glauben müssen. Dass Leute lernen, selbst zu denken. Genau das predigst du doch?«

»Augenwischerei. Was für ›Reformen‹ sollen das sein?«, wehrte Tante Lu ab.

»Nach dem Krieg hatten die Menschen nichts zu essen«, sagte mein Vater. »17 Milljone Schinehse sinn domols grebbiert.« Für einen Moment war er in den Dialekt zurückgerutscht, was ihm unangenehm war. Sehr hochdeutsch sagte er: »Deng Xiaoping will Wohlstand für alle. Was soll daran falsch sein?«

Tante Lu sah ihn unter der roten Hornbrille hervor an. Sie waren ungleiche Geschwister, diese Geste aber beherrschten sie exakt gleich.

»Grund und Boden waren schon immer ein Bollwerk gegen den Staat«, setzte mein Vater nach.

»Besitz? Ist das alles, was dich interessiert?«, schimpfte Lu los und machte sogleich ihrem Unmut über die gescheiterten Forderungen der Friedensbewegung Luft. So viele Menschen hatten über Monate demonstriert. Und doch hatten die Amerikaner im Hunsrück Raketen stationiert.

»Keine zwanzig Kilometer von hier.«

»Raketen?« Ich erschrak. »Hier in der Nähe?« Ich hatte immer gedacht, der Kalte Krieg wäre ein Krieg ohne Feuerwaffen.

»Lasst ihr das Kind etwa keine Nachrichten schauen?«, fragte Lu streng, und ich fühlte mich mit einem Mal unheimlich dumm.

»Wenn zu ernste Sachen kommen, schalten wir weg«, sagte meine Mutter und wirkte dabei ertappt. Sie strich mir entschuldigend über den Kopf, wie um sich vor mir oder vor Tante Lu zu rechtfertigen. »Über Politik wird sie noch früh genug Bescheid wissen.«

»Über Politik kann man nicht früh genug Bescheid wissen«, mahnte Tante Lu.

Um gegen die Stationierung zu protestieren, hatten sie und die anderen Friedenskämpfer weiße Holzkreuze auf einem Acker errichtet, die man von der Hunsrückhöhenstraße aus sehen konnte.

»96 Stück«, erklärte Tante Lu. Ihre Augen funkelten. »Für jede verdammte Rakete eine.«

»Und weiter?«, fragte mein Vater. »Was soll ich tun, deiner Meinung nach? Demonstrieren fahren jeden Samstag?« Er schwenkte den Rest seines Bieres im Glas hin und her, um den Schaum zu verflüssigen, der in Teilen bereits am Rand festgetrocknet war. »Ich hab Kinder, falls du das vergessen hast.«

»Um die sich deine Frau kümmert«, sagte Tante Lu scharf.

Meine Mutter sah aus, als müsste sie gleich losweinen. Sie stand auf und lief hinauf ins Kinderzimmer, angeblich, um nach meiner Schwester zu sehen. Alle wussten, dass das nicht stimmte. Meine Schwester schlief viel und verlässlich. Womöglich war sie von Natur aus ein besonders zufriedenes Kind oder sie kapitulierte schlicht vor der Tatsache, dass in diesem Haus lediglich die Rolle der schwerfälligen Ruhe noch nicht vergeben war. Wie jede Familie, hatte Tante Lu einmal gesagt, setzte sich auch unsere aus vier Temperamenten zusammen. Mein Vater war für die gallige Reizbarkeit zuständig, meine Mutter für die nachdenkliche Melancholie, meine Rolle war die des heiteren glücklichen Kindes.

Mein Vater hatte sich schon auf seinen Roller gesetzt und war ins Dorf verschwunden, als ich die beiden Frauen von meinem Treppenabsatz aus miteinander reden hörte im Flur.

»Um alles muss ich betteln«, hörte ich meine Mutter klagen.

»Das ist typisch Mann«, gab Tante Lu ihr zur Antwort.

»Er hat keine Ahnung, was das Leben kostet. Lebensmittel, Benzin. Kleider für die Kinder«, zählte meine Mutter auf. »Und seine dämlichen Ziegel.«

»Hast *du* das etwa alles bezahlt? Von deinem Geld?«, fragte Lu entgeistert.

»Ja klar«, sagte meine Mutter, gleichermaßen erschöpft wie auch stolz.

Tante Lu seufzte tief.

»Du musst unbedingt wieder anfangen zu arbeiten«,

hörte ich Tante Lu sagen. »Hast du gehört? Lass dir das ja nicht ausreden.«

»Mit zwei Kindern? Wie soll das gehen?«

Einen Moment lang sagte niemand etwas. Meine Mutter wirkte so, als ob sie von Tante Lu einen Rat erwarten würde. Als dieser ausblieb, fasste sie sich an die Stirn.

»Das macht doch alles keinen Sinn. Wer weiß, ob er mich überhaupt noch nimmt«, gab sie zu bedenken.

»Wer? Dein Chef? Ich dachte, er liebt dich? Dein Herr Engel?«

Ich fühlte einen Stich. Es war das erste Mal, dass jemand offen aussprach, was ich in einem geheimen Winkel meines Herzens vermutet hatte. Vermutlich konnte ich froh sein, dass meine Mutter so bald nicht in die Firma zurückkehren würde. Ich wollte nicht, dass der Mann mit dem Krokodil an der Wand sie »liebte«. Genauso wenig aber wollte ich, dass sie nicht arbeiten gehen konnte, unseretwegen.

Ich drückte mich an der Wand entlang in mein Zimmer, ohne einen Ausweg, über dem Kopf eine riesengroße Comic-Blase voller Fragezeichen.

Ein Grundpfeiler der Väterherrschaft lautet: Die Mutter repräsentiert für ein Kind »die Geborgenheit«, der Vater hingegen »Die Welt«.

»Die Welt« meint: »die Gesellschaft«. Also: alles, was sich außerhalb des Zuhauses befindet.

Die häusliche Sphäre, in der die Mutter agiert, gilt also nicht als Teil »der Welt«. Selbst da, wo die Mutter die Kontrolle hat und der Vater abwesend ist, bleibt er der Mächtigere von beiden, denn ohne ihn gibt es keine Welt.

»Die Welt« zu sein bedeutet natürlich: Macht zu verkörpern. Gesellschaftliche Macht.

Mein Vater, verstehe ich, hat mein Verhältnis zur Macht mehr geprägt als jeder andere Mensch. Dabei ist er selbst kein klassisch dominanter, sondern eher ein unsicherer Patriarch. Mit einem ganz eigenen, zwiespältigen Verhältnis zu Autoritäten.

Doch ist er nicht nur ein Mann seiner Zeit, sondern auch ein Mann seines Milieus mitsamt den dazugehörigen Rollenbildern. Wesentlich für ihn war etwa die Rolle des Abenteurers. Ein Urtypus des Abenteurers ist Odysseus, der um die Welt segelt, während Penelope zu Hause auf ihn wartet.

Obwohl in unserer Familie nach außen hin alles der klassischen Rollenverteilung entsprach, geht diese Zuordnung nicht auf. Mein Vater ist eher der Ängstliche, Besorgte und Zaudernde.

Ich glaube, meine Mutter wäre vermutlich der bessere

Odysseus von beiden gewesen. Wohin wäre sie gesegelt, wenn sie gedurft hätte? Wenn es ihr gelungen wäre, sich zu befreien?

Einmal um die Welt? Oder auf und davon?

4

Am Tag der Kirmes konnten Jessy und ich es kaum erwarten, über die kleine Brücke zur Festwiese loszulaufen. Beide hatten wir Kirmesgeld in der Tasche. Umgerechnet waren es ungefähr fünfzehn Fahrten mit der Schiffschaukel oder mit dem Kettenkarussell. Oder vierzig Lose.

»Oder zehn Schüsse«, beharrte Jessy.

Ihr Vater, der amerikanische Soldat, hatte ihr das Schießen beigebracht, als sie noch ganz klein war, wie sie immer stolz erzählte. »Eine Rose oder ein Lebkuchenherz ist gar kein Problem.«

Ihr Kirmesgeld hatte Jessy von meiner Mutter zugesteckt bekommen. Von der Bopp bekam sie nämlich nichts.

»Die verschengt ia gans Geld an ia Ahli«, kommentierte Martha-Oma.

»Er heißt Ilay«, korrigierte meine Mutter wie jedes Mal. »Und er ist bestimmt nicht der Grund, dass Jessy nichts kriegt.«

Sie hätte uns gern noch einen weiteren Schein zugesteckt, mein Vater aber fand selbst den Zwanziger übertrieben.

Es machte ihr schwer zu schaffen, kein *eigenes Geld* zu besitzen und allein vom Gehalt meines Vaters zu leben. Der Ertrag von den Möbeln war längst wieder aufgebraucht. Selbst um dieses Kirmesgeld hatte sie ihn bitten müssen.

Ob sie eine »vorzeigbare Begleitung« wäre zu diesem

öffentlichen Anlass, war wundersamerweise kein Thema mehr, mein Vater hatte nur noch seine Chinareise im Sinn.

Meine Mutter aber wollte ohnehin nicht mit, angeblich war es im Festzelt zu laut und zu anstrengend für ein Baby. Vielleicht fürchtete sie, dass mein Vater doch nur wieder an ihr rummäkeln würde, vielleicht hatte sie auch wirklich einfach keine Lust auf das »Gelage«, wie sie sagte.

Neben den beiden Fahrgeräten, dem Los-Stand, dem Wagen mit den Süßigkeiten und der Schießbude mit den grellfarbigen Plüschtieren war auf der kleinen Wiese lediglich noch ein großes Zelt aufgebaut und davor ein fünfeckiger Bierstand. Auch im Zelt selbst wurde Bier ausgeschenkt, und so roch es überall nach dem übel riechenden Gebräu.

Als Erstes stürzten wir uns auf die Schiffschaukel. Ein etwa vierzehnjähriger Junge, den wir beide vom ersten Moment an anhimmelten, verhalf uns zu Schwung, kaum dass wir in die blau-weiß bemalten schweren Holzrümpfe geklettert waren. Er stieß uns an, ein-, zwei-, dreimal, dann überließ er uns unseren Fahrkünsten. Mein Vater hatte mir auf der letzten Kirmes beigebracht, wie man Schiffschaukel fuhr. Um an Schwung zu gewinnen, musste man die Zehenspitzen kraftvoll in Flugrichtung in den Boden pressen, und zwar am besten auf mittlerer Strecke, wenn man gerade halbhoch in der Luft war. Dann war das Gegenüber an der Reihe, und man selbst musste loslassen.

Jessy war noch nie Schiffschaukel gefahren, aber ich musste ihr nichts groß erklären, sie verstand instinktiv, was zu tun war, und so gewannen wir ordentlich an Höhe. Hin und her wippten wir, vor und zurück. Jedes

Mal, wenn ich hinauf- oder hinabflog, machte mein Herz einen Sprung. Kaum war eine Fahrt zu Ende, wollte ich noch mal und dann noch mal fahren. Bei jedem weiteren Ticket, das wir lösten, ließ uns der Schiffschaukel-Junge absichtlich länger fahren, vielleicht, weil wir so glücklich aussahen.

Zur Mittagszeit bekamen Jessy und ich Hunger, unser ganzes Geld hatten wir ausgegeben, und so mussten wir wohl oder übel ins Zeltinnere, um meinen Vater zu suchen. Eine ganze Weile irrten wir zwischen Erwachsenen hindurch, der Grasboden war aufgeweicht, es roch nach Bier, nach Schweiß und Zigarettenrauch. Die Luft war feucht und warm, und ich ekelte mich davor, Luft zu holen. Endlich hatten wir uns durchgekämpft. Erst konnten wir seinen blonden Schopf nirgendwo entdecken.

Dann aber sah ich ihn. Erst jetzt registrierte ich die beschwingte Musik, die den Raum erfüllte. Eine Blaskapelle saß im hinteren Teil der Bühne, die durch ein Geländer abgetrennt war, die glänzenden Blechblasinstrumente in den verschwitzten Händen.

Etwa acht Paare drehten sich über die Fläche der Bühne, von links noch rechts, vor und zurück. Ich schluckte. Mein Vater tanzte mit der braunen Manuela.

Es war seltsam, ihn mit einer anderen Frau tanzen zu sehen. Alles daran war falsch.

Mein Herz schlug laut in meinen Ohren. Ich dachte an meine Mutter, die zu Hause an der Spüle stand, bestraft wie ein Schulkind, das seine Hausaufgaben nicht gemacht hatte. Mein Vater dagegen schien sich zu amüsieren. Er tanzte beschwingt, und viele der Umstehenden sangen lauthals mit.

Mein Vater liebte Paar-Tänze, aber ich hatte meine Eltern noch nie zusammen tanzen sehen, fiel mir auf. Es war unübersehbar, stellte ich mit finsterem Blick fest, wie sehr diese Frau ihn anhimmelte.

Ich klammerte mich an die Gesichter der Umstehenden. Ich sah Lippen, die sich öffneten in Erwartung von Zigaretten oder Biergläsern. Ich hörte Lachen, lautes Gerede, Stimmen, die versuchten, sich über die Musik hinweg Gehör zu verschaffen. Einzelne Leute standen zur Bühne gewandt und sangen mit.

Ohne zu überlegen, drängte ich mich zwischen den Umstehenden hindurch und nach vorne auf die Bühne, um mich herum Erwachsenenbeine, Hüften und Bäuche. Ich lief auf die beiden Tanzenden zu und umklammerte ohne ein Wort das Bein meines Vaters. Er sah zu mir herab. Ehe ich es mich versah, hatte er meine Hand in seine genommen und meine Hüfte umfasst. Sofort sprang ich zurück. Er ließ mich los, verständnislos, dass ich ihn unterbrochen hatte, wo ich doch selbst offenbar gar nicht mit ihm tanzen wollte.

»Hast du Hunger? Durst?«

»Ja.« Ich war den Tränen nahe.

Ohne zu murren zog er das Portemonnaie hervor. Schon hielt ich einen grünen Schein in der Hand.

Jessy war hinter mir hergeeilt und zupfte an meinem Arm.

»Los, komm schon. Lass uns verschwinden.«

Mit festem Griff führte sie mich nach draußen. Wir erstanden eine Bratwurst mit Senf. Ich hatte vergessen, der Bedienung zu sagen, dass ich keinen Senf mochte, ich hasste Senf, aber ich war so hungrig, dass ich die fleischigen scharfen Bissen trotzdem hinunterwürgte.

Für einen Moment sah es so aus, als wollte Jessy etwas zu mir sagen. Ich war sicher, auch sie merkte, dass es seltsam war, dass mein Vater mit einer anderen Frau tanzte, während meine Mutter zu Hause saß. Aber sie sprach es dann doch nicht aus.

Mit einem Mal kam mir ein Gedanke. Was, dachte ich mit Schrecken, wenn mein Vater uns verlassen wollte? In meiner Schulklasse waren zwei *Scheidungskinder*. Ich wusste gar nicht, ob es ihnen wirklich so schlecht ging, wie alle behaupteten, aber die Lehrer beobachteten sie mitleidig.

Wir aßen schweigend. Jessy kaute konzentriert, ließ dabei aber unentwegt ihre Blicke über den Zeltplatz schweifen.

Als wir mit Essen fertig waren, hatte sie mit einem Mal nur noch ihren Schießstand im Sinn. Mir war es verboten zu schießen, meine Mutter hatte mich extra ermahnt, aber Jessy wollte unbedingt, und wir hatten etwas Geld übrig. Immerhin zusehen könne ich doch, quengelte sie, auch wenn ich mich selbst nicht traute.

»Also gut«, sagte ich irgendwann. »Gehen wir.«

Ich wollte nicht mit ihr streiten. Jessy und ich stritten nie.

Die älteren Jungs, die an der Schießbude lehnten, machten höhnische Bemerkungen, aber Jessy ließ sich nicht beirren. Es war aufregend zu sehen, wie sie den Hahn spannte und das braune Gewehr in Stellung brachte. Nahezu alle ihre Schüsse trafen. Das Mädchen, das für den Verkauf zuständig war, pfiff anerkennend. Jessy strahlte mich an.

»Such dir was aus.« Sie zögerte. »Für deine Mutter.«

Mein Blick wanderte die Regale entlang. Es gab Rosen, Stofftiere, Sektflaschen. Dann entdeckte ich das Lebkuchenherz. *»Du bist die Schönste«*, stand darauf.

Im selben Moment trat die braune Manuela aus dem Zelt, sie musste offensichtlich zur Toilette. Keine zwei Meter entfernt stand sie von uns. Als unsere Blicke sich trafen, senkte sie die Lider. Jessy sah hinter ihrem Gewehr auf und drehte den Kopf in ihre Richtung. Ich hatte sie schon spöttisch schauen sehen. Aber niemals so düster. Die braune Manuela schaute zu Boden, kramte hastig in ihrer Tasche, machte dann kehrt und lief in Richtung Parkplatz davon. Jessy grinste zufrieden und beugte sich dann wieder mit zugekniffenem linkem Auge über den Gewehrlauf. Ich staunte. Wir hatten sie vertrieben.

Den restlichen Nachmittag über konnte ich es kaum erwarten, nach Hause zu kommen.

Das Lebkuchenherz nahm meine Mutter mit einem verlegenen Lächeln an sich und hängte es in einen hinteren Winkel der Küche.

»Und? Wie war's?«

»Elas Vater tanzt mit einer Schlampe.« Hass funkelte in Jessys Augen.

»Jessy«, entfuhr es mir. Ich wusste, es war ein böses Wort.

»Was denn. Stimmt doch.«

Meine Mutter betrachtete uns ungläubig. Erst sah es so aus, als wollte sie etwas fragen oder sagen, dann aber trat sie an die Spüle und sah schweigend zur Straße hinaus. Die Bässe der Festtagsmusik wummerten durch die geschlossenen Fenster, der Kirmesplatz war nicht weit.

Wenig später kam mein Vater nach Hause. Er hatte sich über mein Verschwinden gewundert und wollte nach mir sehen, erklärte er. In Wahrheit wollte er sich frisch machen und für den Abend umziehen. Meine Mutter ließ sich nichts anmerken. Während mein Vater sich im Bad das Haar kämmte, kniete sie sich zu mir herab.

»Könntest du auf deine Schwester aufpassen? Nur ein, zwei Stunden?«

Ich war begeistert. Stolz sogar.

»Aber klar. Du kannst gehen. Ich passe auf.«

Mit bestimmtem Griff schob ich meine Mutter ins Schlafzimmer, damit sie sich hübsch machen konnte. Ich war fest entschlossen. Mein Vater sollte mit *ihr* tanzen. Nicht mit der braunen Manuela.

Martha-Oma kam heraufgeeilt, um mich zu unterstützen.

Mein Vater freute sich, dass meine Mutter ihn nun doch begleitete. Ich fand, sie sah umwerfend aus. Sie hatte die schöne korallrote Bluse mit den Puffärmeln angezogen, von ihren Augen leuchtete blauer Lidschatten, und sie lief elegant auf ihren hochhackigen Riemchenschuhen. Es war ein seltener Anblick, wie die beiden nebeneinander die Dorfstraße hinunterliefen. Auch die Bopp, die im Fenster gegenüber lehnte, sah den beiden lange hinterher, und schließlich blickte sie direkt zu mir herüber.

Schnell sprang ich zur Seite. Seit Ilay meine schwangere Mutter ins Krankenhaus gebracht hatte, war mir, als würde die Bopp uns beargwöhnen. Als wäre ich mit einem Mal mehr als das Mädchen von gegenüber, das mit geräuschvollen Ballspielen ihre Ruhe störte, und meine Mutter mehr als eine Nachbarin, bei der ihr Pflegekind spielte. Ihr Interesse an uns war unheimlich.

Meine Schwester war fast zwei Monate alt, ich hatte gelernt, sie sicher im Arm zu halten, und wie man sie mit der Flasche fütterte, wusste ich auch. Nur allein wickeln wollte ich sie nicht. Mir wurde schon beim Zusehen übel, wenn meine Mutter die Windeln wechselte und ihr den Po sauber wischte, und ich betete, dass meine Schwester nicht ausgerechnet in den wenigen Stunden, in denen ich mit ihr allein war, in die Windel machte.

Schon vor einiger Zeit hatte ich eine Musik gefunden, die sie friedlich einschlafen ließ. Mein Vater hörte neuerdings klassische Musik an Sonntagvormittagen. Eine Platte hieß *Rondo Veneziano,* ein beschwingtes Streichorchester kombinierte Barockmusik mit Pop. Dazu schlief meine Schwester problemlos ein, so auch heute. Ich legte sie behutsam in ihr Bettchen, das in ihrem Zimmer stand, und schaltete, bevor ich hinausging, das Babyfon ein, wie meine Mutter es mir aufgetragen hatte.

Dann stieg ich vorsichtig die knarzende Treppe hinunter ins Wohnzimmer. Ich durfte mit Martha-Oma noch einen Fernsehfilm ansehen. *Die Mädchen vom Immenhof*. Es war eine Wiederholung, ich kannte die Geschichte, und sosehr ich beim ersten Mal mit den beiden Pferdemädchen mitgefiebert hatte, so langweilig fand ich den Film jetzt. Draußen in der Welt, auf der Obacher Festwiese, ging etwas viel Entscheidenderes vor sich. Ein Tanz meiner Eltern, den ich mir in den buntesten Farben ausmalte.

Ich merkte gar nicht, wie ich vor dem Fernseher wegdämmerte. Als ich erwachte, war ich im Traum viele Runden Schiffschaukel gefahren. Ich sah hoch. Meine Mutter stand vor mir und hielt meine schreiende Schwester im Arm. Ich sprang auf. Ich war im Wohnzimmer eingeschlafen und hatte vergessen, den zweiten Teil des

Babyfons einzuschalten, also den, der die Signale aus ihrem Zimmer in Empfang nehmen konnte.

Martha-Oma saß im Sessel und schlief, sie war zur Seite gerutscht und sah ganz klein und zusammengefaltet aus.

Mein Vater war nirgendwo zu sehen.

»Wie lange schreit sie schon?«, wollte meine Mutter wissen.

»Ich weiß nicht«, murmelte ich. »Habt ihr getanzt?«

Eigentlich hatte sie nur kurz nach dem Rechten sehen wollen. Jetzt aber streifte meine Mutter die Riemchenschuhe von den Fersen und brachte meine Schwester wortlos nach oben.

Eine Antwort auf meine Frage bekam ich nicht. Und selbst wenn die beiden getanzt hatten, so tanzte mein Vater gerade trotzdem bestimmt schon wieder mit einer anderen Frau. Und ich war die Letzte, ihn daran zu hindern.

Das Idealbild meines Vaters: Vater, Mutter, Kind, allesamt schön und schlank. Schöne, schlanke gesunde Menschen, die in einem schönen Haus wohnen. In gewisser Hinsicht hat mein Vater meine Mutter zeitlebens mit einem Haus verwechselt. Nur dass man an einem Haus ungefragt Verschönerungen vornehmen kann, am Körper eines anderen Menschen nicht.

Durch seine dicke Frau hatte mein Vater einen eigensinnigen und unschönen Fleck auf der – wieder sind wir beim Haus – ansonsten so makellosen Fassade.

Der Körper meiner Mutter bedeutete Sichtbarkeit in einer Welt, die auf Unsichtbarkeit angelegt war. Nicht auffallen gehörte zu den tief verinnerlichten Geboten seines Herkunftsmilieus.

Sein eigener Körper ist der Körper eines Nachkriegskindes. Die bäuerliche Welt, in der er aufgewachsen ist, eine schroffe und harte. Auch in dem Körperkult der Nationalsozialisten, zwischen Vollkorn-Ernährung, FKK, Leibesübungen und Speerwurf, war für dicke Menschen kein Platz. In der NS-Zeit galt das Dicke als das Dekadente und Faule, in der Welt der Bauern hingegen als großbäuerlich und luxuriös.

Und natürlich ist sein Geschmack geprägt von den Schönheitsidealen dieser Zeit. In den 70er-Jahren dominierten sogenannte »Action-Frauen«, die groß, schlank, fit und gesund waren, Frauen wie Jane Fonda oder Farah Fawcett. In den 80ern kamen dann kühle, schlanke Blondinen mit großen Brüsten wie Kim Basinger, Bo Derek oder Madonna hinzu.

Interessanterweise hat mein Vater meine Mutter nie mit diesen Idolen verglichen, sondern immer mit viel näher liegenden Personen: der Nachbarin, der Frau seines Chefs, der Kellnerin im Restaurant. Und womöglich war das der noch viel verletzendere Vergleich.

5

Durch China erschien meinem Vater die Beförderung zum Greifen nah. Geld stand ins Haus, befand er, und so entwarf er immer ambitioniertere Umbaumaßnahmen.

Die Scheune war das eine. Voller Begeisterung bat er meine Mutter an den Schreibtisch, wo er seine Pläne ausgerollt hatte. Zärtlich strich er über das milchige Zeichenpapier. Gleich nach seiner Rückkehr aus China werde er den Ausbau des »Ensembles«, wie er den alten unrenovierten Gebäudeteil inzwischen nannte, in Angriff nehmen. Gemeint war damit die gesamte Fläche mitsamt den alten Stallungen, auch das obere Geschoss, wo früher das Stroh gelagert wurde. Freudestrahlend zeigte er auf einen kleinen rechteckigen Raum. Da, wo früher Tiere ihr Geschäft verrichtet und Eier gelegt hatten, sollte ein »Studio« entstehen, worin er seine Zeichenbretter und seinen Schreibtisch würde aufbauen können. Langsam, aber sicher, prophezeite mein Vater, würde sich unser Haus in einen *Gutshof* verwandeln. Meine Mutter hielt ungläubig dagegen.

»Das sind über 300 qm. Wie willst du das stemmen? Und was sollen wir mit all dem Platz?«

»Mach dir da mal keine Gedanken. Ich weiß, was ich tue.«

»Aber es ist doch gar nicht sicher, ob du befördert wirst.«

»Ich bitte dich. Sei nicht immer so negativ.«

»Ich? Negativ?« Meine Mutter sah ihn aus kugelrunden Augen an.

»Außerdem könntest du dann auch ein eigenes Zimmer haben. Zum Lernen.«

Meine Mutter murmelte etwas vor sich hin. Schon lange, fiel mir auf, hatte ich keine Studienunterlagen mehr auf dem Küchentisch liegen sehen, seit geraumer Zeit lernte sie im Kinderzimmer meiner Schwester. Wann immer die Kleine Mittagsschlaf hielt, zog sie sich zurück und wollte *ungestört* sein, was bedeutete, dass ich nicht an ihre Tür klopfen durfte. Diese Regel zu beherzigen, war nicht einfach, mir fiel immer irgendetwas ein, was ich dringend brauchte. Ich war es nicht gewohnt, dass meine Mutter Zeit für sich allein beanspruchte.

»Keine ruhige Minute habe ich in diesem Haus«, rief sie dann.

Mein Vater war nicht von der Idee des Ausbaus abzubringen. Jeden Feierabend schritt er mit großer Entschiedenheit durch den Hof und vermaß Mauern und Abstände. In den alten Stallungen sollte das Fachwerk erhalten und mit Glas durchsetzt werden.

Der Umbau würde teuer werden, aber durch die Gehaltserhöhung wäre es kein Problem, einen guten Kredit zu bekommen. Meine Mutter redete *mit Engelszungen* auf meinen Vater ein. Wie sollte sie mit zwei Kindern eine Baustelle beaufsichtigen? Wäre es nicht klüger, die Beförderung erst einmal abzuwarten? Schließlich willigte er ein, das ganze Vorhaben in die Zeit nach seiner Rückkehr zu vertagen.

Zunächst kaufte er einfach ein neues Auto. Ehe wir uns versahen, hatte er den blassblauen BMW durch einen smaragdgrünen Audi ersetzt. Meine Mutter war fassungslos. Den Erlös, den das »Fremdenzimmer« ihr eingebracht hatte, hatte sie für Haushalt und Kleidung ausgegeben.

»Ich kaufe mir kein neues Auto«, klagte sie.

Für meinen Vater war es vollkommen selbstverständlich, sich auf diese Weise zu belohnen.

Der Wagen erregte richtig Aufsehen im Dorf. Ich spürte, wie mich einige Kinder auf dem Spielplatz argwöhnisch ansahen, wenn ich mich von dem Holzpfahl hinab auf die Affenschaukel fallen ließ und auf dem Seil davonrauschte. Die bevorstehende Reise meines Vaters hatte im Dorf die Runde gemacht, und einigen war die Geschichte nicht ganz geheuer. Es gab Obacher, die in Italien gewesen waren, in Schottland sogar. Aber China, das war neu. Mehr als einmal machte einer der Jungen auf dem Spielplatz eine Bemerkung darüber, ob mein Vater sich jetzt »fir ebbes besseres« halte. Auch dass meine Mutter ein Diplom machte, hatte sich rumgesprochen.

»Franzeesisch, ei ei ei«, hieß es.

Ich wusste darauf nichts zu entgegnen.

Im Moment aber noch verkaufte meine Mutter Möbel. Zu ihrer großen Freude entdeckte sie zwei massive alte Kiefernschränke auf dem Dachboden. Zusätzlich hatte sie die Idee, in Obach herumzufragen, ob nicht noch irgendwo alte Schränke und Kommoden in den Scheunen lagerten. Sie war stolz auf ihre »Geschäftsidee«. Sie würde zwar nicht nach Marokko fahren und auch nicht nach China, aber sie würde ihr eigenes Geld verdienen, immerhin.

Meinem Vater gefiel die Vorstellung ganz und gar nicht.

»Wie ein Bettelweib von Haus zu Haus zu ziehen?«, meckerte er. Aber meine Mutter ließ sich nicht beirren.

Ilay, mit dem sie weiterhin *ein gutes Verhältnis* hatte, wie sie sagte, würde ihr beim Transport helfen. Martha-Oma, die eifrig mitdiskutierte, schüttelte wie bedauernd den Kopf.

»Der wohnt nimma bei de Bopp.«

Meine Mutter sah sie erstaunt an.

»Die beiden haben sich getrennt?«

»Manschmo kimmt er noch. Um sisch Geld absehulle.« Sie winkte ab und senkte die Stimme. »Angeblisch hon se sich deinetweje zastritt.«

»Meinetwegen?«

Meine Mutter sah erst erschrocken, dann ratlos drein, aber zum Glück kam Ludwig-Opa ihr zur Hilfe. Er würde die Schrankteile auf den Anhänger laden, erklärte er schnell.

Mein Vater verschwand neuerdings gleich nach dem Abendessen. In Obach wurde gebaut, ein Vereinsheim direkt am Fußballplatz, ein sogenanntes »Sportlerheim«, und da durfte und wollte mein Vater nicht fehlen. Dort konnte er bauen, hier nicht. Ich konnte sehen, wie meine Mutter immer trauriger zurückblieb, an den Abenden.

Seit der Kirmes spukte das Bild in mir, wie mein Vater mit der braunen Manuela tanzte. Das angeberische neue Auto machte es nicht besser. Jessy versuchte, mich zu beruhigen. Sie behauptete, dass die braune Manuela aussähe wie die Böse aus *Dallas*, die wir beim Barbie-Spielen nachäfften. Bei uns zu Hause war *Dallas* verboten. Meine Mutter fand die Serie schrecklich und dazu für eine Achtjährige völlig ungeeignet, ich kannte sie nur durch Jessy, die bestens informiert war über die Charaktere, ihre Intrigen und Ränke.

»Die Schlampe ist hässlich«, erklärte sie. »Deine Mutter ist viel schöner. Außerdem haben wir sie gehörig verschreckt.«

Sie sah mich triumphierend an.

Es stimmte. Wenn sie Jessy oder mir zufällig im Dorf begegnete, wechselte die braune Manuela die Straßenseite oder murmelte einen zerknirschten Gruß. Die Nähe meines Vaters schien sie eher zu meiden als zu suchen.

Wirklich beruhigen konnte mich das aber nicht.

Die einzige Möglichkeit, die ich sah, war, zu betteln, dass mein Vater nicht so oft ausgehen sollte. Ich behauptete, wir wären dann so allein. Das schien ihn zu rühren, denn er blieb einige Abende hintereinander zu Hause.

Immer öfter war jetzt der Fernseher eingeschaltet. Es gab Serien und Filme, die meine Eltern beide amüsierten. Manchmal schaffte ich es, dass mein Vater mit mir zusammen *Bundesliga* schaute. Ich mochte sein Gesicht, wenn er begeistert den Lauf des Balls verfolgte. Alles an ihm wirkte dann leicht.

Auch meine Mutter setzte sich dazu, obwohl sie sich in Wahrheit kein bisschen für Sport interessierte. Zumindest an manchen Abenden kehrte so etwas wie Friede ein. Meine Mutter saß grundsätzlich im Sessel, nicht länger mit uns auf dem Sofa. Auch hatte sie neuerdings ein Kissen vor ihrem Bauch, das sie wie schützend an sich presste. Mein Vater aber, so friedlich ihn auch so manche Sendung stimmte, beäugte meine Mutter kritisch. China hin oder her: Zu dick fand er sie nach wie vor. Sein Blick ließ außerdem keinen Zweifel daran, dass

Fernsehen nicht *das echte Leben* ersetzen konnte, und so begann er irgendwann wieder klammheimlich auszugehen.

Dafür leistete meine Mutter Jessy und mir an den Nachmittagen Gesellschaft. Anfänglich war es komisch, dass meine Mutter mit fernsah, meine Schwester neben sich in der Wiege. Weil so viele der Mädchen in *Der Trotzkopf* oder *Nesthäkchen* Zöpfe oder andere Flechtfrisuren hatte, brachte meine Mutter uns das Flechten bei. Jessy war begeistert. Stundenlang saß sie hinter mir, dicht an meinem Rücken, um mein silberblondes Haar zu kämmen, es in drei gleich dicke Partien zu unterteilen und diese zu einem Zopf ineinanderzuwinden.

»Das habe ich zu Hause früher auch immer gemacht«, sagte sie.

Ich war verunsichert. Es war das erste Mal, dass Jessy etwas von ihrer Mutter erzählte.

Am Blick meiner Mutter sah ich, dass es besser war, nicht nachzufragen, also ließ ich es sein.

An dem Tag, an dem die Kiefernschränke in Teile zerlegt im Hof aufgebockt standen, wurde im Haus gegenüber die Gardine gelüpft. Die Bopp spähte in unseren Hof hinüber. Argwöhnisch betrachtete sie erst meine Mutter, dann riss sie mit einer energischen Bewegung das Fenster auf und beugte sich weit über die Brüstung.

»Das Möwel geheert nett emol dia. Du dreggisch Bolagge-Weib«, blaffte sie in breitem Dialekt.

Es war offensichtlich, dass sie getrunken hatte.

Meine Mutter hielt inne. Kurz zögerte sie, als wollte sie etwas erwidern, aber dann fuhr sie einfach mit dem Ablaugen fort. Ich konnte sehen, es war unter ihrer

Würde, jemandem zu antworten, der sie von einem geöffneten Fenster heraus mit Beleidigungen beschoss.

»Wenn sie etwas möchte, soll sie runterkommen«, erklärte sie laut, mehr an die Bopp als an uns Kinder gerichtet.

In diesem Moment trat Ilay aus der Tür. Er hielt einen Koffer in der Hand, sein Nacken wirkte seltsam eingezogen, allem Stolz zum Trotz. Erst jetzt sah ich, dass sein Auto vor der Tür parkte. Als die Bopp sah, wie meine Mutter und Ilay miteinander redeten, legte sie erst richtig los.

Wieder und wieder beschimpfte sie meine Mutter als »dreggisch Bolagge-Weib«, ihren ehemaligen Geliebten als »faula Kanak«.

»Über meinen Vater sagt sie auch solche Sachen«, sagte Jessy leise.

»Was sagt sie?«

Jessy hob die Achseln. Ihre Augen füllten sich mit Tränen.

»›Ami.‹ Sie sagt ›Ami‹. Und meine Mutter nennt sie ›die Verrückte‹.«

Das schien bei meiner Mutter einen Schalter umzulegen. Kaum etwas fand sie schlimmer, als ein Kind »in Sippenhaft« zu nehmen. Sie legte den Pinsel mit der gefährlichen Lauge beiseite, vergewisserte sich, dass niemand von uns in Reichweite der Flüssigkeit gelangen konnte, und lief durch das kleine eiserne Tor hindurch auf die andere Seite der Straße. Dort postierte sie sich direkt unter dem geöffneten Fenster.

Wir hörten nicht, was meine Mutter sagte, so leise sprach sie. Aber wir sahen, wie die Bopp zurückzuckte, das Fenster zustieß und mit bitterbösem Blick die Gardinen zuzog.

Dann stand meine Mutter auch schon wieder neben uns.

»Mach dir keine Sorgen. Sie sagt das bestimmt nicht mehr.«

Ludwig-Opa war Pfeife rauchend aus der Tür getreten.

»Bass bloß uff«, sagte er, der sonst kein Wort zu viel verlor, »mit der daff ma sisch net ahnlehe. Die is zu allem fähisch.«

In diesem Moment begannen die Kirchenglocken zu läuten, es war Mittagessenszeit, und Jessy wollte schon loslaufen, nach Hause, als sie mit einem Mal mitten in der Bewegung innehielt. Mit beherztem Schritt stürzte sie auf meine Mutter zu und umschlang sie mit beiden Armen. Klein, wie sie war, reichte sie ihr dabei gerade einmal bis zur Brust, was bedeutete, dass sie vor allem ihren Hintern umarmte. Meine Mutter zuckte kurz zusammen, dann aber löste sie sich aus der Starre und strich Jessy verlegen über den Kopf.

Ich stand da und starrte die beiden an. Niemals hätte ich mich getraut, meine Mutter so beherzt zu umarmen. Jessy aber hatte keinerlei Scheu. Unter ihren Händen verwandelte sich meine unberührbare Mutter plötzlich in jemanden, den man berühren konnte. Mehr noch. Die einen vor bösen Wörtern beschützte. Ich schluckte. Jessy liebte meine Mutter, und meine Mutter, so viel verstand ich, bedurfte der Liebe anderer. Und sei es der Liebe einer elternlosen Achtjährigen.

DAS VERHÄLTNIS MEINER MUTTER zur deutschen Sprache ist ein ebenso inniges wie komplexes. Als Kind schlesiendeutscher Aussiedler war sie in der rheinland-pfälzischen Provinz, in die sie mit sechs Jahren kam, mit ihrem Hochdeutsch hörbar anders.

Sie spürte früh, dass Sprache *die* Währung ist, die über Zugehörigkeit entscheidet. Auch deshalb hat sie mit dem Umzug in unser Dorf versucht, den dortigen Dialekt nachzuahmen – trotzdem klang es in meinen Kinderohren immer falsch.

Als Angehörige einer Minderheit ist sie mit einem Sprachverbot aufgewachsen. Im Polen der Nachkriegszeit durften Schlesiendeutsche kein Deutsch in der Öffentlichkeit sprechen. Wann immer meiner Mutter als kleines Mädchen ein Satz auf Deutsch herausrutschte, zischte meine Oma »pscht, pscht« – aus Angst, sie könnten dafür sanktioniert werden.

Vielleicht wählt meine Mutter ihre Worte deshalb so sorgsam. Die Sprache, die sie spricht, gehörte ihr nie ganz. Sie lässt große Vorsicht walten. »Nie« und »immer« waren in meiner Kindheit verbotene Wörter.

All die schrecklichen Wörter, die gang und gäbe waren in dieser Zeit und diesem Milieu, hat sie nie gebraucht. Bis auf ein paar Bezeichnungen, die heute niemand mehr benutzt: Paragrafenreiter, Handlanger, Lakai, Naseweis, Pfennigfuchser, Schlipsträger, Schreibtischtäter.

In keiner Situation kommen ihr vulgäre Ausdrücke über

die Lippen. Sie weiß, welche Wunden Sprache hinterlassen kann, bisweilen schlimmere als Ohrfeigen und Fausthiebe.

6

Inzwischen hatten die Sommerferien begonnen und meine Mutter *wusste nicht, wohin mit uns*. Ins Freibad zu gehen war ihr zu anstrengend, behauptete sie. Stattdessen baute sie Jessy und mir regelmäßig das Planschbecken im unteren Teil des Gartens auf. Wir liebten das orangefarbene Bassin. Ich war inzwischen fast acht und Jessy sogar schon neun, aber wir konnten nicht genug davon bekommen, obwohl wir eigentlich schon zu groß waren für das Becken.

Dann erhielt meine Mutter ein Einschreiben. Es war ein Tag unter der Woche, mein Vater war noch auf der Arbeit. Jessy und ich spielten in der Küche, ein Angelspiel, bei dem man mit einem magnetischen Holzstab verschiedene bunte Fische, die aus Karton gefertigt waren, über den Rand eines Aquariums emporziehen musste.

Als es an der Wohnungstür klingelte, musste meine Mutter ein hellgelbes Kuvert persönlich von der Briefträgerin entgegennehmen. Auch für meinen Vater ließ die Frau einen Umschlag da, nur war dieser hellgrau. Die Post stammte, so viel verstand ich, von einem Gericht.

Nachdem sie den Brief geöffnet hatte, stand meine Mutter erst eine Weile reglos da. In der rechten Hand hielt sie die Angel mit dem Magneten am Ende, daran hing ein winziges Fischgerippe, das ein größerer Fisch abgenagt hatte.

»Sie verklagt mich«, sagte sie dann. »Wegen Diebstahl. Ich fasse es nicht.«

»Wer, ›sie‹?«, wollte ich wissen. *Sie* klang weniger bedrohlich als *er*. *Er* hätte bedeutet, dass es sich bei dem Kläger um einen Mann handelte. Einen Richter. Einen Polizisten. Einen Tankwart. Sogar mein Vater kam mir in den Sinn.

Die Klägerin war niemand anderes als die Bopp. Die Diebesbeute sollten das Fremdenzimmer und die beiden Kiefernschränke sein. Die Anklage lautete: »unerlaubte Aneignung von Mobiliar«, das zu gleichen Teilen den beiden rechtmäßigen Erbinnen, also der Bopp und Martha-Oma, gehörte.

Das Ganze kam wie aus dem Nichts. Meine Angst, dass die Bopp ihrem Pflegekind nach dem Vorfall im Hof verbieten würde, mit mir zu spielen, hatte sich als unbegründet erwiesen. Jessy war weiter wie gehabt bei uns zu Hause ein und aus gegangen. Seit dem Vorfall im Hof hatten die Bopp und meine Mutter einander nicht mehr gegrüßt, das war alles. Auch deshalb traf sie der Angriff *aus heiterem Himmel*.

Meine Mutter fasste sich an die Stirn. »Diebstahl« war ein so unverfrorener Vorwurf, dass sie nach dem ersten Schreck laut zu lachen anfing.

Augenblicklich versuchte sie, meinen Vater in der Firma zu erreichen, doch war er bei einem Außentermin, niemand bekam ihn ans Telefon. Meine Mutter tigerte im Flur auf und ab.

Kurz überlegte sie, stattdessen Tante Lu um Rat zu fragen. Durch ihre Arbeit als Sozialarbeiterin kam sie häufig mit Paragrafen in Berührung und hätte ihr sicher weiterhelfen können. Dann fiel ihr ein, dass Tante Lu gerade für längere Zeit in Italien war, sie brauchte Erholung vom Frauenhaus, wie sie gesagt hatte.

Blieb also mein Vater.

»Er wird sie zur Vernunft bringen«, sprach sie sich guten Mut zu. »Ganz bestimmt.«

Sie ließ sich auf einen Stuhl fallen, faltete die Hände über der Schürze und sah wie suchend zur Decke.

Jessy hatte die ganze Zeit über tonlos dagesessen. Nun stand sie auf und wandte sich zum Gehen.

»Ich rede mit ihr.«

In ihren Augen blitzte etwas auf, ähnlich wie damals an der Schießbude, als sie ihren hasserfüllten Blick anstelle ihres Gewehrs auf die braune Manuela gerichtet hatte.

»Aber nein. Nicht doch«, sagte meine Mutter, doch da war Jessy bereits zur Tür hinaus.

Als mein Vater am Abend nach Hause kam, zeigte meine Mutter ihm das hellgelbe Gerichtsschreiben und überreichte ihm sein graues. Sie bemühte sich, betont sachlich zu bleiben.

Dem Papier zufolge, das mein Vater aus dem Umschlag hervorzog, war er zum Zeugen der Anklage bestellt worden.

»Du musst ihr das ausreden«, beharrte meine Mutter. »Auf dich hört sie.«

»Ach was. Die regt sich schon wieder ab.« Mein Vater legte das Papier beiseite.

»Du willst zulassen, dass sie – mich vor Gericht bringt?«

»Das«, mein Vater hob die Schultern, »hättest du dir früher überlegen müssen.«

Ich sah, wie meine Mutter in Panik geriet. »Was soll das heißen? Dass du nicht mit ihr redest? Und vor Gericht? Du sagst aber nicht gegen mich aus?«

»Ich bin dann in China«, sagte er. »Schon vergessen?«

»Wie praktisch«, fauchte meine Mutter. »Gut. Dann brauche ich eben Geld. Wenn ich schon sonst nicht auf dich zählen kann.«

»Geld? Wofür?«

»Für einen Anwalt.«

»Ach was, Anwalt«, winkte mein Vater ab. »Was soll schon passieren?«

»Du willst, dass ich diesen Prozess alleine durchstehe? Die Frau will Schadensersatz. Und zwar ordentlich. 10.000 DM. So viel Geld haben wir nicht.«

»*Wir?* Du meinst du.«

Meine Mutter starrte ihn *entgeistert* an. Fassungslosigkeit, Abwehr und Entsetzen spiegelten sich gleichermaßen in ihrem Blick.

Was dann losbrach, war ein so fürchterlicher Streit wie schon lange nicht mehr.

Nachdem ich in mein Zimmer geschickt worden war, verfolgte ich das Geschehen von den Treppenstufen aus. Mein Vater verweigerte ihr tatsächlich das Geld für die Anwaltskosten.

»Woher soll ich so eine Summe nehmen?«, rief meine Mutter.

»Frag doch deinen Vater. Der ist doch so *reich*.«

»Du weißt genau, dass das nicht geht.«

»Das hättest du dir vorher überlegen müssen.«

»Ist dir das eigentlich klar, was passiert? Wenn ich verliere?«

»Was meinst du?« Mein Vater runzelte die Stirn.

Mit einem Mal durchzuckte mich ein Gedanke. Das Wort GEFÄNGNIS leuchtete wie Blaulicht in mir auf.

»Wenn ich verliere, haftest du für mich mit. Als mein Mann.«

Ich atmete auf. Wenn mein Vater »mithaftete«, war alles in Ordnung. Schließlich verdiente er genug Geld. Oder nicht?

»Das – das wäre mir aber neu«, stotterte mein Vater.

Selbst von hier oben spürte ich, wie unangenehm es ihm war, dass meine Mutter sich mit diesen rechtlichen Belangen auskannte, er aber nicht. Kurz schien er zu überlegen.

Dann formulierte er mit Nachdruck einen Satz.

»Erst nimmst du ab. Dann kannst du dir einen Anwalt nehmen.«

»Du – du willst mich – erpressen?«

»Wer weiß«, erklang es. »Vielleicht hat die Sache ja sogar etwas Gutes.«

Das Lachen meiner Mutter war kurz und hell. Ich konnte förmlich sehen, wie sie vor meinem Vater zurückwich und ihn ungläubig musterte.

»Gut«, sagte sie schließlich. »Wenn du nicht mit ihr redest, dann mache *ich* das.«

»Nicht«, rief ich und stürzte die Treppe hinab.

Meine Mutter aber war bereits zur Tür hinaus. Mein Vater machte lediglich einen schwachen Versuch, sie zurückzuhalten.

Mit klopfendem Herzen trat ich ans Küchenfenster. Auch mein Vater stand mit angewinkelten Armen da.

Wir sahen, wie sie mit resolutem Schritt die Straße überquerte und sich vor dem Fenster im ersten Stock aufbaute, so wie sie es schon einmal getan hatte, um die Bopp in ihre Schranken zu weisen. Sie klingelte. Niemand öffnete. Dann aber wurde das Fenster im oberen

Stockwerk aufgerissen, und wie aus dem Nichts schoss ein riesiger Schwall Wasser auf meine Mutter hinab.

Ich schrie auf. Atemlos starrte ich auf das, was sich nur wenige Meter von uns entfernt abspielte. Ich wusste nicht, wer mir verrückter erschien in diesem Moment, die Bopp, die einen Eimer Wasser aus dem ersten Stock gekippt hatte und jetzt auf meine Mutter einbrüllte. Oder aber meine Mutter, die sich stumm das Haar aus dem Gesicht wischte und, nass von Kopf bis Fuß, mit erhobenem Haupt den Heimweg antrat.

Der Ehe meiner Eltern, das begreife ich erst jetzt, liegt im Grunde eine faustdicke Lüge zu Grunde.

Stets hat mein Vater von sich behauptet, ein Familienmensch zu sein. Ich habe lange gebraucht, um diese Lüge zu entziffern. Vielleicht weil sie die komplizierteste von allen ist.

Seinem Selbstbild nach war die Familie für meinen Vater sein »Ein und Alles«. Im Namen der Familie hat er alle nur erdenklichen Opfer auf sich genommen. Opfer, die zu erbringen ihn niemand gebeten hatte. In Wahrheit aber war mein Vater vor allem mit seinem Aufstieg beschäftigt. Und das hieß leider vor allem: mit den gläsernen Decken, genauer gesagt, an denen er immer wieder scheiterte. Im Umgang mit Vorgesetzten und anderswo.

Und diese Mechanismen der Berufswelt trug er hinein in die Familie. Konkurrenz war ein wesentliches Moment in der Beziehung meiner Eltern. Konkurrenz um Zeit, um Geld, um Deutungshoheit. Sie haben nie miteinander, sondern immer gegeneinander gekämpft. Selbst in existenziell bedrohlichen Situationen wie diesen. Ganz so, wie sich die Angehörigen der unteren Klassen untereinander verfeinden.

Haben die beiden auch beruflich konkurriert? Wohl kaum. Dafür war die Arbeit meiner Mutter immer zu schlecht bezahlt. Und nach der Geburt meiner Schwester fand sie gar nicht mehr in so etwas wie ein Berufsleben zurück, von Nebenjobs abgesehen. Hätte man Frauen und Männer damals gleich bezahlt, hätte diese Ehe womöglich anders ausgesehen.

Vielleicht dienen diese Gedankenspiele auch nur dem Wunsch zu verdrängen, wie groß der Anteil war, den wir an ihrem Unglück hatten, ob wir wollten oder nicht.

Wir, ihre Kinder.

7

Das bevorstehende Gerichtsverfahren versetzte meine Mutter in einen sonderbaren Zustand. Sie war sehr darum bemüht, Ruhe und Zuversicht auszustrahlen, aber ich sah, wie aufgewühlt sie war. Es sei ein zivilgerichtlicher Prozess, erklärte sie mir, sie würde also gar keinen Anwalt brauchen und könnte sich selbst verteidigen. Um gut vorbereitet zu sein, besorgte sie sich in der Kreisstadt-Buchhandlung eine Ausgabe des *Bürgerlichen Gesetzbuches.*

»Ich mache mich kundig über meine Rechte«, sagte sie stolz. »Lesen kann ich ja.«

Von diesem Moment an vertiefte sie sich in ihr BGB statt in die französische Grammatik. In keinem Fall würde sie sich nachsagen lassen, eine Diebin zu sein. Es war, als müsse sie dieses Deutschland, das sie und ihre Eltern zu Leuten »von auswärts« erklärte, höchstpersönlich in die Schranken weisen. Bald schwirrte mir der Kopf von den vielen neuen Begriffen: *Bösgläubigkeit, Klageerzwingungsverfahren, Entreicherungs-Einwand.* Meine Mutter war der festen Überzeugung, dass die Bopp mit ihrer Klage scheitern würde. »Damit kommt sie nicht durch. Auf keinen Fall.« Ihr Glaube an das deutsche Rechtssystem hatte etwas nahezu Unheimliches. Den Prozesstag Anfang Oktober markierte sie für alle sichtbar mit rotem Edding im Kalender.

Das Bild meiner Mutter, die tropfnass auf offener Straße stand, hatte schnell die Runde im Dorf gemacht. Auf die Verschwiegenheit der Briefträgerin war offensichtlich kein Verlass gewesen. Bald wusste jeder Bescheid darüber, dass man meine Mutter des Diebstahls verdächtigte. Und diese Vorstellung war unerträglich für sie. Das Dorf hatte seine eigenen Gesetze.

»Etwas bleibt immer hängen«, sagte sie, »auch wenn es zehnmal gelogen ist.«

Das Geschäft mit den Antiquitäten war von diesem Zeitpunkt natürlich vorbei. Die Obacher, die eben noch freudig ihre Schränke und Truhen an meine Mutter verkaufen wollten, fürchteten nun, von irgendwelchen Verwandten verklagt zu werden, weil diese Ansprüche auf ihre alten Möbel geltend machten.

Meine Mutter war außer sich. Und auch Martha-Oma war tief verärgert. Zu unser aller Erstaunen ergriff sie rückhaltlos Partei für ihre Schwiegertochter, und das nicht bloß, weil ihr einträglicher Zuverdienst versiegt war. Sie fand das Verhalten ihrer Schwester empörend.

»So ä Zores«, wetterte sie. »Beschdimmt hott se widda gesuff. Alles wäe ihrem ›*Ahli.*‹«

Ludwig-Opa schüttelte nur den Kopf.

»Das nimmt ä beeses Änn«, prophezeite er.

Angeblich hatte Ilay die Bopp nun endgültig verlassen. Martha-Oma zufolge war ihre Schwester seither noch unausstehlicher als sonst. Aber immerhin durfte Jessy weiterhin zu uns kommen. Die Bopp war offensichtlich einfach froh darüber, sie loszusein. Jessy selbst schämte sich unendlich. Meine Mutter strich ihr über den Kopf. »Mach dir keine Gedanken. Du kannst nichts dafür.«

Im Dorf empfand man eine gewisse Genugtuung darüber, dass es in der Familie meines Vaters, des schönen Emporkömmlings, nun einen Makel gab. Der Prozess und die Tatsache, dass meine Mutter »von auswärts« war, schienen dabei eine untrennbare Einheit zu bilden.

Einmal kam ich weinend vom Spielplatz nach Hause. Die Kinder hatten mich gehänselt, und Jessy hatte fast eine Schlägerei angefangen, weil jemand meiner Mutter eine Affäre mit Ilay nachgesagt hatte. Das sei, so wurde behauptet, der eigentliche Auslöser der ganzen Geschichte. Als wir meiner Mutter davon berichteten, lachte sie nur schallend.

Mein eisblonder Vater tat, als hätte er mit alldem nichts zu tun. Mich machte das so wütend, dass ich meine Hände zur Faust ballte und schwor, nie mehr mit ihm zu sprechen. Meine Mutter faltete meine zitternden kleinen Finger geduldig wieder auseinander und legte sie in ihre.

»Lass gut sein, Ela. Das hier ist eine Sache zwischen Papa und mir.«

Und dann geschah etwas Bemerkenswertes: Meine Mutter machte sich ans Abnehmen, aus freien Stücken und mit eiserner Disziplin. Mit meinem Vater hatte das nichts zu tun oder nur indirekt. Sie wusste, wie wichtig es war, vor Gericht *eine gute Figur* zu machen. Frauen hatten es grundsätzlich schwerer. Dicke Frauen »von auswärts« allemal. Justitia, die Schutzpatronin der Gerichte, mochte blind sein. Richter aber waren es nicht.

In ihrem neu erwachten Kampfwillen entschied sie, an einem Diät-Programm teilzunehmen. Einer Art Gruppentherapie namens – *Weight Watchers.* Die Treffen fanden einmal pro Woche abends statt, und meine Schwester nahm sie einfach mit. Sie fragte gar nicht, ob mein Vater damit einverstanden war, sondern verschwand jeden Montagabend für zwei Stunden und kehrte aufgekratzt zurück.

»Was genau macht ihr da in dieser Therapie?«, wollte mein Vater wissen.

»Wir reden.«

»Und wie viele Leute seid ihr?«

»Zwanzig.«

»Zwanzig dicke Leute? In einem Raum?«

Meine Mutter gab nicht viel preis von dem, was genau bei diesen Zusammenkünften geschah. Angeblich wurde das den Teilnehmenden auch geraten, den Ehepartner außen vor zu lassen.

Das Herzstück des Programms war das Buch *Schlank mit Elan*. Ich staunte über die Überschriften, über die mein Vater sich lustig machte: »Preiswert & delikat«, »Für Berufstätige & Eilige«, »Zum Einfrieren & später genießen«, »Für liebe Gäste & fröhliche Feste«, »Mal mit, mal ohne Fleisch«. Doch so skeptisch mein Vater auch sein mochte: Es funktionierte. Wie von Zauberhand verlor meine Mutter Kilo um Kilo, und nach ein paar Wochen wog sie tatsächlich wieder so viel wie vor der Geburt meiner Schwester, erklärte sie.

Mein Vater versuchte, sie zu loben, sie aber wollte nichts davon hören. Als er anbot, »zur Belohnung« eine Rechtsberatung zu zahlen, sagte sie nur kühl: »Kein Wort mehr davon. Du hast gesagt, es ist meine Sache, also ist es meine Sache.« Es sollte souverän und sachlich klingen, aber es gelang ihr nur schlecht zu verbergen, wie verletzt sie war. Er hatte sie der Bopp *zum Fraß vorgeworfen.* Mein Vater gehorchte und trollte sich.

Mit dem Schlankerwerden schien auch eine Veränderung ihres Wesens einherzugehen. Sie wirkte selbstbewusster und bot meinem Vater deutlich mehr *Paroli.* Wenn er wieder einmal wegen irgendeiner Kleinigkeit meckerte, wehrte sie sich mit lauter Stimme. Mir gefiel das. Die Rolle der Löwin stand ihr gut. Und vielleicht fand das sogar mein Vater. Aber ein bisschen unheimlich war es auch. Besonders wenn sie in Gegenwart des Babys laut wurde, auch ich floh dann sofort in mein Zimmer.

Mit dem Näherrücken des Prozesstages steigerte sich meine Aufregung ins Unerträgliche. Die Erwachsenen mochten sich darüber ausschweigen, aber das änderte nichts an meiner Angst. Meine Mutter versuchte ihr Bestes, mich zu beruhigen, aber auch sie konnte mir nicht helfen. Die Panik war da. Nachts wachte ich inmitten durchnässter Laken auf. Ich hatte wieder begonnen, ins Bett zu machen, wofür ich mich unendlich schämte. Schließlich war ich schon ein Schulkind. Aber auch, weil es Arbeit für meine Mutter bedeutete, die Bettwäsche zu waschen. Mehr als einmal bot ich an, ihr zu helfen, wenigstens das Laken abzuziehen, aber sie schickte mich fort.

»Mach dir keine Gedanken«, sagte sie. »Und versuch zu schlafen.«

Es war Anfang September, und im Fernsehen lief gerade *Die Rote Zora und ihre Bande.* Jessy und ich saßen auf der Couch. Atemlos sahen wir zu, wie der kleine Junge, der neu in die Gruppe der kindlichen Räuber mit aufgenommen werden sollte, die Hände mit gespreizten Fingern auf den Tisch legte und ein Bandenmitglied begann, irre schnell mit einem Taschenmesser auf die Zwischenräume einzustechen. Gerade als die grässliche Mutprobe überstanden war, klingelte das Telefon, und meine Mutter nahm, meine schreiende Schwester auf dem Arm, ab. Inzwischen war sie gar kein so friedliches Kind mehr, sie zahnte und quengelte in einem fort.

»Schaltet mal leiser«, bat sie uns.

Die Nachbarin ihrer Eltern war am Apparat. Wir hörten, wie meine Mutter mit besorgtem Tonfall ein paar Fragen stellte. Opa Adam war gestürzt und hatte sich an der ohnehin schon lädierten Hüfte verletzt. Offenbar war er bereits seit mehreren Tagen im Krankenhaus. Aber die eigentlichen Sorgen machte der Nachbarin meine Oma. Sie verhielt sich äußerst seltsam. Seit dem Morgen lief sie wieder und wieder den Weg zum SPAR-Markt ab und war ganz in sich gekehrt. Von Nachbarn darauf angesprochen, hätte sie gesagt, sie suche ihre Schlüssel, aber helfen lassen wollte sie sich nicht. Wir sollten besser mal nach ihr sehen.

Wenige Minuten später waren meine Mutter, meine Schwester und ich auf dem Weg nach Himmelstädt. Jessy war unter Protest nach Hause geschickt worden.

Es war kurz nach sechs Uhr, als wir ankamen. Meine Mutter fuhr direkt zu SPAR, aber der Markt hatte schon geschlossen. Langsam fuhren wir den Weg zum Haus ab und hielten Ausschau. Etwa auf halber Strecke entdecken wir sie dann.

Oma Ella stand auf dem Trottoir, ihre Frisur wirkte wirr. Sie trug keinen BH unter ihrem cremefarbenen Pullover, die Brüste zeichneten sich unter dem dünnen Mohair ab. Der Rock saß verdreht auf ihrer Hüfte, und der Reißverschluss an der Seite war halb geöffnet. Das einzig

Vertraute war der Pelzmantel, mit dem sie aber viel zu warm angezogen war für den sonnigen Sommertag. Ich sah verschämt weg. Ich wollte sie so nicht sehen.

»Mutti – was machst du denn?«, fragte meine Mutter leise.

»Ich muss einkaufen.« Oma Ella sah uns fragend an. »Vati braucht doch seine Kaffeesahne. Zum Frühstück.«

»Aber Vati ist doch im Krankenhaus.«

»Ach so. Ja. Stimmt.«

Oma Ella sah plötzlich ganz betroffen aus.

»Und deine Schlüssel? Hast du sie gefunden?«

Sie zuckte die Achseln.

»Vielleicht sind sie – zu Hause.«

Die Tür stand offen, als wir ankamen, die Schlüssel steckten, im Haus selbst war es unheimlich still. Nur das Ticken der Uhren war zu hören, eine aus dem Flur, eine aus dem Wohnzimmer. Und es war so unordentlich, dass ich erschrak. Überall lagen Handtücher, Kleider, Verpackungsmüll. Mitten auf dem Flokati vor den bunten Glasbausteinen stand ein Eimer mit Putzwasser, ganz so, als wäre er gerade erst benutzt worden. In der Spüle stapelten sich dreckige Teller. Meine Mutter stürzte sofort an den Herd, um nachzusehen, ob die Platten ausgeschaltet waren. Die ganze Zeit hindurch schrie meine Schwester in ihrem Tragesitz. Für einen Moment lehnte meine Mutter sich gegen den Kühlschrank. Ich konnte sehen, wie sie mit den Tränen kämpfte.

Ich sollte, während sie überall nach dem Rechten sah, mit Oma Ella ins Schlafzimmer gehen, dem Ort, der noch am ordentlichsten war.

Sofort breitete Oma Ella auf dem Bett mein Lieblings-

Puzzle aus. Ich rutschte näher an sie heran und atmete begierig ihre Rosenseife. Der Duft, der so untrennbar zu ihr gehörte, haftete überall, an ihrem Schmuck, ihrem kurzen, gelockten braunen Haar. Auf ihrem Dekolleté lag ein kleines goldenes Kreuz. Ich schlang die Arme um sie so fest ich konnte, und sie ließ es geschehen. Die Berührung schien ihr nichts auszumachen, und das, obwohl sie viel dicker war als meine Mutter. So nah saß ich bei ihr, dass meine Nase das kleine goldene Kreuz berührte. Ihr Verhalten war sonderbar. Ganz anders als sonst. Etwas an ihrem Blick war wie verrutscht.

Ich hob den Kopf. Über dem Ehebett hing ein riesiges ovales Bild mit einem pastellfarbenen Porträt der Jungfrau Maria. Marias Blick war äußerst bestimmt. Ich wusste, dass der katholische Glaube irgendwie zu meiner Mutter gehörte, auch wenn sie selbst nicht betete. Bestimmt nannte sie mich deshalb manchmal »Kind Gottes«.

»Schau«, sagte meine Oma stolz und fügte in dem Puzzle ein Teil oben links ein, nun hatte die Kuh ein Gesicht und die Bäuerin eine Schaufel in der Hand, und der Rand war komplett.

So saßen wir eine Weile und puzzelten. Dann ging die Tür auf. Meine Mutter trat herein, meine Schwester auf dem Arm, und fing an, im Zimmer umherzulaufen und mit energischem Griff sämtliche Schubladen und Schränke zu öffnen. Ich sah, wie sich ihre Augen mit jedem Griff weiteten. Fassungslos starrte sie auf das Bild, das sich ihr bot.

Und dann sah ich es auch. Sie waren überall. In den Schubladen, auf den Nachttischen, zwischen Handtüchern, sogar vereinzelt in den Hohlräumen von Tassen, zwischen Seifenstücken und Gläsern. Knoten. Weiße Stofftaschentücher, die meine Großmutter zusammengeknotet hatte, um sich an das zu erinnern, was sie zu vergessen drohte.

»Sie hat Alzheimer.« Die Stimme meiner Mutter zitterte, als sie wenige Tage später vor meinem Vater und mir die Diagnose wiederholte, die der Spezialist ihr unterbreitet hatte. Er hatte Oma Ella eingehend untersucht.

Es war ein Wort, das alle vor Schreck erstarren ließ. Ich wusste, dass Leute im Alter vergesslich werden konnten, doch »Alzheimer«, erklärte meine Mutter, war eine ganz besonders heimtückische Form des Vergessens.

Für meine Mutter stand außer Frage, dass sie sich um Oma Ella kümmern würde, solange Opa Adam im Krankenhaus lag.

Mein Vater sagte nichts. Der Zustand seiner Schwiegermutter machte ihm Angst, das konnte ich sehen. Ihre Gegenwart schien ihn fast so unangenehm zu berühren wie damals die Patienten im Krankenhaus.

In dem Moment, in dem mein Opa krank geworden ist, hat meine Oma ihren Halt verloren, sagt meine Mutter. So symbiotisch, wie meine Großeltern lebten, war sie vollkommen abhängig von ihm.

Sie ist mit fünf Geschwistern auf einem Bauernhof aufgewachsen. Nur schweren Herzens hat sie eingewilligt, mit ihrem Mann nach Deutschland zu gehen. Mein Opa selbst ist als Vollwaise und in der Obhut einer trunksüchtigen, gewalttätigen Stiefschwester groß geworden. Wenn er als Jugendlicher von seiner Schicht aus der Gräfin-Johanna-Grube nach Hause kam, gab es oft nichts zu essen, die Schwester hatte das Geld versoffen.

Meine Großeltern haben im Winter 1940 geheiratet. Kurze Zeit später ist mein Opa an die Ostfront geschickt worden. Es war eine Heirat aus Liebe, die Eheschließung sollte aber auch dazu dienen, meiner Oma im Todesfall eine Kriegswitwenrente zu sichern.

Aus der russischen Gefangenschaft hat mein Opa zweimal versucht zu türmen. Vergeblich. Nie hat er über das gesprochen, was er erlebt hat im Krieg.

»Ohne den Gedanken an meine Frau hätte ich das nicht überlebt«, hat er manchmal gesagt.

Aus der Kriegsgefangenschaft kam er derart unterernährt zurück, dass sein Kopf riesig wirkte auf dem ausgemergelten Leib. Erst mit der Aussiedlung nach Deutschland hat er allmählich zugenommen.

Einer Theorie zufolge reichen Menschen ihren Hunger an

die Nachfahren weiter. Sie vererben ihnen das Verlangen, sich einen Energievorrat anzulegen. Für härtere Zeiten.

8

Dann kam der Tag der großen Reise meines Vaters. Sein Abschied von Martha-Oma war tränenreich. Von meiner Mutter verabschiedete er sich mit einem Kuss auf die Wange. Mich hob er hoch und sagte, dass ich »schön brav« sein solle. Kein Baby, kein Prozess, keine kranke Schwiegermutter konnten ihn aufhalten. Mit alldem würde nun meine Mutter allein zurechtkommen müssen. Die Reise hatte Priorität, und das wurde auch nicht von meiner Mutter infrage gestellt. Ludwig-Opa stand etwas abseits und rauchte seine Pfeife. Die beiden Männer gaben einander eher kühl die Hand.

Ganze drei Wochen würde mein Vater fort sein, und ich vermisste ihn schon, bevor er in das Taxi gestiegen und davongefahren war. Ich sah ihm lange hinterher. Inzwischen war ich sicher, dass China etwas Gutes hatte: Es war weit weg von Obach und seinen tanzenden Frauen. Auch streiten konnten meine Eltern in seiner Abwesenheit nicht.

Seit der *Hiobsbotschaft* mit dem Alzheimer folgten die Tage meiner Mutter einem ganz genauen Takt. Sie stand auf, wechselte meiner Schwester die Windeln, machte sich im Bad fertig, dann bereitete sie mir ein Frühstück, aber ohne sich mit an den Tisch zu setzen. Diese Mahlzeit existierte nicht mehr für sie, sie trank lediglich eine Tasse Hagebuttentee, und wenn sie etwas zu sich nahm, allenfalls einen Apfel. An einen Besuch der *Weight-*

Watchers-Gruppe war nicht länger zu denken, aber sie hielt trotzdem weiter tapfer Diät.

Sobald ich im Schulbus saß, packte sie die nötigen Babysachen zusammen, setzte sich ins Auto und fuhr die 20 Kilometer nach Himmelstädt, wo sie das Haus meiner Oma von Tag zu Tag in unaufgeräumterem Zustand vorfand.

»Warum holst du sie nicht nach Obach?«, hörte ich Tante Lu am Telefon mit ihr schimpfen. »Das würde doch Zeit sparen. Und Kraft.«

»Der Neurologe sagt, sie muss weiterhin in ihrer vertrauten Umgebung sein«, sagte meine Mutter, wobei sie das Wort »Neurologe« mit einem seltsamen Hauch aussprach.

»Es ist wegen Martha-Oma. Stimmt's?«, behauptete Tante Lu. »Soll ich mit ihr reden?«

Meine Mutter wehrte ab, aber natürlich hatte ihre Schwägerin recht. Meine Mutter scheute sich, Martha-Oma anzubetteln, damit sie eine weitere »Fremde« in ihrem Haus billigte. Stattdessen ergab sie sich ihrem Schicksal der täglichen Fahrerei.

»Und was ist mit dem Prozess?«, fragte ich vorsichtig.

Das BGB lag neben dem Herd, schon seit Tagen hatte sie es nicht mehr aufgeschlagen. Als ich sie darauf ansprach, reagierte meine Mutter eingeschnappt.

»Ich weiß alles, was ich wissen muss. Keine Sorge«, knurrte sie, aber es klang nicht siegesgewiss, sondern müde. Tante Lu hatte sie wohlweislich von alldem nichts erzählt.

Morgen für Morgen, sobald sie die Himmelstädter Wohnung in Ordnung gebracht hatte, packte sie meine Schwester in die Babyschale und Oma Ella auf den Beifahrersitz und fuhr in die Klinik, in der Opa wegen seiner Hüfte behandelt wurde. Anschließend fuhr sie in den Supermarkt der Kreisstadt zum Einkaufen, für uns und Oma Ella, und dann zurück nach Himmelstädt, um ihrer Mutter Mittagessen zu machen, eine warme Mahlzeit für mittags und eine kalte Brotzeit für abends. Der Herd wurde vorsorglich vom Strom genommen. Nachdem sie gespült und alles weggeräumt hatte, hetzte sie zurück nach Obach, weil ich und Jessy nach der vierten Stunde schon wieder aus der Schule kamen. Das »Nachbarsmäd« zu beköstigen weigerte sich Martha-Oma nämlich. Sie tolerierte Jessy, aber mehr nicht.

Nach dem Mittagessen wusch meine Mutter Wäsche, räumte die Wohnung auf, bügelte, versorgte zwischendurch meine Schwester, und am frühen Abend bereitete sie dann schon wieder das Abendessen vor. Nachdem sie meine Schwester und mich ins Bett gebracht hatte, saß sie vielleicht noch eine halbe Stunde vor dem Fernseher, bevor ihr die Augen zufielen, und am nächsten Tag begann das Ganze wieder von vorn.

Bei alldem versuchte sie, sich nicht anmerken zu lassen, wie sehr ihr zu schaffen machte, was gerade mit ihrer Mutter geschah. In manchen Momenten war Oma Ella fast wie früher, aber wenn ich das Bauernhofpuzzle vor uns ausbreitete, sah sie mich nur ratlos an, während ich ein Teil an das nächste fügte. Sie hatte verlernt, wie man spielte. Mehr als einmal sah ich meine Mutter heimlich weinen.

Die Ferien waren inzwischen vorüber. Je trauriger es zu Hause zuging, desto mehr sehnte ich die Vormittage in der Schule herbei. Mir gefielen alle Fächer: Sachkunde, Deutsch, Sport, Mathe, nur Hausarbeit und das damit verbundene Häkeln mochte ich nicht. Am allermeisten aber liebte ich unseren Klassenlehrer. Herrn Hugo. Er hatte mir als Erster einen Satz in mein Poesiealbum geschrieben: »*Tröste dich*«, stand da, und dann folgte ein Gedicht, in dem es darum ging, dass man nicht alles haben konnte im Leben. So ganz verstand ich den Sinn des Satzes nicht, aber ich mochte das »*Tröste dich*«. Auch meine Mutter nickte und seufzte tief, als sie ihn las. Immerhin musste sie nicht mehr auf jeden Pfennig achten. Mein Opa hatte ihr Geld gegeben, damit meine Oma alles bekam, was sie brauchte.

Jessy schien sich in den Kopf gesetzt zu haben, *auf Teufel komm raus* gute Laune zu verbreiten. Fast rastlos erschien sie mir in dem Versuch, mich auf andere Gedanken zu bringen. Wenn wir nicht auf dem Spielplatz waren, Gummitwist oder Federball spielten, sahen wir fern, was wir unbeaufsichtigt durften, solange wir nur die verabredeten Serien schauten und auch nicht umschalteten, vor allem nicht am Vorabend. Den Rest der Zeit hörten wir Musik oder nahmen Lieder aus der Hitparade auf.

Mein Vater hatte mir beigebracht, wie man die Stereoanlage bediente, auf RECORD zu drücken und auch auf FADE, denn manchmal überlagerte die Stimme des Moderators das Lied, das er ankündigte. Jessy lauschte gebannt, und es dauerte, bis ich verstand, dass bei der Bopp nie das Radio lief. Jessy war nicht geübt darin, Musik zu hören, weder Klassik noch Pop, anders als ich hatte sie keinen traurigen Vater, der ihr beibrachte, zu welcher Musik man am besten traurig sein konnte.

Irgendwann musste meine Mutter sich dann doch eingestehen, dass sie dieses tägliche Pensum nicht länger bewältigen konnte. Sie entschied, dass Oma Ella doch für eine Weile bei uns einziehen sollte.

Zu ihrer Überraschung hieß Martha-Oma Oma Ella ohne jeden Argwohn in ihrem Haus willkommen. Stiller und nachdenklicher als sonst wirkte sie, und auch ihre *böse Zunge* hielt sie im Zaum, ganz so, als würde ihr der Zustand meiner Großmutter Respekt einflößen. Als meine Mutter ihr dann im Gegenzug auch noch einen der Pelzmäntel schenkte, war sie überglücklich. Es war ein Nerz, ein kurzer Bolero, der zwar eine Nummer zu groß war, aber das störte Martha-Oma nicht.

»Dass isch das noch mal erläwe.« Sie strahlte und strich über das haselnussbraune Fell. »Ä eschat Närz.«

Meine Mutter richtete ihrer Mutter ein Bett auf der Galerie her, unmittelbar vor den beiden Kinderzimmern. Unser Haus war nun voller denn je. Es war wie ein Pakt, den die beiden Frauen miteinander schlossen. Ob mein Vater damit einverstanden sein würde, kümmerte sie nicht.

Jeden dritten Tag rief er an, so die Abmachung. Wenn es bei uns 12 Uhr Mittag war, war es bei ihm bereits 19 Uhr abends. Es knackte und knisterte in der Leitung, und die Stimme meines Vaters klang klein und von ganz weit weg. Martha-Oma konnte es nicht fassen, dass ihr Sohn tatsächlich so weit fort war. Auf einem anderen Kontinent. Und dazu noch von dort telefonieren konnte. Von einem echten Hotel aus. Ich stellte mir vor, wie er in der zwanzigsten Etage eines Wolkenkratzers stand und mit Blick auf die Stadt unter sich im kleinen Obach anrief.

Es waren nur kurze Wortwechsel, Alltäglichkeiten, die die beiden miteinander austauschten, denn die Ferngespräche waren sehr teuer. Über die Veränderungen zu Hause verlor meine Mutter kein Wort, aber sie kam auch nicht in die Verlegenheit, dass er gefragt hätte. Am meisten interessierte ihn, ob sie weiter dranblieb mit dem *Weight-Watchers*-Programm.

»Keine Sorge«, behauptete meine Mutter. Aber es stimmte natürlich nicht. Für sich allein und ohne die Gruppe hatte sie unter den erschwerten Bedingungen zu Hause inzwischen aufgegeben. Diät halten war gerade ihre geringste Sorge. Sie hatte wieder deutlich zugenommen, aber das konnte mein Vater zum Glück durchs Telefon nicht sehen.

Wann immer ich Oma Ella am Abend Gute Nacht sagte, spürte ich, wie verloren sie sich in dieser ungewohnten Umgebung fühlte, so unsicher, wie sie sich umsah. Sicherlich vermisste sie das Bild mit der Jungfrau Maria über ihrem Himmelstädter Bett. Auch hatte sie Angst vor Katzen, wann immer sie Pepper sah, riss sie Hilfe suchend die Augen auf.

Voller Sorge verfolgten wir mit, wie Oma Ella immer wunderlicher wurde. Ihr war das Kirchenjahr, mit all seinen Feiertagen, immer sehr wichtig gewesen. Besonders Ostern und Jesu Auferstehung liebte sie. Ständig wollte sie jetzt Ostern feiern und Ostereier bemalen. Es war mitten im Sommer, aber meine Mutter zeigte schließlich Erbarmen und fing an, Eier zu färben. Martha-Oma war außer sich über das heidnische Gebaren und diese Verschwendung von Lebensmitteln, aber meine Mutter quittierte das nur mit einem müden Lächeln.

Schließlich entdeckten wir die katholische Kirche als Zufluchtsort. Regelmäßig gingen wir mit Oma Ella in das kleine, backsteinfarbene Gebäude.

An die ganzen, mir so fremden Rituale schien sie sich einwandfrei zu erinnern oder vielmehr ihr Körper. Ich staunte, wie sie, deren Erinnerungen von immer größeren Lücken aufgefressen wurde, sämtliche Abläufe noch beherrschte: sich mit Weihwasser betupfen, niederknien, sich bekreuzigen. Danach saß sie dann meist einfach still da.

Zum Bedauern des Pastors, einem freundlichen kleinen Mann mit Namen Pastor Bauer, war die Kirche fast immer leer. Nur bei den seltenen Messen und Festlichkeiten kamen Gläubige aus den umliegenden Ortschaften. Meistens aber saßen wir allein in den Bänken. Ich war gern in dem kühlen großen Raum. Jessy mied die Kirche aus irgendeinem Grund. So hatte ich ein wenig Ruhe vor ihrer aufgesetzten guten Laune.

Ich mochte den geheimnisvollen rhythmischen Singsang der Litaneien und sogar den strengen Geruch von Weihrauch. Und natürlich die Malereien. Eines der Bilder an der Seitenwand zeigte die *Mater dolorosa*, die Mutter mit den sieben Schwertern in der Brust, die ihr eigenes Leben zum Wohl ihres Kindes opfert. Hier, in der Kirche, konnte man unbemerkt traurig sein. Ich vermisste meinen Vater. Ich hatte Angst davor, dass die beiden wieder streiten würden nach seiner Rückkehr, aber das änderte nichts daran, dass er mir fehlte.

Wenn wir allein in der Kirche waren, hallte das Gebrabbel meiner Schwester quer durch die Bankreihen.

»Ist das nicht verboten?«, flüsterte ich. »So laut zu sein?«

»Gott liebt Kinder«, sagte meine Mutter, »und Pastor Bauer auch. Und Kinder haben nun mal laute Stimmen.«

In der Kirche wagte ich mich eines Tages mit einer Frage vor. In die Stille des Raumes hinein würde meine Mutter wohl kaum losschreien, hoffte ich.

»Der Prozess, Mama«, fing ich an. »Er wird doch gut ausgehen?«

Kaum hatte ich meine Frage ausgesprochen, zog ich den Kopf ein, doch meine Mutter blieb ruhig. Sie sah mich an mit einer Mischung aus Erschöpfung und einer gespielten Gelassenheit.

»Ich weiß alles, was ich wissen muss. Jetzt kommt es auf den Richter an.« Sie faltete die Hände. »Lass es in Gottes Namens ein junger Mann sein. Keiner von den Alten.«

Ich nickte und schwieg. Wirklich beruhigen konnte mich die Antwort nicht. Weil mir nichts Besseres einfiel, faltete ich die Finger ebenfalls wie zum Gebet.

»VIELLEICHT HATTE DEINE TRAURIGKEIT ja auch körperliche Ursachen? Hormonelle«, wage ich mich einmal vor.

»Was meinst du?« Meine Mutter klingt gekränkt.

Sofort bereue ich meinen Vorstoß. Was ich sage, klingt zu sehr nach einer »Depression«. Damit verbindet meine Mutter, dass jemand den ganzen Tag im Bett liegt.

»Ich habe ja immer funktioniert«, wehrt sie ab.

Man kann auch mit einer Depression funktionieren, würde ich gern einwenden, lasse es aber. Wenn sie sagt, sie war nur traurig, aber nicht depressiv, ist das ihr gutes Recht. Allenfalls Erschöpfung würde sie gelten lassen.

»Wenn man über eine längere Zeit traurig oder erschöpft ist, verlangsamt sich der Stoffwechsel«, sage ich, und das weckt ihr Interesse.

»Ach. Tatsächlich?«

Ich nicke. Menschen nehmen zu, weil sie traurig sind. Und sie sind traurig, weil sie zunehmen. »Ein Teufelskreis.« Sie nickt. »Teufelskreis« ist ein Wort, das sie häufig gebraucht.

Ich weiß nicht, wie es ist, sich in seinen Wünschen und Bedürfnissen permanent zurückzunehmen. Im Namen der FAMILIE. Ich weiß nicht, wie es ist, zwei mal vier Jahre seines Lebens größtenteils mit der Beaufsichtigung eines Kleinkinds zu verbringen.

ZWEI mal VIER Jahre.

Ich ersticke bei dem bloßen Gedanken.

Ich erinnere mich an meinen Schrecken, als ich im Studium über den englischen Begriff der »nuclear family« stolpere.

»Die Kleinfamilie«, zitiere ich, »ist gegründet auf die offene oder verhüllte Haussklaverei der Frau. Er ist der Bourgeois, sie das Proletariat.«

»Wer sagt das? Marx?«, will meine Mutter wissen.

»Nein, Engels.«

Sie nickt.

»Vielleicht hat er nicht ganz unrecht, dein Engels.«

9

Am Tag des Urteils passten Jessy und ich auf meine Schwester auf. Es war das erste Mal seit der Kirmes, dass meine Mutter sie in fremde Obhut gab. Martha-Oma und Ludwig-Opa waren keine Option, die Bopp hatte sie beide als Zeugen vorladen lassen. Mit ins Gericht nehmen konnte meine Mutter ein kleines Kind nicht. Meine Schwester war inzwischen vier Monate alt und bekam Zähne. Sie wollte unablässig auf dem Arm herumgetragen werden, gegen den Kinderwagen oder die Wippe oder den Laufstall sträubte sie sich. Es war furchtbar anstrengend, sie an einem Ort außerhalb unserer Wohnung zu beaufsichtigen, außerdem war es schon am Vormittag sehr heiß. Oma Ella hingegen hatte meine Mutter mitnehmen müssen, in der Hoffnung, dass sie die Verhandlung über ruhig auf der Bank sitzen blieb.

Gehetzt fuhr meine Mutter los. Trotz der Hitze hatte sie sich betont bedeckt gekleidet. Eine hochgeschlossene, langärmelige Bluse, ein dunkler Rock. Und sich in letzter Minute doch noch gegen Lippenstift entschieden.

Ich war froh, dass Jessy bei mir war. Jetzt, am Tag der Entscheidung, versuchte auch sie keine gute Laune mehr vorzugaukeln, sie hatte ganz offensichtlich genauso große Angst, das konnte ich sehen.

Ich war so unruhig, dass ich alle fünf Minuten auf die Uhr sah. Die Zeit wollte und wollte nicht vergehen, und meine Schwester hörte nicht auf zu quengeln, ganz gleich wie viel *Rondo Veneziano* wir ihr vorspielten.

Wenn ich daran dachte, was sich gerade im Gerichtssaal zutrug, wurde mir heiß und kalt, und ich verspürte eine leichte Übelkeit. Ich konnte nur hoffen, dass wenigstens Oma Ella sich halbwegs benahm.

Um auf andere Gedanken zu kommen, spielten wir *Mix Max*. Das Spiel bestand aus einem Set von vier Körperteilen, die man zu Figuren zusammensetzen konnte. Zu Beginn wurden ein Stapel Füße, ein Stapel Bäuche, ein Stapel Köpfe, ein Stapel Hüte auf den Tisch gelegt. Man musste würfeln und bekam dafür eines dieser Körperteile: einen Fuß für eine Vier, einen Bauch für eine Drei, einen Kopf für eine Zwei usw. Es gab den Clown, den Pfeifenmann, die Apfelsinenfrau und viele mehr. Am Anfang passten die Teile noch nicht zueinander, was sehr komisch aussah. Der Jägerhut saß dann auf dem Kopf der Stewardess, dieser auf dem Bauch des Sträflings und dieser auf den blanken Füßen des Fischers. Insgesamt sieben weibliche Figuren hatte das Spiel. Die Kellnerin, die Krankenschwester und die Stewardess waren jung und dünn, die Strickfrau war dünn und alt, die Sonnenbrillenfrau jung und dick, die Taschenfrau und die Obstfrau waren dick und alt. Meine mit Abstand liebsten Figuren waren die Kellnerin und die Krankenschwester. Ein wenig wie die schöne Mariella sahen sie aus, an die ich immer noch manchmal dachte.

Wir waren bereits in der Phase angelangt, in der man die Figuren zusammensetzen durfte. Besaß man von einer alle vier Teile, konnte sie einem niemand mehr wegnehmen. Als abzusehen war, dass Jessy meine beiden Lieblinge erwürfeln würde, schnürte sich mein Hals zu. Es schien mir überlebenswichtig, die Kellnerin und die Krankenschwester in meinem Sortiment zu haben.

»Hier«, sagte Jessy und deutete auf die Sonnenbrillenfrau, zu der mir lediglich noch der Bauch fehlte. »Nimm doch die. Dann ist sie vollständig.«

Die Figur hatte langes, glattes schwarzes Haar, das ihr bis auf die Schultern hinabfiel, obenherum nur einen Bikini an und schmale nackte schöne Füße. Sie erinnerte mich an meine Mutter.

Ich spürte, wie ich errötete. Es kam mir mit einem Mal falsch vor, um meine Kellnerin zu trauern. Wie ein schlechtes Omen. Ich merkte, wie etwas in mir hochkochte.

Mit einer ausladenden Geste wischte ich das Spiel vom Tisch. Ich war wütend auf Jessy. Wieso hatte ich das nicht früher bemerkt?

»Es ist alles deine Schuld«, entfuhr es mir. »Das alles ist nur passiert, weil sie versucht hat, dich zu beschützen.«

Jessy war einen Schritt zurückgewichen. Betreten stand sie in der Ecke.

Kühl sagte ich: »Du kannst nach Hause gehen.« Ich deutete auf meine Schwester, die friedlich im Kinderwagen schlief. »Ich schaff das allein.«

Jessy sah mich an, kurz hatte ich Sorge, sie könnte anfangen zu weinen, dann war sie auch schon zur Tür hinaus. Es brach ihr das Herz, das konnte ich sehen. Sie war noch nie nach Hause geschickt worden.

Gegen Mittag kehrten alle aus dem Gericht zurück, verschwitzt und aufgelöst. Ich sah es sofort an ihrem Gesicht: Es war nicht gut ausgegangen für meine Mutter. Martha-Oma hatte zwar in einem fort beteuert, sie als rechtmäßige Miterbin habe ihr Einverständnis gegeben, aber auch das hatte den Richter nicht umstimmen können. Er beschied, dass meine Mutter sich die Möbelstücke widerrechtlich angeeignet und veräußert hatte.

Meine Mutter zitterte vor Wut, als sie davon erzählte. Was sie besonders empörte, war der Umstand, dass die Bopp das Gericht belogen hatte. Sie hatte allen Ernstes das »Armenrecht« geltend gemacht, dabei bezog sie in Wahrheit eine stattliche Offiziersrente durch ihren verstorbenen Mann.

»Irreführung des Gerichts ist das«, sagte meine Mutter, aber der alte Richter habe der Bopp – einer, wie er sagte, »braven Bürgerin« – rundweg geglaubt.

»Und ich? Bin ich keine brave Bürgerin?« Sie musste nicht nur Teile des Geldes, das sie durch den Verkauf des Fremdenzimmers verdient hatte, anteilig an die Bopp zurückzahlen. Auch die Prozesskosten wurden meiner Mutter auferlegt.

»Wie viel ist es insgesamt?«, fragte ich leise.

»Viel«, sagte sie nur. »Richtig viel.«

Was bedeutete »richtig viel«? Und was, wenn wir es nicht bezahlen konnten? Kam sie dann doch ins Gefängnis?

»Mach dir keine Sorgen. Man kann es in Raten abzahlen«, sagte meine Mutter. »Außerdem habe ich ja bald mein Diplom.«

Sie strich mir über den Kopf, und ich beruhigte mich tatsächlich ein wenig. Mir fiel ein: Hatte sie nicht bald auch ein Treffen mit ihrem Herrn Engel? Wurde sie nicht befördert?

Meine Mutter nickte.

»Dann bin ich in einer höheren Gehaltsstufe. Das hilft.«

»Und was ist mit meiner Schwester? Wer passt auf sie auf?«

»Die Klähhn nämm isch«, krähte Martha-Oma und tupfte sich den Schweiß von der Stirn.

Meine Mutter nickte. Sie war dankbar für den Beistand ihrer Schwiegereltern, das spürte ich, aber kaum dass wir allein oben in der Wohnung waren, sackte sie in sich zusammen. Etwas an ihr wirkte wie erloschen. Es war, als hätte sie etwas viel Schlimmeres verloren als den Prozess. Etwas wie Hoffnung oder Zuversicht. Einen unsichtbaren Teil, der ihrem Körper Spannung verliehen hatte, die ihm jetzt fehlte. Nicht einmal nach Jessys Verbleib erkundigte sie sich. Dennoch zwang sie sich, ihren roten Lippenstift aufzutragen, und machte sich, Oma Ella im Schlepptau, auf den Weg. Sie hatte beschlossen, Herrn Engel sofort um ein Gespräch zu bitten. »Ich muss wissen, woran ich bin«, sagte sie.

Als sie zurückkam, strahlte ihr ganzer Körper eine unglaubliche Müdigkeit aus. Nur eine einzige Frage riskierte ich.

»Ist alles gut gelaufen?«

»Alles wunderbar«, sagte sie knapp, aber ohne mich dabei anzusehen. »Mach dir keine Sorgen.«

Es war schon nach zwölf, aber meine Mutter hatte offenbar nicht vor, ein Mittagessen zu kochen. Stattdessen ging sie ins Wohnzimmer, öffnete den Schrank mit den Spirituosen, goss sich ein Glas Birnenschnaps ein und trank es in einem Zug leer. Dann trat sie ans Fenster, ließ die Rollläden gegen die Hitze herunter und schaltete den Fernseher ein.

Den ganzen restlichen Nachmittag über hielt sie sich in der Küche auf, und es war klar, dass sie nicht gestört werden wollte. Meine schlafende Schwester ließ sie in der Wippe bei mir drüben im Wohnzimmer, was sie sonst nie tat, sie hatte das Baby stets bei sich in der Nähe.

Immer wieder schlich ich um meine Mutter herum, schlimmer als Pepper, wenn er um Futter bettelte. Mehrmals ging ich in die Küche, um mir etwas zu trinken zu holen, aber so sehr ich mich auch bemühte, es war unmöglich, auch nur einen Blick von ihr zu ergattern. Mit konzentriertem Gesichtsausdruck saß sie über einem besonders dicken Buch mit dem unheimlichen Titel *Die strahlenden Hände*. Sie beachtete mich nicht, ganz gleich, wie viel Eiswürfel ich in mein Wasser tat. Offensichtlich war es ihr egal, ob ich Bauchweh bekam.

Viel länger als sonst ließ sie mich fernsehen. Erst *Löwenzahn*, dann *Neues aus Uhlenbusch*. Meine mit Abstand liebste Serie war *Doktor Snuggels*, der verrückte Erfinder und »Freund von allem, was lebt«. In *Doktor Snuggels* hatten die Bäume und Büsche lächelnde Gesichter, und es gab nur wundersam freundliche Wesen. Wuki, das sommersprossige Kamel, das in den Wolken des Lavendel-Traumlands lebte, liebte ich am allermeisten.

Als der Abspann kam, sang ich wie gewohnt mit. Die blumig beschwingte Melodie hatte hohe Töne, die ich nur mit Mühe traf. Erst jetzt merkte ich, dass ich ein schlechtes Gewissen wegen Jessy hatte. Normalerweise sangen wir das Lied immer zusammen. Ich stand auf und schaltete den Fernseher aus, mir schwirrte der Kopf. Jetzt, wo es still war, hörte ich mit einem Mal ein leises Wimmern. Sofort sprang ich auf. Erst dachte ich, es käme aus der Küche, dann aber verstand ich. Ich stürzte zur Wippe.

»Mama!« Ich konnte mich nicht erinnern, jemals so geschrien zu haben.

Einer der Wohnzimmerrollläden war nur zur Hälfte runtergelassen gewesen, und das Fenster stand offen. Die grelle Sonne brannte genau auf die Stelle, an der die Wippe mit meiner Schwester stand. Augenblicklich stürzte meine Mutter herbei, doch es war zu spät. Das kleine Gesichtchen war rot, meine Schwester schien Schmerzen zu haben, sie weinte. Ich war komplett untröstlich. Wie hatte ich ihr Weinen nicht hören können?

»Halb so schlimm«, sagte meine Mutter knapp. »Ein bisschen Après-Creme, und es ist wieder gut.«

Erst jetzt sah ich, dass sie die Flasche Birnenschnaps mit aus dem Wohnzimmer mit rüber genommen hatte. Sie war halb leer.

Ich starrte meine Mutter an. Bis auf den ersten kurzen Moment, als sie dem Unglück ins Gesicht hatte sehen müssen, wirkte sie vollkommen unbeteiligt.

10

Am Tag seiner Rückkehr fuhren meine Mutter und ich zum Frankfurter Flughafen. Wir hatten ihn noch nie am Flughafen abgeholt, ich war sehr aufgeregt und hatte mein gelbes Lieblingskleid angezogen. Ich staunte, wie mühelos sich meine Mutter in diesem ›Terminal‹ zurechtfand, einfach, indem sie sich an den Bildsymbolen orientierte: Ein Koffer stand für die Gepäckausgabe, eine gezackte Linie für eine Rolltreppe. Das Gebäude war in verschiedene Fluggastbereiche gegliedert, die A, B und C hießen. Wir mussten nach B, in die Ankunftshalle, aber meine Mutter hatte extra Zeit eingeplant, damit wir uns ein bisschen umsehen konnten. Die große Abflughalle, die Abfertigungsschalter und die Anzeigetafeln faszinierten mich. Besonders eindrücklich und auch beängstigend aber fand ich die alten Flugzeuge, die an Seilen von der Decke herabhingen: Wie hielt so ein dünner Draht nur so viel Gewicht aus? Von einem schmalen Innenbalkon, der über die ganze erste Etage verlief, gelangte man zur Besucherterrasse im Freien. Ich hätte Stunden dort stehen und den weißen Maschinen beim Landeanflug oder dem Start zusehen können. Was war das wohl für ein Gefühl zu fliegen, fragte ich mich.

Als es so weit war und die ersten Passagiere aus dem Sicherheitsbereich in die Ankunftshalle traten, straffte meine Mutter die Brust. Auch sie hatte sich schick gemacht, über der bunt karierten Hemdbluse mit den Silberfäden trug sie eine Perlenkette, an den Füßen die rostbraunen Schuhe mit den Absätzen, und geschminkt war sie auch. Meine Schwester hatte sie nach langer Überlegung zusammen mit ihrer Mutter in Martha-Omas Obhut gelassen. Mein Vater würde das Malheur mit dem Sonnenbrand noch früh genug entdecken.

Eine Weile warteten wir vergeblich. Ich hatte Mühe, meine Neugier zu verbergen. Noch nie hatte ich so viele chinesische Menschen auf einmal gesehen. Die einzigen Chinesen, die ich kannte, betrieben das China-Restaurant in der Straße, in der Tante Lu wohnte, sie hatte uns einmal dorthin ausgeführt, als wir sie in Ludwigshafen besuchten.

Dann trat mein Vater aus der Tür. Kurz hielt er inne, schaute sich um, entdeckte uns nicht. Seine Schultern wirkten schmal, er schien überfordert von den vielen Leuten, die sich an ihm vorbeidrängten und von denen nicht alle genau zu wissen schienen, in welche Richtung sie mussten. Als sein Blick dann doch auf uns fiel, hellte sich sein Gesicht auf. Er lächelte. Etwas unsicher zwar, aber immerhin ein Lächeln. Mein Herz schlug schneller. Seit Tagen hatte ich mich vor dem Wiedersehen zugleich gefürchtet und es herbeigesehnt.

Er umarmte mich lange, und auch meine Mutter nahm er *zur Feier des Tages* kurz in den Arm. Sie reichte ihm gerade einmal bis zu den Schultern, bemerkte ich. Warum war mir das nie zuvor aufgefallen? Vielleicht weil sie sich so selten umarmten? Dann aber, als er meine Mutter genauer ansah, versteinerte sein Gesicht, und ich wusste genau, warum. Auch der lange dunkle Rock konnte nicht verbergen, wie groß ihr Po wieder geworden war. Hastig sah mein Vater nach links und rechts, offenbar fürchtete er, dass die Mitreisenden seine dicke

Frau beäugen könnten. Tatsächlich schauten ein paar Stewardessen zu uns herüber, tuschelten und lachten. Meinten sie meine Mutter? Meine Hände wurden feucht.

Als wir zum Parkplatz liefen, war das Lächeln meines Vaters verschwunden. Der OSTBLOCK war zurück. Er zog seinen Rollkoffer mit finsterer Miene hinter sich her und schwieg. Ich überlegte, was ich hätte erzählen können, um die Stimmung zu heben, vielleicht etwas von Herrn Hugo und der Schule, aber ich entschied, dass es besser war zu schweigen. Am Ende würde ich nur ausplaudern, dass Oma Ella bei uns eingezogen war. Nie hatte ich meine Mutter davon sprechen hören, wenn mein Vater sie anrief aus dieser anderen Welt in China. Als ich sie einmal danach fragte, weil ich den Gedanken nicht ertragen konnte, dass sie meinem Vater eine so große Veränderung verschwieg, sagte sie nur: »Ich muss einen geeigneten Moment abwarten. Verplappere dich bloß nicht!«

Aber mein Vater stellte auch keine Fragen. Er war müde vom langen Flug, kein Wunder, schließlich hatte er einmal den halben Planeten umrundet. Kaum dass wir im Auto saßen, drückte er die im Player steckende Kassette hinein, und der tiefe Gesang von Jennifer Rush legte sich über alles.

Zu Hause präsentierte uns mein Vater die Bonbons, die er auch sonst häufig im Duty-free-Bereich kaufte und die wir alle liebten: *Cavendish & Harvey Fruit Candies*, dick und mit Puderzucker bestäubt. Weiß an weiß lagen die kleinen »Zucka-Schtückka«, wie Martha-Oma sie nannte, in der runden Dose. Erst wenn man sie in den Mund nahm und daran lutschte, offenbarten sich ihre

Farben. Die Bonbons, die nach Mandarinen schmeckten, waren orange und wie eine Mandarine geformt, die Zitronenbonbons gelb und prall wie eine Zitrone, die dunkelroten Bonbons, die nach Brombeeren schmeckten, waren auf der Zunge holprig wie Brombeeren. Beim Zwischenstopp am Moskauer Flughafen hatte mein Vater außerdem eine Matroschka für mich erstanden.

Er freute sich, dass wir uns über die Geschenke freuten, und Martha-Oma begrüßte ihn wie den verlorenen Sohn. Auch ein Kunststück meiner Schwester heiterte ihn auf. Statt zu krabbeln, hatte sie sich angewöhnt, von Wand zu Wand zu rollen, die ganze Längsseite des Wohnzimmers entlang. Meine Mutter hatte ihr ein Jäckchen mit einer großen Kapuze angezogen, die ihr bis tief in die Stirn reichte. Mein Vater lachte und schlug sich auf die Schenkel. Es war genau seine Art von Humor. Meine Schwester fühlte sich durch seine Begeisterung offenbar bestärkt und jauchzte noch lauter. Mit einem mechanischen *»Klack-Klack-Klack-Klack«* kullerte sie über Parkett und Teppiche hinweg. Ich atmete auf. Vielleicht ja hatten wir Glück und das Malheur blieb unentdeckt. Dann aber bemerkte mein Vater den Sonnenbrand, der immer noch nicht abgeklungen war. Das kleine Gesicht schälte sich.

Er war sofort auf 180 und vollkommen außer sich.

»Körperverletzung ist das«, rief er.

Er wollte schnurstracks mit ihr zum Arzt fahren.

»Da war ich längst«, sagte meine Mutter und verschränkte die Arme. »Es ist harmlos.«

Mein Vater funkelte sie wütend an. »Nicht mal auf die Kinder kannst du aufpassen. Was bist du nur für ein Mensch?« Er schüttelte entgeistert den Kopf. »Und leid tut es dir offenbar auch nicht.«

Meine Mutter biss sich auf die Lippen, sagte aber nichts. In dem Moment kam Oma Ella zur Tür hinein. Sie hatte einen ausgiebigen Mittagsschlaf gemacht, und durch den Streit hatte meine Mutter keine Gelegenheit gehabt, ihm diesen Teil ihrer Geheimnisse zu verraten. Oma Ella sah meinen Vater und fragte: »Wer ist dieser Mann?«

Mein Vater starrte sie an wie ein Gespenst, dann wanderte sein Blick zu meiner Mutter.

»Es ist viel geschehen«, sagte sie. »Es gibt einiges zu bereden.«

»Oma Ella wohnt jetzt bei uns!«, rief ich und schlug mir sofort die Hand vor den Mund. Jetzt war es heraus. Ich hatte es einfach nicht mehr ausgehalten.

WANN GENAU HAT MEINE MUTTER ANGEFANGEN, Versteck zu spielen?

Nicht selten hat sie meinen Vater vor vollendete Tatsachen gestellt. Sie hatte ihre Gründe, das ist sicher, aber es muss ihn brüskiert haben, dass er von so vielen Dingen erst im Nachhinein erfuhr.

»Warum redest du nicht mit mir?« ist ein geflügelter Satz von ihm.

Hat meine Mutter mit ihrer Verschwiegenheit ein ursprüngliches Vertrauen verspielt? Oder ist ihre Verschwiegenheit das Resultat eines ursprünglichen Misstrauens?

Der Ausdruck »sich in Schweigen hüllen« faszinierte mich als Kind. Als wäre das Schweigen ein Kostüm, mit dem man unsichtbar werden konnte. Dabei wird man bisweilen umso sichtbarer.

Ein Mensch, der nicht mit uns spricht, wird zum Rätsel. Durch sein Schweigen wird er mehr und mehr zu einem Bild, das wir versuchen zu deuten.

Wenn ich als Kind Stummfilme sah, befremdete es mich, dass die Geschichten ohne hörbare Dialoge auskamen. Doch mochte ich die Ruhe, die von den Schrifttafeln ausging. Ganz gleich, wie wild jemand den Mund aufriss: Alles, was man hörte, war Klaviermusik. Im Nachhinein kommt mir diese kindliche Faszination fast unheimlich vor. Schließlich kann es sich bei einem solchen Schrei auch um einen Hilfeschrei handeln.

Wer schreibt, hat ein Problem mit gesprochener Sprache, sagt man.

Aber auch im Schreiben kann man sich verstecken. Schreien und Schreiben. Nur ein winziges »b« liegt zwischen diesen beiden Wörtern.

11

Der Streit meiner Eltern dauerte den ganzen Abend. Ich bekam ihn nur dumpf und indirekt mit, weil sie in der Küche stritten und die Tür geschlossen hielten. Ich saß mit Oma Ella im Wohnzimmer. Meine kleine Schwester schlief oben in ihrem Bett. Seltsamerweise fühlte ich mich besser, seit ich das Geheimnis ausgeplaudert hatte. Zwar *hing der Haussegen schrecklich schief,* aber die Tatsache, dass mein Vater zurück war, gab mir zugleich auch ein Gefühl der Sicherheit.

In seinen Augen musste all das eine einzige Heimsuchung darstellen, er hätte vermutlich gar nicht sagen können, was nun am schlimmsten war. Seine Ehefrau, die wieder einmal *aus den Fugen geraten war*, ein sonnenverbranntes Kleinkind, oder dass seine Schwiegermutter nun bei uns wohnte. Was all das für meine Mutter bedeutete, wie aufreibend und bedrückend die letzten Wochen für sie gewesen sein mussten, wollte nicht zu ihm durchdringen. Und wie üblich ging es am Ende vor allem um das eine: um ihr Aussehen. Und darum, wie schrecklich es für ihn war, *mit ihr zusammen gesehen zu werden.*

Als die Tür irgendwann aufging und meine Mutter mit wutroten Wangen herauskam, rief er ihr nach: »Jetzt ist Schluss mit den ganzen Ausweichmanövern. Ich verlange, dass du abnimmst, und zwar sofort. Sonst –«

»Sonst was?«, fragte sie ungläubig.

»Ich kann so nicht leben«, sagte mein Vater.

Meine Mutter, es war kaum zu glauben, willigte ein. Unter anderen Umständen hätte sie sich niemals so in die Ecke treiben lassen, aber in ihrer Verzweiflung ließ sie tatsächlich zu, dass die gläserne Waage aus der *Kammer des Grauens* hervorgeholt und im Badezimmer aufgestellt wurde. Von nun an musste sie sich jeden Morgen wiegen. Unter seiner *Aufsicht*. Die Demütigung prangte ihr jedes Mal wie ein leuchtendes Mal von der Stirn.

Da nicht abzusehen war, wann Opa Adam aus dem Krankenhaus entlassen werden würde, lebten wir weiter zu fünft unter einem Dach. Der Tagesablauf meiner Mutter blieb gleich, auch jetzt, wo mein Vater wieder da war. Auf Oma Ella aufzupassen, traute er sich nicht zu und wehrte ab, dabei hatte meine Mutter ihn nicht einmal darum gebeten. Die beiden sprachen nur das Nötigste miteinander.

Was aber rausmusste aus meinem Vater, waren seine China-Erlebnisse und die Beobachtungen und Erkenntnisse, die er mitgebracht hatte. Durch die ganze Aufregung kam er erst ein paar Tage nach seiner Rückkehr dazu, uns davon zu berichten. Und da meine Mutter so viel mit Oma Ella beschäftigt war und ihm ansonsten sehr kühl gegenübertrat, wurde ich zu seinem Publikum.

»Wisst ihr, welche Parole dieser Teng seinem Volk zuruft?«, fragte er am Abendbrottisch.

Ich schüttelte artig den Kopf, schließlich war mir die Rolle der Unwissenden, die man belehrte, zugedacht. Und natürlich verstand ich tatsächlich nichts von dem, was mein Vater mir erklärte. Meine Mutter war damit beschäftigt, Oma Ella ihr Brot in mundgerechte Stücke zu schneiden, sie kam kaum noch mit dem Messer zurecht.

»›*Bereichert Euch!*‹, ›*Bereichert Euch!*‹«, rief mein Vater. »Das ist die Parole.« Er tippte sich an die Stirn. »Überall sieht man junge chinesische Paare, die Kinder kriegen wollen. Und Amerika ist plötzlich ihr ›Freund‹. Eben noch Feind, jetzt Freund. Das soll einer verstehen.«

Auch viel *unsinniges Zeug* hatte es in China zu sehen gegeben. Neben den Maschinen und Getrieben war es natürlich vor allem die Welt der Landwirtschaft, die meinen Vater interessiert hatte. In der Provinz, in der er zu Besuch gewesen war, hatte man riesige Ackerflächen mit Chrysanthemen bepflanzt, die in der Nacht mit Glühbirnen beleuchtet wurden. Blumen zu züchten war rentabler, als Reis anzubauen.

»Wie viel Strom das kostet.« Mein Vater sah aus, als trüge er ganz allein die Last, die das für die Natur bedeutete, auf seinen Schultern.

Auch wenn ich nicht alles verstand, war eines für mich klar: Mein Vater war stolz, so weit fort gewesen zu sein, aber auch sichtlich froh, wieder am heimischen Küchentisch zu sitzen. Über seine Aufträge sagte er nicht viel. Aber er machte ein paar Andeutungen, dass nicht alles so gelaufen sei wie erhofft. Ausgerechnet während seines Aufenthalts hatte die chinesische Regierung einen *Wachstums-Stopp* verhängt und sich für eine langsamere Gangart entschieden. Industrie und Landwirtschaft sollten nur noch halb so schnell wachsen wie im Vorjahr. Aus diesem Grund war auch nur einer der beiden geplanten Aufträge für die Getriebe zustande gekommen. Beim anderen hatten die Chinesen einen Rückzieher gemacht. »Aber ein Erfolg war die Reise allemal«, sagte er, und ich nickte.

Er ließ keinen Zweifel daran, wie *heilfroh* er war, wieder zu Hause zu sein, und das nicht bloß, weil er *keinen Reis mehr sehen konnte*. »Erst wenn man mal weit weg war«, sagte er, »lernt man das eigene Zuhause lieben.« Und weil diese Liebe offenbar stark gewachsen war, freute er sich wie ein Kind, dass *unserer schönen Gegend* gerade bundesweite Aufmerksamkeit zuteilwurde.

Im ersten Programm lief eine neue Serie, *Heimat*, sie war in einem Dorf im Hunsrück, nicht weit von Obach, gedreht worden. »Fünfzig Kilometer von hier. Höchstens«, maß mein Vater auf einer faltbaren Landkarte nach. Die Schauspieler, viele davon Laien, redeten in einem ähnlich breiten Dialekt, in dem auch Martha-Oma redete. Ich verstand kein Wort, und meiner Mutter ging es genauso.

»Das ganze Land schaut auf unsere Gegend«, brüstete sich mein Vater.

Heimat sorgte außerdem dafür, dass niemand sich mehr sonderlich für den Prozess und das angeblich gestohlene Fremdenzimmer interessierte. Da war so ein Film viel aufregender. Niemand, der mitreden wollte, konnte es sich erlauben, auch nur eine Folge zu verpassen. Die Obacher Straßen waren zu den Sendezeiten wie ausgestorben.

Auf die Waage musste meine Mutter zwar nicht wie angedroht jeden Morgen, aber doch einmal die Woche. Und die Erwartung meines Vaters war klar: *Die Pfunde sollten purzeln.*

Sie probierte es erst mit einer Sellerie-Diät, dann mit einer Kartoffel-Diät und schließlich mit einer Farb-Diät, bei der sie nur noch Sachen aß, die rot oder orange waren. Äpfel, Paprika, Tomaten, Radieschen, Rote Beete, Wassermelone, Sauerkirschen, auf keinen Fall aber Süßkirschen, die waren zu kalorienreich. Die Nadel bewegte sich trotzdem keinen Millimeter nach unten.

»Nicht jede Diät wirkt bei jedem gleich gut«, erklärte meine Mutter. Das aber ließ mein Vater nicht gelten. Für ihn zählten nur Zahlen. »Fakten.«

Immerhin nahm sie nicht zu, auch wenn ihm seine Augen etwas anderes erzählten, wie mein Vater fand. Verärgert tauschte er die Waage aus, nicht ohne sich über die Qualität des Herstellers zu ärgern, immerhin war es ein deutsches Markenprodukt.

Das neue Modell zeigte sogar einen Gewichtsverlust an, wo augenscheinlich keiner war. Mein Vater stand vor einem Rätsel.

»Mysteriös. Wie kann das sein?«

Er sah meine Mutter an. Es war ein sonderbarer Blick. Ratlos, arglos und doch zutiefst verunsichert, dass ausgerechnet die geliebten Zahlen seine Wahrnehmung Lügen straften.

Als ich an einem Morgen verschlafen die Treppe hinuntergelaufen kam, hatte sich mein Vater in der Mitte der Küche aufgebaut.

»Was?«, fragte ich und sah vom einen zum anderen. »Was ist los?«

»Ist das dein Ernst?«, fragte mein Vater, an meine Mutter gewandt. »Willst du mich *für dumm verkaufen?*«

Sein Blick wanderte bedeutungsvoll zu dem Wischmopp, mit dem meine Mutter die Böden säuberte und den sie normalerweise ebenfalls in der Kammer aufbewahrte. Seit einiger Zeit stand das Gerät nun schon in der Ecke im Bad. Direkt neben der Waage, auf die mein Vater wütend zeigte.

»Angelogen hast du mich.«

Ich sah vom einen zum anderen.

»Wie ›angelogen‹?«, wollte ich wissen, mein Vater aber würdigte mich keines Blickes.

»Wahrscheinlich hast du es sogar heimlich trainiert. Richtig?« Mein Vater verschränkte die Arme. »Wer sich beim Wiegen abstützt, wiegt natürlich weniger.« Er schnalzte mit der Zunge.

»Gerissen bist du.«

Fast triumphierend wirkte er, wie ein Detektiv, der endlich, endlich einen Straftäter überführt hatte, den er seit Langem observierte. Es dauerte einen Moment, bis ich verstand. Meine Mutter hatte ein anderes Gewicht vorgetäuscht, als sie in Wirklichkeit auf die Waage brachte. Wann immer sie auf die gläserne Unterlage getreten war, hatte sie wie zufällig den Wischmopp in der Hand gehalten und sich unauffällig darauf abgestützt. Ich staunte über das trickreiche Vorgehen.

»Was verheimlichst du mir noch?« Er brüllte jetzt fast. »Was geht hier noch alles vor sich? Hinter meinem Rücken?«

Mit strenger Miene baute er sich vor meiner Mutter auf.

»Es kommt gar keine Post mehr. Von deiner Sprachschule.« Er sah sie eingehend an. »Oder doch?«

Meine Mutter wurde rot. Es stimmte, dachte ich mit einem Mal. Was war eigentlich mit der verschobenen Prüfung?

»Du lernst gar nicht mehr.«

»Der Kurs ist vorbei«, sagte sie leise.

»Und? Wo ist dein Diplom?«

Einen Moment zögerte sie.

»Es gibt keines«, sagte sie schließlich.

»Was?«

»Ich hab den Kurs nicht zu Ende gemacht.«

Als hätte er darauf gewartet, *ging mein Vater an die Decke.* Ich wusste nicht, was ich fühlen sollte. Wann hatte meine Mutter entschieden, nicht weiterzustudieren? Und warum wusste ich nichts davon?

»Wieso das, in Gottes Namen?«

Sie holte Luft.

»Erich-Engel steckt in Schwierigkeiten. Sie werden Leute entlassen müssen.«

»Seit wann? Und warum erzählst du mir das nicht?«

»Du hast nicht gefragt.«

Mein Vater sprang auf. Hektisch wühlte er in dem Zeitungskorb, in dem meine Eltern die Tageszeitungen aufbewahrten, bevor sie in den Müll wanderten. Mit flatternden Fingern durchblätterte er die lokalen Nachrichtenteile.

»Du lügst. Hier steht nichts davon.«

»Mein Chef hat es mir gesagt. Im Vertrauen. Er kann mich nicht einstellen.« Ihr Kinn zitterte, aber mein Vater ging darüber hinweg.

»Und wenn schon. Einfach so die Schule abzubrechen.« Er wirkte richtig angewidert.

»So viel Geld zum Fenster rauszuwerfen. Für nichts und wieder nichts.«

Meine Mutter sah ihn aus schmalen Katzenaugen an. Sie hob die Schultern. Offenbar hatte sie allmählich genug davon, ständig die Reuevolle geben zu müssen.

»Weißt du, was das für die Region bedeutet? Wie viele Arbeitsplätze verloren gehen?«, sagte sie.

»Und wenn schon«, sagte mein Vater. »Was interessieren mich die anderen.«

Am Tag darauf kam er früher nach Hause als sonst. Meine Mutter und ich saßen am Küchentisch und schälten Kartoffeln für das Abendessen, wobei meine Mutter sie schälte und ich vorher die Erde mit einer Wurzelbürste abputzte. Mein Vater wirkte blass und stellte seinen Aktenkoffer demonstrativ mitten auf den Tisch. »Was ist passiert?«, fragte meine Mutter. Sie schaute ihn fragend an. Mein Vater sagte nur: »Dieser charakterlose Mensch hat tatsächlich den Junior befördert.«

Meine Mutter erstarrte. »Blut ist eben dicker als Wasser«, versuchte sie es vorsichtig, aber er zischte nur: »Ja, natürlich, was sonst? Und mir streicht er aufs Brot, dass der eine Auftrag in China nicht genug gewesen wäre.«

Ich war wie gelähmt. Erst die Nachricht von der Schließung der Lederfabrik und jetzt auch noch das.

Abends im Bett raste mein Kopf, meine ganze Welt war mit einem Mal aus den Fugen geraten. Wie sollte meine Mutter ohne eine Beförderung oder auch nur eine Stelle das viele Geld bezahlen? Und würde auch mein Vater jetzt entlassen werden, weil er nur einen Auftrag *an Land gezogen hatte* und nicht zwei? Was war jetzt mit den Gerichtsschulden? Würden wir genug Geld für Essen haben? Für Kleider?

Ich wälzte mich hin und her, und als ich mir gar nicht mehr anders zu helfen wusste, lief ich noch einmal ins Wohnzimmer.

Mein Vater starrte von der Couch aus auf den Bildschirm. Meine Mutter, die im Sessel saß, klammerte sich an ihr Kissen, hinter dem sie versuchte, ihren Bauch zu verstecken.

Im Fernsehen lief die *Tagesschau.* Man sah Kanzler Kohl, der auf einem Friedhof einen Kranz niederlegte. Die Kamera, offenbar ebenfalls fasziniert von dem Anblick, zeigte in Nahaufnahme das massive deutsche Staatsoberhaupt neben dem kleinen zierlichen französischen Präsidenten. Zu allem Überdruss hielten die beiden Männer einander auch noch an den ungleichen Händen.

»Was machen die da?«, wollte ich wissen.

Anstelle einer Antwort nahm mein Vater die Fernbedienung und schaltete aus.

Stille breitete sich im Raum aus. Bis hoch an die Decke spürte ich sie, während im Fernseher der horizontale weiße Strich erglomm, zu dem das Bild zusammengeschnurrt war.

Sichtbar für alle vergrub er den Kopf in den Händen. Dann legte er sorgenvoll eine Hand an seine Schläfen. *Trübsal blasen* nannte meine Mutter diese Pose.

»Du weißt gar nicht, was du mir antust«, sagte er leise und wanderte mit dem Blick ihren Körper entlang.

12

*»Ich bin reich geworden,
weil ich härter war als die Härtesten
und zäher als die Zähesten. Und ich bin
ein ehrlicher Mann dabei geblieben.«*

Dagobert Duck

Anfang Dezember starb Opa Adam. Es geschah völlig überraschend. Niemand, wirklich niemand hatte damit gerechnet, die Ärzte nicht und auch nicht meine Mutter.

»Gleisch no Totesonntach«, unkte Martha-Oma.

Mitten in die zehnte Folge von *Heimat* hinein hatte Opa Adams *von Kohlenstaub geschwächtes Herz* zu schlagen aufgehört. Die von Schmerzmitteln überlastete Leber hatte kapituliert.

So unerwartet der Tod ihres Vaters kam, so ruhig und sachlich reagierte meine Mutter darauf. Sie vergoss kaum eine Träne, und wenn es sie doch überkam, legte sie so schnell es ging den Kopf in den Nacken und verschwand zur Tür hinaus, um nach wenigen Minuten mit trockenen Augen zurückzukehren.

Sie überlegte lange, wo sie ihren Vater begraben lassen sollte, ob auf dem Friedhof in Himmelstädt oder in Obach.

»Oder in Polen«, schlug mein Vater vor.

»Unsinn«, fuhr meine Mutter ihn an. »Er hat viel auf

sich genommen, um von dort wegzukommen. Ich werd ihn bestimmt nicht in Polen begraben.«

Bei der Trauerpredigt ärgerte sie sich sehr, dass Pastor Bauer den Nachnamen polnisch aussprach oder das, was er dafür hielt.

»Der Name wird deutsch ausgesprochen. Wie man ihn spricht. Mit ›i‹, nicht mit ›j‹«, korrigierte meine Mutter ihn leise, woraufhin sich Pastor Bauer kleinlaut entschuldigte, er habe es eben besonders korrekt handhaben wollen. Dieses »Schlesien« schien alle zu überfordern.

Der Trauerkaffee, zu dem im Gemeindezentrum Getränke und Kuchen aufgetischt worden waren, fand im ganz kleinen Kreis statt. Ich fand die schwarz gekleideten Menschen, die stumm über den Tellern und Tassen saßen, unheimlich. Die Einzigen, die keine Trauerkleidung trugen, waren Jessy, meine Schwester und ich. Ich hatte einen dunkelblauen Wollpullover an, der furchtbar kratzte, mehr fand meine Mutter übertrieben.

Oma Ella fing an zu weinen, sobald jemand ihr kondolierte und sie dabei an den Tod ihres Mannes erinnerte. Zwischendurch aber vergaß sie von wem hier Abschied genommen wurde, ihre verknoteten weißen Taschentücher im Schoß, *wie Falschgeld* zwischen den Gästen.

Ich selbst war fast zu beschäftigt damit, die Gesichter der Erwachsenen zu deuten, als dass ich etwas Nennenswertes hätte empfinden können. Ich war traurig, das ja. Das bunte Herbstlaub zu meinen Füßen kam mir zu bunt vor und der blaue Himmel unangemessen blau. Ich dachte an das letzte Mal, als ich Opa Adam gesehen hatte in der Klinik. An seinen leuchtenden Blick aus den marineblauen Augen und die glänzende Glatze erinnerte ich mich.

Vor allem aber war ich auf der Hut. Ich spürte, dass sich die Kräfteverhältnisse zwischen meinen Eltern verschoben hatten. Weder Erich-Engel noch das Diplom noch irgendeine Diät waren letzthin Thema gewesen. Und davon, dass mein Vater »so nicht mehr leben wollte«, war auch keine Rede mehr. Er wirkte irritierend gut gelaunt, fast euphorisch, was kein bisschen zu einer Beerdigung passte. Am Wochenende war ein Architekt bei uns zu Besuch gewesen, und die beiden Männer hatten sich eifrig über kompliziert aussehende Pläne gebeugt, die sie auf dem Küchentisch ausrollten.

Auch Tante Lu bemerkte, dass irgendetwas Seltsames vor sich ging. Sie kniff die Augen zusammen, kaum dass sie meiner Mutter und mir einen ihrer Zigarettenrauch-Küsse auf die Wange gedrückt und uns ihr Beileid ausgesprochen hatte.

»Später«, sagte meine Mutter nur. »Wir reden später.«

Tante Lu war noch ganz im Bann eines Buches, das sie in ihrem Lesekreis gelesen hatte. Ein Journalist hatte sich darin als türkischer Gastarbeiter verkleidet und die empörenden Dinge beschrieben, die ihm in der Arbeitswelt widerfahren waren.

»Wie kann man Menschen so wenig Geld dafür bezahlen, dass sie Klos putzen?« Tante Lu zog an ihrer Zigarette. »Oder sich auf Baustellen abrackern. Unbegreiflich.«

»Deshalb ist es mir so wichtig«, sagte meine Mutter leise, wie zu sich selbst. »Dass wir die Leute, die für uns arbeiten, gut bezahlen.«

»Was meinst du? Wen bezahlen?« Tante Lu horchte auf.

»Ach nichts«, winkte meine Mutter ab.

Zum Ende des Trauerkaffees teilte meine Mutter uns

mit, dass sie entschieden hatte, Oma Ella dauerhaft bei uns aufzunehmen.

Tante Lu schüttelte entsetzt den Kopf.

»Du hast zwei Kinder. Und kümmerst dich um ein drittes Kind.« Sie deutete dezent auf Jessy, die gerade hingebungsvoll in der Nase bohrte. Längst schon spielten wir wieder miteinander, niemand von uns erwähnte den Streit.

»Ach was. Nicht der Rede wert«, sagte meine Mutter.

»Von weje.« Martha-Oma zog die Nase kraus. »Sie wohnt doch schon fast bei uuhs.«

»Ich dachte, du willst wieder arbeiten gehen?«, sagte Tante Lu.

Ich sah, wie meine Mutter unruhig auf ihrem Stuhl hin und her rutschte.

»Was soll ich denn sonst mit ihr machen? Sie in ein Heim geben?«

»Das musst du so oder so. Früher oder später«, sagte Tante Lu leise und deutete mit einem leichten Nicken auf Martha-Oma und Ludwig-Opa. »Jedenfalls bei Alzheimer. Soweit ich weiß.«

»Auf keinen Fall.«

»Du weißt nicht, was du dir damit antust«, sagte Tante Lu.

»Ich habe es versprochen«, wiederholte meine Mutter.

»Wem?«

»Meinem Vater. Auf dem Sterbebett.«

Tante Lu seufzte tief. Ich konnte sehen, dass sie meine Mutter am liebsten geschüttelt hätte. Sie wandte sich an meinen Vater, ihren Bruder, der aber sogleich wie abwehrend die Arme vor der Brust kreuzte.

»Und du? Was sagst du zu alldem?«

»Ich halt mich da raus.«

»War ja klar«, brummte Lu, um dann eindringlich auf meine Mutter einzureden.

»Sie kann noch ewig leben. Zehn Jahre. Länger noch. Zwanzig.«

Meine Mutter hob die Achseln. Die Entscheidung war längst gefallen. Sie würde für Oma Ella sorgen.

Tante Lu machte einen letzten Versuch, indem sie sich über den Tisch beugte und die Hände meiner Mutter umschloss.

»Du wirst nie wieder arbeiten können. Nicht, solange sie lebt. Ist dir das klar?«

Meine Mutter entzog ihre Hände nicht, senkte aber den Blick.

»Sie wird ja dafür bezahlt«, mischte mein Vater sich ein und rechnete sogleich vor, wie viel Pflegegeld die Kasse meiner Mutter monatlich für die Übernahme der Betreuung zahlen würde. »Es ist mehr, als sie mit ihrer Arbeit in der Lederfabrik verdient hat«, erklärte er.

»Und wenn schon«, sagte Lu. »Kein Geld der Welt wiegt das auf.«

Die Hände der beiden Frauen waren noch immer ineinandergefaltet, was mir aus irgendeinem Grund unangenehm war. Auch mein Vater beäugte die Skulptur misstrauisch.

»Wo soll sie denn überhaupt schlafen?«

»Nun«, sagte mein Vater nicht ohne eine gewisse Genugtuung. »Wir müssen dir was erzählen. Und – und Ela, dir auch.«

»Was habt ihr vor?« Lu wirkte sichtlich alarmiert.

»Nun, wir – wir bauen. Ein neues, großes, schönes Haus. In dem wir alle Platz haben.«

Tante Lu starrte ihren Bruder entsetzt an. Ich starrte

ebenfalls. Das also steckte hinter dem Architekten und seinen schicken Plänen.

»Wir ziehen um?« Augenblicklich war ich den Tränen nahe. Warum hatten mir meine Eltern nichts davon gesagt?

Meine Mutter, die meine Gedanken zu erraten schien, kniete sich zu mir herab.

»Wir wollten das alles erst einmal durchrechnen.«

»Wir bleiben in Obach. Wir ziehen nur ins Neubaugebiet«, tröstete mich mein Vater.

Ich schluckte. Trotzdem wären Jessy und ich dann keine Nachbarinnen mehr.

Und Pepper?, dachte ich. War es nicht so, dass Katzen an ein Haus gewöhnt waren?

»Woher habt ihr so viel Geld?« Tante Lu sah von einem zum anderen, fixierte dann aber meine Mutter. »Moment. Wie viel hat dein Vater dir vererbt?«

Meine Mutter zögerte.

»Eine halbe Million«, sagte sie schließlich.

Ich sah, wie Tante Lu sich an ihrer Buttercremetorte verschluckte.

»Ist das viel? Sind wir jetzt reich?«

Nun war ich es, die vom einen zum anderen sah. Mein Vater nahm die Brille ab, hielt sie vor sich hin und hauchte auf die Gläser, um sie dann mit einem eigens dafür vorgesehenen Tuch blank zu polieren.

»Sind wir jetzt reich?«, fragte ich. »Und können wir Jessy – dann auch ein Barbie-Haus kaufen? Als Weihnachtsgeschenk?«

»Nein«, sagte meine Mutter schnell, als sie merkte, wie drohend sie mein Vater ansah.

»Können wir nicht.«

»Warum bist du damals nicht einfach gegangen?«, frage ich sie. »Du hättest dir in der Stadt eine Wohnung mieten und ein Kindermädchen einstellen können. Sogar eine Pflegekraft.«

Meine Mutter wirkt aufrichtig erstaunt. Als würde ihr diese Möglichkeit jetzt erst klar werden. Niemals hätte sie sich so etwas gestattet. Dass andere ihre Arbeit übernahmen. Ganz gleich, für wie viel Geld.

Durch die vielen abschätzigen Bemerkungen meines Vaters umgab den Wohlstand ihrer Eltern die Aura des Illegitimen. Schließlich war mein Opa »nur« Bergmann gewesen, er konnte das alles unmöglich mit »ehrlicher Arbeit« erwirtschaftet haben.

Ich habe nie verstanden, welcher Verdacht genau damit ausgedrückt werden sollte: Dass das Geld aus Schiebereien stammte? Aus Banküberfällen? Glücksspielen?

Mein Opa ist ohne jedes Vermögen nach Deutschland gekommen. Für die Beschaffung der Ausreisepapiere hat er seinen ganzen Besitz verkauft, um die polnischen Beamten bestechen zu können.

»Irgendwann war die Wohnung so leer«, erinnert sich meine Mutter, »dass ich mit meinem Dreirad darin herumfahren konnte.«

Die Starthilfe, die Aussiedlerfamilien damals im Lager Friedland bekamen, betrug 200 DM. Zur Arbeit in die Grube fuhr mein Opa auf seiner NSU-Quickly, ins 90 km entfernte Saarland. Die Woche über schlief er in einem Männerheim.

Ein Gutteil seiner Lebenszeit hat er damit verbracht, in dunklen Stollen herumzukriechen und Kohle abzuklopfen. Meine Oma hat ihr ganzes Leben lang gearbeitet. Auf dem Bauernhof, als Verkäuferin, als Mutter. Was, frage ich mich, soll an ihrem Vermögen »unverdient« sein?

DREI

1985: Jahr der Vereinten Nationen
Vogel des Jahres: der Neuntöter

I

Mit einem Mal waren wir »reich«.

Mein Vater stürzte sich in die Planungen für das neue Haus. Schon im nächsten Jahr, so die Prognose, würden wir umziehen.

Was nie auch nur zur Debatte gestanden hatte, war ein anderer Bauort als Obach oder gar die Kreisstadt. Mein Vater fand, dass seine beiden Mädchen *in der Natur* aufwachsen sollten. Meine Mutter hatte dem nichts entgegenzusetzen, außer einem tiefen Seufzen.

Mein Vater hielt sich mit Mäkelei zurück. Es war, als hätte das Erbe ihren Körper zu einer Nebensächlichkeit gemacht.

Dazu kam, dass sie sich sichtlich *wohl in ihrer Haut* fühlte, wenn sie über den Marktplatz ging oder einkaufen fuhr. Besonders zu genießen schien sie die Termine beim Neurologen, der Oma Ella untersuchte. Sie hatte auffallend freudige Augen, wenn sie zurückkehrte. Alles an ihr wirkte dann leicht.

Innerhalb kürzester Zeit hatte mein Vater ein geeignetes Grundstück gefunden, eine am Hang gelegene Wiese am Ortsausgang, dem sogenannten »Neubaugebiet«, wo lediglich vereinzelt Häuser standen. Das Land wurde vermessen und genau abgesteckt. Auch die Grube war schnell ausgehoben und ebenso schnell das Fundament gegossen. Anfang Februar war bereits der Keller fertig mitsamt »Verschalung«, ein unheimliches Wort, wie ich fand. Das Haus sollte sogar noch größer werden als ursprünglich geplant. Dreistöckig. Oma Ella würde im Erdgeschoss eine eigene Wohnung bekommen.

Ludwig-Opa kamen die Pläne meines Vaters gespenstisch vor. Dass jemand *so hoch hinaus* wollte, war ihm unbegreiflich. Ihm hatten zeitlebens seine Bücher und seine Pfeife genügt und dazu »die Sonne im Gesicht«, wie er immer sagte.

Jessy war stumm vor Trauer, als sie von den Umzugsplänen erfuhr. Wir würden dann nicht mehr zusammen zum Schulbus laufen und hätten auch nicht mehr denselben Heimweg. Ihre Besuche bei mir würden komplizierter. Um ins Neubaugebiet zu gelangen, musste man mit dem Fahrrad ganz ans Ende des Dorfes fahren, entweder *die gefährliche Hauptstraße* entlang oder über *die gefährliche Hauptstraße* hinüber und dann an den einsam gelegenen Gärten vorbei. Sie sagte kein Wort, aber sie umfasste meinen Unterarm mit beiden Händen und machte mir eine »Brennnessel«, wie wir es nannten, wenn wir einander aus Spaß diesen gleißenden Schmerz zufügen wollten. Eigentlich wollte nur Jessy das.

Die Bopp lehnte seit dem verlorenen Prozess ständig triumphierend am Fenster. Wenn die Handwerker am Abend in unseren Hof traten, um ihren Lohn für die Arbeit abzuholen, beugte sie sich herab und besah die muskulösen Oberkörper.

»Schamlos« nannte meine Mutter das.

Immerhin hatte sie durch ihr Erbe die Prozesskosten *auf einen Schlag* begleichen können. Von jetzt auf gleich war die so bedrohliche Summe unbedeutend geworden.

Ich mochte den Weg zu unserem »neuen Haus« nicht. Meist nahmen mich meine Mutter oder mein Vater im Auto mit. Wenn ich zu Fuß ging, folgte mir Pepper, doch auf Höhe von Martha-Omas Gemüsegarten machte er halt, wie vor einem unsichtbaren Hindernis. Er würde nicht mit umziehen, hatte meine Mutter mich gewarnt. Meinem Vater war das nur recht, ich aber trauerte schon jetzt.

Unter der Woche fuhr meine Mutter mehrmals am Tag zwischen dem alten und dem neuen Haus hin und her, um die Handwerker zu beaufsichtigen oder zu verpflegen.

Aber es gab noch etwas anders, was sie in diesen Tagen sehr in Anspruch nahm: Zusätzlich zu dem vielen Geld hatte Opa Adam meiner Mutter das Haus in Himmelstädt hinterlassen, und das sollte verkauft werden.

Interessenten fanden sich schnell. Ein Frankfurter Ehepaar mit seinen drei Kindern wollte dort einziehen. Bis dahin musste alles ausgeräumt werden sowie an vielen einzelnen Stellen renoviert.

Meine Mutter stellte die Käufer vor die Wahl. Wenn sie selbst die Renovierung übernähmen, wäre sie bereit, ihnen das Haus für eine geringere Summe zu überlassen. Ansonsten läge die Summe entsprechend höher. Da die beiden berufstätig und zeitlich sehr eingespannt waren, entschieden sie sich für die teurere Variante, die dann auch vertraglich festgehalten wurde.

Tante Lu schimpfte, als sie davon hörte.

»Du hast doch wohl genug zu tun. Jetzt auch noch renovieren?«

Es stimmte. Die Tage meiner Mutter quollen förmlich über. Jeden Morgen fuhr sie los, meine Schwester und Oma Ella im Gepäck, um Kleider auszusortieren, Geschirr in Altpapier zu wickeln oder Möbelpacker zu beaufsichtigen, welche einzelne Einrichtungsteile wie den Fernsehsessel oder den Hähnchengrill nach Obach brachten. Der Rest wanderte zur Caritas. Die schweren alten Möbel zu veräußern, machte sie sich nicht die Mühe. Nur den Perserteppich verkaufte sie an einen Gebrauchtmöbelladen. Zu uns nach Hause nahm sie nur die Hollywoodschaukel mit, die Opa Adam erst letzten Sommer gekauft hatte. Zwar besaßen wir neuerdings selbst eine, doch meine Mutter fand, dass im »neuen Haus« Platz für zwei dieser Gartenmöbel wäre.

So kam es, dass es in unserem Obacher Garten mit einem Mal zwei Hollywoodschaukeln gab, sie standen einander gegenüber, ratlos, wie zwei Kinder, die zufälligerweise in derselben Familie gelandet waren.

»Niemand besitzt zwei Hollywoodschaukeln.« Jessy kratzte sich bei dem Anblick den Kopf. »Oder doch?«

Erst als wir Besitz davon nahmen, Jessy auf der einen, ich auf der anderen, mit einem Buch und einem Solitär-Spiel, und unseren Körpern die Länge ausfüllten, ergab es ein stimmiges Bild.

Fast drei ganze Wochen dauerte das Entrümpeln des Himmelstädter Hauses. Dann war es leer geräumt und meine Mutter machte sich ans Renovieren. Das Mühsamste waren die Zimmerdecken, davon bekam man einen steifen Nacken, erklärte sie. Auch das Tapetenablösen war *eine Heidenarbeit*.

An den Samstagen nahm sie mich mit nach Himmelstädt. Jessy war es verboten mitzukommen. Dass sie bei uns in Obach ein und aus ging, tolerierte die Bopp, mehr aber erlaubte sie ihrem Pflegekind nicht.

Meine Schwester konnte inzwischen laufen, doch meine Mutter ließ sie die meiste Zeit in ihrem Laufstall. Oma Ella wollte ständig aus dem Haus, um »spazieren«

zu gehen. Martha-Oma hatte wiederholt angeboten, die Schwiegermutter in den Garten mitzunehmen.

Ich versuchte ebenfalls, meine Mutter dazu zu überreden, dass ich doch auf Oma Ella aufpassen könnte, aber auch das wehrte sie ab.

»Das ist zu gefährlich.«

Überhaupt war sie darum bemüht, dass ich nicht zu viel Zeit mit ihr verbrachte. Ihre Anwesenheit im Haus sollte mich nicht belasten, erklärte sie.

Sowohl an den Vormittagen in Himmelstädt als auch in Obach sah sich meine Mutter gezwungen, über einen kürzeren Zeitraum die Außentüren von innen abzuschließen, während sie selbst im Haus Sachen sortierte oder den Haushalt verrichtete.

»Ich muss sie einsperren«, sagte sie einmal mit Tränen in den Augen. »Meine eigene Mutter. Ist das nicht schrecklich?«

Aus Angst, dass eine der beiden die steile Marmortreppe hinunterfallen könnte, brachte mein Vater eine Gittertür mit Kindersicherung vor unserer Obacher Wohnungstür an. Es war mühsam, den Mechanismus zu betätigen, aber meine Mutter achtete streng darauf, dass alle das Gitter beim Rein- und Rausgehen ordentlich verriegelten.

Es war ein nasskalter März, und ich lag immer häufiger mit einer Angina im Bett.

Meine Mutter blieb bei mir, meistens jedenfalls. Ich spürte ihre Sorge, den Termin für den Einzug nicht rechtzeitig halten zu können. Sie war auf die Vormittage angewiesen, wenn Jessy und ich in der Schule waren, und umso größer war mein schlechtes Gewissen. Meine

Mutter kam mir vor wie das weiße Kaninchen in *Alice im Wunderland*. Sie hatte »keine Zeit, keine Zeit«.

Und trotz alldem stand sie jeden Morgen energiegeladen auf. Sie hatte mit dem Himmelstädter Haus ein klares Ziel vor Augen, anders als bei der täglich wiederkehrenden Hausarbeit. Und dennoch, spürte ich, gab es noch etwas anderes, das ihren Lebensgeist beflügelte. Etwas, das sich außerhalb unserer vier Wände befand.

In den wenigen Minuten des Tages, in denen sie sich an den Küchentisch setzte oder an der Spüle lehnte, sah sie mit sehnsüchtigem Blick zum Fenster hinaus.

»Wenn das Haus verkauft ist«, prophezeite sie, »fang ich wieder an. Mit den *Weight Watchers*.«

Aus irgendeinem Grund hatte ich den Verdacht, dass diese plötzliche Lebenslust mit ihrem Herrn Engel zu tun hatte. Zwar gab es seine Firma nicht mehr, aber vor einiger Zeit hatte er einmal bei uns zu Hause angerufen und ihr schöne Grüße ausrichten lassen. Ich hatte den freundlichen Klang seiner Stimme beunruhigend genau im Ohr.

Mein Vater plante derweil seinen ersten Skiurlaub. Zusammen mit zwei Firmenkollegen würde er nach Kitzbühel fahren. Von der Rechnung für die Hotelkosten des zweiwöchigen Aufenthalts wurde meiner Mutter schwindelig, als sie diese zu Gesicht bekam. Sie war diejenige, die alle Ausgaben und Finanzpläne kontrollierte, da der Hausbau allein aus dem Erbe finanziert wurde und alle Rechnungen von ihrem Konto abgingen. Auch alle anderen Einkäufe, oder was man eben sonst so im Alltag brauchte, zahlte sie. Mein Vater konnte mit seinem Gehalt *tun und lassen*, was er wollte, und hatte dementsprechend viel zur Verfügung.

Anfang April war das Himmelstädter Haus endlich bezugsbereit, und die neue Familie hatte sich angekündigt, um die Schlüssel in Empfang zu nehmen.

Es war einer der ersten sonnigen Tage, und meine Mutter, mein Vater, Oma Ella und ich saßen draußen in den Hollywoodschaukeln, als die Käufer zum Tor hereintraten. Jessy hatte mein Vater nach Hause geschickt, das hier war eine Familienangelegenheit, zumal keine unproblematische.

Die Käufer hatten bisher nur die Hauskosten bezahlt, die Summe für die Renovierung stand noch aus. Die Zahlung war schon einen Monat überfällig, und meine Mutter verlor allmählich die Geduld, weshalb sie, die ansonsten so warmherzig war, ihnen vergleichsweise kühl die Hand reichte. Mein Vater hingegen gab sich großzügig.

»Wie ein Großgrundbesitzer«, nannte Tante Lu das.

Das Paar, das Emmerich hieß, hatte seine drei Kinder mitgebracht, drei Jungen, alle drei jünger als ich. Ungefragt und unerlaubt stürzten sie sich auf meine Spielgeräte, den alten Sandkasten, die Schaukel, meine Stelzen. Das Geschrei und das Gejohle waren so laut, dass meine Schwester, die im oberen Stock schlief, aus ihrem Mittagsschlaf aufwachte und sich greinend durch das Babyfon zu Wort meldete.

Ich konnte sehen, wie sehr dieses rücksichtslose Auftreten meiner Mutter missfiel, noch bevor das erste Wort gewechselt worden war. Sie schüttelte den Kopf und ging nach meiner Schwester sehen.

Kaum war sie verschwunden, begann Frau Emmerich mit klagendem Ton auf meinen Vater einzureden. Sie konnten das Geld für die Renovierung nicht überweisen. Sie hätten sich verkalkuliert, auch weil der Umzug so teuer werden würde, und müssten erst einmal wieder etwas sparen.

»Machen Sie sich keine Sorgen«, hörte ich meinen Vater sagen. »Wir finden eine Lösung.«

Daraufhin bekam das Paar erst einmal ein Glas von dem italienischen Rotwein eingeschenkt, den mein Vater gerade offen hatte. Er trank neuerdings ausschließlich Rotwein, selten nur noch Bier.

Als meine Mutter mit meiner verweinten Schwester auf dem Arm in den Hof zurückkam, gestand Frau Emmerich auch ihr, dass sie das Geld nicht hatten. Ihr Mann saß nur da und nippte an seinem Glas.

Meine Mutter setzte meine Schwester in ihrem Essstuhl ab.

»Das tut mir leid«, sagte sie kühl. »Aber das ist nicht mein Problem.«

»Wir könnten Ihnen das fehlende Geld ja später überweisen«, meldete sich nun auch Herr Emmerich. »Sagen wir – in einem halben Jahr?«

Es klang nicht wie eine Bitte, eher wie eine Forderung. Meine Mutter wollte gerade zu einer Antwort ansetzen, als mein Vater, dem die Situation sichtlich unangenehm war, das Wort ergriff.

»Machen Sie sich bitte keine Gedanken«, sagte er. »Wir erlassen Ihnen die Summe.«

Von meiner Hollywoodschaukel aus sah ich, wie meine Mutter erstarrte. Ehe sie es sich versah, hatte mein Vater ihr Geld verschenkt. Einfach so, über ihren Kopf hinweg.

Meine Mutter war sprachlos. Innerhalb von Sekunden hatte mein Vater dafür gesorgt, dass ihre Arbeit der letzten beiden Monate unentlohnt blieb. Ich sah, wie sie die Fäuste ballte, aber sie sagte kein Wort.

Erst als Emmerichs gegangen waren, brach es aus ihr heraus.

»Wie – wie kommst du dazu, das zu entscheiden?«, fuhr sie ihn an.

Mein Vater verschränkte die Arme vor der Brust.

»Was denn? Die Leute – taten mir leid.«

»Die beiden sind – Lehrer. Verbeamtet«, sagte meine Mutter. »Die verdienen gut. Besser als wir. Das sind keine armen Leute.«

Mein Vater drehte den eisblonden Kopf beiseite.

»Und wenn schon. Wir haben doch genug.«

Die wohlhabende oder auch nur finanziell unabhängige Frau stellt im Patriarchat eine Provokation dar. Eine reiche Frau symbolisiert Tod und Untergang. Ihre Potenz ist eine Gefahr für den männlichen Körper.

Kein Wunder, dass meine Mutter dachte, sie müsse für ihr Geld bluten, um es besitzen zu dürfen.

In dem Universum meiner Mutter bilden Stolz und Arbeit eine untrennbare Einheit. Nie, niemals würde sie auf Erwerbslose oder Arbeitsunfähige herabsehen. Aber sich selbst gegenüber besitzt sie diese Güte nicht. Anderen nutzen, anderen gefallen. Daran bemisst sich der Wert ihrer Person. Als müsse sie mit ihrer unermüdlichen Arbeitskraft ihre Existenz rechtfertigen. Als Kind habe ich mir bei *Frau Holle* meine Mutter in der Rolle der Pech-Marie vorgestellt. Noch so ein wüstes Klischee. Eine dicke Frau ist automatisch eine faule Frau.

Bis heute arbeitet sie bisweilen bis zur völligen Erschöpfung und darüber hinaus.

»Entweder ich bin krank oder ich habe kein Geld. Eines von beidem.«

Immer war es, als dürfe sie nie beides gleichzeitig haben. Geld und Gesundheit. Entweder oder. Als müsse das eine das andere neutralisieren.

Über die Zeit ist das Korsett aus Schmerz zu ihrer zweiten Haut geworden. Aus der sie sich kaum mehr herauslösen kann, als würde sie nicht wagen, Luft zu holen, aus Angst, mit ihrem Atmen zugleich ihre Flucht aus der Freiheit zu spüren.

2

Mitte März fuhr mein Vater in den Skiurlaub. Er hatte mir dieses »Kitzbühel« in einer Broschüre gezeigt und von den knirschenden weißen Pisten unter dem blauen Himmel vorgeschwärmt. Meine Mutter blieb zurück, um Oma Ella, meine Schwester, Jessy und mich zu versorgen.

An den Abenden, wenn das geschafft war, saß sie am Küchentisch, um Rechnungen zu sortieren und Angebote zu prüfen. Die Grundmauern mussten errichtet, eine *Feuerwand* eingezogen und unzählige andere Dinge erledigt werden, über die sie sich aber binnen kürzester Zeit kundig machte. Nun lag es an ihr, die Arbeit am neuen Haus zu koordinieren.

Ich spürte, welchen Verdruss es ihr bereitete, dass mein Vater sie mit der ganzen Arbeit alleinließ, und sie hatte ihm noch nicht verziehen, wie er sie den Emmerichs gegenüber *vorgeführt* hatte. Dazu kam, dass es mein Vater war, der unbedingt ein neues Haus haben wollte. Sie selbst wäre mit dem alten völlig zufrieden gewesen. Und dafür arbeitete sie Abend für Abend, bis sie irgendwann erschöpft ins Bett fiel.

An einem Tag kam Pastor Bauer zu Besuch, um, wie er sagte, nach den beiden Trauernden zu sehen. Martha-Oma beäugte den Besucher misstrauisch. Er saß lange bei uns in der Küche, ich hörte nur mit halbem Ohr, was er und meine Mutter miteinander sprachen.

Am darauffolgenden Tag jedoch vereinbarte sie einen

Termin beim Frisör. Um sich mal etwas Gutes zu tun, wie sie sagte. Das habe Pastor Bauer ihr geraten. Sie wolle sich eine Dauerwelle machen lassen, wie Tante Lu, ihrer langen, glatt herabhängenden Haaren sei sie überdrüssig: »Eine lockige Frisur streckt das Gesicht«, erklärte sie.

Ich zog die Schultern zusammen. Ich wusste, dass Wein gestreckt werden konnte und dass es im Mittelalter ein Folterinstrument mit Namen »Streckbank« gegeben hatte. Wie das aussah, stand mir durch ein *Mickey-Mouse*-Heft lebhaft vor Augen. Ich wollte jedenfalls lieber nicht, dass meine Mutter ihr Gesicht strecken ließ, und hatte kein gutes Gefühl bei der ganzen Sache.

Es war ein Termin, für den sie eigentlich *keine Zeit* hatte, aber irgendwie machte sie es möglich. Meine Schwester ließ sie in meiner und Martha-Omas Obhut. Oma Ella aber musste sie mitnehmen. Inzwischen konnte man sie keine Minute mehr aus den Augen lassen, ständig wollte sie nach draußen, um spazieren zu gehen, und mehr als einmal schon war sie im Supermarkt fast verloren gegangen zwischen den Regalen.

Ich kannte die Räumlichkeiten des Frisörladens, und während ich meiner Schwester dabei zusah, wie sie im Laufstall hin und her lief, stellte ich mir vor, wie meine Mutter die ganze Zeit über unruhig unter der Trockenhaube hervor nach Oma Ella spähte, die verloren im Wartebereich des kleinen Ladenlokals saß.

Als meine Mutter nach Hause zurückkehrte, konnte ich erst kaum glauben, dass wirklich sie es war, die vor mir stand. Sie hatte sich große, wallende Locken vorgestellt, »wie Jennifer Rush«, aber das hatte die Frisörin nicht verstanden.

Ihr schönes Haar lag in engen kleinen Schlingen dicht am Kopf an. Es waren schneckenhausgroße gekräuselte Spiralen. Fast wie eine Perücke, so künstlich sah es aus. Alte Frauen hatten solche Frisuren. Meine Mutter fluchte und schimpfte. Vor dem großen Spiegel im Flur versuchte sie, ihr Haar auszukämmen, aber die Locken schnellten in ihre neue Form zurück, sobald der Kamm von den Spitzen glitt.

Jessy schlüpfte zur Tür hinaus, fast war es, als wollte sie vor dem unglücklichen Bild, das meine Mutter bot, entfliehen, aber vermutlich wollte sie nur vermeiden, einen Kommentar abgeben zu müssen.

Ich verspürte den Wunsch, meiner Mutter zu sagen, dass sie schön aussah. Das aber stimmte nicht. Und war es mir nicht verboten zu lügen?

»Und wenn du dir ein Kopftuch umbindest?«, schlug ich vor. »Wie Grace Kelly?«

Meine Mutter probierte es aus, fand aber, dass das noch komischer aussah.

Immer noch starrte sie ungläubig auf die fremde Person, zu der sie binnen eines Nachmittags geworden war.

Als ich am nächsten Tag von der Schule kam, fand ich meine Mutter im Wohnzimmer, wo Oma Ella vor dem Fernseher saß. Sie fläzte, ein Bein über dem Rand baumelnd, im Sessel und griff immer wieder in die Tüte Erdnussflips, die auf dem Tisch lag. Ich starrte sie an, durch das *Du-darfst*-Büchlein wusste ich, wie kalorienreich Dinge aus der Kategorie »Snacks« waren. »Würmchen« nannte mein Vater diese Dinger.

Im Fernsehen lief eine Serie. *Dallas*. Als meine Mutter sah, dass ich mich dazusetzte, schaltete sie um, zum Kinderprogramm. Gerade lief *Herr Rossi sucht das Glück*.

Ich hatte Herzklopfen, die ganze Folge hindurch. Ich wagte kaum, sie anzusehen. Meine Mutter aß sonst nie Chips oder Ähnliches, und tagsüber sah sie sonst nie fern. Das Schlimmste aber war ihr nacktes rundes Bein, das achtlos über dem Sessel hing. Auch achtete sie nicht wirklich auf das Geschehen im Fernseher, sie starrte durch die Bilder ins Leere. Ich schenkte dem Geschehen nur halbe Aufmerksamkeit.

Die ganze Zeit über versuchte ich, einen Blick meiner Mutter zu erhaschen, doch es wollte mir nicht wirklich gelingen.

Irgendwann schlich ich in die Küche und kramte das *Du-darfst*-Heftchen hervor. Die Tüte mit den Flips war fast leer, und ich wollte wissen, wie viel Kalorien meine Mutter im Laufe der letzten Stunde verzehrt hatte.

Als ich es aufschlug, fiel ein zusammengefalteter dünner Zettel heraus. Es war ein winziges Stück Papier, nicht größer als eines ihrer Notizblätter. Eine Visitenkarte. Genauer gesagt die Visitenkarte eines Arztes, der »B.« mit Vornamen hieß. Darauf stand eine handschriftlich notierte Telefonnummer und daneben »privat«. Ich drehte die Karte um. »Melde dich, wenn etwas sein sollte. B.«. Augenblicklich jagte es mir einen Schauer über den Rücken.

Zurück im Wohnzimmer, baute ich mich vor ihr auf.

»Wer ist ›Doktor B.‹?«

»Das ist – das ist der Neurologe. Der Oma behandelt. Ein alter Schulfreund«, sagte sie und wurde dabei bis unter die Locken rot.

»Der Arzt, der Oma behandelt – ist dein Freund?«

Ich staunte. Meine Mutter hatte keine Freunde. Ich war froh, dass die braune Manuela aus meinem Universum verschwunden war. Ebenso Herr Engel. Was also sollte plötzlich dieser *Schulfreund*? War er der Grund gewesen, dass sie sich hatte hübsch machen wollen?

Meine Mutter zögerte. Offenbar empfand sie Scheu, mich noch weiter ins Vertrauen zu ziehen. Ich war ihre Tochter und gerade einmal acht Jahre alt.

Sie schien zu überlegen. Was durfte sie mir erzählen, was nicht? Ich kramte ein Schnipsel aus dem *Dallas*-Repertoire hervor, über das ich durch das viele Barbie-Spielen mit Jessy mühelos verfügte.

»Liebst du ihn?«

Meine Mutter zuckte zusammen.

»Was?«

Ich spürte, wie ich nun auch rot wurde.

»Natürlich nicht«, sagte sie. »Wo denkst du hin? Ich mag ihn. Aber – nicht so.«

Sie zerrte an ihrer verunglückten Frisur herum. »Ich muss ihn treffen, weil ich eine Unterschrift von ihm brauche. Für einen Antrag bei der Pflegekasse. Sonst bekomme ich kein Geld mehr für Oma.«

»Und warum hast du die Karte dann in deinem Buch versteckt?«, fragte ich unsicher.

»Damit Papa sich keine Sorgen macht«, erklang es.

Und dann erklärte sie mir alles, wobei ich natürlich kaum etwas verstand, aber es beruhigte mich trotzdem. Es sei ein aufwendiger Antrag, den die Pflegekasse verlängern musste, und mit am wichtigsten war, dass der betreuende Neurologe bestätigte, wie zufriedenstellend meine Mutter ihrer Fürsorgepflicht nachkam.

»Aber so«, sie schaute mich betrübt an, »*so* kann ich ihm nicht unter die Augen treten. Auf keinen Fall.«

»Und ist das schlimm? Dass dieses Geld dann fehlt?«, wollte ich wissen.

»Wir werden es schon schaffen«, sagte sie. »Aber du musst mir versprechen: kein Wort zu Papa.«

Mir war flau im Magen. Ich fühlte mich beklommen, gleichzeitig aber machte es mich stolz, dass sie mir so geheime Sachen erzählte.

»Klar«, sagte ich. »Mache ich.«

Das war meine Rolle. Inzwischen war ich geübt darin, Geheimnisse zu hüten. Und allmählich verstand ich, dass Geheimnisse eine gewisse Verwandtschaft zu Lügen besaßen.

Erst im Gespräch mit meiner Mutter wird mir klar, dass auch meine Mutter eine gewisse Distanz in die Ehe eingebracht hat. Mein Vater ist nur die »zweite Wahl« meiner Mutter gewesen. Nicht ihr »Traumprinz«.

Mit sechzehn war sie unsterblich in einen Schulkameraden verliebt. Was sie hat zurückschrecken lassen, war die Familie des Mannes. Der Vater war ein alteingesessener Arzt.

»Wir kamen aus zu verschiedenen Welten.«

In meiner Vorstellung steht meine Mutter vor dem Haus, in dem die Eltern ihres Schulkameraden leben. Sie ist zum Kaffeekranz eingeladen, wagt sich aber nicht hinein. In Wahrheit weiß ich natürlich nicht, wie das Haus der Familie aussieht, meine Fantasie nimmt vorlieb mit dem, was ich kenne. Ich sehe sie am Eingang zum Park des städtischen Krankenhauses. Sie steht abseits, sie hat sich hübsch gemacht, in der Hand hält sie eine Schachtel mit Pralinen, die sie von ihrem wenigen Taschengeld gekauft hat.

Dann aber macht sie kehrt und geht zurück in ihr Elternhaus, damals noch eine Zweizimmerwohnung am Stadtrand mit nur einer Klappcouch und ohne Bücher. Ihre Schönheit, ihre Verliebtheit wiegt den Klassenunterschied nicht auf.

Was ist das hier?, frage ich mich. Ist meine Mutter am Ende Opfer ihres eigenen Schauspiels, wie mein Vater? Was wird gespielt?

3

Als mein Vater aus dem Skiurlaub zurückkehrte, wirkte er verändert. Wie ein Fremder saß er mit seinem sonnengebräunten Gesicht über dem Abendbrot. So viele Tage war er von sportlichen fröhlichen entspannten Menschen aus aller Welt umgeben gewesen, allen voran von einem Kollegenpaar, Dieter und Dora. Nun war er in diesem engen Zuhause zurück. Bei einer Frau mit Omafrisur.

Die Frisörin hatte es nicht geschafft, das Malheur zu korrigieren. Meine Mutter hatte vor der Wahl gestanden zwischen den Omalocken und einem Kurzhaarschnitt. Und ihre Haare ganz kurz schneiden zu lassen, hatte sie sich dann doch nicht getraut. Mein Vater hatte sie kurz entsetzt angestarrt, aber *die Katastrophe* nicht weiter kommentiert, als wäre das nur ein weiterer Baustein in einer ohnehin schon großen Enttäuschung.

Der flehentliche Blick, mit dem meine Mutter versuchte, ein freundliches Wort von ihm zu erhaschen, war vergebens. Im Grunde hatte sie es nicht anders erwartet, und doch schien es etwas in ihr zu geben, das darauf gehofft hatte, dass er so etwas sagt wie: *Ach, ist doch gar nicht so schlecht.*

Bei Tisch rückte mein Vater unwillkürlich von Oma Ella ab. Die Gegenwart seiner gebrechlichen Schwiegermutter schien ihm fast körperlich unangenehm. Dabei saß sie ganz still da, mit niedergeschlagenen Augen, die Hände in eines ihrer unvermeidlichen Taschentücher geknotet, und weit entfernt von ihm. Zwischen den beiden stand der Hochstuhl, in dem meine Schwester an einer rohen Kartoffel knabberte. Trotzdem.

Aufgeregt begann er, wie um die Szenerie zu überspielen, von seinen *Tagen im Schnee* zu erzählen. Alles wäre großartig gewesen: das Wetter, der klare blaue Himmel, die körperliche Betätigung. Aber das Tollste, sagte er, war das sogenannte *Après-Ski*, bei dem man am Abend in der Ski-Hütte zusammenkam, um Bier oder *Aperol* zu trinken.

Mir wurde sofort unwohl zumute, als er das sagte. Augenblicklich hatte ich *die braune Manuela* und den Kirmestanz vor Augen.

Skifahren hatte er schnell gelernt, laut Dieter und Dora sei er ein *Naturtalent*, verkündete mein Vater stolz.

Dann räusperte er sich und schwenkte bedeutungsvoll den Rest Rotwein in seinem Weinglas. Er habe in der Zeit seiner Abwesenheit eine Entscheidung getroffen.

»Ich kündige«, sagte er.

Meiner Mutter fiel vor Schreck das Ei aus der Hand, das sie gerade für meine Schwester hatte pellen wollen.

»Ich mache mich selbstständig.«

»Bitte was? Und mit wem?«

»Mit Dieter und Dora.«

»Und das habt ihr euch – wann überlegt?« Meine Mutter starrte ihn mit kugelrunden Augen an. »Beim Aperol? Auf der Skihütte?«

»Genügend Kontakte aus der Firma habe ich ja.«

Ich sah, wie meine Mutter sich bemühte, ruhig und sachlich zu bleiben.

»Also, ich weiß ja nicht. Mit einem – einem Paar eine Firma gründen. Zu dritt. Das gibt doch nur Probleme.«

»Unsinn.« Mein Vater drehte den Kopf beiseite. »So

gut, wie wir uns verstehen.« Die Entscheidung war gefallen. Niemand würde länger sein Chef sein oder ihn bevormunden können.

In den Tagen darauf redete meine Mutter mit *Engelszungen* auf ihn ein. Zum einen schien es ihr viel zu riskant, mitten im Hausbau eine so grundlegende berufliche Veränderung vorzunehmen. Es sei keine gute Idee, argumentierte sie, die sichere Festanstellung aufzugeben. Er hätte kein festes Gehalt mehr, sondern wäre abhängig von den Aufträgen, die er selbst anwerben müsste.

Vor allem aber die Zusammenarbeit mit Dieter und Dora missfiel ihr, und zwar umso mehr, als sich herausstellte, dass mein Vater den beiden den kompletten Urlaub finanziert hatte. Meine Mutter war außer sich.

»Wie kommst du dazu – die beiden – auszuhalten?«

»Wo ist das Problem?« Mein Vater hob die Achseln. »Wir haben doch Geld. Gewöhn dich endlich dran.«

Kurz sah es so aus, als ob meine Mutter Einspruch erheben wollte. Aber dann schwieg sie. Denn schließlich stimmte es ja. Nur dass es *ihr* Geld war, das den Hausbau finanzierte, während mein Vater seines schön für sich behielt. Das hatte ich einmal einem Streit entnehmen können.

Unser neues Zuhause nahm weiter Gestalt an. Die Grundmauern waren hochgezogen worden, der Rohbau fertiggestellt. Man konnte tatsächlich bereits ein Haus darin erkennen. Die Baustelle zu betreten war mir streng verboten.

Mein Vater wählte die teuersten Materialien und

bestand auf soliden Stoffen und Techniken, wogegen meine Mutter Einspruch erhob. In der Rollenverteilung zwischen den beiden begann sich etwas zu vertauschen. Früher war sie es gewesen, die als verschwenderisch gegolten hatte, das war ab sofort anders. »*Ich bin doch nicht Krösus*« wurde zu einem geflügelten Wort von ihr.

Eine Ausnahme gab es allerdings, und das waren die Kleider, die sie in Versandhäusern bestellte. SCHWAB, OTTO, QUELLE, BADER, HEINE, WENZ, NECKERMANN. Die dicken, bunt bebilderten Kataloge lagen überall bei uns in der Wohnung herum, auf den Stühlen in der Küche, Tischen, auf dem Sofa im Wohnzimmer. Und meine Mutter bestellte freigiebig, vor allem *Mode*, aber auch *Praktisches für den Haushalt*. Kaum eine Woche verging, in der nicht irgendwelche Pakete ins Haus geliefert wurden, was meinen Vater geradezu *wahnsinnig machte*.

»Es ist praktisch«, verteidigte sich meine Mutter.

»Es ist Umweltverschmutzung«, hielt mein Vater dagegen. »Das viele Plastik.«

»Aber man hat viel mehr Auswahl.«

»Was deine Übergrößen angeht, vielleicht.«

Damit hatte er einen Punkt getroffen. Seit der verunglückten Dauerwelle vermied meine Mutter die Kaufhäuser, mitsamt den Garderoben, den Verkäuferinnen und den neugierigen Blicken. Sie kam über den Verlust ihrer Haarpracht noch immer nicht hinweg. Ein paar Zentimeter waren bereits nachgewachsen, doch würde es lange dauern, bis ihr Haar wieder ganz glatt wäre.

Ich konnte förmlich sehen, wie sie immer unruhiger wurde, weil sie den Arztbesuch bei Doktor B. aufschob. Auch meinem Vater fiel das auf.

»Was ist los?«, wollte er wissen. »Muss deine Mutter nicht zum Arzt?«

Auch ich wurde zunehmend nervös. Wuchs nicht damit der Betrag von der Pflegeversicherung, der ihr fehlte, solange die Unterschrift ihres Schulfreundes nicht vorlag? Meine Mutter verlor kein Wort darüber. Und auch mich ermahnte sie, es vor meinem Vater auf keinen Fall zu erwähnen.

Und so fiel es ihm umso schwerer zu verstehen, warum er partout nicht kündigen sollte.

»Traust du mir das nicht zu oder was? Selbstständig zu sein?«

Er tat mir leid. Es war offensichtlich, wie sehr er es sich gewünscht hätte, dass seine Frau ihm Mut zusprach. Gern hätte ich ihm gesagt, dass nicht sein mangelndes Können der Grund ihrer Besorgnis war. Aber ich hatte versprochen zu schweigen.

Meine Mutter hatte für einen solchen Streit *keine Nerven*. Sie war die Erste, die am Morgen aufstand, und sie war die Letzte, die am Abend die Küche aufräumte, während alle anderen längst vor dem Fernseher saßen.

Mit Oma Ella wurde es immer schlimmer. Es verging kaum ein Tag, an dem sie nicht versuchte, *nach Hause zu gehen* oder einkaufen wollte für ihren Mann, und meine Mutter hatte *alle Hände voll zu tun*, sie davon abzuhalten. Der einzige Ort, der sie beruhigte, war und blieb die Kirche. Pastor Bauer waren die beiden und auch meine quirlige kleine Schwester immer willkommen. Als sie einmal länger nicht mehr da gewesen waren, weil meine Mutter keine Zeit fand, rief er sogar an, um sich nach ihrem Verbleib zu erkundigen.

»Was hast du auf einmal mit dem Pfaffen zu schaffen«, schimpfte mein Vater.

Seit dem Malheur mit meiner Schwester hatte sie aufgehört zu lesen. Wenn sie am Abend in ihren Sessel niedersank, hatte mein Vater dort meist einen *Abenteuer-oder Actionfilm* eingeschaltet. Er liebte das rüpelige Duo Bud Spencer und Terence Hill, und auch den vertrottelten Luis de Funès fand er toll. Beide mochten sie *007*, den Agenten im Auftrag seiner Majestät. Vielleicht, weil James Bond die Schwerkraft so mühelos überwinden konnte, mit seinen schnellen Autos und Schleudersitzen.

Und als würden ihn diese Abenteuergeschichten anfeuern, setzte mein Vater sein Vorhaben schließlich in die Tat um. Alle Engelszungen nützten nichts. Er reichte die Kündigung ein.

Seit ich denken kann, hat sich mein Vater an Männern abgearbeitet, die mächtiger waren als er selbst. Mal ging es dabei um den eigenen Vorgesetzten, ein anderes Mal um faule Beamte: unfähige Politiker oder korrupte Wirtschaftsbosse.

Stets vollzog sich sein Protest im Privaten, allenfalls am Stammtisch brach er sich Bahn. Statt sich in einer Partei oder einer Gewerkschaft zu engagieren, ist es bei den heimischen Tiraden geblieben.

Diese Art Aufsässigkeit gegenüber den herrschenden Verhältnissen ist typisch für das, was der marxistische Politiker Otto Rühle »Protestmännlichkeit« nennt.

»Protestmännlichkeit« bedeutet, dass Jungen und Männer der unteren Klassen lediglich eine »unorganisierte Auflehnungshaltung« entwickeln. Was dazu führt, dass sie zwar unablässig schimpfen, meckern und beschweren, aber selbst merken, dass das zu nichts führt.

Das Gefühl der politischen Ohnmacht ist nicht einfach abzustreifen. Es sitzt tief im Körper, als eine Art verkörpertes Wissen.

Gepaart ist die auflehnende und trotzige Haltung nicht selten mit einem unsicheren, übertriebenen Stolz. Dem Beharren auf dem Recht, »sich von niemandem etwas sagen zu lassen.« Die Kündigung muss deshalb so etwas wie der Gipfel seiner persönlichen Freiheit gewesen sein. Mein Vater muss jubiliert haben bei der Aussicht, »sein eigener Chef« sein zu können.

Jede Art von Befehl hat er grundsätzlich erst einmal abgewehrt, jede politische Entscheidung von Entscheidungsträgern angezweifelt. Waren sie nicht dazu da, den kleinen Mann klein zu halten? Geld und Macht der Eliten zu vermehren?

Bei der Bundeswehr hat er nur widerwillig gedient. Er wusste im Vorfeld, wie sehr er es hassen würde, einem solchen Drill ausgesetzt zu sein. Sich körperlich abquälen zu müssen, »für nichts und wieder nichts«, wie er immer sagte. Und sein Verdienst fiel in dieser Zeit ebenfalls deutlich geringer aus.

Um die Wehrpflicht zu verweigern, hätte er bei einem Bürgermeister vorstellig werden können, dem man nachsagte, Einfluss nehmen zu können auf solche Entscheidungen. Mein Vater hätte also einen anderen, mächtigeren Mann um Hilfe bitten müssen. Das aber konnte oder wollte er nicht.

Auch gegen das Erbe meiner Mutter hat mein Vater zeitlebens protestiert. Im Grunde hat er versucht, das Vermächtnis meines Großvaters gleichzeitig zu verleugnen, zu imitieren und zu überbieten. Mit einem eigenen Unternehmen. Einem selbst gebauten Eigenheim.

4

Von nun an waren Dora und Dieter jedes Wochenende bei uns zu Gast. Zu dritt saßen die künftigen Geschäftspartner in den beiden Hollywoodschaukeln und schmiedeten Pläne, während meine Mutter sie mit Häppchen und Rotwein versorgte. Mein Vater bot an, ihr zu helfen, aber sie ließ es sich nicht nehmen. Die Küche und alles, was damit zu tun hatte, war und blieb ihr alleiniges Terrain.

Das geplante Bürovorhaben sah vor, die Kontakte nach Osteuropa auszubauen, mit meinem Vater als Experten, er war schließlich schon häufig in der Tschechoslowakei gewesen, ebenso in Ungarn. Zu seinen Aufgabenbereichen gehörte auch, die Entwicklungen in China im Auge zu behalten, ganz so, als wäre *das Reich der Mitte* ein geheimer Seismograf, der dem offiziellen Teil der deutschen Wirtschaft, der von Importen und Exporten nach Amerika geprägt war, bald den Rang ablaufen würde.

»China wird uns alle überholen«, raunte er. »Wartet nur ab.«

Wenn er hinter seinen VDI-Nachrichten hervortauchte, benutzte mein Vater im Gespräch mit meiner Mutter viele Wörter, die ich nicht verstand. »Wirtschaftsboom«, »Freihandelszone«, »Devisenmarkt«, »Misswirtschaft«, »Doppelbesteuerung«.

Den Ausschlag für die Entscheidung der drei, nach Osten zu expandieren, so viel verstand ich, hatte ein

Mann mit Namen Gorbatschow gegeben. Der Osten würde sich wieder auf den Westen zubewegen, prophezeite mein Vater, auch und gerade, was die Wirtschaft anging.

»Mehr private Firmen, mehr Verantwortung für den Einzelnen«, hatte auch Tante Lu dazu gesagt, die sich brennend für die Entwicklungen in der UdSSR interessierte. »Das ist eine gute Sache. Da kann man gespannt sein.«

Was Gorbatschow anging, waren mein Vater und meine Tante sich offenbar ausnahmsweise einmal einig. Meine Mutter war ebenfalls eine große Befürworterin des neuen russischen Kurses. »Endlich setzt sich jemand für den Frieden ein«, sagte sie. »Für wirklichen Frieden. Nicht nur für Waffenstillstand.«

Mich erinnerte Gorbatschow an Opa Adam. Ich fragte mich, ob meiner Mutter die Ähnlichkeit nicht auch auffiel. Beide waren eher klein und untersetzt, beide hatten eine Glatze, und beide hatten ein Feuermal über der Stirn.

Da unsere Hollywoodschaukeln in diesen Tagen ständig mit rauchenden Erwachsenen besetzt waren, spielten Jessy und ich in den Wiesen und Wäldern der Umgebung. »Häuschen bauen« war unsere neue Lieblingsbeschäftigung.

Je wärmer es wurde, desto mehr lockte es Jessy in das kleine Waldstück in der Nähe des Friedhofs, zu dem die steile Straße nicht weit hinter unserem Haus führte. In einer Stelle am Hang, zwischen dicht an dicht stehenden Laubbäumen, richteten wir unser Häuschen ein. Mit Blumensuppen, Blättervorhängen und -betten und einer

Feuerstelle. Ich kam jedes Mal mit so dreckigen Fingernägeln nach Hause, dass ich sie in einem Bad mit Kernseife einweichen musste.

Das Häuschen aber reichte Jessy bald nicht mehr. An einem Samstag strich sie zielsicher die Böschung entlang, dicht an dem Zaun, der das im Hang gelegene schmale Waldstück nach oben hin begrenzte. Dahinter lag eine Pferdekoppel mit Elektrozaun.

»Wo willst du hin?«

»Komm einfach mit«, sagte sie nur und stampfte zielsicher voran.

Auf einmal standen wir vor ein paar Mauern.

»Da ist es ja.« Jessy pfiff leise durch die Lippen, sie hatte offenbar gefunden, was sie gesucht hatte. »Von der Straße sieht es ganz anders aus.«

Es war ein pastelltürkisfarbenes winziges Haus. Schon viele Male war ich achtlos daran vorbeigelaufen, ich wusste nicht einmal, wem es gehörte oder wozu es diente.

Wir schlichen zur Rückseite. Das einzige Fenster, das nach hinten hinausführte, war durch große schwere Fensterläden verschlossen.

»Los«, befahl Jessy. »Die kriegen wir locker auf.«

»Bist du sicher?« Ich sah mich erschrocken um.

»Klar. Hier ist niemand.«

Die Läden waren verstaubt und schwer aus den Angeln zu bewegen, aber irgendwie schafften wir es. Kaum dass die schweren Holzflügel geöffnet waren, pressten wir die Nasen dicht an die Scheiben. Es waren zwei Zimmer, gerade mal so groß, dass in den einen Raum ein schmales, seltsam kurzes altes Bett und in den anderen eine alte Couch und ein Schrank hineinpassten. Wie das Haus der sieben Zwerge sah es aus.

»Ob du dich traust, die Scheibe einzuschlagen?« Jessys Augen funkelten kampfbereit.

»Was?« Ich staunte. »Du willst – dass wir einbrechen?«

Sie beugte sich herab und suchte am Boden nach einem passenden Stein, befühlte ihn einen Moment, um ihn mir dann zu überreichen.

Ich zögerte nur kurz. Dann kniff ich die Lider fest zusammen. Mit einem leisen Klirren ging die Scheibe zu Bruch.

Als ich die Augen wieder öffnete, sah ich, wie Jessy bereits durch das offene Fenster hindurchfasste, um den Griff von innen zu öffnen.

»Pass auf«, sagte ich, denn an den Ecken ragten gefährliche Spitzen heraus.

Dann standen wir auch schon in dem kleinen Zimmer. Der Geruch erinnerte an den Weiher, auf dem wir im Winter Schlittschuh fuhren, aber der im Sommer schlimm alt und moderig roch.

»Lass uns lieber gehen«, sagte ich.

»Warum?«

Ich fuhr herum. Die Stimme kam aus dem anderen Zimmer. Jessy hatte sich auf dem mit Spinnweben verhangenen Bett ausgestreckt und sah mir triumphierend entgegen. Ein glückliches Schneewittchen. Endlich hatte sie, was sie sich ersehnte: ein eigenes Haus.

So ging es ein paar Tage. Wir brachten einen kleinen Besen und eine Kehrschaufel mit, um den größten Schmutz hinauszufegen, und nach und nach Spiele, Limo, Kekse, Bücher und sogar eine saubere Tischdecke, die Jessy irgendwo im Haushalt der Bopp aufgetrieben hatte.

Meine Mutter, obgleich sie *viel um die Ohren hatte*,

wurde allmählich misstrauisch angesichts der vielen Zeit, die wir »im Wald« verbrachten. Es war Mai und noch frühlingshaft draußen.

»Wo treibt ihr euch herum?«

»Auf dem Spielplatz.«

»Den ganzen Tag?« Meine Mutter hob den Kopf von den Zwiebeln, die sie klein schnitt, um sie als kleine Haufen in die Mitte der Rouladen zu betten. Ich hatte ihr schon viele Male dabei zugesehen. Mit einem Mal aber musste ich beim Anblick der Fleischstücke an ein Märchen denken. Darin sollten einer Königin Augen und Zunge herausgeschnitten werden, weil sie die Unwahrheit gesagt hatte.

»Und wozu ist das alles gut?« Meine Mutter deutete auf meine Essensvorräte, die ich in meine Tasche gepackt hatte.

»Wir haben ein Häuschen gebaut.«

»Ach ja. Und wo genau?«

Ich beschrieb ihr die Stelle im Hang, an der wir tatsächlich ein Häuschen gebaut hatten, nur dass wir dieses längst nicht mehr nutzten. Dann verschwand ich mit hochrotem Kopf zur Tür hinaus. Mein Geheimnis aber blieb zurück, so gegenwärtig wie eine Seifenblase, kurz bevor sie zerplatzte.

An einem Tag waren Jessy und ich spät dran. Die 6-Uhr-Glocke läutete vom Kirchturm herüber, was für uns das Zeichen war, dass es Abendbrot gab. Jessy griff von außen durch das zerbrochene Fenster hindurch. Sie drehte den Fenstergriff herum, aber als sie die Hand herauszog, blieb sie an der scharfen Glaskante hängen, die aus dem unteren Rand herausragte.

Der Schrei, der ihrem Körper entfuhr, klang wie der eines Tieres aus dem nahen Wald. Blut quoll aus Jessys Hand hervor. Unendlich viel Blut. Ich sah mich um. Wir hatten kein Klopapier oder Ähnliches. Schnell streifte ich meinen kurzen Stufenrock ab. Es war mein Lieblingsrock, er hatte drei Farben, lila, grün und blau. Aber es war das einzige Stück Stoff, das ich zur Hand hatte.

Nur in Unterhose lief ich los.

»Nicht«, brüllte Jessy mir hinterher. »Bleib hier. Die rufen sonst das Jugendamt.«

Als ich atemlos zur Tür hereinstürzte, stand meine Mutter am Herd.

»Jessy blutet«, schrie ich.

Meine Mutter ließ den Kochlöffel fallen, drehte den Herd ab, setzte Oma Ella ins Wohnzimmer vor den Fernseher, verschloss die Tür, schnappte meine Schwester, verfrachtete uns ins Auto und raste los.

Etwa drei Stunden später lieferte meine Mutter Jessy mit verbundener und genähter Hand bei sich zu Hause ab. Die Sehne war durchschnitten, die Wunde recht tief, und eine Tetanus-Spritze hatte sie auch vom Arzt bekommen. Jessy starrte mich dunkel von der Seite an.

»Wehe, ich muss zurück ins Heim«, presste sie leise hervor.

Ich war sicher, wenn sie gekonnt hätte, hätte sie mir eine *Brennnessel* gemacht. Ich war verwirrt. Was anderes hätte ich tun können als Hilfe holen?

Die Bopp riss die Tür auf und zerrte ihr Pflegekind ohne ein Wort des Dankes ins Wohnungsinnere. Das Unglück hatte durch meinen Schaulauf nur in Unterhose die Runde gemacht, sie war längst im Bilde. Mit strengem

Blick taxierte sie meine Mutter. Seit dem Gerichtsurteil hatten die beiden Frauen kein Wort mehr miteinander gesprochen.

»Wir übernehmen sämtliche Kosten«, begann meine Mutter. Sie ging sogar so weit zu lügen. Nur um zu verhindern, dass Jessy bestraft wurde. »Es war Elas Idee. Mit dem Einbruch.«

Kurz zögerte die Bopp. Ich starrte sie an. So nah war ich ihr noch nie gekommen. Ihr Gesicht war makellos, die winzigen Falten wirkten wie gemalt. Die Ähnlichkeit mit Martha-Oma war verblüffend. Nur der blaue Pfefferfleck fehlte.

»Wir brauchen keine Almosen«, sagte die Bopp schnippisch.

Dann fiel auch schon die Tür zu und man hörte, wie sie auf Jessy einschimpfte.

»So, mein Fräulein«, sagte meine Mutter mit bebender Stimme, kaum dass wir wieder allein waren. »Und jetzt zu dir.«

Zu Hause trafen wir zunächst auf eine völlig aufgelöste Oma Ella. Sie hatte, im Wohnzimmer eingeschlossen, nicht zur Toilette gehen können. Ein schlimmer Gestank hing in der Luft. Aus Furcht, sich hinzusetzen und das Polster schmutzig zu machen, stand Oma Ella hinter dem Sessel und klammerte sich an die Lehne. Es war ein jämmerliches Bild. Meine Mutter eilte herbei, scheuchte erst Pepper, der neugierig zwischen unseren Beinen herumstreifte, aus dem Raum und riss dann alle Fenster auf.

Mir trug sie auf, mich um meine Schwester zu kümmern, während sie mit vielen tröstenden Worten und beruhigenden Gesten meine weinende Oma ins Bad manövrierte, um sie aus den nassen Kleidern zu schälen.

Nachdem sie ihre Mutter versorgt hatte, begann sie, den Teppich zu »shampoonieren«. Es war eine neue Technik, die sie aus einer Werbung kannte, *ausnahmsweise* ein nützliches Produkt.

Ich stand daneben, nutzlos und zerfressen von Schuldgefühlen, und trat von einem Bein auf das andere. Endlich wirbelte meine Mutter herum.

»Was hast du dir nur dabei gedacht?«

»Es tut mir leid«, sagte ich leise.

»Was genau tut dir leid?«

»Das mit der Scheibe. Ist es teuer? Sie zu ersetzen?«

»Es geht nicht nur ums Geld.«

»Muss Jessy zurück ins Heim?«

»Ach was.«

»Nein?« Ich schöpfte Hoffnung. »Wirklich nicht?«

Aber meine Mutter ging nicht weiter darauf ein. Sie hatte rote Flecken am Hals, so wütend war sie. »Seit wann geht das so? Mit eurem *Haus?*«

Aber es war nicht der entstandene Schaden, der sie so aufbrachte. Auch nicht, dass halb Obach sich *das Maul zerreißen* würde darüber, dass ihre Tochter fremdes Eigentum beschädigt und in ein Haus eingebrochen war. Nicht einmal Jessys verletzte Hand war der Grund oder dass die Bopp sie ausschimpfte.

Ich hatte sie angelogen. Das war es.

»Lüg mich nie wieder an«, sagte sie. »Hast du gehört?«

WARUM HATTE MEINE MUTTER solche Angst davor, belogen zu werden? Oder schlimmer noch: davor, dass man sie selbst der Lüge oder des Betrugs bezichtigte?

Ich habe lange gebraucht zu begreifen, wie mächtig die Stereotype auf ihr lasteten. Wie sie versucht hat, ihnen vorauseilend entgegenzuwirken.

Der »slawische Untermensch« war ein Pfeiler des NS-Regimes. Die Germanisierung des Ostens sollte eine ganze Kultur auslöschen.

In den westdeutschen 1970er- und 1980er-Jahren war das vorherrschende Klischee das des polnischen Schlitzohrs. Zeitlebens hat meine Mutter gegen das Bild des Zwielichtigen angekämpft, das all ihrem Handeln und Sein immer schon vorauseilte. Vielleicht dachte sie, Ehrlichkeit könnte eine Art Währung sein, die ihre Zugehörigkeit verbürgte.

5

Der Besitzer des Hauses stellte eine Rechnung für das Einsetzen einer neuen Scheibe. Es wäre meiner Mutter ein Leichtes gewesen, die komplette Summe zu begleichen. Jessy war jedoch von der Bopp dazu *verdonnert* worden, ihren Anteil zur Strafe selbst abzuarbeiten. Meine Mutter entschied, dass die gleiche Regel auch für mich gelten sollte.

»Ich dachte, ich soll spielen?«, wagte ich zu fragen.

»Jetzt reicht es aber«, fauchte meine Mutter mich an, wie immer, wenn ich sie bei einer widersprüchlichen Aussage ertappte.

In diesem Fall aber schien jedenfalls etwas anderes wichtiger zu sein. Sie wollte, dass Jessy und ich »gleich« behandelt wurden. Zusammen würden wir einem Bauern zwei Wochen lang bei der Kartoffelernte aushelfen.

Der Acker befand sich auf einer Anhöhe außerhalb von Obach. Auch die Kinder der Familie halfen mit. In der Mittagssonne stapften wir durch die rostbraune Erde, die der Bauer mit dem Pflug aufgerissen hatte, um die Knollen in einem großen Eimer zu sammeln.

Ich mochte den Geruch von Erde und auch, wie sie sich anfühlte in der Hand. Zwar hatte ich am Abend Rückenschmerzen vom vielen Bücken, aber eigentlich machte die Arbeit Spaß.

Zu meinem Erstaunen reagierte Jessy sehr empfindlich, als ich diesen Gedanken äußerte.

»Klar macht dir das Spaß.«

»Was meinst du?«

»Dir macht es Spaß, weil du nicht arbeiten *musst.*«

»Natürlich muss ich.«

»Du musst nicht wirklich.« Jessy feuerte eine besonders dicke und noch dazu grüne Knolle über den Acker. Sofort ermahnte der Bauer sie.

Dann zeigte sie missmutig auf meinen Stufenrock. Meine Mutter hatte ihn mir nachgekauft. Der alte war von Jessys Blut ruiniert gewesen, und ich wollte ihn unbedingt tragen, auch wenn er schmutzig werden sollte.

»Versteh's doch endlich. Ich krieg nicht alles hinterhergeworfen.«

Ich nahm Jessys Garderobe bewusst wahr, das erste Mal seit Langem. Sie besaß nur drei Hosen. Röcke trug sie nie.

An einem Abend kam mein Vater mit besorgtem Gesicht von der Arbeit.

»Was ist passiert?«

Erst auf wiederholte Nachfrage rückte er mit dem Vertrag heraus, den er auf Bitten von Dieter und Dora unterschrieben hatte.

»Bloß zur Absicherung. Haben sie gesagt.«

Meine Mutter vergewisserte sich, dass sie meine Schwester und meine Oma kurz aus den Augen lassen konnte, dann nahm sie die Blätter an sich und studierte jedes einzelne. Nach einer Weile zeichnete sich ein tiefes Entsetzen auf ihrem Gesicht ab. Schnell blätterte sie auf die letzte Seite vor.

»Das hast du nicht wirklich unterschrieben?«

»Doch.«

»Das ist nicht wahr.« Meine Mutter schleuderte den Vertrag auf den Küchentisch.

»Ja«, murmelte mein Vater. »Ich hab auch kein gutes Gefühl bei der Sache.«

»Kein gutes Gefühl?« Meine Mutter funkelte ihn an. »Was du nicht sagst. Kein *gutes* Gefühl?«

Dann brach ein furchtbarer Streit los. Erst als meine Mutter es mir auf meine Nachfrage hin erklärte, verstand ich, welche Bedrohung dieser Vertrag bedeutete. Mein Vater hatte eingewilligt, für eventuelle Außenstände des Büros mit seinem Privatvermögen zu haften. Da meine Eltern keinen »Ehevertrag« und auch keine »Gütertrennung« vereinbart hatten, setzte er damit alles ein, was sie beide besaßen, auch das Erbe von Opa Adam.

Mein Herz schlug laut. Vielleicht hatte Jessy sich getäuscht. Vielleicht würde ich doch bald häufiger Kartoffeln ernten müssen. Vielleicht wären wir bald nicht länger *reich*.

»Na warte«, knurrte meine Mutter. »Die beiden können was erleben.«

Ehe mein Vater Einspruch erheben konnte, hatte meine Mutter ihre beiden Schützlinge ins Auto verfrachtet und war losgebraust in Richtung des neu eröffneten Büros, um das verbrecherische Paar zur Rede zu stellen.

Wie genau es ihr gelang, dass Dieter und Dora den Vertrag *für null und nichtig* erklärten, wie meine Mutter sich ausdrückte, erfuhren wir nicht. Aber sie schaffte es.

Am gleichen Nachmittag noch bekam mein Vater einen Anruf von einem zerknirschten Dieter, der ihm mitteilte, dass sie ihn mit sofortiger Wirkung aus dem Vertrag entlassen würden.

Es war das Ende der kurzlebigen gemeinsamen Firma. Man würde von nun an getrennte Wege gehen.

Mein Vater war sichtlich erleichtert, aber auch äußerst kleinlaut. Tagelang schlich er stumm und mit leicht gebeugtem Rücken durch die Wohnung. Offenbar hatte er ein schlechtes Gewissen. Und keine Lösung für die verfahrene Situation.

Seine alte Firma war weit und breit der einzige Arbeitgeber. Wollte er in der Region eine Stelle, würde er bei seinen Vorgesetzten *zu Kreuze kriechen* müssen. Dazu aber sah er sich außerstande. Momentan jedenfalls.

»Ich versteh dich ja«, seufzte meine Mutter. »Aber was hilft es?«

Seltsamerweise war das fehlende Geld das geringste Problem meines Vaters. Ihn plagte vor allem der Gesichtsverlust. Offiziell hatte er Resturlaub. Diese Art zu lügen war offenbar in Ordnung. In Wahrheit war das geschehen, was er niemals für möglich gehalten hätte. Er stand ohne Anstellung da.

In seiner Panik vor dem Nichtstun stürzte sich mein Vater in den Hausbau. Seine Pläne für die Inneneinrichtung wurden immer kühner. Vor allem die Bäder hatten es ihm angetan. Es sollte ein schwarzes, ein olivgrünes, und ein perlmuttfarbenes Badezimmer geben. Auch eine weitere Aufgabe nahm ihn in Anspruch. Mit dem Spätsommer war das Tennis-Fieber in Obach ausgebrochen. Boris Becker hatte gerade Wimbledon gewonnen, die Zeitungen und das Fernsehen waren voll von dem aufregenden neuen Sport. Überall im Land wurden Tennisvereine gegründet, alle träumten von einem zweiten Wunderkind, und Obach ging mit dieser Mode. Gleich neben dem Sportplatz sollte ein Tennisplatz gebaut werden, und da mein Vater Mitglied im Sportverein war, half er tatkräftig mit. Meine Mutter wunderte sich, dass mein Vater gerade nichts Besseres zu tun hatte.

»So ist das in einem Dorf. Dass man sich einbringt. In die Gemeinschaft«, gab er ihr schnippisch zur Antwort. »Du kennst so was nicht.«

Meine Mutter war gar nicht wohl bei der Sache. Das hier war etwas anderes als Fußball. Mit einem Mal hielt eine Sportart im Dorf Einzug, die ausdrücklich auch für Frauen gemacht schien. Schlimmer noch. Für Frauen, die Miniröcke trugen. Selbst wenn meine Mutter gewollt hätte. In ihrer Größe gab es sicherlich kein solches Outfit. Aber mein Vater unterstand sich, darauf anzuspielen. In diesen Wochen war er *klein mit Hut*.

In Wirklichkeit hatte meine Mutter natürlich ganz andere Probleme als Tennis, wie ich wusste.

»Wir haben doch genug Geld, Mama?«

»Ja, ja.« Sie knurrte fast, als sie das sagte. »Ich brauche nur diese verdammte Unterschrift.«

Seine Arbeit zu verlieren oder ohne Arbeit da zu stehen – diese Angst ist mein Vater nie ganz los geworden.

Und das, obwohl er einer Generation angehört, die in einer nie da gewesenen materiellen Sicherheit lebte. Niemals zuvor hatten Menschen über so viel freie Zeit, Geld und Konsumgüter verfügt.

Mein Vater ist ungemein stolz auf seinen beruflichen Werdegang. Das kapitalistische Pendant zum kommunistischen »Held der Arbeit« ist der »self-made man«. Dahinter steht die Überzeugung, alles *aus eigener Kraft* geschafft zu haben. Durch eine Mischung aus Talent, Fleiß, Geschick und allenfalls noch etwas Glück.

Die deutsche Nachkriegszeit ist ohne diese Ideologie nicht zu denken. Wiederaufbau, Wohlstand, Wirtschaftswunder. Schuften, Sparen, Emporkommen. In diesem *Höher schneller weiter* ist mein Vater aufgewachsen.

Wohin das führen soll, wo das Ziel dieses unaufhörlichen Aufstiegs liegt, hat mein Vater lange nicht hinterfragt. Die Armut seiner Eltern stand ihm als zu abschreckendes Beispiel vor Augen. Ich kann die Sehnsucht nach einem besseren Leben gut nachvollziehen. Das Narrativ des »self-made man« aber ist fatal. Denn die Karrieren dieser Männer und Väter basierten natürlich auf der Ausbeutung anderer Gruppen, die im höchsten Maße systemrelevant waren, aber nichts oder viel zu wenig verdienten: der Mütter und Frauen und ihren unbezahlten »Sorge«-Tätigkeiten und der Gastarbeiterinnen und Gastarbeiter.

Von der Ausbeutung der Rohstoffe ärmerer Länder einmal ganz abgesehen.

Insgeheim wusste mein Vater, dass es Unrecht war, dass die einen so wenig oder gar nichts verdienten und er vergleichsweise viel. Um seinen Besitz vor sich selbst zu rechtfertigen, musste er auf dem Prinzip der Leistung beharren. Wer viel leistete, sollte auch belohnt werden. Wer arm war, hatte unkluge Entscheidungen getroffen oder arbeitete schlicht nicht genug.

Ganz tief im »self-made man« verborgen schlummert die Psychologie des soldatischen, »gepanzerten« Mannes, der, koste was wolle, Grenzen um sich zieht und behauptet.

Später, mit zunehmendem Verdienst, fremdelte mein Vater mit seinen Privilegien. Ehe er sich versah, war er ein Kleinbürger geworden und damit auf ewig verloren zwischen den Klassen.

Und ich, Hand aufs Herz, habe ich dieses Leistungsmärchen nicht komplett verinnerlicht? Muss nicht auch ich ständig dagegen ankämpfen?

6

An dem Tag, an dem sie endlich ihren Termin bei Doktor B. wahrnehmen wollte, entdeckte meine Mutter die blauen Flecke an Jessys Unterarm.

Wir aßen zu Mittag, meine Mutter verteilte gerade Kartoffeln und dazu Ei und Spinat auf unsere Teller, als sie die dunklen Male bemerkte. Entsetzt ließ sie den Löffel fallen.

»Jessy«, sagte sie. »Was ist das?«

»Nichts.« Jessy zog hastig die Ärmel ihres Pullovers länger.

Ich hatte sie schon länger nicht mehr in einem kurzärmeligen T-Shirt gesehen, fiel mir auf, obwohl es Sommer war.

»War *sie* das?«, fragte meine Mutter.

Mein Herz schlug laut. Wurde Jessy zu Hause geschlagen? Stammten die blauen Flecken von der Bopp?

»Warte hier«, sagte meine Mutter.

Sie ging hinüber ins Wohnzimmer, um zu telefonieren. Jessy sprang sofort auf.

»Bitte nicht. Ich kann es erklären.«

Sie dachte natürlich sofort, dass wir das Jugendamt verständigen würden.

»Keine Sorge«, sagte meine Mutter.

Jessy stürzte trotzdem an ihr vorbei zur Tür hinaus, sie war schon halb auf der Treppe, als meine Mutter sie scharf zurückbeorderte.

»Du bleibst hier!«

Einen solch bestimmten Ton hatte sie Jessy gegenüber noch nie angeschlagen. Wenn sie meine Freundin maßregelte, dann immer sehr behutsam und respektvoll. »Ich bin nicht ihre Mutter«, hieß das.

Jessy, die den *Ernst der Lage* erkannte, nickte und blieb sitzen.

Als meine Mutter nach einer Weile aus dem Wohnzimmer wiederkam, erklärte sie.

»Ich muss sowieso mit Oma zum Arzt. Und ihr kommt mit.«

In der Praxis für Neurologie saßen viele alte Leute. Überall in den Ecken und hinter den geöffneten Zimmertüren standen Krücken und Rollatoren.

Dann trat auch schon der Arzt zu uns.

Das also war er, ihr »Doktor B«. Einen Moment stutzte ich. Der Mann, der vor mir stand, sah aus wie mein Vater. Oder sah mein Vater aus wie er? Und es war doppelt faszinierend, einen Mann, der wie mein Vater aussah, in einem Arztkittel zu sehen. Denn mein Vater mochte keine *Götter in Weiß*.

»Oh«, sagte Doktor B., anstelle einer Begrüßung.

Er umarmte meine Mutter, kurz, aber innig. Dann betrachtete er ihre Dauerwellen. Es war ein bedauernder Blick, der nicht leugnete, dass die Frisur missglückt war. Aber gemein oder verächtlich war er nicht.

Erst jetzt realisierte ich, dass meine Mutter, offenbar genötigt durch die Arbeitslosigkeit meines Vaters, alle ihre Skrupel beiseitegeschoben hatte. Frisur hin oder her, sie brauchte die besagte Unterschrift.

Meine Mutter schob Jessy mit sanfter Hand auf die Untersuchungsliege.

»Ich möchte, dass du dir das anschaust«, sagte sie zu Doktor B.

Jessy presste die Hand über die Brust.

»Keine Sorge«, sagte Doktor B. »Es tut nicht weh.«

Nach kurzem Zögern zog Jessy den Pullover aus.

Doktor B.s Blick wanderte auf ihrem Oberkörper umher, vorsichtig schob er das Unterhemd ein wenig nach oben und lief um sie herum, wobei sich sein Gesicht verdunkelte.

»Wie ist das passiert?«

»Es ist nicht so, wie ihr denkt«, murmelte Jessy.

»Was machen wir jetzt?«, hörte ich meine Mutter leise fragen.

»Ich muss dem Jugendamt Bescheid geben. Ist doch klar.«

Jessy sprang auf.

»Bitte nicht.« Sie sah zur Decke. Das Ganze war ihr furchtbar unangenehm, das konnte ich sehen. Sie bat andere nicht gern um etwas. Und sie hasste es, wenn jemand ihr Befehle erteilte.

»Es ist so.« Sie holte Luft und rutschte auf der Unterlage herum. »Wenn sie getrunken hat, stolpert sie manchmal. Und ich versuche, sie zu stützen. Und manchmal fällt sie hin. Und ich falle dann auch.«

Einen Moment lang sagte niemand etwas.

»Trotzdem«, entschied Doktor B. »Selbst wenn es keine Absicht ist. Das geht nicht.«

Jessy sprang auf.

»Bitte nicht. Bitte, bitte, bitte nicht«, bettelte sie. »Ich will nicht weg aus Obach.«

Meine Mutter kaute auf ihren Lippen.

»Ich weiß, das ist kein Zustand. Für ein Kind. Aber ein Heim?«

»Bei allem Mitgefühl«, sagte Doktor B., »ich muss das melden.«

»Überleg doch. Die Leidtragende wäre doch sie. Sie ganz allein.«

Jessy zog die Nase hoch. Allmählich verstand ich, was hier gegeneinanderstand. In einem Heim würde es ihr womöglich noch schlechter ergehen. Wenn sie in Obach blieb, konnten zumindest wir ein Stück weit auf sie achtgeben.

»Wir passen auf sie auf.« Ich nickte eifrig.

»Auf mich muss niemand aufpassen«, fauchte Jessy, und ich zuckte zusammen. Wieder einmal traf mich ihre Wut.

Meine Mutter überlegte. Dann trat sie an Doktor B. heran.

Die beiden flüsterten, aber ich verstand es genau. »Im Prinzip wohnt sie ja schon bei uns«, sagte sie.

Doktor B. legte beide Hände bittend ineinander. Er deutete auf Oma Ella, die vor sich hin murmelnd auf einem Stuhl in der Ecke saß.

»Es gibt ja wohl mehr als genug Menschen, um die du dich kümmerst.«

Meine Mutter sah zu Boden.

»Und wenn schon«, sagte sie.

»Gut.« Doktor B. nickte. »Wenn du meinst, das klappt.«

Jessys Gesicht hellte sich von jetzt auf gleich auf, ihre Augen glänzten freudig.

»Danke«, rief sie. »Danke, danke.«

Ich war unendlich erleichtert, aber ich verspürte auch noch eine andere Regung in mir. Das, was die Erwachsenen hier miteinander aushandelten, war verboten, oder nicht? Was, wenn jemand dahinterkäme? Das Jugendamt? Oder die Polizei? Schon einmal war meine Mutter vor Gericht gelandet. Was, wenn jemand sie ein zweites Mal anzeigte?

Doktor B. aber hatte sich schon Oma Ella zugewandt. Keine seiner Fragen konnte sie beantworten. Nicht, wie sie hieß, nicht, wo sie wohnte. Statt *Rede und Antwort* zu geben, sah sie den Arzt aus ihren wasserklaren Augen wie fragend an.

»Ihr Zustand hat sich verschlechtert.« Doktor B. machte sich Notizen. Dann sah er meine Mutter an. »Gehst du regelmäßig mit ihr spazieren?«

»Ja sicher«, sagte sie, nach einem kurzen Zögern.

Ich sah erst sie an, dann ihn. In den Tagen meiner Mutter gab es *keine ruhige Minute*, um spazieren zu gehen. Auch fand sie es furchtbar anstrengend, erklärte sie, mit einer quirligen Zweijährigen und einer verwirrten Siebzigjährigen unterwegs zu sein. Insbesondere meine Schwester drohte ihr unentwegt zu entwischen und vor ein Auto zu laufen. Auf den vielen Spazierwegen, die es um Obach herum gab, konnte es immer passieren, dass plötzlich ein Auto, Traktor oder Mofa auftauchte und vorbeibrauste.

»Und wie ist das: Läuft sie manchmal weg?«, wollte Doktor B. wissen.

»Nein, nein«, sagte meine Mutter, »zum Glück bleibt sie zu Hause.«

Das war zu viel für mich.

»Das stimmt nicht, Mama«, stieß ich hervor. »Sie läuft die ganze Zeit weg!«

Erst vor ein paar Tagen hatte eine Nachbarin Oma Ella zurückbringen müssen. Irgendwie hatte sie es geschafft, das kleine Hoftor, das meine Mutter wohlweislich verriegelte, aufzubekommen. Sie war die Dorfstraße hinaufgelaufen, hatte aber nach ein paar Metern Entfernung von unserem Haus nicht mehr gewusst, wo sie hinwollte und auch nicht, wo und wer sie war.

Ich sah, wie meine Mutter zusammenzuckte. Jessy machte mir Zeichen, still zu sein.

»Ist das wahr?« Doktor B. sah erst mich, dann meine Mutter ernst an.

Die rutschte auf ihrem Stuhl herum. Es war ihr anzusehen, wie unangenehm ihr die Situation war.

»Ich komme zurecht«, sagte sie bestimmt.

Ich konnte es kaum glauben. Meine Mutter log! Sie, die niemals, unter keinen Umständen tolerierte, dass ich auch nur die kleinste Unwahrheit sagte, hatte den Arzt angelogen.

»Ja, ja. Ein Kind zu haben«, sagte Doktor B. »ist wie einen Detektiv in der Familie zu haben.«

»Also ...« Meine Mutter wollte nur noch weg, das konnte ich sehen. Sie deutete auf das Papier, das Doktor B. vor sich liegen hatte. »Unterschreibst du?«

Er sah sie lange und eingehend an. Dann deutete er auf mich. »Ein großes Kind hast du auch. Vergiss das nicht.«

Meine Mutter seufzte.

»Ela, mein Schatz. Ich hab dich lieb, hörst du?«

Es war keine Frage, dass sie mich lieb hatte, dachte ich. Nur Zeit für mich hatte sie eben keine.

Ich glaube, dass an meiner Mutter eine gute Ärztin oder Krankenschwester verloren gegangen ist. Etwas ist an jemandem verloren gegangen. Auch so ein Ausdruck.

Als Sozialarbeiterin oder Altenpflegerin kann ich mir sie ebenfalls gut vorstellen. Immer gab es jemanden, den sie retten, pflegen, heilen, versorgen musste. Zu dieser Rolle hat man sie erzogen. In ihrer Fähigkeit zur Sorge bestand und besteht ihr größter gesellschaftlicher Nutzen.

Ihr Herz ist eine Titanic. Sie packt mit an, wann immer *Not am Mann* ist. Sie hat Mitgefühl für alle, denen das Leben schlimm mitspielt oder mitgespielt hat.

Doch eine einzelne Frau kann sich nicht um unendlich viele Menschen kümmern. Empathie und Sorge sind begrenzte Ressourcen.

Ebenso wenig kann eine einzelne Geschichte wie diese alle anderen Frauen retten.

Vielleicht kann sowieso niemand niemanden retten. Aber was ist der Ausweg aus diesem Dilemma? Der Tatsache, dass Menschen der Fürsorge bedürfen?

Die Antwort ist längst da: eine Care-Revolution. Seltsam, die beiden Wörter nebeneinanderzusehen: »Care« und »Revolution«.

7

Die großen Ferien hatten begonnen, und Jessy und ich hofften darauf, unsere Tage im Freibad zu verbringen, zumal Jessys Hand wieder verheilt war. Auch von den blauen Flecken sah man nichts mehr. Sie war inzwischen wieder ein bisschen freundlicher. Nur auf der Hut musste man sein. Wirklich verziehen hatte sie uns nicht. Die kleinste Bemerkung konnte sie verstimmen. Auch meiner Mutter gegenüber zeigte sie sich distanzierter. Es war, als wären wir in einen zu intimen Bereich ihres Lebens eingedrungen.

Das Schwimmbad war ein fortwährender *Stein des Anstoßes*. Wer sollte mit uns Kindern fahren? Meinen Vater hielt der Hausbau und der Tennisplatz *auf Trab*. Meiner Mutter war es zu anstrengend, Oma Ella und meine Schwester zu beaufsichtigen, erklärte sie. Wir alle wussten, dass das stimmte und auch nicht stimmte. Durch die Mäkeleien meines Vaters war das Freibad ein unbetretbarer Ort für sie geworden.

Allein mit Jessy baden gehen durfte ich nicht, obwohl ich inzwischen eine sichere Schwimmerin war: *zu gefährlich* lautete das Urteil.

So musste ich ständig betteln, damit mein Vater sich erbarmte. Es war nur eine Frage der Zeit, bis es darüber zum Eklat kommen würde.

An einem Morgen eskalierte der Streit. Es würde ein besonders heißer Tag werden. Die kleine, weiß gekleidete Figur, die das gute Wetter anzeigte, war aus dem Wetterhäuschen hervorgetreten und winkte mit dem Sonnenhut, das Männchen mit dem Regenschirm blieb im Hausinneren.

Nach einigen Wortwechseln ließ mein Vater *sich breitschlagen*, mit uns ins Schwimmbad zu gehen. Dann aber entdeckte er im Müll ein abgetrenntes Etikett von einer Bluse, die meiner Mutter gehörte. Sie achtete immer genau darauf, dass mein Vater die Konfektionsgröße nicht zu Gesicht bekam, und schnitt die Schilder gleich nach dem Einkaufen heraus.

»Wie viel wiegst du inzwischen? So viel wie in der Schwangerschaft? Oder noch mehr?«, fuhr er sie an.

Meine Mutter, die an der Spüle lehnte, knetete weiter unbeirrt an ihrem Hefeteig. Sie hatte sich angewöhnt, an den Samstagen »Zucker-Kuchen« zu backen, weil Oma Ella ihn so gern aß.

»Das ist doch nicht normal.« Mein Vater schüttelte den Kopf. »Nicht mal mit deiner Tochter ins Schwimmbad kannst du. Immer muss ich fahren.«

»Du hast zu viel zu tun? Tatsächlich? Dann lass uns tauschen.« Meine Mutter zog die Augenbrauen hoch. Sie wandte sich zu mir um. »Also los. Wir fahren.«

»Und deine Mutter?« Mein Vater legte die Stirn in Falten. »Und die Kleine?«

»Die bleiben hier. Bei dir.«

»Das – das geht nicht.« Nun geriet mein Vater sichtlich ins Schwitzen. Er merkte, dass meine Mutter Ernst machte.

»Ach, nein? Und warum nicht?«

Wie sich herausstellte, fand am heutigen Nachmittag das Finale der Obacher Fußballmannschaft statt. Es ging um irgendeinen Pokal. Das war der Grund, weshalb mein Vater nicht mit uns ins Schwimmbad wollte. Offen zugeben konnte er das offenbar nicht. Stattdessen attackierte er seine Frau. Er hatte einen wunden Punkt getroffen. Sie wollte sich *nicht nachsagen lassen*, eine schlechte Mutter zu sein.

»Gut. Dann kommen eben alle mit«, fauchte sie.

Ich starrte sie an. Sie meinte es tatsächlich ernst. Sie würde mit uns ins Schwimmbad fahren.

In diesem Moment merkte ich, wie sich ein unbekanntes, ein bedrohliches, ein ganz und gar ungutes Gefühl in meiner Magengegend regte.

»Mama«, sagte ich. »Du musst das nicht machen.«

»Wieso nicht?« sagte sie trotzig. Sie fuhr sich über die Stirn, von der einzelne Schweißtropfen glänzten.

»Wir können das Planschbecken aufbauen«, versuchte ich es noch einmal.

»Ich dachte, *du* willst unbedingt ins Schwimmbad«, mischte sich nun auch mein Vater ein.

Offenbar witterte er eine Chance, sich wieder ins rechte Licht zu setzen. Auf einmal war ich das Problem, nicht er.

Ich schwieg. Ich verstand selbst nicht, warum ich einen solchen Widerstand in mir fühlte.

»Ha«, rief mein Vater, mit einem Mal triumphierend. »Da siehst du's. Deine eigene Tochter schämt sich für dich.«

»Was?« Ich sah vom einem zum anderen.

Die Regel, *nicht vor dem Kind* zu streiten, schien nicht länger zu gelten.

Meine Mutter sah mich an. Ihr Gesicht war halb flehentlich, halb drohend, um dann ins Letztere zu kippen. »Stimmt das? Dass du dich schämst?«

»Aber nein.« Ich antwortete schnell, ohne wirklich nachzudenken.

»Gut. Also los. Dann fahren wir.«

Wie in Trance suchte ich meine Sachen zusammen. Den Adidas-Badeanzug, die Bastmatte, die stinkende Nivea-Sonnencreme.

Jessy, die draußen auf der Treppe wartete, staunte nicht schlecht, als sie sah, dass meine Mutter die Sachen in den Käfer einlud, nicht in den Audi.

»Also. Wo wollt ihr hin?« Meine Mutter klang grimmig.

Es gab drei Schwimmbäder zur Auswahl. Eines in Pirn, eines in Regenheim und eines in Umbach. Pirn war das nächstgelegene, es war das Schwimmbad neben der Schule, in dem wir auch Schwimmunterricht hatten. Wenn man dorthin fuhr, konnte man sicher sein, jemandem aus unserer Klasse zu begegnen. Regenheim war das schönste und am weitesten weg gelegen, es gab dort weitläufige Liegewiesen, und es lag näher an der Kreisstadt, wodurch die Besucher großstädtischer auf mich wirkten, vielleicht, weil der Dialekt in der Region ein anderer war. Das dritte Freibad, das wir regelmäßig besuchten, befand sich in Umbach. Die Ortschaft war abgelegen, niemand dort kannte uns und wir kannten niemanden. Mein Vater fuhr gerne dorthin, weil es ein besonders gut federndes Einmeterbrett gab. Jessy und ich fanden das Bad unheimlich, seit man uns erzählt hatte, dass vergangenen Sommer ein Kleinkind in das Schwimmerbecken gefallen und darin ertrunken war.

»Nach Umbach«, sagte ich dennoch.

Die ganze Fahrt über schwieg meine Mutter, und auch ich sagte kein Wort. Nur heimlich musterte ich ihre Silhouette vom Rücksitz aus. Ihr Gewicht saß jetzt insbesondere am Po.

Jessy sah mich immer wieder wie fragend von der Seite an. Mein Herz klopfte laut, als meine Mutter bei unserer Ankunft am Zielort nicht wie sonst im Auto sitzen blieb, wenn sie mich irgendwo absetzte, sondern mit ausstieg. Es war, als wäre ihr Gesäß mit einem Mal doppelt so dick, außerhalb von Obach, außerhalb des Autos, außerhalb unserer vier Wände.

Unwillkürlich suchte ich den Parkplatz ab. Ich entdeckte niemanden, den ich kannte. Erst jetzt verstand ich, warum meine Wahl auf dieses Freibad gefallen war. Meine Kehle wurde so eng, dass es schmerzte.

Mein Vater hatte recht.

Ich schämte mich für meine Mutter.

Ich – schämte – mich – für – meine – Mutter.

Mit gesenktem Kopf lief ich am Nichtschwimmer-Bereich vorbei. Ich spürte die Blicke der umstehenden Badegäste dennoch wie Nadeln. Die älteren Kinder, vor allem die Jungs, hörten mit Toben und Wasserballspielen auf und kicherten und zeigten verstohlen mit dem Finger auf uns. Auch die beiden Bademeister starrten unentwegt in unsere Richtung.

Aus dem Augenwinkel sondierte ich die Liegewiese nach einem Platz, wo uns möglichst niemand bemerkte. Dann wurde mir mit einem Mal heiß und kalt. Wo sollten wir uns hinlegen? Ich konnte mir den Körper meiner Mutter nicht auf einer Liegewiese vorstellen.

»Sucht euch einen Platz in der Nähe. Ich setz mich hierhin.« Meine Mutter deutete auf eine Bank, die direkt neben dem Nichtschwimmer-Becken stand. Ich atmete auf.

Dann saß sie auch schon. Sie hatte den Arm auf der Rücklehne der Bank abgelegt und reckte ihr Gesicht unter Blinzeln in die Sonne. Meine Schwester hielt Mittagsschlaf in ihrem Buggy. Nur Oma Ella wirkte leicht verstört von dem lauten Treiben um sie herum, so aufgeregt, wie sie nach ihrem Goldkreuz tastete. Ansonsten aber war es ein friedliches Bild. Meine Mutter trug einen langen Rock mit vielen kleinen Blumen, dunkel- und hellblauen. Die missglückte Frisur war endlich einer Welle mit großen Locken gewichen. Sie sah schön aus, durchzuckte mich ein Gedanke, um sogleich wieder unterzugehen. Ich kam nicht an gegen das Meer aus abschätzigen Blicken. Alle Augen ruhten auf uns, schien mir.

Ich war sicher, dass Jessy spürte, was in mir vorging. In ihren schwarzen Augen tanzte ein Funkeln, das ich nicht recht deuten konnte.

Den ganzen Nachmittag über schwamm ich so weit entfernt von meiner Mutter wie möglich, also ausschließlich im Schwimmerbecken. Ich tauchte und tauchte und tauchte, damit mein Kopf unter Wasser blieb.

Irgendwann aber legte sich mein Herzklopfen. Bisher war alles gut gegangen. Niemand hatte meine Mutter offen beleidigt oder beschimpft. Sie schien sich dort auf ihrer Bank an die Umgebung angepasst zu haben, wie ein Chamäleon. Nach dem ersten Erstaunen, schien es, ließen die anderen Badegäste sie zufrieden.

»Lass uns Kopfsprung üben«, schlug ich Jessy schließlich vor, aus einem plötzlichen Übermut.

Ich hatte Lust, es mit dem Einmeterbrett aufzunehmen. Meine Mutter aber, die uns mit Argusaugen beobachtete, schien die Idee gar nicht gut zu finden. Sie riss die Arme in die Höhe, rief meinen Namen und bedeutete mir, vom Sprungturm runterzukommen. Alle Augen waren nun wieder auf sie gerichtet, als das Brett unter mir federte und ich sprang. Den Kopf voran stürzte ich ins Wasser. Ich tauchte tief, fast bis zum Grund.

Als ich zurück an die Oberfläche schwamm, griff eine Hand unter Wasser nach mir und zog mich energisch empor. Ich riss die Augen auf, in der Erwartung, dass die Hand zu Jessy gehörte oder vielleicht dem Bademeister oder einem anderen Schwimmgast. Aber nein. Der pitschnasse Schopf meiner Mutter tanzte vor mir im Wasser auf und ab.

»Ela, Kind Gottes«, rief sie mit angsterfülltem Blick. »Du hast mir solche Angst eingejagt.«

Ich starrte sie an. Ich kannte sie nicht mit nassem Haar, wenn sie aus der Dusche kam, hatte sie immer ein Handtuch um. So glatt nach hinten gekämmt sah sie wie ein Mädchen aus, oder jedenfalls wie eine ganz junge Frau. Es war ein seltsamer Anblick, meine durchnässte Mutter da vor mir im Wasser. Sie war mitsamt ihren Kleidern ins Wasser gesprungen. Die geblümte Bluse klebte an ihren Brüsten, der blaue Lidschatten war zerlaufen.

Ich sah mich um. Das gesamte Schwimmbad, schien mir, starrte uns an und tuschelte.

»Komm. Wir fahren nach Hause.«

Meine Mutter schwamm auf den Beckenrand zu. Für einen Moment hielt ich mit meinen Bewegungen inne.

Wer in ein Becken hineinsprang, musste auch wieder hinaus. Mein Herz schlug laut. Mit einem Mal aber merkte ich, wie sich das Gefühl der Scham in eines der Wut verwandelte.

Alle, alle starrten sie uns an. Das ganze verdammte

Freibad badete seine Blicke an ihrem nassen Körper, als meine Mutter die kleine Metalltreppe hinaufkletterte.

Der Blümchenrock klebte an ihrem Gesäß fest, und es nützte nichts, dass sie unentwegt daran zupfte, die Silhouette zeichnete sich deutlich unter dem nassen Stoff ab. Unter Getuschel, leisem Gelächter, bohrenden Blicken und betretenem Glotzen trocknete ich mich so schnell es ging ab.

Ich wollte schon die Augen senken, als ich Jessy sah, die auf der Bank gesessen und auf meine Oma und auf meine Schwester achtgegeben hatte. Es war nur ein kurzer Blick, aber es genügte, um alles zu verdunkeln. Wie ein jäher Lichtwechsel in der *Muppet Show* kam es mir vor. Was eben noch in rosa Licht getaucht gewesen war, lag jetzt grün und fahl.

Jessy triumphierte. Es war kein Lächeln, in den Augen saß der Triumph. Sie sah meine Scham, und sie kostete sie *nach Herzenslust* aus. Die Scham angesichts meiner Mutter, die sie so liebte.

Ich merkte, wie Wut in mir hochkroch. Jessy war es, die unbedingt ins Schwimmbad hatte gehen wollen. Sie hatte uns das alles eingebrockt. Jetzt machte sie mit bei denen, die meine Mutter verspotteten. Und sie genoss es. Ich sah den Verrat in ihrem Blick und entschied, ich hatte genug. Ein für alle Mal.

Es ist seltsam, wenn ich an die Zeit denke, in der ich panisch darauf achtete, nicht mit meiner Mutter zusammen in der Öffentlichkeit gesehen zu werden.

Die Scham gehörte einige Zeit so untrennbar zu mir wie das Atemholen.

Erst mit den Jahren verstand ich, dass gar nicht *ich* es war, die sich schämte. Es war eine Scham zweiter Ordnung. Ich sah meine Mutter mit den Augen meines Vaters.

»Schämst du dich nicht?« Ich weiß nicht, wie oft er ihr diese Frage gestellt hat, meist aber ohne die Antwort abzuwarten, sondern verbunden mit dem sofortigen Urteil: »Wie man so überhaupt kein Schamgefühl haben kann.«

Hat sie sich selbst jemals für ihr Aussehen geschämt? Ich glaube nicht. Ich hoffe es nicht.

In meiner Teenagerzeit dachte ich mir eine Bewährungsprobe aus, um herauszufinden, ob jemand meine Freundin oder mein Freund werden konnte oder nicht. Ich stellte mir vor, wie jemand reagierte, wenn sie oder er das erste Mal meiner Mutter gegenübertrat. Ob jemand sie wohlwollend ansah oder zumindest arglos. Ob sich in einem Gesicht Häme oder Geringschätzung abzeichnete. Oder ob jemand Arglosigkeit nur vortäuschte. Alle Menschen, mit denen ich eine enge Beziehung einging und eingehe, hatten und haben diese Probe zu bestehen.

8

Wenige Tage später fasste mein Vater sich ein Herz, zog einen seiner schicken Anzüge an und wurde in seiner alten Firma vorstellig.

Als er zurückkam, hatte er beste Neuigkeiten. Die Firma wollte ihn zurück. *Mit Kusshand,* wie er sich ausdrückte.

»Du bist eben der Einzige, der diese Art Getriebe zeichnen kann. Sie brauchen dich«, sagte meine Mutter.

Sie wirkte erleichtert, aber nicht erfreut. Fast so, als würde sie ahnen, was diese Nachricht für sie selbst bedeutete. Kaum dass er seine Stelle wieder hatte, konzentrierte mein Vater sich voll und ganz auf zwei Ereignisse: und das waren die bevorstehende Einweihung des Tennisplatzes und die Weihnachtsfeier Ende des Jahres. Bis dahin würde seine Frau abnehmen müssen.

Und tatsächlich kam das Thema bald auf den Tisch.

Meine Mutter erklärte, dass sie für eine neuerliche *Weight-Watchers*-Diät keine Zeit hatte.

»Ach was, *Weight Watchers«,* rief mein Vater. »*FdH* genügt.« Als er meinen fragenden Blick bemerkte, sagte er: »*Friss die Hälfte*. Pardon.«

Meine Mutter presste die Lippen aufeinander. Sie wusste, dieser Kampf war nicht zu gewinnen. Und so fügte sie sich.

Bei den Hauptmahlzeiten saß sie von da an nicht länger mit uns am Tisch. Morgens aß sie einen Apfel oder eine Birne. Mittags, wenn wir uns über ihre Fleisch- oder Fischgerichte mit den köstlichen cremigen Soßen hermachten, knabberte sie an einem Knäckebrot, genauso am Abend, dann meist garniert mit kleinen sauren Gurken.

Immerhin sah mein Vater davon ab, sie auf die Waage zu zwingen. Er hätte allerdings auch eine neue kaufen müssen, die alte war auf mysteriöse Weise verschwunden.

Wenn Jessy sich zuvor in einer unbestimmten Feindseligkeit mir gegenüber geübt hatte, so trug sie ihre Feindschaft seit dem Schwimmbadnachmittag offen zur Schau. Bis dahin hatte sie allerdings alles Mögliche versucht, um sich zu versöhnen. Sie machte mir Geschenke, sie bat und bettelte, dass ich wieder mit ihr spielen sollte, sie bot an, mein silberblondes Haar zu flechten. Aber vergeblich. Meine Wut, oder vielmehr mein Entsetzen, dass sie sich auf die Seite des gaffenden Schwimmbads gestellt hatte, überwog den Kummer über ihre Abwesenheit. Sobald ich sie ansah oder ihre Gestalt auch nur von Weitem erblickte, wurde es eng in meiner Brust. Trotzdem blieb ich hart.

Als Jessy merkte, dass alles nichts nützte, gab sie auf und *zeigte auch mir die kalte Schulter*. Nicht mal zum Mittagessen kam sie mehr. Doch sie beließ es nicht bei der Distanz. In der Schule hatte sie sich angewöhnt, mich an meinem Pferdeschwanz zu ziehen, und zwar so sehr, dass die Kopfhaut davon brannte. Das war schlimmer als Brennnessel.

Mein Vater war außer sich. »Wie kann sie nur! Nach allem, was wir für sie getan haben.«

»Sie ist traurig«, versuchte meine Mutter ihr Verhalten zu erklären. »Weil wir umziehen. Ist doch klar.« Es war ihr nicht gelungen, mir den Grund für unseren Streit zu entlocken. Was hätte ich ihr auch sagen sollen? Dass Jessy sich in Schadenfreude geübt hatte? Und sei es nur, um mir überlegen zu sein? »Das wird schon wieder«, sagte meine Mutter und strich mir über den Kopf.

Vielleicht war sie wirklich davon überzeugt, dass wir uns wieder zusammenraufen würden, oder aber sie war zu sehr mit ihren eigenen Problemen beschäftigt.

Mein Vater reagierte deutlich pragmatischer.

»Such dir eine neue Freundin«, lautete der knappe Kommentar.

Ich war empört. Offensichtlich wusste er nicht, was Liebeskummer war.

Ich entschied, zumindest dem Haareziehen ein Ende zu bereiten. An einem Samstag, kaum dass mein Vater in sein Sportlerheim verschwunden war, bat ich meine Mutter, mir das Haar abzuschneiden.

»Du meinst *kurz*? Also: ganz kurz?«, fragte sie nach.

»Nicht ganz kurz. So wie Evi.«

Evi war ein Mädchen aus meiner Klasse, mit dem ich neuerdings öfter spielte.

Da hatte meine Mutter bereits ein Handtuch um mich gelegt. Mit einem leise knisternden Geräusch begann sie zu schneiden, Strähne um Strähne.

Ich schloss die Augen und folgte mit klopfendem Herzen ihren Anweisungen. Mal musste ich den Kopf in den Nacken, mal nach vorn und mal zur Seite neigen. Zu meinen Füßen ringelten sich die blonden Strähnen.

»Fertig«, sagte meine Mutter schließlich.

Ich öffnete die Augen. Der Anblick war ungewohnt, aber nicht schlecht. Kaum noch bis über die Ohren reichte mein Haar. Einzig den Pony hatte meine Mutter auf der gewohnten Länge gelassen, nur dass sie ihn mit einer Klammer auf eine Seite zurückgesteckt hatte, was die Stirn freigab. Mein Gesicht wirkte dadurch klarer. Nein, älter.

Meine Mutter streifte den Umhang von mir.

»Na? Was sagst du?«

Martha-Oma, die nach oben gelaufen kam, um sich Kartoffeln auszuleihen, schlug die Hände über dem Kopf zusammen.

»Ach, Gott nä. Wie ä Bub siehst du aus.«

Ich stellte mich vor den Spiegel, der im Schlafzimmer meiner Eltern hing. In der quadratischen Fläche sah ich mich nur bis etwa zum Becken, er war für erwachsene Körper gedacht. Erst jetzt verstand ich, was ich an der Verwandlung mochte.

»Stimmt«, staunte ich. »Wie *Michel*. Wie ein Junge.«

»Aber nein. Nicht doch«, lachte meine Mutter. »Du siehst hübsch aus.«

Ich schüttelte mein hellblondes Haupt. Ganz leicht fühlte es sich an und der Nacken kühl.

»Na ja. Sie wachsen ja wieder«, sagte mein Vater, als er die neue Frisur sah.

Wie sich herausstellte, würde ich diesen Sommer doch noch in Urlaub fahren. Mein Vater hatte eine vierzehntägige Reise an die Ostsee für uns gebucht. Nur für uns beide. Ein »Vater-Tochter-Urlaub«.

»Und was ist mit Mama?«, wollte ich wissen.

»Ich muss auf Oma aufpassen«, sagte meine Mutter schnell.

Erst war ich unsicher, ob ich mich trotzdem freuen durfte, aber dann überwältigte mich die Vorstellung, an die Ostsee zu fahren. Bilder von der Nordsee kannte ich aus *Nesthäkchen*, aber so verschieden davon konnte die Ostsee nicht sein.

Ich sprang von einem Bein aufs andere und hüpfte im Schlafzimmer meiner Eltern herum, wo die leeren Koffer aufgeschlagen auf dem Doppelbett lagen. Meine Mutter hatte mir einen Strohhut gekauft und dazu einen blau-rot-weißen Bikini. Mein Vater applaudierte anerkennend, als er sah, wie ich in einem fort Pirouetten vor dem Spiegel im Schlafzimmer drehte.

»Schlank und rank«, lobte er.

Ich war erleichtert, hatte ich doch Angst gehabt, dass er mich neuerdings nicht mehr so hübsch fand wegen der kurzen Haare.

Trotzdem hörte ich bei seinem Kompliment einen sonderbaren Unterton in der Stimme heraus. Unernst und Angriffslust schwangen gleichermaßen darin. Ich fühlte, wie die Freude verflog und mir übel wurde mit einem Mal. Meine Mutter faltete gerade ein Sommerjackett in den Koffer meines Vaters. Aus dem Augenwinkel registrierte ich, wie ihr Gesicht ebenfalls zuckte. Sie war nicht *schlank und rank*.

Die Zeit bis zum Essen vertrieb ich mir damit, an den Ringen zu turnen. Mein Vater hatte sie erst vor ein paar Wochen im Hof aufgehängt. Ewig hatte ich geübt, meine Füße in die beiden Löcher einzufädeln und mich dann mit Oberkörper und Rücken nach vorne fallen zu lassen, sodass ich mit gebogenem Bauch und durchgedrückten Knien, gespannt wie ein Bogen, als Halbkreis über dem Boden schwebte. Heute endlich gelang es mir, und ich war glücklich und stolz, meinem Vater das Kunststück vorzuführen. Wieder lobte er mich, wie »schön sportlich« ich wäre, und wieder wurde mir augenblicklich schlecht, obwohl meine Mutter nicht einmal in Hörweite war.

Sie hatte meine Scham im Schwimmbad bemerkt, dessen war ich mir sicher. Warum sonst wartete sie neuerdings im Auto auf mich, wenn sie mich vom Leichtathletiktraining abholte, statt mir noch kurz auf dem Platz beim Abschlusstraining zuzusehen, wie sie es sonst für gewöhnlich tat? Doch wohl, damit niemand sie zu Gesicht bekam?

Beim Mittagessen war die Stimmung bis zum Zerreißen gespannt. Passend zu seinem dunklen Blick hatte sich auch die Brille meines Vaters verdunkelt. Es war ein neues Modell, das Brille und Sonnenbrille in einem war.

Es gab Lasagne, die köstlich schmeckte. Mein Vater aber stocherte lustlos in den Nudelschichten herum und schob den Teller schließlich ganz von sich. Ich wusste, wie sehr meine Mutter sich ärgerte, wenn jemand ihre Küche verschmähte. Niemand musste aufessen bei uns, sagte sie, niemand musste essen, was ihm nicht schmeckte. Deshalb versuchte sie nur die Gerichte zu kochen, die wir auch wirklich mochten.

»Wie lange willst du mich eigentlich noch anlügen?«

Mein Vater legte ein zusammengeknülltes Zellophanpapier vor sie hin. Eine Verpackung von einem Marzipan-Riegel. Ich staunte. Ich hatte so einen großen Riegel noch nie gesehen. Die kleinen gab es zu Ostern, aber so etwas? Außerdem mochten weder er noch ich Marzipan.

»Den hab ich in deinem Auto gefunden. Im Seitenfach.«

Niemand sagte ein Wort.

»FdH«, höhnte er. »Dass ich nicht lache.«

»Das Marzipan hab ich für Oma Ella gekauft …«, setzte meine Mutter zur Verteidigung an. »Falls es dich interessiert.«

Ich wusste nicht genau, wovon die beiden redeten. Kurz nur flackerte der Anblick der Waage vor mir auf und das Gesicht meiner Mutter, die versuchte, sich auf einem Wischmopp abzustützen. Doch meine Mutter kam nun in Fahrt.

»Wenn du wissen willst, warum ich nicht abnehme, nun, das kann ich dir sagen. Deine eigene Schwester hat es mir erklärt.«

»Tatsächlich? Da bin ich ja mal gespannt.« Mein Vater schaute sie auffordernd an. Auch ich lauschte gebannt. Konnte es tatsächlich sein, dass es eine einfache Erklärung gab?

»Ganz einfach. Die vielen Diäten sind schuld«, sagte sie. »Nach jeder Diät nimmt man automatisch wieder zu, sobald man wieder normal isst. Das nennt man ›rückkehrende Gewichtszunahme‹. Das ist wissenschaftlich bewiesen. Ihre amerikanische Freundin hat ihr das erzählt.«

»Man nimmt zu, wenn man normal isst?« Mein Vater runzelte die Stirn. Und auch ich verstand nicht, wie sie das meinte.

Der Körper, erklärte meine Mutter weiter, gewöhnte sich an wenig Nahrung und reagierte darauf mit dem Stoffwechsel. Und deshalb nahm man zu, auch wenn man nicht übermäßig viel oder besonders süß oder fett aß.

Mein Vater dachte nach und rieb sich das Kinn. Dann beugte er sich vor und sah meine Mutter tief unter seiner

Brille hervor an. Die Gläser waren jetzt, da kein Sonnenlicht mehr darauf fiel, wieder fast durchsichtig.

»Ich fahre allein mit meiner neunjährigen Tochter in Urlaub. Mit meiner *neun*jährigen Tochter.« Er machte eine kunstvolle Pause. »Und du entschuldigst dich mit irgendeiner windigen amerikanischen Theorie, anstatt dich einfach mal zusammenzureißen. Das ist erbärmlich.«

Jetzt verstand ich gar nichts mehr. Was hatte denn das eine mit dem anderen zu tun?

»Aber wieso?« Ich sah von einem zum anderen. »Ich dachte, es liegt an Oma. Dass Mama nicht mitkann?«

Noch bevor ich den Satz beendet hatte, verstand ich. Meine Mutter durfte nicht mit in Urlaub, weil sie zu dick war. Das war der Grund.

Am Meer war es deutlich kälter als in Obach. Ich weigerte mich, länger als eine Viertelstunde im Wasser zu bleiben, und auch dann zitterte ich mehr vor mich hin, als wirklich zu schwimmen. Ich hätte am liebsten den ganzen Tag in ein Badetuch eingehüllt im Strandkorb gesessen und *Disney*-Hefte gelesen oder wäre im Bett liegen geblieben. Aber das erlaubte mein Vater nicht.

Aber auch er wusste nicht, womit er sich am Strand die Zeit vertreiben sollte. Er hatte seinen *Stern* schnell ausgelesen, und auch das Kreuzworträtsel war nach einer halben Stunde fast vollständig gelöst. Am liebsten wäre er mit mir am Strand spazieren gegangen oder aber auf die Promenade, zum *Flanieren*, was ich aber beides langweilig fand.

Jeden Morgen zog er sich *schick* an, auch ich achtete darauf, meine schönsten Kleider und Röcke zu tragen, wenn wir am Abend in eines der Fischrestaurants gingen. Mitunter zogen wir Blicke auf uns, wie ich bemerkte.

»Die Leute halten mich für einen alleinerziehenden Vater«, erklärte er, wobei er nicht durchblicken ließ, ob er das gut oder schlecht fand.

Worauf wir uns einigen konnten, war Sport, und so kaufte mein Vater in einem der vielen Läden des Ostseebades einen Beach-Ball, ein Federball-Set und einen Volleyball. Er fluchte über die Preise, zumal sich durch den vielen Wind auch dieser *Zeitvertreib* als schwierig gestaltete. Als Ersatz gingen wir Minigolf spielen, aber beim Halten des Schlägers »stellte ich mich dumm an«, wie mein Vater sich beschwerte, meine Bälle flogen über die Bahn hinaus oder landeten irgendwo im Gebüsch. So blieben uns die Brettspiele, die meine Mutter uns *in weiser Voraussicht* eingepackt hatte. Mein Vater versuchte, mir Schach beizubringen, aber ich konnte mir nicht merken, was ein Pferd und was eine Dame durfte und was nicht. Das Mühle-Spiel, das ich von Ludwig-Opa gelernt hatte, machte meinem Vater wiederum keinen Spaß. Beim *Mensch ärgere Dich nicht* warf er mich mehrere Male so oft kurz absichtlich vor dem Ziel raus, dass ich irgendwann zu weinen anfing und nicht mehr mitspielen wollte.

Schließlich gab er nach und willigte ein. Ich durfte so viel lesen, wie ich wollte.

Am Tag vor unserer Abreise war mein Vater ausgenommen schlechter Laune. Seit Stunden hatte er kaum mit mir gesprochen, immer nur wortkarg geantwortet. Er saß da in seinem Strandkorb und starrte melancholisch auf das mal silbergraue, dann mal schwarzblaue Meer.

Die halbierte Familie, die wir waren, das Bild, das wir nach außen hin abgaben, missfiel ihm sichtlich.

Irgendwann rutschte mein Vater in seinem Strandkorb nach vorne. Dann verschränkte er die Arme und sagte, mehr zum Meer als zu mir: »Das Problem ist, dass deine Mutter lügt.«

Ich starrte ihn an. Ich wusste nicht, was ich sagen sollte, meine Zunge lag schwer und fest in meinem Mund, und so blinzelte ich nur stumm auf den Horizont. Ich versuchte, mir nichts anmerken zu lassen, aber ich merkte, wie alles an meinem Körper mit jeder Minute in größere Anspannung geriet.

Es gab hier, anders als an der Nordsee, keine Gezeiten, hatte mein Vater mir erklärt. Trotzdem bekam ich mit einem Mal Angst, dass eine Flut kommen und uns mit sich reißen könnte.

Von dem Zwischenfall im Freibad hatte weder meine Mutter noch ich meinem Vater etwas erzählt. Aber er hatte meine Scham gewittert.

Meine Mutter war nicht wie andere Mütter. Meine Mutter aß kein Eis. Meine Mutter tanzte nicht. Meine Mutter konnte nicht ins Freibad. Meine Mutter machte immer Diät. Aber – lügen? Inwiefern log sie? Was meinte er damit?

Die Stimme meines Vaters riss mich aus den Gedanken.

»Wenn *du* mit ihr redest – vielleicht hört sie ja auf *dich*?« Richtiggehend verzweifelt sah er aus.

»Was meinst du?« Ich spürte, wie alles in mir erstarrte.

Kurz nur zögerte er noch.

»Sag du ihr, dass sie endlich abnehmen soll.«

Ich schluckte wieder, der blöde Kloß ging einfach

nicht weg. Als er meine Not sah, winkte mein Vater ab. Seine Enttäuschung verbergen konnte er aber nicht.

»Komm«, sagte er. »Ist schon gut. Vergiss es. Das ist nicht deine Aufgabe.«

Er stand auf und lief nach vorne ans Ufer, um ein paar der flachen Steine ins Wasser zu werfen, wie er es schon als Kind getan hatte. Ich wusste, wie gern er es mochte, wenn sie über die Oberfläche hüpften.

Ich staune, als eine Therapeutin meine Geschichte als einen Fall von »Parentifizierung« interpretiert.

Unter »Parentifizerung« versteht man eine Dynamik, in der sich die Verantwortlichkeiten zwischen Eltern und Kindern verkehren. Ein Kind, das sich nicht hinreichend geborgen fühlt, übernimmt jene emotionale Fürsorge, zu denen die Erwachsenen nicht imstande sind. Nicht selten aber vergisst das Kind dabei sich selbst. Es ist mit seiner Aufmerksamkeit unentwegt im Außen, bei den anderen, weit weg vom eigenen Körper, von den eigenen Bedürfnissen. Es übernimmt die Fürsorge für die eigenen Eltern.

Es ist ein Irrglaube, dass eine solche Rollenverkehrung nur in extremen Fällen stattfindet, etwa wenn ein Kind sich um psychisch kranke oder immobile Eltern kümmern muss. Häufig ist die Parentifizierung viel undramatischer. Es genügt, wenn Eltern ihre Kinder wie kleine Erwachsene behandeln. Sie unbewusst zum Schiedsrichter machen, der zwischen ihnen vermittelt. Es genügt, dass ein Kind die Erwachsenen um sich herum als dauerhaft unglücklich oder überfordert erlebt. Die Erwachsenen müssen ihr Unglück oder ihre Überforderung nicht einmal artikulieren. Ein parentifiziertes Kind spürt die Not der Eltern. Es entziffert die Bedürfnisse und Wünsche anhand von Mimik und Gesten.

Und es verschenkt seine Liebe bedingungslos.

9

*»Wenn ich nicht verliere,
kann der andere nicht gewinnen.«*

Boris Becker

Rechtzeitig zur Eröffnung des Tennisplatzes kehrten wir aus dem Urlaub zurück. In Obach war das Tennisfieber bereits in vollem Gange.

Mein Vater kaufte mir einen Schläger, auf dem in Goldbuchstaben »GABRIELA SABATINI« stand, dazu bekam ich einen schwarzen Dress, auf dem goldene und violette Farbspritzer aus Metallic getupft waren.

Jeden Abend übten wir im Hof. Stunde um Stunde schmetterten wir die gelben Bälle gegen das alte Scheunentor, das unter dem harten Aufprall erbebte. Das Ganze machte so unglaublichen Lärm, dass Pepper in den letzten Winkel des Gartens floh und selbst der schwerhörige Ludwig-Opa das Weite suchte.

Schon am Ende des ersten Tages hatte ich Blasen am rechten Daumen, so groß wie ein 5-DM-Stück, aber ich übte am nächsten Tag trotzdem weiter, so lange, bis ich es schaffte, den Schläger im richtigen Winkel zu halten. Jeden Tag klappte es ein wenig besser. Man hörte es bereits an dem Geräusch, ob der Ball gut auf den Saiten auftraf und es ein sattes »Plopp« zu hören gab.

Ich konnte sehen, wie Jessy uns von gegenüber beobachtete. Meist saß sie auf den Treppenstufen, entweder spielte sie mit ihren Barbies, oder sie fuhr auf ihren Rollschuhen die Straße auf und ab. Aus dem Augenwinkel registrierte ich, dass auch sie sich verändert hatte. Sie trug jetzt einen Seitenzopf, hatte das T-Shirt hochgebunden und kaute unablässig Kaugummi.

Mir gegenüber hatte sie die Strategie gewechselt. Statt mich zu meiden, trat sie an das lackschwarze Gitter, um ihr Gift zu versprühen.

»Na? Übst du? Für die Einweihung? Mit deinem *lieben Herrn Vater?*«

Ich schlug weiter meine Bälle gegen das Holztor und gab mir Mühe, sie nicht weiter zu beachten. Jessy aber plapperte unbeirrt weiter. Sie behauptete, dass ihre Hand noch nicht richtig verheilt war und sie deshalb nicht beim Turnier mitspielen könne. Ich schluckte eine Bemerkung hinunter. Wir wussten beide, dass sie keinen Tennisschläger besaß und es auch niemanden gab, bei dem sie sich einen hätte leihen können.

Statt selbst zu spielen, erfuhr ich, würde sie Ballmädchen sein.

»Na dann«, sagte sie. »Bis zur Eröffnung.«

Gleich nach dem Urlaub kaufte sich mein Vater ein Cabriolet. Er hatte sich *nicht sattsehen können* an den Wagen mit den offenen Verdecken, die entlang der Grömitzer Promenade parkten.

»Drei Autos?« Ich sah, wie meine Mutter die Luft anhielt, als er ihr davon erzählte. »Wo sollen wir das denn noch unterstellen?«

Der Audi meines Vaters hatte zwar offiziell seinen Platz in der Garage, aber da das Parken umständlich war, stand er tagsüber meist im Hof, direkt vor dem Käfer meiner Mutter, der in einer Ecke unter dem überdachten Teil des »Ensemble« parkte. Wenn meine Mutter ihr Auto benötigte, musste mein Vater seinen Wagen aus dem Hof aufs Trottoir hinausfahren und dann wieder hinein. Wenn jetzt noch ein Auto hinzukäme, würde alles noch komplizierter. Meinem Vater war das gleich, und so stand alsbald ein weißes BMW-Cabriolet mit hellen Ledersitzen vor unserer Tür.

»Ein Sommerauto«, erklärte mein Vater.

Einige der kleineren Jungen blieben am Tor stehen, um das Cabriolet zu bestaunen. Der neue Wagen sorgte für Gerüchte. Die Kinder aus dem Dorf stellten mir Fragen, wenn wir zusammen im Schulbus nach Obach einfuhren. Von der Hauptstraße aus konnte man die Baustelle und den dreigeschossigen Rohbau sehen.

»Habt ihr ein Schwimmbad?« – »Seid ihr Millionäre?«

Durch ihr Erbe war meine Mutter in den Augen der meisten Dorfbewohner eine andere geworden, schien mir. Die Blicke ruhten immer unverhohlener auf ihrem Körper. *Vorne rum* gab man sich freundlich. Doch ich spürte das hämische Starren.

Mein Vater war anfänglich froh, dass das Dorf nun offensichtlich Notiz nahm von dem Aussehen meiner Mutter, unter dem er schon seit so vielen Jahren litt. Nun wurde er endlich in seiner Wahrnehmung bestätigt, mit einer dicken Frau verheiratet zu sein. Doch reagierte die Welt nicht etwa mit Mitgefühl, im Gegenteil. Sie beschämte und verhöhnte ihn. Auch deshalb, weil die *FdH*-Diät meiner Mutter aus irgendeinem Grund noch immer nicht funktionierte. Das Diäthalten war ihr natürlicher Zustand geworden, und trotzdem war sie dicker als je zuvor. Wenn wir zusammen Auto fuhren, bemerkte ich die Veränderung am deutlichsten. Ihr Gesäß berührte die Handbremse und der Bauch das Lenkrad, und vielleicht auch deshalb tauschte nun auch meine Mutter ihren geliebten Käfer gegen einen goldenen VW Golf aus, der einen geräumigeren Innenraum hatte. So war wieder etwas Luft zwischen ihrem Körper und den Armaturen.

»Ich wollte schon lange ein neues Auto«, behauptete sie.

Und dennoch, keine Schürze der Welt und auch kein Kissen und auch kein Golf konnte verbergen, dass ihr Körper bei jedem Schritt in wellenartige Schwingungen geriet.

»Kumma macht Speck«, raunte Martha-Oma, wobei ich nicht hätte sagen können, wie sie das meinte. Weswegen genau hatte meine Mutter »Kummer«? Der einzige Kummer, den ich kannte, war Liebeskummer. Ihren Doktor B. aber hatte meine Mutter seit unserem Besuch mit Jessy nicht mehr erwähnt.

Das Gespräch mit meinem Vater und seine Bitte, meiner Mutter »ins Gewissen zu reden«, verdrängte ich, so gut es ging. Ich hätte gar nicht gewusst, was ich hätte sagen sollen.

Dann war es so weit. Am Abend der feierlichen Einweihung überboten sich die Obacher darin, in der schicksten Kleidung und mit dem teuersten Schläger aufzulaufen. Alle standen ehrfurchtsvoll vor dem glatt gekämmten roten Platz. Sogar Pastor Bauer war mit von der Partie.

Meine Mutter, die nur ganz kurz einen Kuchen für das Buffet abgeben wollte, verdrehte die Augen, als sie sah, dass mein Vater tatsächlich mit seinem Cabriolet vorgefahren war.

Jessy, staunte ich, besaß sehr wohl einen Tennisschläger, den sie aus einer dazugehörigen Tasche zog, und sie begann, den Ball darauf zu balancieren. Sie strahlte. Es war das gleiche Modell wie meines. Meine Mutter hatte Jessy doch tatsächlich mit einem Tennisset eingedeckt. Obwohl wir nicht mehr miteinander befreundet waren. Ich war empört. Noch immer also versuchte meine Mutter, uns gleich zu behandeln. Ganz so, als wären wir Schwestern und Jessy ebenfalls ihr Kind. So gern hätte ich meiner Mutter von Jessys gemeinem Lachen erzählt.

Zunächst herrschte auf dem Platz ein großes Durcheinander hinsichtlich der Frage, wer wann mit wem für wie lange würde spielen dürfen. Es gab nur zwei Tennisplätze, aber ungefähr dreißig Leute hatten sich angemeldet. Dann stellte sich heraus, dass der Vorstand im Vorfeld ausgelost hatte. Ich hatte ein sonderbares Gefühl, als der Bürgermeister dazu ansetzte, die beiden ersten Namen zu verlesen. Ich traute meinen Ohren nicht, aber es bestand kein Zweifel. Auch Jessy, sah ich, starrte das illustre Paar mit offenem Mund an.

Mein Vater und die braune Manuela würden das Eröffnungsspiel bestreiten. Augenblicklich sah ich mich nach meiner Mutter um. Sie hatte in der Ferne zunächst noch gewartet, wohl um die ersten Ballwechsel zu verfolgen.

Jetzt aber hatte sie es eilig, in ihren Golf zu steigen. Wie so oft in letzter Zeit trug sie eine große Sonnenbrille mit dunklen Gläsern, sodass ihr Gesicht unlesbar blieb für mich.

Den ganzen Vormittag über saß ich mit heißen Ohren da und verfolgte das Spiel. Es nützte nichts, dass Jessy den beiden von der Netzlinie aus düstere Blicke zuwarf.

Der Streit mit mir tat der Solidarität mit meiner Mutter offenbar keinen Abbruch. Mit einem Mal, schien mir, war unsere alte Allianz wieder zum Leben erwacht. Die Frau war schließlich unsere gemeinsame Feindin, oder nicht? Vor allem aber meinen Vater fixierte Jessy mit ihren dunklen Blicken.

Die braune Manuela strahlte und leuchtete und gefiel sich sichtlich in der Rolle der Tenniskönigin. Auch sie war nicht dünn, begriff ich mit einem Mal, mit Blick auf ihre Beine, die unter dem schicken Tennisdress hervorsahen. Aber das war ein schwacher Trost. Jeder Ballwechsel, jedes Klatschen der Umstehenden, jedes dumpfe »Plopp« des Schlägers ließ mich erschauern.

Als ich am Nachmittag nach Hause zurückkehrte, saß meine Mutter in einer der beiden Hollywoodschaukeln. Hier trafen wir uns neuerdings oft, wenn ich aus der Schule kam, meine Mutter und ich. Wie zwei Erwachsene, dachte ich stolz.

Meine Mutter versuchte, sich nichts anmerken zu lassen, niemand von uns verlor auch nur ein Wort über das, was sich auf dem Tennisplatz zugetragen hatte. Aber etwas in ihr wirkte zugleich zerbrochen wie auch kampfbereit, wie sie die Asse auf den Tisch warf. Es war ihre Idee, Karten zu spielen. Normalerweise war das ein Steckenpferd meines Vaters, aber auch meine Mutter beherrschte *Mau-Mau* ausgezeichnet, verstand ich nun. Nie konnte man ihrem Gesicht ansehen, ob sie eine passende Karte hatte oder eine neue ziehen musste. Fast eine kostbare Stunde hatten wir für uns, bis meine Schwester aus dem Mittagsschlaf erwachte.

Am Abend kehrte mein Vater mit quietschenden Reifen vom Sportplatz zurück. Er parkte das Cabriolet durch einen abrupten Tritt auf die Bremse. Irgendetwas war nicht in Ordnung, das spürte ich sofort. Mit düsterem Blick steuerte er auf uns zu. Sofort klappte meine Mutter das Buch zu, in dem sie gerade gelesen hatte. Als hätte mein Vater sie bei etwas Unrechtem ertappt.

Er war *auf 180*.

»Sieh dir das an!«, rief er.

»Was ist denn passiert?« Meine Mutter musterte ihn vorsichtig.

»Hier. Komm mit. Sieh selber.«

Er lief voraus in den Hof und umrundete erbost das Auto. Meine Mutter erhob sich, und wir folgten ihm.

»Jemand hat reingepinkelt.« Mit zitternder Hand deutete er auf den Rücksitz. »Während ich Tennis gespielt habe.«

Meine Mutter beugte sich vor. Es stimmte. Von dem neuen hellen Leder glänzten einzelne winzige Pfützen, und der scharfe Geruch, der davon aufstieg, ließ keine Zweifel. Es war Urin. Unverkennbar. Meine Mutter überlegte.

»Wo hast du geparkt?«

»Na, vor dem Sportplatz. Wie immer.«

»Vielleicht – war das ein Hund. Oder ein anderes Tier?«

»Für wie dumm hältst du mich eigentlich?« Erst jetzt roch ich den Bieratem meines Vaters.

Meine Mutter tastete nach ihrer Stirn.

»Du meinst, es war jemand aus dem Dorf?«

Jessy, durchzuckte es mich. So weit, das Auto meines Vaters zu beschädigen, würde sie nicht gehen, in ihrer

Wut. Oder doch? Ich hätte schwören können, dass meiner Mutter der gleiche Gedanke durch den Kopf ging. Mein Vater betrachtete bitter die verunreinigten Sitze.

»Ich inseriere die Karre. Gleich morgen. Ich will sie nicht mehr.«

»Das Auto ist keine drei Wochen alt. Bist du verrückt?«

So fassungslos hatte ich meine Mutter schon lange nicht mehr gesehen.

Anstelle einer Antwort lief mein Vater *schnurstracks* in die Wohnung hinauf, um sich hinzulegen. Meine Mutter seufzte. Dann ging sie ebenfalls nach oben. Wenig später aber stand sie unten im Hofe über das Cabriolet gebeugt und begann, die Sitze zu säubern. Etwas ging in ihr vor. Aber was?

Lange Zeit habe ich die Obsession meines Vaters mit seinem Dorf nicht verstanden. Warum hat er sich zeitlebens an seine Scholle geklammert? Obwohl ihm das Dorf selber so oft »zu eng« war?

Erst als ich durch einen Zufall *Vom Winde verweht* wiedersehe, verstehe ich, welches Drama es war, das mein Vater sowohl in seinem Inneren als auch nach außen hin aufführte. Er spielt die Rolle des patriotischen Beschützers. Wie Vivien Leigh in der Rolle der Scarlett O'Hara, die unaufhörlich um den Verlust der fiktiven Baumwollplantage *Tara* fürchtet.

Ich sehe ihn förmlich vor mir, wie er auf dem Boden kniet und »Tara, Tara!« ruft. Der Anbetung seiner Scholle hat mein Vater alles untergeordnet. Er hat seine Ehe und seine Familie geopfert, im Namen des Dorfes.

Vor sich selbst und nach außen ist er der Ernährer, Retter & Bewahrer der Familie. Die Rolle der Scarlett ist ihm nach und nach zur Natur geworden. Er hält sich einfach an seine Rollenbeschreibung: Er ist der Gute, Treue, Rettende. Der Konföderierte, der alle nur erdenklichen Opfer auf sich nimmt, im Namen der Heimat und Familie. Meine Mutter hatte nie eine Chance. Sie war von Anfang an der Yankee. Die Abtrünnige.

Ich habe ihm immer gewünscht, dass er eine andere Konföderierte findet. Sogar meine Mutter wünscht ihm das.

10

»Das Herz hat keine Falten, nur Narben.«

Colette

Es war Herbst geworden und zu kalt und auch zu regnerisch, um draußen Tennis zu spielen. Mein Vater und die braune Manuela sahen sich also kaum noch.

Meine Mutter war seit dem Vorfall stiller als sonst. Des Öfteren musste ich an ihr Gesicht beim *Mau-Mau*-Spielen denken. *Sich nicht in die Karten schauen lassen*, hieß das.

Jessy und ich besuchten inzwischen die dritte Klasse, allerdings teilte ich jetzt die Schulbank mit Evi, deren Haar ebenso kurz geschnitten war wie meines. Evi lebte im Nachbarort. Ihre Mutter kam aus der Mongolei, was sehr weit weg war, wie ich mit einem Blick auf den Globus feststellte. Evi lachte viel, trug grundsätzlich nur Hosen und wollte später einmal Olympiasiegerin werden, weshalb sie zweimal die Woche in einem Sportverein trainierte.

Meine Mutter empfing sie herzlich, wenn ich sie nach der Schule mit nach Hause brachte. Mir selbst kam es vor wie ein Erwachen. Als würde ich jetzt erst die anderen Kinder in meiner Klasse wirklich wahrnehmen. Als hätte Jessy, absichtlich oder unabsichtlich, dafür gesorgt, dass sie die ganze Schulzeit über meine alleinige Freundin geblieben war.

»Sie hat dich *vereinnahmt*«, befand mein Vater. »Und ausgenutzt.«

Meine Mutter lachte bitter, als er das sagte.

Die Bauarbeiten am neuen Haus verliefen nach Plan, und an einem Samstag im Oktober konnte das Richtfest gefeiert werden. Bierbänke wurden aufgestellt, ein Kuchen gebacken und eine große Schale Kartoffelsalat zubereitet, ein letztes Mal in dieser Saison Würste gegrillt.

Auch Tante Lu war gekommen. Zur Begrüßung strich sie mir bewundernd über das Haar und hauchte mir einen ihrer rauchigen Küsse auf die Stirn.

»Schicke Frisur. Viel besser als vorher.«

Sie war lange nicht mehr bei uns gewesen, fiel mir auf. Seit dem Hausbau war sie auf Abstand gegangen, wie mir schien. Beim Anblick des Cabriolets musste sie lachen.

»Das ist nicht dein Ernst.« Sie deutete auf den Wagen mit den schneeweißen Ledersitzen.

Als sie meine Mutter erblickte, wich sie unwillkürlich zurück. Fast erschrocken wirkte sie. Zuletzt hatten die beiden einander bei der Beerdigung von Opa Adam gesehen. Zwischen ihrem damaligen Gewicht und jetzt *lagen Welten*, behauptete mein Vater. Selbst Tante Lu machte eine solche Gewichtszunahme offenbar Sorgen, so, wie sie die Stirn in Falten legte.

Ich hatte den Auftrag erhalten, Tante Lu auf keinen Fall etwas von Jessys blauen Flecken zu erzählen. Auch die Geschichte mit dem Cabriolet sollte ich unerwähnt lassen, hatte meine Mutter mir eingebläut.

Mit am Tisch saßen die jugoslawischen Zimmerleute, die über dem Rohbau einen Dachstuhl errichtet hatten.

Mit den fest verschalten Holzstreben sah er fast wie ein richtiges Haus aus. Die Blicke des Vorarbeiters, der inzwischen wieder regelmäßig am Wochenende mit seiner Truppe nach Obach kam, hatten sich verändert, schien mir. So schamlos seine Blicke auf dem Gesäß meiner Mutter ruhten, das nur von einem dünnen geblümten blauen Stoff geschützt war, so seltsam unschlüssig wirkten sie.

Martha-Oma saß grummelnd am Tisch. Sie hatte sich in den Kopf gesetzt, unbedingt auch reich zu werden. Sie hatte mit Lottospielen begonnen und wartete jeden Samstagabend gebannt darauf, dass die Lottofee die 6 aus 49 zog, aber es klappte nie. Mein Vater schimpfte sie aus. Lotttospielen galt bei uns als *Geldverschwendung*. Nur Leute, die sich nicht mit Wahrscheinlichkeitsrechnung auskannten, behauptete er, waren so dumm, es zu versuchen. Ludwig-Opa wollte von alldem nichts hören, er hatte sein Hörgerät abgestellt, so laut, wie seine Frau keifte. Sie machte sich Sorgen, wer sie wohl pflegen würde, im Alter. Deshalb spielte sie Lotto. Das Pflegeheim, das Tante Lu ihr so unverhohlen in Aussicht stellte, war ihr ein Graus.

»Ich habe einen Beruf. Ich lebe weit weg«, sagte Tante Lu. »Frag doch deinen Sohn.«

Das aber wagte Martha-Oma nicht. Stattdessen erzählte sie *brühwarm* von den »Zuständen« bei ihrer Schwester, die schließlich noch schlechter dran war, »so allein«.

»So ä Zores«, wetterte Martha-Oma. »Beschdimmt säufd se widda. Alles wäe ihrem ›*Ali*‹.«

»Sie trinkt?« Tante Lu sah uns aufmerksam hinter ihrer Brille hervor an.

Meine Mutter nickte, wenn auch zögernd.

»Und die Kleine?«

Mein Vater hob die Achseln. Das waren *fremder Leute Angelegenheiten.*

»Ihr geht's gut«, sagte meine Mutter schnell.

Ich biss mir auf die Lippen. Wie konnte sie das wissen? Sie hatte Doktor B. versprochen, auf Jessy aufzupassen. Aber wie sollte das gehen, wenn sie Jessy überhaupt nicht mehr begegnete? So gern hätte ich Tante Lu von Jessys Verhalten mir gegenüber erzählt und auch von ihrer Wut auf meinen Vater und meinem Verdacht, dass sie es gewesen war, die in das Auto uriniert hatte. Ich machte mir Sorgen, dass sie eines Tages etwas noch Verrückteres tun würde. Etwas, mit dem sie nicht so leicht davonkäme. Hätte ich mich versöhnen müssen? durchfuhr es mich.

»Hier.« Tante Lu überreichte mir ein kleines Päckchen zur Begrüßung.

»Danke.«

Es war das erste Mal, dass sie mir ein Buch mitbrachte, sonst bekam nur meine Mutter eines. Stolz wiegte ich es in meinen Händen hin und her. Das Cover wirkte düster.

»Was ist das für eine Geschichte?«, fragte ich.

Dem Text auf der Rückseite zufolge handelte das Buch von einer Familie, die eine »Atomkatastrophe« überlebte.

»Wir schauen uns das später an.« Meine Mutter nahm es an sich, noch bevor ich einen Blick hineinwerfen konnte.

»Kommt«, sagte mein Vater, ohne weiter auf das Thema einzugehen. »Ich zeig euch das Haus.«

Er war stolz auf sein Werk, das konnte man sehen, schließlich war all das hier »selbst gebaut«.

Bisher war es mir streng verboten gewesen, den Rohbau zu betreten. Jetzt aber führte mein Vater über einen kleinen Hügel die Auffahrt hinauf zur Eingangstür. Von dort führte ein geräumiger Flur mit Terrakotta-Fliesen in die Küche, daneben war das Esszimmer, von da aus ging es ins Wohnzimmer, dessen Decke hoch hinauf bis unter die noch nicht vertäfelte Dachschräge reichte. Im hinteren Winkel befand sich ein Wintergarten mit hellgrünen Fensterelementen. Unten im Erdgeschoss lagen im hinteren Teil Waschküche und Kellerräume, die Zimmer nach vorne raus sollten die Wohnung von Oma Ella werden.

Staunend lief ich durch das, was einmal bloßes Mauerwerk gewesen war. Die Armaturen des einen Bades waren schwarz, die eines anderen glänzten durch einen Perlmuttanteil, die gesamte Bodenfläche im übrigen Haus bestand aus großen weißen Kacheln.

Meine Mutter konnte sich an alldem nicht freuen, merkte ich. Sie wirkte kühl und sonderbar abwesend. Und das, obwohl es auch ihr Werk war, oder nicht?

Im zweiten Obergeschoss, unter der Schräge, befanden sich zwei Kinderzimmer, ein grünes Bad und die *Galerie*, von der man aufs Wohnzimmer hinunterblickte. Es war ein bedrohlicher Ort mit dem unfertigen Dach und der gähnenden Leere darunter. Unweigerlich musste ich an Jessys *Dallas*-Geschichten denken. Durch sie wusste ich, dass verzweifelte Menschen sich bisweilen von Türmen, Dächern und Hochhäusern stürzten. Wenn sie verliebt waren oder krank. Wenn sie Schulden hatten. Von hier oben, durchfuhr es mich, als ich meine Nase vorsichtig über das Geländer streckte, würde man einen Sturz nicht überleben. Ich bekam mit einem Mal furchtbare Angst um meine Schwester. Wie sollte man diese halsbrecherische Wendeltreppe für sie sichern?

Ich hüpfte gerade zwischen den beiden Kinderzimmern umher, als ich einen Gesprächsfetzen zwischen Tante Lu und meiner Mutter aufschnappte. Sie standen etwa auf halber Treppe und unterhielten sich mit gesenkter Stimme.

»Das geht so nicht weiter zwischen euch. Du gehst noch vor die Hunde.«

»Ich weiß«, sagte meine Mutter.

»Such dir eine Wohnung. Komm zu mir. In die Stadt. Genug Geld hast du doch? Oder nicht?«

»Und Oma Ella?«, sagte meine Mutter, anstelle einer Antwort.

»Sie gibst du ins Heim. Das solltest du sowieso tun. So oder so.«

Tante Lu seufzte tief.

»Versprich mir, dass du darüber nachdenkst.«

Mit klopfendem Herzen lauschte ich. Die Gefahr ging nicht von meinem Vater und der braunen Manuela aus. Zumindest nicht allein. Auch meine Mutter dachte über eine Trennung nach.

Am Abend nach dem Richtfest ging es im alten Haus turbulent zu. Ich hatte vergessen, Hausaufgaben zu machen, und brauchte ausnahmsweise Hilfe bei einer Matheübung. Es war Schlafenszeit, und meine Mutter hatte Mühe, meine Schwester einzufangen, die aufgedreht den Flur auf und ab lief und Pepper hinterherjagte, der wiederum in den Hobelspänen tobte, die meine Mutter ihm aus der Werkstatt mitgebracht hatte. Mein Vater hatte einen kleinen Schwips von dem Bier, das er mit den

Dachdeckern getrunken hatte. Er drehte die Stereoanlage auf und spielte laut *Live is life*. Martha-Oma kam in einem fort nach oben gelaufen. Sie wollte eine Suppe für Ludwig-Opa kochen, der an Blähungen litt, einmal fehlte es an Zwiebeln, dann wieder an Maggie.

In das Chaos hinein klingelte das Telefon, irgendein Handwerker, der sich beschwerte, dass eine Rechnung noch nicht beglichen sei, wie mein Vater verkündete.

Es ging treppauf, treppauf, Türen schlugen zu und gingen wieder auf, und schließlich hörte ich den leisen heiseren Schrei meiner Mutter.

»Mutti! Nicht! Pass auf.«

Niemand konnte mehr nachvollziehen, wer das Gitter zur Treppe offen gelassen hatte. Meine Mutter machte sich fürchterliche Vorwürfe.

Oma Ella war gestürzt und hatte sich den rechten Knöchel verstaucht. Zum Glück hatte die Hüfte keinen Schaden genommen, aber sie musste trotzdem im Bett liegen bleiben, denn für Krücken war sie zu schwach. Als sich herausstellte, dass es viele Wochen dauern würde, ein Krankenhausbett über die Versicherung zu organisieren, kaufte meine Mutter kurzerhand eines für sie.

»So viel Geld. Nur für ein Bett?«, klagte mein Vater, als er zufällig die Rechnung in die Hände bekam. Er war fassungslos über diese Summe und auch darüber, dass meine Mutter nicht abwarten wollte, bis die Kasse das Bett finanzierte.

»Bis dahin hat sie sich wund gelegen. Und allein heben kann ich sie auch nicht«, war die Antwort.

Von dem Tag an, an dem Oma Ella das Bett nicht mehr verlassen konnte, hörte sie auf zu sprechen. Seit Ausbruch der Krankheit war sie noch stiller geworden als ohnehin schon, jetzt aber blieb sie ganz stumm. Wenn man sie ansprach, sah sie einen bloß still aus veilchenblauen Augen an. Nur ganz ab und an sagte sie »Herrjemineh«, einfach so, ohne dass es Sinn ergab, was sie selbst ebenfalls zu bemerken schien, jedenfalls sah sie danach ganz verschämt drein.

Niemand konnte sagen, ob es wirklich der Sturz war, der ihren Allgemeinzustand so verändert hatte. Meine Mutter machte sich schlimme Vorwürfe.

»War ich das? Hab ich das Gitter offen gelassen?«, fragte sie sich immer wieder.

Niemand konnte diese Frage beantworten. Pastor Bauer rief an, um uns sein Mitgefühl auszusprechen. Ich war es, die den Anruf entgegennahm. Er werde im nächsten Gottesdienst Fürbitte für Oma Ella leisten. Und ob meine Mutter nicht einmal zur Beichte kommen wolle?

Nun, da Oma Ella bettlägerig war, hatte meine Mutter tatsächlich wieder etwas mehr Zeit. Sogar pünktlich am Abend fernsehen konnte sie.

Eine Reihe von Filmen mit Marilyn Monroe, die in der ARD ausgestrahlt wurden, hatten es ihr besonders angetan. Ich sei schon groß, beharrte ich, und so ließ meine Mutter mich mitschauen, wenn mein Vater ausging am Wochenende. Wir sahen *Manche mögen's heiß*, *Fluß ohne Wiederkehr*, *Blondinen bevorzugt*, *Wie angelt man sich einen Millionär?*, *Misfits*, *Das verflixte siebte Jahr*. Am unheimlichsten fand ich die Geschichte von *Niagara*. Eine Frau versuchte ihren Mann umzubringen, am Ende aber landete ein junges Mädchen in der Tonne, die man die Wasserfälle hinunterzustürzen versucht.

Die Schauspielerin, die meine Mutter mehr als alle anderen verehrte, war Grace Kelly. Sie war eine echte Prinzessin, erklärte sie. Ich staunte. Wenn sie eine Prinzessin war, warum trug sie dann ein Kopftuch wie die alten Bäuerinnen im Ort?

Damit ihr der Wind nicht ins Gesicht blies, wenn sie in ihrem schicken Cabrio im fernen Monaco die Serpentinen zum Meer hinabfuhr, erklärte meine Mutter.

Es waren ältere Filme, und ich wusste, dass Grace Kelly nicht mehr lebte.

»Was genau ist passiert?«, wollte ich wissen.

»Autounfall«, sagte meine Mutter knapp, und sogleich überfiel mich ein Frösteln. Es lag an der Art und Weise, wie sie es sagte, ohne eine Regung, mit einem sonderbaren Abstand, aber mit einer unüberhörbaren Melancholie in der Stimme. Einem – Einverständnis.

»HALS UND BEINBRUCH«, SAGT MAN, oder auch »Hals über Kopf«. Oft schien mir, dass meine Eltern sich an den Redewendungen, die sie so häufig gebrauchten, wie an einem Geländer festhielten. Meine Mutter bemühte sich, den Sinn der Worte genauer zu überprüfen. Nicht einfach nachzuplappern, was man eben so sagte.

Als Schriftstellerin ist es ein Zeichen von minderem Stil, diese Ausdrücke zu verwenden. Es sei denn, man kennzeichnet sie als Sprache eines bestimmten Milieus. So sehr, wie ich diese Wendungen verinnerlicht habe, fühlt es sich teilweise gewaltvoll an, sie aus mir zu verbannen, denn sie sind ein Teil von mir. All diese Redewendungen, die so akrobatisch auf mich wirkten, als Kind, weil ich sie ganz und gar wörtlich nahm.

Sich das Maul zerreißen. Große Augen machen. Jemandem einen Bären aufbinden. Nicht aus seiner Haut können. Etwas in großem Bogen von sich werfen. Einen Frosch im Hals haben. Sich um Kopf und Kragen reden. Über den Tellerrand schauen. Mit Kusshand nehmen. Sich auf die Zunge beißen. Sich in die Nesseln setzen. Wie ein Elefant im Porzellanladen. Ein Dorn im Auge sein. Im Schweiß stehen. Den Kopf in den Wolken. Bis zum Himmel stinken. Im eigenen Saft schmoren. Das Haar in der Suppe suchen. In die nächste Woche gucken. Wie Luft behandeln. Nach den Sternen greifen. Jemandem in den Ohren liegen. Das Geld zum Fenster hinauswerfen. Arm wie eine Kirchenmaus. Die Hände über dem Kopf zusammenschlagen. Am Hungertuch nagen. In den Schwitzkasten nehmen. Jemandem den Wunsch von den Augen ablesen. Dumm aus der Wäsche schauen. Sein Gesicht verlieren. Gute Miene zum bösen Spiel machen. Immer dieselbe Leier. Sich kein X für ein U vormachen lassen. Sich in Grund und Boden schämen. Auf dem Absatz kehrtmachen. Bis über beide Ohren verliebt. Kein Herz haben. In die Luft gucken.

11

Die Herbstferien würde ich erstmals ohne meine Eltern verbringen. Eine ganze Woche durfte ich allein bei Isolde, Gerd und ihren beiden Töchtern in Bayern bleiben. Garmisch-Partenkirchen, wo Isolde ein Hotel betrieb, das ihren Eltern gehört hatte, war ein *Kurort*. Fast war es so, als ob ich in Kur fahren würde, nicht meine Mutter, die den Einfall zu dem Urlaub gehabt hatte.

Als mein Vater und ich nach einer langen Fahrt ankamen, konnte ich meine Überraschung kaum verhehlen. Die dicke Moni war keine dicke Moni mehr. Sie war *rank und schlank* wie Thekla und ich. Ich musste an mich halten, sie nicht unentwegt anzustarren, so sehr faszinierte mich ihre Verwandlung.

Es gab nur wenige Gäste im Hotel. Normalerweise, erklärte man mir, war das Haus im Sommer sehr belebt. Nicht so jetzt. Das Hotel hatte aufgrund eines Wasserschadens lange Zeit geschlossen gehabt und musste renoviert werden, erklärten sie uns. Das Lachen der dünnen Isolde war so herzlich, wie ich es in Erinnerung hatte, und dennoch trübte etwas die Atmosphäre.

Mein Vater wollte nur das Wochenende über bleiben und dann wieder nach Obach zurückfahren. Ein Ausflugsziel aber lag ihm am Herzen.

»Hohenschwangau«, schwärmte er. »Das muss man gesehen haben.«

Nach einer ewig langen Wanderung betraten Gerd, Thekla, Moni, mein Vater und ich also zusammen das Schloss. Mit großen Augen schritt ich durch die goldbehängten Räume, in denen der seltsame König Ludwig gelebt hatte. Meine Mutter hatte mir von ihm erzählt, und wie immer, wenn sie von Menschen sprach, die als *geistig verwirrt* galten, sprach sie mit großem Mitgefühl von ihnen.

Vom Aussichtspunkt aus sah man die Alpen. Ich dachte an meine Mutter, die zu Hause Oma Ella und meine Schwester versorgte und letzte Handwerksarbeiten samt Möbelpackern beaufsichtigte. Die schneeweißen Gipfel strahlten mich an, kühl und seltsam mahnend, als würden sie ihr Fehlen in diesem Bild markieren.

»So sehen die Anden aus«, schwärmte Gerd mit vielsagendem Blick auf die Alpen, und mein Vater nickte ebenfalls schwärmerisch.

Etwas an der Stimmung zwischen den beiden Männern war sonderbar. Der Abstand zwischen ihnen hatte sich noch vergrößert. Mein Vater konnte froh sein, dass er seinen alten Posten zurückbekommen hatte. Er war noch immer ein *einfacher Angestellter*, während Gerd im Laufe der letzten beiden Jahre vom Abteilungsleiter zum Vize-Chef aufgestiegen war. Auch Anteile an der eigenen Firma besaß er. Vielleicht war das der Grund, weshalb sich Gerd meinem Vater gegenüber so ausweichend benahm. Fast wirkte er, als hätte er ein schlechtes Gewissen.

Beim Abschied beugte mein Vater sich zu mir herab.

»Pass auf dich auf, ja?« Er strich mir über den Bob. Inzwischen war mein Haar wieder gewachsen. Fast kinnlang war es.

»Wenn du Heimweh kriegst, hol ich dich ab. Hörst du?«

»Ist alles in Ordnung? Mit dir und Mama?«, wollte ich wissen.

Mein Vater schwieg und nickte, tapfer, wie mir schien. Dann stieg er in seinen smaragdgrünen Audi.

Kurz nur dachte ich an den Streit, der vor unserer Abfahrt zwischen meinen Eltern losgebrochen war. Mein Vater hatte unbedingt mit dem Cabriolet fahren wollen.

»Auf eine letzte Spritztour. Bevor ich es verkaufe.«

Meine Mutter aber hatte darauf bestanden, dass er den Audi nahm. Sie wusste, wie schnell er mit offenem Verdeck fuhr. In einer Schublade neben dem Herd stapelten sich die Strafzettel.

Kaum war er fort, begann es zu regnen. Den ganzen Nachmittag über regnete es. Es regnete sich ein, als wolle es gar nicht mehr aufhören, und dazu auf eine herzzerreißende Art und Weise, wie die alte Köchin behauptete.

»Der Himmel weint«, sagte sie.

Ich war froh, dass mein Vater mit dem Audi unterwegs war. So hatte er auf der Autobahn wenigstens ein richtiges Dach über dem Kopf.

In den ersten Tagen verspürte ich keinerlei Heimweh, im Gegenteil. Ich mochte alles hier. Ich mochte die Köchin, die mit schlesischem *Zungenschlag* redete wie einst Oma Ella, ich mochte den bayrischen Dialekt von Isolde und Gerd, ich mochte die Brezeln, ich mochte das Zimmermädchen, das die Kissen so säuberlich drapierte, und vor allem mochte ich Thekla und Moni. Weil so viele Zimmer frei waren, durften wir darin »Hotel« spielen.

Erst als der Anruf kam, dass mein Aufenthalt sich über die ganzen Herbstferien erstrecken würde, wurde ich misstrauisch. Aus irgendeinem Grund sollte ich länger bleiben. Mein Herz schlug laut, als Isolde mir die Nachricht überbrachte. Es gab nur eine Erklärung. Meine Eltern hatten in meiner Abwesenheit entschieden, sich zu trennen.

Um mich aufzuheitern, kam Thekla auf die Idee, dass wir Handstand oder Kopfstand üben könnten. Davor, senkrecht auf meinen Fingern zu balancieren, fürchtete ich mich, aber Kopfstand gefiel mir. Ich hätte stundenlang auf dem Kopf stehen können, nur dass das Blut dorthin floss, und nach einer Zeit wurde mir schwindelig.

Weil ich abends nicht einschlafen konnte, begann ich in dem Buch von Tante Lu zu lesen, das ich heimlich mitgenommen hatte. Abends, wenn Thekla und Moni schon schliefen, las ich mit Taschenlampe unter der Decke. Die Geschichte von den verstrahlten Schewenborn-Kindern war so gruselig, dass ich nächtelang wach lag. Aber immerhin ließ sie mich meine Eltern vergessen.

Schließlich nahm die dünne Isolde das Buch an sich.

»Des is nix für di«, erklärte sie sanft. »Musst a bisl älta wär'n, gell?«

Einmal hörte ich abends, als ich wieder einmal wach lag, zufällig ein Gespräch zwischen Gerd und meiner Mutter am Telefon mit. Der nette Gerd sprach mit leiser Stimme.

Etwas in seinem Ton war angestrengt. Falsch, durchzuckte es mich.

»Dankschö'. Dank da so sehr. Du kriegst's as z'rück. Doppelt und drrreifach kriegst's as. I verspreech's.«

Lange noch lag ich wach und überlegte. Inzwischen war ich sicher, dass Tante Lu meine Mutter hatte überreden können. Wenn ich zurückkäme, würden wir von

Obach fort nach Ludwigshafen umziehen. Ich suchte nach einem Gefühl zu dieser Aussicht, fand aber keines, so unvorstellbar schien sie mir.

Bei meiner Rückkehr atmete ich auf. Die Zeichen standen nicht auf Trennung. Im Gegenteil.

Meine Eltern hatten meine Abwesenheit genutzt, um den Umzug vorzubereiten. Als ich zurückkam, waren bereits alle Sachen aus dem alten Haus in Kisten gepackt. Neue Möbel wurden ins neue Haus geliefert. Im Wohnzimmer stand bereits eine riesige Schrankwand aus Kirschholz. In der unteren Etage, in der alle Kinder im Ort ein Schwimmbad vermuteten, hatte meine Mutter Oma Ella eine Wohnung eingerichtet.

Das neue Haus sah mit dem roten Dach und den schweren, gedrechselten hellen Holzbalkonen und den Geranien davor aus wie eines der Häuser, die in Bayern standen.

»Ein Landhaus«, sagte mein Vater stolz.

Am letzten Abend im alten Haus saßen wir in der Küche zusammen.

Meine Mutter räusperte sich. Sie sah ernst aus.

»Ela, wir müssen dir noch etwas sagen.«

»Ja?«

»Papa hat einen Autounfall gehabt. Auf dem Rückweg.«

Stille breitete sich in mir aus. Eine große, feste, bleischwere Stille, die meinen ganzen Kopf auszufüllen schien.

»Der Wagen hat sich überschlagen. Mitten auf der Autobahn. Zweimal.«

»Warum habt ihr mir nichts gesagt?«, war das Einzige, was ich hervorbrachte.

»Wir wollten dir die Ferien nicht verderben.« Meine Mutter strich mein Haar entlang. »Wir wollten nicht, dass du dir Sorgen machst.«

Es dauerte einen Moment, bis ich verstand. Wenn mein Vater, wie ursprünglich geplant, mit dem Cabriolet nach Garmisch-Partenkirchen gefahren wäre, also mit einem Wagen ohne Verdeck, hätte er den Unfall nicht überlebt.

Mein Vater sah betreten aus.

»Mir ist nichts passiert.« Er streckte seine Hände vor sich aus und betrachtete sie, wie misstrauisch. »Nicht den kleinsten Kratzer habe ich.«

Er lehnte sich über den Tisch, um meiner Mutter einen Kuss auf die Wange zu geben.

»Du hast mir das Leben gerettet«, sagte er.

Ich suchte den Blick meiner Mutter, aber es gelang mir nicht, ihn einzufangen, denn sie war schon wieder aufgesprungen und damit beschäftigt, Abendessen zu kochen und meiner Schwester hinterherzulaufen. Nicht einmal da, für den Schock, dass sie fast ihren Mann verloren hatte, zu verarbeiten, blieb ihr Zeit.

Oder war sie gar nicht schockiert, fragte ich mich plötzlich.

Vielleicht war das, was ich in ihrem Gesicht sah oder vielmehr nicht sah, gar kein Schock. Vielleicht war es so etwas wie eine leise Hoffnung. Dass er sie zufriedenließ, endlich.

EIN BILD, DAS MEINE MUTTER HÄUFIG verwendet, ist das des Phönix aus der Asche.

Was wäre gewesen, wenn meine Mutter es geschafft hätte abzunehmen? Hätten meine Eltern dann ein ganz und gar anderes Leben geführt? Oder *dasselbe in Grün*, nur mit ihr als einer schlankeren Ehefrau?

Der Phönix wird beschrieben als ein Vogel, so groß wie ein Adler, mit goldglänzendem Federkleid, einem purpurnen Ring um den Hals und rosa-blauen Schwanzfedern. Wohin wäre sie, Phönix im Geiste, geflogen? Mit weniger Gewicht?

Ein Phönix bewohnt die Luft, nicht die Erde. Als Kind habe ich das Bild immer mit dem Tod assoziiert. Bevor er emporsteigen kann, muss der Phönix nämlich gestorben sein.

Wie verzweifelt meine Mutter gewesen sein muss, kann ich nicht ermessen. Ich weiß nur, dass die Möglichkeit ihres Todes ab einem bestimmten Zeitpunkt meiner Kindheit wie leichter, geruchsfreier Rauch über den Dingen schwebte.

Ein Bild meines Vaters für das selbst gebaute Haus war »der goldene Käfig«. Auch er fühlte sich eingesperrt, wie ein Vogel. Wenn es in dieser Geschichte aber nur Rollen für zwei Vögel gab, wer war dann der Vogelfänger? War das mein Part? War ich die Hüterin dieses ehelichen Käfigs? Really though?

VIER

1986: »Internationales Jahr des Friedens«
Vogel des Jahres: die Saatkrähe

I

»Ja, nur eine Frau kann sich im Haus so wohl fühlen, kann vollständig mit ihm verwachsen sein.«

Marguerite Duras

Ende Januar wirkte unser Haus noch immer so leer wie nach dem Einzug. Meine Mutter habe kein Geschick darin, die Räume gemütlich einzurichten, klagte mein Vater. Und es stimmte. Jede Art von übermäßiger Inneneinrichtung war ihr suspekt. »Ich mag es sparsam«, sagte sie immer. Nur ein Mobile mit schlichten weißen Tontauben hängte sie an die wuchtige Kiefernholzdecke, an die Fenster stellte sie einige dezente Zimmerpflanzen. Für Setzkästen, Makramee-Hexen oder Wettermännchen *fehlte ihr der Sinn.*

Das Haus wirkte seltsam leer, doch es lag nicht allein an der reduzierten Einrichtung, dass meine Mutter sich in den Räumen so vorsichtig bewegte, als wäre sie lediglich zu Gast. Hier, im neuen Haus, hatte ihr Körper mit einem Mal eine noch größere Sichtbarkeit gewonnen. Auch wir anderen liefen linkisch und unsicher durch die hallenden weitläufigen Zimmer, wie eingeschüchtert von so viel Raum, in dem gleichzeitig so viel fehlte. Pepper fehlte, Martha-Oma und Ludwig-Opa auch.

Zum Leidwesen meiner Mutter stellte sich heraus, dass das Haus völlig ungeeignet war für ein Kleinkind.

Sie bestand darauf, dass überall Schutzgitter angebracht wurden, vor der Treppe nach oben und auch vor der, die ins Untergeschoss führte, wohin meine Mutter mehrmals am Tag ging, um Oma Ella zu versorgen.

Das Haus lag *im Grünen*, am Waldrand, es stand allein, ohne Nachbarn. Vor Oma Ellas Erdgeschoss Zimmer gab es eine Rasenfläche, auf der man Federball würde spielen können.

Im Moment war alles noch mit einer dünnen eisigen Kristallschicht bedeckt. Wie eine bestickte Decke sah es aus. Für den Garten würde im Frühjahr ein Landschaftsarchitekt kommen müssen.

Hinter dem Haus lag ein Hang, der zu einer kleinen Waldlichtung hinaufführte. Rechts gab es einen zweistöckigen Balkon. Auf dem unteren, den man über das Schlafzimmer meiner Eltern erreichte, würden wir eine Garnitur an Gartenmöbeln aufbauen und an warmen Tagen Mittag essen. Auf dem oberen sollte der Grill stehen. Neben der Wohnung im Erdgeschoss gab es noch einen überdachten Platz für die Hollywoodschaukeln. Auch eine Loggia hatte der Architekt eingeplant.

Mein Vater benahm sich seit dem Unfall so behutsam gegenüber *seiner Lebensretterin*, dass meine Mutter es sogar wagte, ihr FdH-Programm zu unterbrechen. Die neue Diät, die Tante Lu ihr empfohlen hatte, hieß »Trennkost« und sah vor, dass man das Essen in Gruppen sortierte: Fett, Eiweiß, Kohlenhydrate. Man durfte von allem essen, so viel man wollte, nur nie Eiweiß und Kohlenhydrate zusammen. Also Hühnchen mit Salat, aber kein Hühnchen mit Kartoffeln. »Es ist wichtig, genau das zu essen, worauf man auch wirklich Lust hat«, hatte Lu gesagt. Meine Mutter war sehr angetan von diesem Konzept.

Eine Weile lang versuchte sie, mit uns anderen am Tisch mitzuessen, nur, dass sie eben die Nahrungsmittel in Eiweiß und Kohlenhydrate unterteilte. Mein Vater sagte zwar kein Wort, aber er starrte so entsetzt auf ihren Teller, auf dem sich hochkalorische Sachen wie Fleisch mit Soße befanden, dass sie die gemeinsamen Mahlzeiten bald wieder sein ließ.

So nachdenklich und *handzahm*, wie er durch das Haus schlich, erinnerte mich mein Vater an einen Tiger, dem man die Krallen gestutzt und die Reißzähne stumpf geschliffen hatte. Es war, als wären mit der Wut und dem Zorn auch zugleich alle anderen Gefühle in ihm erloschen. Richtige Freude angesichts seines verwirklichten Traums – des ersehnten Eigenheims – wollte nicht aufkommen.

Wenn er aus dem Büro kam, setzte er sich meist in den Wintergarten und starrte hinaus auf die weite Landschaft. Meistens ließ er dazu Musik laufen, besonders *Midnight Lady* und *In the Army now* hatten es ihm angetan. Ich konnte jede Zeile mitsingen, obwohl ich kein Wort verstand. Wenn ich ihn so da sitzen sah, wurde mir mulmig zumute. Würde er für immer so traurig bleiben?

»Wie schnell alles vorbei sein kann«, sagte er einmal unvermittelt, als er merkte, dass ich ihn musterte und unsere Blicke sich trafen. Dieser Satz verfolgte mich tagelang.

»Ein klarer Fall von Midlife-Crisis«, diagnostizierte Tante Lu, als meine Mutter ihr von seinem Verhalten erzählte.

Der Unfall setzte ihm jedenfalls schwer zu. Er konnte

es sich nicht verzeihen, derart fahrlässig gehandelt zu haben. Wie konnte er, der geübte Fahrer und halbe Ingenieur, die mangelnde Bodenhaftung, die durch die Fliehkräfte der überhöhten Geschwindigkeit und den nassen Untergrund entstanden waren, unterschätzen?

Der Audi hatte einen Totalschaden. Die Versicherung würde nicht dafür aufkommen, denn mein Vater war mindestens 40 km/h zu schnell gewesen. Dennoch entschied er, den Wagen auf eigene Kosten in einer Werkstatt »untersuchen« zu lassen.

Meine Mutter versuchte, ihn davon abzubringen. Sie fand, dass es aus dem Fenster geworfenes Geld sei. Aber er konnte und wollte nicht hinnehmen, dass ihm einfach leichtfertig die Schuld zugeschoben wurde.

»Aquaplaning«, rätselte mein Vater. »Wer's glaubt. Da war doch werksmäßig was nicht in Ordnung. Ich vermute, die Bremsen.«

Klar war, dass ein neues Auto hermusste, ein sicherer Familienwagen. Aber es sollte schon auch etwas *Repräsentatives* sein. Mein Vater entschied sich für einen schwarzen Mercedes. Es war das mit Abstand luxuriöseste Auto, das er je besessen hatte. Und zugleich das unheimlichste. Es sah aus wie der Wagen eines Bestattungsinstituts.

»Wie gesagt. Er hat seine existenzialistische Phase«, erklärte Tante Lu.

Das Cabriolet überließ er einem Kollegen. Für einen *Freundschaftspreis*. Meine Mutter weinte fast vor Wut. »Ich dachte, du könntest auch wieder einmal eine Rechnung übernehmen«, wagte sie sich vor, aber wie es schien, fand mein Vater solch profane Dinge nebensächlich.

Zu seiner Melancholie passten auch die Unmengen Bücher, die er mir von seinen Reisen, etwa aus der Tschechoslowakei, mitbrachte. Sie waren aus dünnem, leicht eierschalenfarbenem Papier, hatten düstere Cover und rochen nach Chemie. Zwar waren sie auf Deutsch verfasst, die Namen der Autoren aber klangen tschechoslowakisch. »Sudetendeutsch«, korrigierte meine Mutter, was ähnlich kompliziert zu sein schien wie »schlesiendeutsch«.

Seine vielen Fahrten für die Firma absolvierte mein Vater scheinbar ohne Probleme, aber die Gefahren auf der Autobahn waren ein ständiges Thema. Oft sprach er davon, dass nur die Anschnallpflicht ihm das Leben gerettet habe. »Wenn ich nicht angeschnallt gewesen wäre«, sagte er und machte eine Kunstpause. »Stellt euch nur vor.« Wehe, meine Mutter und ich legten nicht bereits in der Garage den Sicherheitsgurt um.

Auch ein anderes Ereignis machte ihm sichtlich zu schaffen. Wie so viele andere Männer im Dorf war er fassungslos über die Bilder der verglühenden *Challenger*, die Ende Januar nach einem Bilderbuch-Start über dem Atlantik explodiert war. Wieder und wieder rekapitulierte er das Protokoll der Ereignisse. Der Tod der sieben Besatzungsmitglieder verfolgte ihn bis in den Schlaf.

In meinem Jugendzimmer war alles, ausnahmslos alles, aus hellem Kiefernholz gefertigt: das Bett, der Schreibtisch, der Kleiderschrank, die Regale. Mein Vater hatte die Möbel für mich ausgesucht, und in den ersten Wochen wurde mir immer wieder schwindelig von dem säuerlichen und zugleich seifigen Geruch, den sie ausdünsteten. Es roch, als wäre alles mit einer zerdrückten Zwiebel eingerieben und dann mit Reinigungsmittel poliert worden, um den Geruch zu übertünchen.

Als ich an einem Morgen das Rollo meines Fensters öffnete, das nach hinten auf den kleinen Hügel vor der Waldlichtung zeigte, sprang ich zurück. Auf der zugefrorenen Wiese, hinter dem Haus, stand Jessy. Sie trug eine dicke türkisfarbene Daunenjacke und Jeans, zu ihren Füßen eine Reisetasche.

Ich öffnete das Fenster. Sofort trat sie näher heran und hob wie flehentlich die aneinandergepressten Hände.

»Kann ich reinkommen?«

Ich zögerte nur kurz. Dann signalisierte ich ihr, um das Haus herumzugehen, damit ich sie zur Eingangstür hereinlassen konnte.

Als ich die Treppe hinunterlief, hörte ich aus dem Keller ein lautes Fluchen. Ich nahm an, dass mein Vater wie jeden Samstagmorgen auf der Sonnenbank lag. »Verdammt«, hörte ich seine Stimme. Wahrscheinlich hatte er sich wieder den Kopf an der Scheibe gestoßen.

Als ich die Haustür öffnete, kam Jessy sofort herein und begann sich umzuschauen.

»Es ist also wirklich so groß wie alle sagen.«

Meine Mutter kam hinzu. Seltsamerweise wirkte sie gar nicht verwundert, Jessy zu sehen.

»Ich habe ihr angeboten, bei uns zu wohnen«, sagte sie, als ich sie fragend anschaute. »Solange die Bopp im Krankenhaus ist.«

»Was?«, entfuhr es mir. Mir war sofort beklommen zumute.

»Sie ist gestürzt.« Jessy leckte sich über die Lippen. »Oberschenkelhalsbruch.«

Ich sah an ihr herab. Von ihren Moonboots tropfte geschmolzener Schnee. Das würde Ärger mit meinem Vater geben. Er jagte jedem Schmutz im Haus hinterher, als würden Flecken, Flusen und Spinnweben ihn persönlich beleidigen.

»Wir haben ja Platz.« Meine Mutter nickte uns aufmunternd zu.

Ich fühlte nichts, außer einer unbestimmten Unruhe.

Jessy fragte, ob sie mal das Gästeklo benutzen dürfe. Ich hätte wetten können, dass sie gar nicht musste, sie war nur neugierig und wollte unbedingt die schwarzen Armaturen sehen.

Meine Mutter und ich blieben im Flur. Niemand sagte etwas, bis plötzlich mein Vater zu uns trat.

»O Gott«, sagte meine Mutter. »Was ist passiert?«

Er war tiefrot im Gesicht, bis auf die Augenhöhlen, die durch die UV-Schutzbrille weiß geblieben waren. Anstelle der Sonnenbank hatte er sich an diesem Morgen vor die viel kräftigere Höhensonne gesetzt, doch er war offenbar zu nahe herangerückt oder hatte es mit der Zeit übertrieben.

»So ein Mist«, jammerte er, während er sich im Wandspiegel betrachtete. »So kann ich am Montag unmöglich ins Büro.«

Verschlafen, zerzaust und hochrot, wie er war, deutete mein Vater auf Jessys Reisetasche und die nassen Schuhe.

»Was ist das?«

Jessy war nach wie vor im Gästeklo, ich war sicher, sie lauschte. Vermutlich hielt sie es für besser, erst einmal die Lage zu sondieren.

Mein Vater sah einigermaßen ratlos drein, nachdem meine Mutter ihm gesagt hatte, dass Jessy bei uns einziehen würde und bereits alles geregelt sei. »Das Jugendamt ist einverstanden.«

Es konnte nur eine Frage von Sekunden sein, bis das

Gewitter losbrach. Meine Mutter hatte ihm tatsächlich vorenthalten, dass sie plante, Jessy bei uns aufzunehmen. Sie hatte einfach entschieden, dass es *für alle das Beste* wäre. Nicht einmal mich hatte sie davon unterrichtet.

»Du fragst mich nicht einmal?«, presste mein Vater hervor.

»Sie hat doch sonst niemanden«, sagte meine Mutter. Sie senkte den Blick wie ein kleines Mädchen, das man beim Klauen erwischt hatte.

»Und wie lange soll sie bleiben?«

»Solange die Bopp im Krankenhaus ist. Und anschließend in Reha.«

»Wie lange, will ich wissen.«

»Bis Ende Oktober vielleicht? Schätzungsweise.«

»Ein halbes Jahr?« Er schüttelte den Kopf.

Ich konnte mich nicht erinnern, ihn jemals so fassungslos gesehen zu haben.

»Sie kommt sonst in ein Heim«, verteidigte sich meine Mutter. »Und außerdem bekommen wir Geld dafür. Als ihre Pflegefamilie.«

»Als ob wir das bräuchten.« Mit einem Mal schien sein *Weltschmerz* verschwunden, hochrot und erbost, wie er war.

»Bitte. Sie ist meine Freundin«, sagte ich rasch und stutzte. War sie meine Freundin? Wollte ich, dass sie blieb? Oder wollte ich es nur, weil meine Mutter es wollte?

Mein Vater holte Luft.

»Also gut. Aber keinen Tag länger«, knurrte er, schon wieder anderweitig beschäftigt. »Wo ist die Après-Creme?«

Während meine Mutter die Creme suchen ging, um

meinen Vater zu verarzten, schaute ich auf Jessy, die aus dem Bad getreten war. Sie sah mich an, fragend, nicht ohne Verunsicherung.

Ich merkte, wie ich mich entspannte. So überrumpelt ich war von der Geschichte, so froh war ich auch, dass sie bei uns einziehen würde. In dieses Geisterhaus.

»Komm. Ich zeig dir dein Zimmer.«

2

Jessys Einzug läutete eine Zeitenwende ein: Das Ende der existenzialistischen Phase meines Vaters war gekommen.

Der Auslöser war nicht allein Jessy, sondern eine Postkarte von seinem alten Freund Gerd. Ich staunte. Er und seine Familie wohnten nicht länger in Bayern. Sie hatten das Hotel verkauft und waren nach Argentinien gezogen, um dort eine Hazienda zu übernehmen, die er zu einem Hotel umbauen wollte. »Um neu anzufangen«, wie Gerd schrieb. Das Geschäft in Garmisch-Partenkirchen hatte sich nicht mehr rentiert.

Meine Mutter wirkte wenig überrascht, als die Postkarte mit den beeindruckenden Wasserfällen eintraf.

»Wusstest du davon?«, fragte mein Vater. »Auch von Argentinien?«

Sie nickte, beiläufig, Argentinien schien sie nicht besonders zu interessieren.

Aber mein Vater war wie elektrisiert. In ihm erwachte die *Abenteuerlust*. Er schloss ein Abonnement für die GEO ab und begann davon zu träumen, endlich »die weite Welt zu sehen«, wie er sagte. »Den OSTBLOCK kenne ich«, zählte er auf. »China auch. Aber der Süden Amerikas …«

Die Vereinigten Staaten und ihr Lebensstil waren ihm immer *höchst suspekt* gewesen mit ihrem ganzen Plastik, den Kaugummis und Schnellrestaurants. Aber Südamerika war etwas ganz anderes. »Kuba, Argentinien, Brasilien. Es muss wunderschön sein«, sagte er. »Umwerfende Landschaft. Pulsierende Städte. Und so lebenslustige Menschen.«

Seine wochenlange Lethargie schlug von jetzt auf gleich in das Gegenteil um: in Energie und Tatendrang. Er war plötzlich besessen von der Idee, sich gesund, fit und jung halten zu müssen, und richtete sich im Keller einen *Fitnessraum* ein. Eine Hantelbank wurde angeschafft, ein Trainingsfahrrad, eine dicke gelbe Gymnastikmatte, eine Klimmzug-Stange und sogar ein Laufband.

Meine Mutter war sprachlos, als sie die Rechnungen sah.

»Der Heizungsmonteur ist noch nicht bezahlt«, sagte sie, aber mein Vater hörte gar nicht zu, er hatte nur seinen *Fitnessraum* im Sinn.

»Du bewegst dich zu wenig«, sagte er. »Deshalb nimmst du nicht ab.«

Meine Mutter erklärte, dass sie weder Zeit noch Kraft für Sport hätte, aber das ließ er nicht gelten. »Alles Ausreden. Sport wird dir guttun.«

Wann immer er in den Keller hinunterlief, trug er seinen teuren Satin-Jogginganzug, wofür Jessy ihn auslachte. »Niemand sieht ihn. Warum takelt er sich so auf?«

Ich musste selbst aufpassen, mich nicht über ihn lustig zu machen. Jessys Lachen war ansteckend, und es war befreiend, meinen Vater nicht ganz so ernst zu nehmen.

Einmal kam ich hinzu, als er meine Mutter überredete, sich auf das Fahrrad zu setzen. Es sah seltsam aus. Der Sitz war viel zu klein und zu hoch für sie, und sie wirkte seltsam gehemmt, als sie zu strampeln begann, als wäre es das erste Mal, dass sie Fahrrad fuhr. Aber es war noch etwas anderes: Hier unten zu trainieren, kam ihr ungehörig vor, weil der Raum mit den Geräten direkt an die Wohnung grenzte, in der Oma Ella stumm und unbeweglich in ihrem Krankenhausbett lag.

»Ach was«, wehrte mein Vater ab, als sie versuchte, ihm das Gefühl zu beschreiben. »Sie kriegt davon doch gar nichts mit. Sie würde nicht wollen, dass du dich ihretwegen zurücknimmst.«

Aber ich verstand, was sie meinte. Wann immer ich zu Oma Ella ans Bett trat, befiel mich eine so große Traurigkeit, dass ich am liebsten sofort wieder kehrtgemacht hätte. Ihre Hände waren weich wie eh und je, meine Mutter achtete darauf, sie jeden Tag einzucremen. Aber die Oma, mit der ich im Himmelstädter Wald Pilze gesammelt und Puzzles gespielt hatte, die ihren Rosengarten versorgt und ihre dicke Nudelsuppe gekocht hatte, existierte nicht mehr. Schrecklich dünn und zerbrechlich war sie geworden. Wie ein Geist erschien sie mir, und neben einem Geist wollte man keine Fitnessübungen machen.

Auch mich wollte mein Vater zum Kellersport animieren, aber ich wehrte mich. Seit Jahresbeginn war ich Mitglied in einem Leichtathletikverein, zusammen mit Evi. Laufen war der einzige Sport, der mir Spaß machte.

Jessy zum Training aufzufordern wagte mein Vater aus irgendeinem Grund nicht. Vielleicht lag es an ihrem Seitenzopf. Oder an den Kaugummis. Sie wirkte wie eine kleine Erwachsene dadurch. Eine sehr kampfbereite dazu.

Noch ein weiteres Betätigungsfeld entdeckte mein Vater für sich. Aus einem Gespräch mit seinem Chef brachte er die Idee mit nach Hause, einen Teil seiner Ersparnisse in Aktien zu investieren.

»Bist du sicher?«, versuchte meine Mutter ihn zu bremsen. »Man kann sich da schlimm verkalkulieren.«

»Nur, wenn man nicht weiß, was man tut«, erklärte er. »Mit Aktien beteiligst du dich an einer Firma. Du wirst Mitbesitzer. Im Grunde.«

»Ich weiß sehr gut, was Aktien sind«, sagte meine Mutter selbstbewusst.

»Ach, wirklich?« Nicht nur mein Vater, auch ich war überrascht. Seit wann interessierte sich meine Mutter für solche Dinge?

»Wie dem auch sei«, sagte er schließlich. »Ich werde mich da mal einarbeiten.«

Abend für Abend saß mein Vater von nun an in seinem Arbeitszimmer und informierte sich mithilfe der VDI-Nachrichten über Kurse, Dividenden und Risiken. Firmen wie AEG, Daimler, Bayer, Siemens, Porsche, Nixdorf, Henkel, Springer, Hugo Boss waren bereits an der Börse, andere wie Coop, Viag, Deutsche Pfandbriefanstalt, DSL Bank und Prakla-Seismos würden nachfolgen, prophezeite er. In ein paar Tagen wollte er seinen Bankberater treffen und *ernst machen.*

Während mein Vater sich in die Welt der Aktien vertiefte, versuchte meine Mutter wieder einmal eine neue Diät. Sie fürchtete wohl, dass sie öfter auf das *Fahrradergometer* gezwungen würde, wenn sie ihr Gewicht nicht in den Griff bekam. Wieder wählte sie eine sogenannte »Farbdiät«. Das eine Mal aß sie nur grüne Sachen. Gurken, Trauben, Kiwis, ein anderes Mal nur blaues Obst und Gemüse wie Heidelbeeren und Pflaumen.

Nichts zeigte die gewünschte Wirkung, sie musste immer weitere Röcke bestellen. Mein Vater taxierte sie tagein, tagaus mit seinen Blicken. Wir alle spürten: Alles steuerte auf ein *Donnerwetter* zu. Ich konnte förmlich sehen, wie meine Mutter im Geiste das Kalenderjahr durchging. Weihnachten samt Weihnachtsfeier lag gerade erst hinter uns, *der Kelch war also bereits an ihr vorübergegangen.* Was die Kirmes anging hatte sie ein für alle Mal klargestellt, dass sie dafür nicht zu haben war, und an einen Sommerurlaub im Süden war so kurz nach dem Hauskauf nicht zu denken. Aber es gab ein Großereignis von besonderer Dimension, das ihr spürbar zu schaffen machte, auch wenn es noch fast ein halbes Jahr entfernt war: der vierzigste Geburtstag meines Vaters, der im August begangen werden sollte. Denn bis dahin, daran ließ er keinen Zweifel, wollte er eine schlanke – oder zumindest: *vorzeigbare* – Frau an seiner Seite sehen.

Der Tagesablauf meiner Mutter war immer gleich. Sie stand auf, putzte sich die Zähne und ging dann hinunter zu Oma Ella, um sie zu windeln, noch bevor wir anderen wach waren. Dann machte sie das Frühstück für uns und stellte es auf den Tisch. Sobald wir gegessen und das Haus verlassen hatten, räumte sie die Küche auf und brachte Oma Ella etwas zu essen nach unten. Anschließend duschte sie kurz, machte die Betten und lüftete im ganzen Haus durch. Dann stellte sie eine Waschmaschine an, säuberte Bad und Dusche. Bei alldem lief meine zweieinhalbjährige Schwester zwischen ihren Füßen herum. Den übrigen Vormittag war sie dann mit Einkaufen und dem Vorbereiten des Mittagessens beschäftigt.

Wenn Jessy und ich nach der vierten Stunde aus der Schule kamen, stand immer eine köstliche Mahlzeit auf dem Tisch. Sobald wir gegessen hatten, räumte meine

Mutter das Geschirr in die Spülmaschine. Dann versuchte sie meine Schwester zu einem Mittagsschlaf zu bewegen, was sich nicht selten ziemlich aufwendig gestaltete. Danach bekam Oma Ella ihr Mittagessen, und anschließend wurde auch ihr Geschirr abgeräumt und gespült. Sobald das geschafft war, machte sie mit uns Schulaufgaben, während sie nebenher Wäsche bügelte. Wenn mein Vater am Abend nach Hause kam, stand das Essen auf dem Tisch, es wurde gegessen und dann abgeräumt, und nachdem sie meine Oma gewindelt und gefüttert und meine Schwester bettfertig gemacht und in den Schlaf gesungen hatte, fiel sie – sofern nichts Unvorhergesehenes geschah, wie dass meine Oma sich übergeben musste, meine Schwester Fieber bekam, die Waschmaschine auslief oder sonst etwas – pünktlich zur *Tagesschau* in ihren Sessel.

»Was machst du eigentlich den ganzen Tag?«, wollte mein Vater wissen, als meine Mutter sich wieder einmal weigerte, nach Feierabend auf das Fahrradergometer zu steigen. Er klang misstrauisch.

»Ich war schon trainieren«, wehrte meine Mutter ab.

Es stimmte, dass sie neuerdings häufiger am Tag die Treppe hinunter in den Fitnessraum verschwand, wenn auch nur für ein paar Minuten. Verschwitzt war sie allerdings nie, was mich leicht misstrauisch machte. Ich wusste ja, wie mein Vater aussah, wenn er trainiert hatte.

Vor dem Einschlafen rief ich leise nach Jessy. Unsere Zimmer lagen nebeneinander, und wir konnten uns durch die Türen sehen und von Bett zu Bett unterhalten.

»Glaubst du wirklich, meine Mutter trainiert, wenn sie in den Keller geht?« Ich sagte es betont beiläufig.

»Was soll sie sonst tun?«, erwiderte Jessy streng. Ich

wusste, dass sie keinerlei Kritik an meiner Mutter duldete. Trotzdem versuchte ich es weiter. »Aber sie ist nie verschwitzt, wenn sie von unten kommt. Was macht sie wohl im Keller?«

Im Untergeschoss befanden sich neben dem Sportraum nur die Wohnung meiner Oma, das Bügelzimmer mit der Waschmaschine, ein Zimmer, in dem die Gartenmöbel gelagert wurden, und ein Trockenraum, in dem im Winter die Wäsche trocknete. Und wo auch der alte Schreibtisch meiner Mutter stand, den sie aber kaum noch nutzte.

Nun schien Jessys Neugier geweckt. »Wir legen uns auf die Lauer«, sagte sie nach kurzem Zögern. »Wir müssen ja nichts verraten.«

Als wir am Mittag aus der Schule kamen, schlich sie meiner Mutter hinterher, als diese, während meine Schwester Mittagsschlaf hielt, im Keller verschwand.

Wenige Minuten später kehrte Jessy mit betont gleichmütigem Gesicht zurück.

»Sie sitzt bei deiner Oma. Und flößt ihr Wasser mit einem Strohhalm ein. Mehr nicht«, sagte Jessy bei unserer Lagebesprechung.

»Sie macht also keinen Sport?«

»Ich glaube nicht.«

Dass sie sich auch zwischendurch mal um meine Oma kümmerte, war kein Geheimnis. Aber warum belog sie dann meinen Vater und behauptete, trainiert zu haben? Ich war unentschieden, was ich davon halten sollte.

Je selbstverständlicher mein Vater mit seinen Aktien hantierte, desto nervöser wurde meine Mutter. Sie hatte sich selbst ebenfalls eingehend beraten lassen, von ihrem Sparkassen-Bankberater, der auch ihr Erbschaftskonto betreute. Dass ihr Mann sich an der Börse betätigte, bereitete ihr sichtlich Sorgen. Offenbar misstraute sie seinen Fähigkeiten.

»Das ist nicht wie Lottospielen«, sagte sie.

»Das sind *meine* Ersparnisse«, verteidigte er sich eingeschnappt.

»Schön«, sagte meine Mutter nur sarkastisch. »Dass du noch über Ersparnisse verfügst.«

»Du kannst mir glauben: Ich weiß, was ich tue. Anders als dein lieber Herr Engel«, sagte er und tippte auf die Titelseite der Lokalzeitung, die vor ihm lag

Meine Mutter starrte auf den Leitartikel. Das Foto zeigte die Firmenzentrale, daneben ein Bild ihres Chefs. Die Überschrift lautete »Aus für Erich-Engel: Nach Sanierungskampf doch vollständig insolvent«.

»Das kann doch nicht sein«, sagte sie langsam. »Es sah doch zuletzt so gut aus.«

In den Wochen zuvor war die Firma immer wieder Thema bei uns gewesen, weil Engel eine Reihe privater Investoren gefunden hatte. Meine Mutter hatte Hoffnung geschöpft, irgendwann wieder ihre alte Stelle übernehmen zu können. »Wenn das Ärgste ausgestanden ist mit Oma Ella«, wie sie sagte. »Bis dahin ist Erich-Engel auch wieder auf den Beinen.« Sie hatte sogar einige Male mit ihrem alten Chef telefoniert.

Sie sah plötzlich furchtbar niedergeschlagen aus. Ihr Kampfgeist aus der Aktien-Diskussion war verschwunden.

»Sei's drum«, sagte sie. »Ich muss Oma Ella windeln.«

Wenige Tage später erklärte meine Mutter, dass sie von nun an wieder einen halben Tag arbeiten gehen würde.

»Mir fällt die Decke auf den Kopf«, sagte sie. »Und die Kleine kommt bald in den Kindergarten. Und bis dahin passt Martha-Oma auf sie auf. Wenn mehr Geld reinkommt, kann das auch nicht schaden.«

Mein Vater hob die Augenbraue.

»Wieso das? Wir haben doch genug.«

»Es ist eine Import/Export-Firma«, sagte meine Mutter, ohne auf seine Bemerkung einzugehen.

»Aha. Und wie heißt die? Und was wird importiert?«

»Kostüme«, sagte sie, ein wenig verschämt.

Wie sich herausstellte, war es eine Firma für Karnevalsartikel. Die zu allem Unglück »Halaudi« hieß. Mein Vater war völlig außer sich.

»Kostüme! Was sahn dann do die Lait?« Er verfiel in seinen Dialekt, was nur noch selten vorkam. »Wie sieht das denn aus, wenn du rote Nasen verkaufst?«

»Ich verkaufe sie nicht, ich organisiere nur den Verkauf.«

»Kommt nicht infrage«, sagte er entschlossen. »Meine Frau verkauft kein Tinnef. Schluss und aus.«

Aber natürlich war die Sache damit nicht erledigt.

3

»Halaudi« und seine roten Nasen wurden von nun an zum Dauerthema. Die Lederwarenfabrik war schlimm genug gewesen, aber ein Unternehmen, das Karnevalszubehör importierte, schien meinen Vater geradezu persönlich zu beleidigen. Dann aber ereignete sich eine viel größere Katastrophe: Tschernobyl.

Plötzlich war das Thema Radioaktivität überall. Durch Regen, Wind und Wolken, so die Prognose, würden die giftigen Partikel auch nach Deutschland getragen werden. Von jetzt auf gleich war es gefährlich, bei Regen draußen zu spielen. Und auch in der Schule mussten wir die Pausen drinnen verbringen.

Mein Vater war zutiefst beunruhigt von den Ereignissen und der *kriminellen Informationspolitik* der UdSSR. Er war regelrecht besessen von den Geschehnissen. Beim Frühstück, beim Abendessen, er kannte kein anderes Thema, und je mehr Einzelheiten *ans Tageslicht kamen*, desto obsessiver wurde er. Es war eben kein technisches Versagen gewesen, wie alle zuerst befürchtet hatten, sondern letztlich der Fehler eines einzigen Mannes, der einen Sicherheitstest durchgeführt hatte. Diese Vorstellung, dass ein einzelner Mensch solches Unheil anrichten konnte, setzte meinem Vater furchtbar zu.

Die möglichen Folgen einer Strahlenkrankheit wurden plastisch in den Zeitungen beschrieben. Das war es, was meine Mutter beschäftigte. Finger, die zu doppelter Größe anschwollen. Babys, die ohne Ohren geboren wurden,

Menschen, die Haare und Zähne verloren. Jessy bekam richtig Panik, auch mir gingen ständig Szenen und Bilder aus meinem *Schewenborn*-Buch durch den Kopf.

»Mysteriös«, sagte mein Vater ständig, ohne den Gedanken weiter auszuformulieren. Seit seinem Unfall erschien ihm sehr vieles »mysteriös«, aber durch Tschernobyl wurde es seine Lieblingsvokabel.

Über die genauen Todeszahlen herrschte Unklarheit. Die vielen Lücken in der Berichterstattung weckten sein Misstrauen. Er war überzeugt, dass auch die Bundesregierung der Bevölkerung das Ausmaß der Katastrophe verschleierte und es viel bedrohlicher war, als die offiziellen Stellen zugaben. Warum sonst wurden derart radikale Maßnahmen ergriffen? Feldfrüchte mussten untergepflügt, verseuchte Milch weggeschüttet, Spielplätze gesperrt werden, Pilze sammeln war plötzlich verboten. Ein Ministerium für Umweltschutz wurde aus dem Boden gestampft, an heimischen Reaktoren Sicherheitsprüfungen durchgeführt.

Zu allem Unglück *fuhr der Kurs an der Börse Achterbahn.* Die Weltwirtschaft reagierte empfindlich auf den *GAU.* An einem Tag standen seine Aktien gut, in der Woche darauf waren sie im Keller. Aus irgendeinem Grund wollte meine Mutter dringend mit Gerd in Argentinien telefonieren. Ganz hektisch wurde sie, und sie musste es viele Male probieren, bis sie ihn endlich erreichte.

Mein Vater war entschlossen, gegen diesen Wahnsinn etwas zu unternehmen.

»Ich werde nicht tatenlos zusehen«, sagte er, »wie sie unsere schöne Erde zerstören.«

Fast täglich stand er mit Tante Lu in Kontakt. Die gleichen Leute, mit denen sie gegen die amerikanische

Raketenstation demonstriert hatte, planten eine Aktion im bayrischen Wackersdorf, wo ein zwielichtiger Reaktor ans Netz sollte. Mein Vater war fest entschlossen, sich ihnen anzuschließen.

»Oder ganz auswandern. Einfach weg.«

Dass so etwas wirklich möglich war, hatte sein Freund schließlich gerade bewiesen. Oder nicht? Meine Mutter tat geheimnisvoll, wirkte aber, nachdem sie Gerd endlich ans Telefon bekommen hatte, deutlich erleichtert.

»Was habt ihr zu bereden?«, erkundigte sich mein Vater misstrauisch.

»Das«, sagte meine Mutter mit einem Lächeln, »ist ein Geheimnis.«

Jessy hatte mit Bettnässen begonnen, und auch ich wurde zwischendurch rückfällig, was zur Folge hatte, dass die Waschmaschine den ganzen Tag lief, mit Laken und Bettbezügen von mir, meiner Schwester, Jessy und Oma Ella. *Tagesschau* durften wir keine mehr mitschauen. Auch den *Stern* mit seinen schrecklichen Bildern ließ meine Mutter in einer Schublade des Schlafzimmers verschwinden. Ich aber wollte alles wissen. Alles.

»Ich will mit«, bettelte ich dann auch, als mein Vater sich auf den Weg machte. Ich liebte Tante Lu, und ich liebte ihre Ludwigshafener Wohnung. »Ich störe euch auch nicht.«

Nach einigem Hin und Her erlaubte mir meine Mutter, meinen Vater zu begleiten. Jessy verzichtete, sie hatte Tante Lu gegenüber noch immer eine unbestimmte Scheu, auch wenn es längst keine blauen Flecken mehr an ihrem Körper zu bezeugen gab.

Schon auf der Hinfahrt bemerkte ich eine gewisse Unsicherheit an meinem Vater. Es hatte bei der Wahl seiner

Kleidung begonnen, den halben Vormittag über hatte er sich nicht entscheiden können und schließlich ein rotes T-Shirt mit einer hellblauen Jeans kombiniert.

Tante Lus Wohnung befand sich im zweiten Stock eines Altbaus in der Ludwigshafener Innenstadt. Als wir durch die Tür traten, war die Luft schwer vor Zigarettenrauch. Etwa zwölf Leute waren zusammengekommen. Manche hatten ein Bier in der Hand, andere aßen ein salziges Gebäck, das »Quiche« hieß.

Tante Lu war enttäuscht, dass meine Mutter nicht auch mitgekommen war. Sie winkte uns heran.

»Wir diskutieren gerade, wie wir zu dem geplanten Konzert in Wackersdorf stehen.«

»Was für ein Konzert?«, fragte mein Vater.

»Ein Protestkonzert. Ein paar große Namen haben schon zugesagt. Aber einigen ist das zu wenig. Sie fordern *zivilen Ungehorsam*. Sitzblockaden.«

Die Diskussion war hitzig. »Ja«, »Nein«, »Aber«, erklang es von allen Seiten. Mir schwirrte der Kopf, und auch mein Vater wirkte ein bisschen befremdet von der Art, wie hier miteinander gesprochen wurde.

»Wer sind all diese Leute?«, fragte er leise.

»Kollegen. Freunde«, sagte Tante Lu.

»Und was sind sie von Beruf?«

»Siegfried ist Gymnasiallehrer. Wolfgang Altenpfleger. Iffy und Klaus kenne ich von der Arbeit. Ursula hat einen Bioladen. Henry ist Liedermacher. Egon ist Studienrat. Und Gewerkschaftler ist er natürlich auch.«

So ging es weiter.

Wortlos zog mein Vater sich mit einer Zigarette und einem Glas Bier auf einen Stuhl am Rande des Wohnzimmers zurück. Ich setzte mich zu seinen Füßen, wo einige der anderen bereits saßen. Andere hockten im Schneidersitz auf der Couch, lehnten am Fensterbrett oder liefen auf und ab.

Für mich war das alles ein Riesendurcheinander, ich verstand kein Wort, die Sätze wehten nur in Fetzen an mir vorüber.

»Ausgerechnet jetzt. So kurz, nachdem Gorbatschow Glasnost aufgerufen hat.«

»Wir brauchen jetzt das Bündnis mit der amerikanischen Linken.«

»Einfache Arbeiter säubern die Dächer und tragen Waldboden ab. Aber wohin mit dem Zeug?«

»Und die Bevölkerung in Prypjat haben sie viel zu spät evakuiert.«

»Nicht mal Jodtabletten gab es.«

»Die IPPNW spricht von hunderttausend Toten.«

»Das ist die Abkürzung für *International Physicians for the Prevention of Nuclear War*«, flüsterte Tante Lu uns zu. *»Internationale Ärzte für die Verhütung des Atomkrieges, Ärzte in sozialer Verantwortung e. V.*«

»Ich kann auch Englisch«, sagte mein Vater harsch. »Aber was für eine Vereinigung ist das? Sind es Physiker? Oder Ärzte?«

Doch die Diskussion war schon weiter.

»Die haben die Bilder des Werksfotografen retuschiert, wusstet ihr das?«

Hier merkte ich, wie mein Vater zum Leben erwachte.

»Ist das wahr? Die Bilder sind gefälscht?«

Die Umstehenden nickten.

»Das ist alles inszeniert.«

Beim Abschied wirkte Tante Lu bedrückt. Die Diskussion war zu keinem brauchbaren Ergebnis gekommen.

»Unsere beiden besten Frauen waren heute nicht dabei«, sagte sie, fast ein wenig verteidigend. »Denen fällt sonst immer etwas ein.«

Sie strich mir über den Kopf.

»Alles wird wieder gut. Hast du gehört?« Dann nickte sie meinem Vater anerkennend zu. »Und danke noch mal.«

»Wofür?«

»Na für die großzügige Spende.«

»Was meinst du?«

»Na eure Spende für die Kinder-Rettungsaktion. Wir versuchen so viele wie möglich zur Behandlung nach Deutschland zu holen.«

»Ah ja«, sagte mein Vater, obwohl ich den Eindruck hatte, dass er nicht verstand, wovon sie sprach. »Das hoffe ich auch.«

Als wir schließlich ins Auto stiegen, wirkten seine hellen Augen fast schwarz. Er schien so neben sich zu stehen, dass er mich nicht einmal wie sonst ermahnte, mich gefälligst anzuschnallen. Ich tat es trotzdem.

»Ein Konzert«, murmelte er schließlich. »Das ist alles, was denen einfällt?« Er schüttelte den Kopf. »Da müssten doch jetzt alle an einen Tisch. Ingenieure, Umweltschützer, Politiker.«

Er konnte seine tiefe Enttäuschung nicht verbergen. Es war keine Rede mehr davon, dass mein Vater sich engagieren wollte. Nicht einmal die GRÜNEN zu wählen, war er länger bereit. Aber ihn schien noch etwas anderes zu ärgern. Und ich hatte eine Vermutung, was.

Als wir zu Hause ankamen, ging er sofort in sein Arbeitszimmer.

»Was ist passiert?«, wollte meine Mutter wissen.

»Ich weiß auch nicht«, sagte ich. »Ich glaube, Papa mochte die Freunde von Tante Lu nicht.«

»Kommst du mal bitte?«, rief er nach ihr. »Ich möchte etwas mit dir besprechen.«

Sie zuckte mit den Achseln, versuchte ein aufmunterndes Lächeln und ging zu ihm. Leise schlich ich hinterher und lehnte mich in Hörweite im Flur an die Wand.

»Du – du kaufst Menschen«, zischte mein Vater. »Bei anderen klappt das vielleicht. Aber mich, mich kaufst du nicht.«

Ich erstarrte. »Menschen kaufen« klang nach einem furchtbaren Verbrechen. Und das machte meine Mutter?

»Du hast meiner Schwester Geld gegeben? Ihr und ihren – GRÜNEN?«

Sie schwieg.

»Alle halten die Hand auf«, schnaubte mein Vater. »Meinst du, ich merke das nicht? Sogar bei Ela versuchst du, dich *lieb Kind zu machen*. Mit deinen Geschenken.«

Ich dachte an meinen Barbie-Campingwagen. Erst letzte Woche hatte ich ihn bekommen, einfach so, *außer der Reihe*, ohne Geburtstag zu haben. Ich schlich näher zu ihnen heran und spähte in den Raum. Meine Mutter schaute schuldbewusst zu Boden, mein Vater aber wurde immer lauter.

»Dieses ganze Plastik überall«, schimpfte er. »Deine blöden Kostüme!«

Meine Mutter hatte einen Sack mit Musterstücken aus der neuen Firma mitgebracht, damit Jessy und ich Verkleiden spielen konnten. Meine Schwester hatte sich ein Libellenkostüm herausgesucht und weigerte sich, mit dem Stolz einer Dreijährigen, auch nur jemals wieder irgendetwas anderes anzuziehen. Seitdem trug sie täglich ihre Fliegenbrille und die Libellenflügel.

Mein Vater sah meine Mutter streng an.

»Du wirfst unser Geld zum Fenster raus.«

Jetzt hatte sie genug. »*Ich* werfe *unser* Geld raus?«, rief sie, und ihre Stimme überschlug sich fast. »Weißt du eigentlich, was uns *dein* Lebensstil kostet?«

Für einen Moment zögerte mein Vater, ging dann aber sofort zum Angriff über.

»Dem Vorarbeiter hast du auch Geld geliehen. Stimmt's?«

Meine Mutter biss sich auf die Lippen. Ertappt wie ein kleines Kind sah sie aus.

»Und wieso, bitte schön? Was ist das zwischen ihm und dir?«, zischte mein Vater.

»Was meinst du?« Jetzt musste sie grinsen. »Sag bloß, du bist eifersüchtig?«

Statt einer Antwort setzte mein Vater zu einer langen Predigt an. Darin ging es um die vielen Barbies, die meine Mutter mir kaufte, und das andere *Plastikzeugs*, das ihre Firma aus China importierte, was ja irgendwie mit Russland, aber auch mit Amerika und den dicken Menschen dort zusammenhing, die immer nur *konsumierten und konsumierten*, während in der UdSSR Mangel herrschte, was dann wiederum zwangsläufig zum Fehler des unschuldigen Arbeiters geführt hatte. Dem *kleinen Rad im Getriebe*. Seine neu gekauften Aktien wollte er auch am liebsten auf einen Schlag verkaufen, denn sie waren nur noch die Hälfte wert. Und sowieso hätten die großen Unternehmen, vor allem die »Energieriesen«, alle *Dreck am Stecken*, behauptete er.

»Argentinien«, schloss er. »Wenn es mir hier zu bunt wird, geh ich nach Argentinien.«

Ich hatte genug. Mit einem flauen Gefühl im Magen schlich ich in mein Zimmer. Nach dem Schlafengehen lag ich lange wach. Meine Gedanken wollten nicht zur Ruhe kommen. Ich verstand nicht, wieso meine Mutter, die Plastiksachen und andere dicke Menschen oder ihr Halaudi schuld an Tschernobyl sein sollten. Und auch nicht, warum mein Vater plötzlich nach Argentinien wollte. Vor allem aber verwirrte mich eine Sache: Verschenkte meine Mutter wirklich ihr Geld? Niemand war so verrückt, oder doch? Einfach sein Geld zu verschenken?

Das ganze 20. Jahrhundert hindurch wird aus den USA ein Paradox importiert. Man entdeckt die Frau als eine Verbraucherin, die immer neue Produkte kaufen, in Hinblick auf ihren eigenen Körper aber Verzicht üben soll. Die diätischen Wunderpillen dieser Zeit enthielten nicht selten Arsen oder Strychnin. Sogar Jesus ist in der Diätindustrie der 60er-Jahre an Bord. »I prayed myself slim« heißt es in Anzeigen. »More Jesus, less me.« In den 60er-Jahren ist Twiggy das Idol.

In diesen ohnehin schon gefährlichen Cocktail hat mein Vater seine *German Angst* hineingemischt. Seine unentwegte Sorge, negativ aufzufallen. Seinen paradoxen Versuch, zugleich normal und besonders zu sein.

4

Wenige Wochen später erwachte meine Mutter mit starken Schmerzen in den Gliedern. Sie schaffte es kaum, aus dem Bett aufzustehen.

»Wo tut es weh?«, fragte mein Vater halb skeptisch, halb besorgt.

»Ich weiß nicht. Überall. In den Armen. Den Beinen.«

»Mysteriös«, diagnostizierte mein Vater. »Ob das nicht schon ein Zeichen ist.«

»Was meinst du?« Meine Mutter sah ihn an.

»Na, ob das nicht von der Radioaktivität kommt.«

Meine Mutter verdrehte die Augen.

»Unsinn. So schnell doch nicht.«

Ich hatte sofort die schrecklichen Bilder der Strahlenopfer vor Augen. Auch Jessy reagierte panisch. Wenn meine Mutter krank würde, wäre sie die längste Zeit unser Pflegekind gewesen. Für einen kurzen Moment, schien es, als würde plötzlich etwas sichtbar, was die ganze Zeit unsichtbar gewesen war. Der gesamte Haushalt, vom Frühstück meiner Schwester bis zum Abendessen meiner Oma, funktionierte nur, wenn meine Mutter funktionierte.

»Macht euch keine Sorgen«, sagte sie, aber natürlich sorgte ich mich. Nie hatte ich meine Mutter auch nur einen Tag lang krank erlebt. Wir anderen lagen häufiger mit Grippe oder Angina im Bett. Nicht so meine Mutter. Nie. Das machte die Sache umso bedrohlicher.

Erst ging sie weiter zur Arbeit, unbeirrt.

»Das vergeht sicher wieder von alleine«, sagte sie. Aber sie täuschte sich.

Der Hausarzt stellte Entzündungswerte in ihrem Blut fest und überwies sie an einen Internisten weiter. Vorerst sollte sie Schmerzmittel einnehmen. Die aber halfen nicht.

»Mach dir keine Sorgen«, sagte sie immer, wenn ich sie fragte, ob es endlich besser würde. Sie versuchte zu lächeln und sich nicht anmerken zu lassen, wie sehr es schmerzte bei jeder Bewegung. Sie wollte nicht, dass ich mich sorgte. Vor allem aber wollte sie meinen Vater beruhigen.

Die Untersuchung, auf die sie *eine gefühlte Ewigkeit* warten musste, führte leider zu keinem Ergebnis.

»Es ist sehr wahrscheinlich nichts Schlimmes«, sagte sie, als sie zurückkam. Sie wirkte verunsichert. Und bedrückt.

»Was heißt ›wahrscheinlich‹?«, fragte mein Vater in dramatischem Ton. »Konnte der Mann nichts Genaueres sagen?«

»Es muss noch ein CT gemacht werden«, sagte sie. »Vorher ist alles Spekulation, meinte der Arzt.«

Ich zuckte zusammen. Was ein CT war, hatte mein Vater uns erklärt. Anders als beim Röntgen konnte man damit auch »Weichteile« erkennen. Das Wort gruselte mich. Ich fand, es klang nach den Miesmuscheln, die mein Vater sich manchmal zu Festtagen wünschte.

Er war ernsthaft beunruhigt.

»Man hat doch keine Schmerzen am ganzen Körper«, murmelte er. »Einfach so. Kommt das vom Übergewicht?«

Die Augen meiner Mutter blitzten auf. »Das eine hat

doch nichts mit dem anderen zu tun! Ich finde das unmöglich von dir, das in einen Topf zu werfen.«

»Als ob das nicht naheliegend wäre, dafür muss man kein Facharzt sein. Außerdem hast du dich nie anständig untersuchen lassen.«

»Natürlich hab ich das.«

»Ach ja?«

»Kein Diabetes, kein Cholesterin«, zählte meine Mutter auf. »Das ist alles überprüft worden. In der Kur.«

»Das ist über drei Jahre her.« Mein Vater sah sie an wie ein Kriminalist. »Es muss doch eine Ursache geben.«

»Du hast Angst um meine Gesundheit? Ist das deine Art, mir das zu zeigen?« Sie streifte ihre Schürze von sich. »Wünsch mir mal lieber, dass es nichts Schlimmes ist, anstatt mich nur wieder mit Vorwürfen zu überziehen.«

»Ist ja schon gut«, sagte mein Vater. »Lass uns in Ruhe zu Abend essen.«

Das CT brachte *Entwarnung,* es konnten keinerlei Auffälligkeiten festgestellt werden. Am Wochenende nach der Befundbesprechung war die Stimmung dennoch seltsam gespannt, denn kein schlimmes Ergebnis bedeutete auch: Keine Erklärung für die Schmerzen meiner Mutter. Und das rief den Ehrgeiz meines Vaters auf den Plan.

Meine Schwester machte einen Mittagsschlaf, Jessy nahm gerade ein Bad, sie hatte sich eine Blasenentzündung geholt durch das viele nächtliche Bettnässen, wir waren also zu dritt im Wohnzimmer. »Unter uns«, wie mein Vater das nannte. Und das bedeutete, dass es gleich wieder um Themen gehen würde, die Jessy nicht mitbekommen sollte. Er achtete sehr genau darauf, dass unser Pflegekind keinen Einblick in seine *Eheprobleme* erhielt.

Meine Mutter saß in einem Sessel, ihr unvermeidliches Kissen vor dem Bauch, und las. Ich hatte mich auf dem Sofa hinter einem *Mickey-Mouse*-Heft verschanzt. Am liebsten wäre ich in mein Zimmer gegangen, aber ich wollte meine Mutter ungern mit ihm alleine lassen.

Mein Vater hatte seine Plattensammlung sortiert und war dann zu dem Korb mit den Zeitungen und Magazinen gegangen. Wie zufällig zog er eine ältere *GEO* hervor. Mit ausgestrecktem Zeigefinger tippte er auf die Titelgeschichte. »Falsche Ernährung« stand darauf.

»Ich weiß, was du hast.«

»Bitte was?«

»*Fettsucht*. Medizinisch korrekt heißt das ›Adipositas‹.« Meine Mutter zuckte zusammen bei dem Wort.

»Hier steht«, las er vor, »durch Übergewicht steigen die Risiken für Schlaganfall, Herzkrankheiten, Kreislauf-Erkrankungen, Fettleber, Gelenk- und Rückenprobleme, Gicht, Nierensteine. Das kann Ursache sein für starke Schmerzen. Und für Krebs«.

Ich ließ mich tiefer in das Sofa sinken. Am liebsten wäre ich ganz darin verschwunden. »Ich dachte Mama hat diese ›rückkehrende Gewichtszunahme‹«, sagte ich leise.

»Du liebe Güte!«, rief meine Mutter. »Jetzt hör doch mal auf, du erschreckst Ela ja zu Tode. Ich bin gesund.«

»Ach ja? Und warum hast du dann diese Schmerzen? Wenn selbst das CT keinen Hinweis auf eine andere Erkrankung bringt, kann es doch nur an der Adipositas liegen. Schau dich doch an!«

Vorsichtig hob ich den Blick. Es stimmte. Meine Mutter war dick. Dick wie nie zuvor. Hatte sie tatsächlich diese Krankheit? Diese Adipositas?

»Hier steht«, mein Vater tippte wieder mit dem Finger auf den Artikel, »dass Menschen mit Adipositas eine *genetische Disposition* haben zur Fettleibigkeit. Und dass sie besonders darauf achten müssen, was sie essen, mehr noch als Menschen mit normalem Stoffwechsel. Und vor allem: Sport treiben. Wenn sie nicht komplett aus dem Leim gehen wollen. Wann bist du das letzte Mal auf dem Fahrradergometer gewesen? Ich kann mich nicht daran erinnern. Du hast einen top ausgestatteten Fitnessraum im eigenen Haus, aber das scheint dich nicht besonders zu interessieren.«

»Wie redest du mit mir?«

Ich spürte, dass meine Mutter nur noch mit Mühe die Fassung bewahrte. Ihre Stimme zitterte.

Mein Vater machte eine wegwerfende Bewegung.

»Bei dir ist Hopfen und Malz verloren. Aber viel wichtiger ist: Adipositas gilt als erblich«, sagte er mit Grabesmiene. »Wenn du es hast, dann kriegt Ela es auch.«

Erschrocken sah ich ihn an. Was sollte das heißen?

»Aber das ... das ist doch Unsinn.« Meine Mutter hatte rote Flecken am Hals bekommen. »Schau sie dir doch an, sie ist gertenschlank.«

Mein Vater deutete auf meinen Comic. »Wenn sie immer nur rumsitzt und in diesen Dingern blättert, ist das nur eine Frage der Zeit.« Er sah meine Mutter mit einer Mischung aus Wut und Enttäuschung an. »Bei dir habe ich ja die Hoffnung aufgegeben. Aber bei Ela wird nun vorgesorgt. Ab jetzt wird weniger gelesen und mehr Sport gemacht.«

Als er das sagte, schossen meiner Mutter die Tränen in

die Augen. »Lass Ela da raus«, sagte sie leise. »Ich will es ja wieder versuchen. Mit den Diäten und auch mit Sport. Aber erst müssen diese Schmerzen weggehen.«

»Bitte. Wie du meinst.« Er erhob sich. »Die Hoffnung stirbt ja bekanntlich zuletzt.«

Später am Tag, als meine Mutter und ich im Wohnzimmer waren, sie bügelte und ich fernsah, kam mein Vater herein, in der Hand ein Blatt Papier.

Als hätte es nie ein anderes Thema gegeben, sagte er: »Die Untersuchungsergebnisse sind übrigens da.«

»Was meinst du?«, fragte meine Mutter.

»Na aus der Werkstatt. Vom *Audi*.« Er sah sie über den Brillenrand hinweg an. »Keine Fremdeinwirkung, heißt es. Aber einen riesig großen Kaugummi haben sie im Auspuff gefunden. Und das soll keine Fremdeinwirkung sein?«

Ich hielt die Luft an. Jessy kaute ständig Kaugummi! Ich hatte plötzlich fürchterliche Angst, dass mein Vater sie beschuldigen könnte.

»Bestimmt nur ein Kinderstreich«, sagte meine Mutter. »Und einem Qualitätswagen kann doch kein Kaugummi etwas anhaben.«

»Hast du dir einmal Gedanken darüber gemacht, was passiert, wenn die Bopp stirbt?«, fragte er unvermittelt.

Meine Mutter verschränkte die Arme.

»Du hast nicht vor, sie ganz zu uns zu holen?«

»Aber – sie hat sonst niemanden.« Ihre Stimme war leise, aber bestimmt.

»Vielleicht ist sie der Grund für deine Beschwerden?« sagte mein Vater mit einem Mal.

»Was meinst du?«

»Vielleicht ist das alles zu viel. Deine Mutter. Zwei Kinder. Und dann noch eine Fremde im Haus.«

»Das ist doch Unsinn«, murmelte meine Mutter.

Er schaute sie an, als wollte er etwas entgegnen, beließ es dann aber dabei. »Wenn du meinst. Ich geh noch auf ein Match. Du musst nicht mit dem Essen warten.«

Ich wollte gerade zurück nach oben in unsere Zimmer gehen, als ich sah, dass Jessy in der Wohnzimmertür stand. Ich sog die Luft ein und trat auf sie zu, doch war sie bereits zur Tür hinaus davongestürmt.

Ich fand sie auf einem der Felder nicht weit von unserem mintfarbenen Häuschen. Sie stand auf einem Kartoffelacker und stieß mit der Schuhspitze gegen die Erdkrume, die vom Pflügen aufgetürmt war. Wie eine Welle aus Lehm sah es aus.

»Niemals«, brüllte sie, und die Stirnfalten schienen ihr fast aus dem Gesicht zu springen. »Ich lasse nicht zu, dass er mich wegschickt.«

Einen Moment lang ließ ich den Blick weit über die Felder schweifen. War das eine Drohung? Ich versuchte die Panik, die von ihr auf mich übergesprungen war, zu kontrollieren. Ich fühlte, wie eine tiefe Ohnmacht mich *übermannte*. Es gab in unserem Haus eindeutig zu viel Streit. Eindeutig zu viel.

KAUM ETWAS BEWUNDERT MEINE MUTTER so sehr wie friedliche Revolutionen.

Pazifismus beruht auf einem geschmacklichen Urteil, las ich zuletzt, nicht – wie man meinen könnte – auf einem moralischen. Das laute Geschrei und das böse Mundwerk ihrer Schwiegermutter waren meiner Mutter ebenso ästhetisch zuwider wie gewaltbereite Partisanen. Es widersprach ihrem ästhetischen Empfinden.

Kann es sein, dass auch ich mir lange Zeit ZU FEIN WAR, um mich zur Wehr zu setzen? Fight or flight. Ich habe mich fast immer für das Flight entschieden, oder bin unbewusst in ein Freeze verfallen. Ich habe versucht, in die Welt der Kunst zu fliehen. Ausgerechnet.

Ich habe das Schreiben gewählt, weil es die bestmögliche Form ist, das menschliche Herz zu erkunden. Sein und Schein, Lüge und Wahrheit. Nicht aber wie eine Richterin oder eine Therapeutin. Eher wie eine Schiedsrichterin. Auch jetzt, im Schreiben, stehe ich noch immer am Rand des Schlachtfeldes mit Namen Ehe (nur dass es in meinem Fall eher einem Tennisplatz ähnelt …). Mit großen Kinderaugen verfolge ich das Geschehen.

Das ästhetische Urteil ist ein schwebendes. Kein Urteil, das zwischen schuldig oder nicht schuldig, gesund oder krank entscheiden muss. An meinem Schreibtisch kann ich beobachten, abwägen, hin- und herwenden. Die Herzen können flattern, flirren, irren.

Schreiben ist keine Flucht. Es ist ein Zurücktreten. Ein

Innehalten. Schreibend kann ich die Grenze zwischen Flucht und Kampf bewohnen. Ohne zu erfrieren.

5

Im Mai gewann eine junge Steffi Graf erstmals gegen die große Martina Navratilova. Das Tennisfieber in Obach kannte kein Halten mehr. Die Saison hatte wieder begonnen.

Mit ausdruckslosem Gesicht sah meine Mutter meinem Vater hinterher, wenn er gebräunt und gut gelaunt auf seine Vespa stieg, um zum Tennisplatz zu brausen. Der Fitnessraum hatte seine Schuldigkeit getan. Jetzt wurde wieder auf dem Platz trainiert.

Sie selbst litt nach wie vor an ihren unerklärlichen Gliederschmerzen. Die Schmerztabletten, die der Internist ihr verschrieben hatte, nahm sie eine Weile ein, aber sehr widerwillig, weil ihr so übel davon wurde. Dann setzte sie die Mittel ab. Meine Mutter hatte eine grundsätzliche Abneigung gegen Medikamente. Und ein großes Vertrauen in das, was sie »Selbstheilungskräfte« nannte. »Oft braucht ein Körper einfach mal Ruhe und Erholung«, predigte sie gebetsmühlenartig, und: »Macht euch keine Sorgen.« Irgendwann hörten Jessy und ich tatsächlich damit auf. Sie schaffte es, dass wir nicht länger daran dachten.

Es waren nur noch knapp drei Monate bis zum Geburtstag meines Vaters. Die Farbdiät hatte sie aufgegeben, sie aß ganz normal zusammen mit uns am Tisch und auch alles, was sie für uns zubereitete. Mein Vater kommentierte das mit keinem Wort. Fast war es, als hätte er endgültig kapituliert, was meine

Mutter noch viel mehr kränkte als seine ständigen Attacken.

Die Blicke, mit denen andere den Körper meiner Mutter beäugten, waren hemmungsloser geworden. In der Schule, wenn sie mich abholte, aber auch im Dorf. Vielleicht waren sie das auch früher schon gewesen und ich hatte es nur nicht wahrhaben wollen.

Mein Vater ließ es bei der Androhung, mich zu regelmäßigem Sport anzutreiben, bewenden. Nie verlor er auch nur ein weiteres Wort darüber. Aber vielleicht lag das auch daran, dass ich ihn gar nicht in die Verlegenheit brachte, es noch einmal anzusprechen. Ich trainierte zwei Mal die Woche im Leichtathletik-Verein. Und ich liebte es, auf der Aschenbahn meine Runden zu drehen, den heißen Atem in meiner Kehle zu spüren und mein Herz, das laut gegen den Brustkorb schlug. Ich wusste, dass es ihn stolz machte, dass ich zu den Besten in meiner Altersgruppe gehörte.

»Wenn du so weiter machst, wirst du Rheinland-Pfalz-Meisterin«, lobte er mich.

Einmal, als meine Mutter mich abholte, sah sie mich lange an. »Du machst das, weil es dir Spaß macht und nicht wegen Papa, oder? Du weißt, dass du das nicht musst?«

Ich nickte. Sicher wusste ich das. Oder nicht?

An einem Wochenende verbrachte ich den ganzen Nachmittag mit einem Buch auf der Loggia. Es war ein schwüler Abend, die Luft stand, kein Windhauch war zu spüren. Schon der Tag war ungewöhnlich heiß gewesen für die Jahreszeit, und es wollte einfach nicht abkühlen. Irgendwann fielen mir die Augen zu. Als ich erwachte, wusste ich erst nicht, wo ich war. Offenbar war ich beim

Lesen eingeschlafen, und meine Mutter hatte mich einfach schlafen lassen. Nur mit einer dünnen Decke hatte sie mich zugedeckt.

Ich war verschwitzt und durstig, und lief los, um mir in der Küche ein Glas Wasser zu holen. Alles im Haus war still. Jessy schlief im Zimmer nebenan, sie atmete ruhig und tief. Meine blanken Sohlen tasteten Stufe um Stufe die glatte Holztreppe hinunter. Vorsichtig näherte ich mich der Schlafzimmertür. Wie jeden Abend war meine Schwester aus ihrem Kinderbett, das direkt nebenan stand, herübergetapst gekommen und lag nun quer über den beiden Matratzen. Das Babyfon stand auf dem Nachttisch und leuchtete. Der Wecker daneben zeigte Mitternacht. Ansonsten war das Bett leer. Mein Vater, nahm ich an, verbrachte den Abend wieder einmal im *Sportlerheim*. Wo aber war meine Mutter?

Leise lief ich hinüber in die dunkle Küche. Ich nahm mir ein Glas Wasser, dann öffnete ich den Kühlschrank, ich hatte nichts zu Abend gegessen. Ich machte mir ein Brot mit Butter und setzte mich schlaftrunken an den Esstisch, da fiel mir auf, dass unten im Keller irgendwo Licht leuchtete.

Leise tastete ich mich die Stufen hinunter. Die Fliesen waren eiskalt, ich setzte vorsichtig Fuß um Fuß auf, denn die steile Kellertreppe war gefährlich, das hatte meine Mutter Jessy und mir immer wieder *eingebläut*. Unten im Flur sah ich mich um. Die Tür zum Bügelzimmer stand einen kleinen Spalt offen. Mein Herz schlug laut, ich konnte mir nicht helfen, der Keller war mir unheimlich. Trotzdem fasste ich Mut und öffnete die Tür.

Meine Mutter saß an dem alten Schreibtisch, auf dem ansonsten der Wäschekorb mit der Wäsche stand. Sie hielt einen Stift in der Hand und trug etwas in einen kleinen Zettel ein. Ein Lottoschein, durchzuckte es mich. Vor ihr lagen Aktenordner, Papiere. Stapelweise. Unmengen Papiere. Aber nicht nur das.

Sie erstarrte, als sie mich in der Tür stehen sah, und da sah ich es. Dick wölbte sich ihre Wange hervor, in der Hand vor sich hielt sie eine halb aufgegessene Zuckerbrezel. Am Rand des Tisches, sah ich jetzt, lag eine Auswahl mit Gebäckstücken, die aus aufgerissenen Papiertüten hervorsahen.

Ohne ein Wort zu sagen, drehte ich mich um und lief die Kellertreppen nach oben. »Ela! Warte», hörte ich meine Mutter hinter mir rufen, aber ich wollte nur weg. Mechanisch setzte ich einen Fuß vor den anderen, links, rechts, links, rechts.

Ich ging geradewegs in mein Zimmer, legte mich ins Bett und löschte das Licht. Erst fürchtete ich, dass sie mir nachkommen würde, um mit mir zu reden, sich zu erklären, aber es geschah nicht. Ich war ganz allein mit mir und meinen Gedanken. Ich hielt den Blick stur auf das Dachfenster gerichtet. Ich hatte vergessen, das Rollo zu schließen, und so sah ich in ein Feld schwach leuchtender Sterne. Noch nie hatte ich mich so verraten gefühlt, so getäuscht. Es gab keine »rückkehrende Gewichtszunahme«. Und auch keine Adipositas. Die Sache war ganz einfach. Meine Mutter aß heimlich. Wer viel aß, wurde dick. Oder nicht? Ich spürte eine so klare, kalte Enttäuschung, dass ich fröstelte. Meine Mutter hatte mich belogen. Die ganze Zeit. Kein Wunder, dass sie immer wieder zunahm. Ich merkte, wie mir Tränen der Wut in die Augenwinkel schossen.

Am nächsten Morgen konnte ich meiner Mutter nicht ins Gesicht sehen. Ich hatte kaum geschlafen, erst als es schon dämmerte, war ich kurz eingenickt. Meine Augen brannten. Die Temperaturen waren noch weiter nach oben geklettert, als hätte die Natur über Nacht Fieber bekommen. Meine Mutter trug ihren cremefarbenen seidenen Morgenmantel, den ich so mochte, den sie sich aber selten traute anzuziehen. Offenbar trug sie ihn mir zum Gefallen. Ihr Gesicht war radieschenrot, die Hitze machte ihr zu schaffen. Unsere Begegnung im Keller erwähnte sie mit keinem Wort. In meinem Magen krampfte sich alles zusammen. Mein Vater saß vor seinem Kaffee und las die Wochenendausgabe der Zeitung. Wie lange wusste er schon, dass sie heimlich aß? Auf einmal verstand ich. Das war es gewesen, was er mir an der Ostsee versucht hatte zu sagen. Als ich meine Mutter bitten sollte abzunehmen. Jetzt verstand ich ihn.

Aus einem Impuls heraus stand ich auf, setzte mich zu meinem Vater auf den Schoß und verkroch mich in seinem Nacken. Er roch nach einem milden Aftershave und nur ganz wenig nach Rauch vom Vorabend. Er roch unglaublich gut. »Hey Große«, sagte er und strich mir über den blonden Bob. »Was ist?«

»Nichts», sagte meine Mutter schnell. »Lass sie.«

Jessy sah von einem zum anderen und *verstand die Welt nicht mehr.* Ratlos zog sie an ihrem Kaugummi, dünne, lange durchhängende Fäden spannten sich von ihren Lippen zu Daumen und Zeigefinger.

»Kann sie nicht einmal dieses Ding aus dem Mund nehmen«, beschwerte sich mein Vater. »Wenigstens beim Frühstück?«

Jessy hielt in der Bewegung inne. Alles, dass sie nicht vor Schreck den Kaugummi runterschluckte.

Meine Mutter nippte an einer Tasse kaltem Brennnesseltee, von dem eine ganze Karaffe auf dem Tisch stand. Er wirkte entwässernd, behauptete sie. Ich hatte das Zeug einmal gekostet, ich hasste den süßlichen Geschmack.

Wie hatte sie das nur geschafft, fragte ich mich. Die Wahrheit war so einfach. Wie hatte sie es angestellt, dass ich nichts davon gemerkt hatte? Mir wurde schlecht, wenn ich an all die Süßigkeiten dachte, die sich in unserem Naschschrank stapelten – »für die Kinder«, wie sie immer sagte. *Lila Pause*, *After Eight*, *PEZ*-Bonbons, *Toffifee, Ahoi*-Brause, Schokoladen-Zigaretten, Eiskonfekt, *Storck*-Riesen. »Das Paradies», wie Jessy den Schrank nannte. Ich hatte nie darauf geachtet, in welchen Abständen sich die Dinge leerten, oder für möglich gehalten, dass meine Mutter davon aß. Der Schrank war einfach immer voll, da stellte sich die Frage gar nicht. Vielleicht war das ihr Zaubertrick, dachte ich bitter.

Jessy, dachte ich plötzlich, Jessy wusste natürlich Bescheid! Sie hatte es mir verschwiegen, um mich nicht zu beschämen. Alle, alle hatten gewusst, was vor sich ging. Nur ich nicht.

Gleich nach dem Frühstück brachen wir auf, zum Leichtathletik-Turnier, wie fast jedes Wochenende. Meine Oma saß vorne, meine Schwester im Kindersitz neben mir.

Ich musste mit meiner Mutter reden. Jetzt. Ich musste ihr sagen, dass sie aufhören sollte mit Essen. Bei dem bloßen Gedanken geriet ich ins Schwitzen. Aber es half nichts. Ich musste. Denn was, wenn mein Vater recht hatte? Was, wenn es wirklich so war, dass ich, ich allein, den Zauberspruch unter der Zunge hielt?

Meine Mutter starrte auf die Fahrbahn. Ich fasste mir ein Herz.

»Mama», sagte ich. »Kannst du nicht bitte endlich abnehmen?«

Der Kopf meiner Mutter schnellte herum. Im ersten Moment schien sie so überrascht, dass sie kein Wort herausbrachte. Dann lachte sie kurz auf, in dem gleichen Ton, in dem mein Vater sie oft auslachte. *Gehässig*, schoss es mir durch den Kopf. Es war ein Lachen zwischen Erwachsenen, nicht zwischen Mutter und Kind.

»Jetzt fängst du auch noch an. Wegen gestern Abend, nehme ich an? Ich hab ein paar Brezeln gegessen, na und, was ist schon dabei?»

Ich starrte zwischen den Sitzen hindurch auf die Fahrbahn. Ich hatte damit gerechnet, dass sie demütig und zerknirscht reagieren würde. Das Gegenteil war der Fall.

»Oje, oje, oje«, sagte sie abfällig. »Du hast vielleicht Probleme. Was würde ich darum geben. Wenn ich deine Probleme hätte.«

Die nächste Kurve nahm sie schärfer als sonst, ich tastete nach dem Griff über dem Fenster, um mich festzuhalten.

»Mama», sagte ich leise. »Kannst du bitte langsamer fahren?«

Sie schaltete einen Gang zurück, dennoch legte sich der Wagen in die Kurve. Meine Schwester schrie auf, auch Oma Ella, die stumm auf dem Beifahrersitz saß, murmelte erschrocken vor sich hin.

Meine Mutter starrte stoisch auf die Fahrbahn.

»Wenn ihr so weitermacht«, sagte sie schließlich leise, anstelle einer Antwort, und mit einem kaum unterdrückten Beben in der Stimme, »du und dein Vater. Dann fahre ich irgendwann gegen den nächsten Baum.« Es dauerte kurz, bis ich verstand. Augenblicklich war mir eiskalt.

Als sie mich am Abend vom Training abholte, hatte ich Halsschmerzen. Es tat so furchtbar weh, dass mir jedes Mal, wenn ich schluckte, Tränen in die Augen schossen. Niemals hätte ich diese dumme, dumme Bitte an sie herantragen dürfen, dachte ich. Inzwischen bereute ich meine Worte bitterlich.

Mein Kopf glühte, und zugleich zitterte ich vor Fieberkälte. Ich durfte mich ins Schlafzimmer meiner Eltern legen und bekam einen nach Erdbeeren schmeckenden Fiebersaft, was die Schmerzen ein wenig linderte.

»Eine Angina«, diagnostizierte meine Mutter.

Während ich mit einer feurigen Kehle im Bett vor mich hin dämmerte, tauchte immer wieder eine Szene aus *Silas* vor meinen Augen auf, eine Serie, die ich an den zurückliegenden Feiertagen gesehen hatte. Die Hauptperson war ein Zirkusjunge, der als kleines Kind an einen Wanderzirkus verkauft worden war und nun in der Obhut eines tyrannischen Direktors und Schwertschluckers aufwuchs. Die gruseligste Szene war die gleich zu Beginn, in der Silas einen Säbel schlucken musste, zur dramatischen Melodie aus Geigen, Trompeten und einer gehörigen Portion Keyboard. Für den Fall, dass Silas sich weigerte, drohte ihm der böse Direktor, werde er ihm die Sehnen an den Füßen durchschneiden. Die Vorstellung fand Silas offenbar noch unheimlicher als das zu schluckende Schwert. Denn er schluckte es. Erst später im Film gelangt er in den Besitz eines schwarzen Hengsts, auf dem er fortreitet.

Weit davon.

Die verzweifelten Diät-Versuche meiner Mutter stellten mich als Kind vor ein Rätsel.

Inzwischen weiß ich, dass bei Gewichtszunahme viele Faktoren eine Rolle spielen. Eine Theorie besagt, dass das Fett den Körper vor stressbedingten Erkrankungen schützen soll. Das Bauchfett sichert die Energiezufuhr des Gehirns, um einen robusten Hirnstoffwechsel zu gewährleisten. Es garantiert, dass ein Mensch leistungsfähig bleibt.

Ich zeige meiner Mutter die Liste mit Stressfaktoren. Ganz oben steht: »chronische Konflikte in der Paarbeziehung«, gefolgt von »Zeitmangel«, »zu große Verantwortung«, »der Angst, nicht zu genügen«.

»Das hier. Punkt sechs. Das ist wichtig.« Sie tippt auf das Blatt. »Krankheiten und Schmerzen, eigene und die von Angehörigen.«

»Und als Letztes«, zähle ich auf. »Unterforderung. Und Langeweile.«

Sie runzelt die Stirn. »Na ja, eher Überforderung.« Mit einem Mal ist es, als stünde ein Elefant im Raum.

»Worauf willst du hinaus?« fragt sie.

»Schon gut«, sage ich schnell. War Essen eine Art Währung, mit der sie sich *ent*lohnt hat – nicht *be*lohnt, wie es fälschlicherweise heißt?

»Frag doch einfach, was du fragen willst«, sagt sie.

Ich fasse mir ein Herz.

»Würdet du sagen, dass das Essen eine Art – Lohn war für dich? So wie für andere – Geld?«

Sie sieht mir direkt in die Augen.
»Aber klar. Klar war es das.«
Warum habe ich sie das nicht schon viel früher gefragt?

6

Ich musste noch immer wegen der Angina zu Hause bleiben und löffelte lauwarmen Tee mit Honig, Jessy war schon zum Schulbus losgelaufen. Meine Schwester hockte auf dem Klo, sie hatte neuerdings öfter Verstopfung, wogegen sie Milchzucker und getrocknete Pflaumen bekam, was wiederum zu Durchfall führte. »Wenn die Verdauung nicht stimmt, ist das immer ein Zeichen«, raunte mein Vater. Er ließ nicht locker mit seinen Unkenrufen, dass das gestörte Verhältnis meiner Mutter zum Essen auch auf uns Kinder abfärbte.

Er hatte gerade zur Arbeit aufbrechen wollen, setzte sich aber wieder hin, als meine Mutter sagte: »Ich muss mit euch reden.« Fragend schauten wir sie an.

»Ich bin beim Spezialisten gewesen«, sagte sie. »Es gibt ein neues Verfahren. Um abzunehmen. Man kann sich eine Art Ballon einsetzen lassen in den Magen. Aus Silikon oder Kunststoff. Der täuscht ein Sattheitsgefühl vor. Und das führt dazu, dass weniger Hungersignale an das Gehirn gesendet werden.«

Ich merkte, wie sich alles in meinem entzündeten Hals zusammenzog. Ich wollte ja auch, dass meine Mutter abnahm. Aber so was? Das klang einfach nur schrecklich.

»Aha«, entgegnete mein Vater skeptisch. Die Idee schien ihm ebenso unheimlich wie mir.

»Es gibt auch eine zweite Variante«, erklärte meine Mutter weiter. »Man schluckt einen noch leeren Ballon, der dann mit einer farbigen Kochsalzlösung gefüllt wird, die nicht giftig ist oder so.«

Sie klang, als wollte sie nicht nur uns, sondern auch sich selbst beruhigen. Mein Blick wanderte über ihr Gesicht. Die Idee mit dem Ballon passte überhaupt nicht zu ihr. Aber sie war wegen der Geburtstagsfeier so verzweifelt, dass sie darin die einzige Chance sah, noch ausreichend Gewicht zu verlieren, um sich mit meinem Vater *sehen lassen zu können*.

»Die Kasse übernimmt den Eingriff zwar nicht«, sagte sie. »Aber das Verfahren klingt seriös. Nach spätestens sechs Monaten wird der Ballon dann wieder entfernt.« Sie sah meinen Vater unsicher an. »Was meinst du?«

»Was ist mit Risiken?« Er gab sich betont sachlich. »Und Nebenwirkungen?«

Meine Mutter zögerte.

»Übelkeit, Erbrechen. Magengeschwüre. Ganz selten platzt ein Ballon. Das erkennt man daran, dass sich der Urin blau färbt. Dann muss man die Reste sofort entfernen. Im schlimmsten Fall kann es zu einem Darmverschluss kommen.«

»Das ist viel zu gefährlich«, stieß ich hervor. Ich würde keine Nacht mehr ruhig schlafen, wenn meine Mutter so ein *Ding* in ihrem Körper trug. Ich spürte, wie die Wut der letzten Tage erlosch. Allein den Gedanken an einen solchen *Eingriff* fand ich unerträglich.

Auch meinem Vater war die Vorstellung sichtlich unangenehm, er hatte sich unwillkürlich an den Bauch gefasst. Er stand auf und nahm seine Aktentasche. »Ganz wohl ist mir dabei nicht«, sagte er. »Aber wenn du meinst, dass es das Richtige ist, bitte.« Er gab mir einen Kuss auf den Kopf, und schon war er draußen, und nach einem Moment der Stille hörten wir, wie die schwere Tür des Mercedes zufiel.

Ich sah meine Mutter an. Es war nicht zu übersehen, wie verzweifelt sie war. Ich hätte nicht sagen können, was sie sich gewünscht hatte. Vielleicht, dass mein Vater ihr die Idee ausredete. Oder aber sie beruhigte, dass die Nebenwirkungen unwahrscheinlich waren, wenn ein seriöser Arzt den Eingriff empfahl. Aber sicherlich nicht *das*.

»Mama«, sagte ich. »Tu das nicht. Bitte.«

Ich überlegte.

»Wir könnten doch zusammen Sport machen. Oder ich kann mich um Oma Ella kümmern. Und du gehst wieder zu den *Weight Watchers*.«

»Ela, hör zu. Mit einem Ballon geht es viel einfacher. Und schneller.« Sie holte Luft. »Und dann ist das mit den Beschwerden ein für alle Mal vorbei. Ich hab wirklich andere Sorgen.«

»Was für Sorgen?«

Aus dem Bad rief meine Schwester um Hilfe, offenbar war irgendetwas schiefgegangen auf der Toilette. Meine Mutter ging nach ihr sehen, ohne noch etwas zu sagen. Plötzlich war es fürchterlich still in der Küche. Mit einem Mal kam mir ein Gedanke. War ich der Grund, dass sie sich dieser Maßnahme unterziehen wollte? Waren mein Vater und ich auf einmal in der Mehrheit? Hatte ich sie mit meiner dummen Bitte bedrängt?

Meine Mutter unterzog sich tatsächlich dem Eingriff. Mein Vater redete es ihr nicht aus. Der Ballon wurde in einer Spezialpraxis in der nächstgelegenen Großstadt eingesetzt. Sie bekam nur eine *kleine Narkose* und durfte gleich danach wieder nach Hause.

In den folgenden Nächten lag ich nachts wach und hatte furchtbare Angst, dass etwas schiefgehen könnte. Meine Mutter bemerkte das. Und ähnlich wie bei ihren mysteriösen Schmerzen gelang es ihr, mich Schritt für Schritt zu beruhigen. Nach einer Woche hatte ich mich an den Zustand gewöhnt und konnte sogar wieder ihren Bauch anschauen, ohne sofort an den schrecklichen Ballon zu denken.

Die anfänglichen Bedenken meines Vaters hatten sich rasch verflüchtigt. Nachdem er sich eine Informationsbroschüre der Spezialpraxis angeschaut hatte, befand er sie als »seriös« und überließ meiner Mutter tatsächlich komplett die Entscheidung, schließlich sei sie eine *erwachsene Frau*. Nur ein Versprechen hatte er mir und meiner Mutter abgenommen: Wir sollten Jessy nichts davon erzählen. Er hatte Sorge, dass die Geschichte in Obach die Runde machen würde. Niemand sollte wissen, dass seine Frau einen solchen Ballon im Magen trug.

Jessy wurde gesagt, dass meine Mutter zur Magenspiegelung musste, und sie, die sowieso nur noch mit gesenktem Kopf an meinem Vater vorbeilief, stellte keine weiteren Fragen. Auch nicht, als meine Mutter begann, tatsächlich Pfund um Pfund abzunehmen. Fast konnte man ihr zusehen dabei.

Am Anfang freute ich mich sehr, dass sie endlich abnehmen konnte und dass dieser gruselige Ballon wenigstens etwas Gutes bewirkte. Ich hoffte so sehr, dass ihre Gewichtsabnahme dazu führen würde, dass mein Vater endlich nicht mehr so viel über all das redete, dass er sich nicht mehr für sie schämen musste und wir vielleicht sogar irgendwann wieder zusammen ans Meer fahren konnten.

Aber seltsamerweise reagierte mein Vater fast verhalten auf die Veränderung ihres Körpers. Er lobte sie, das ja, wirkte aber eher überfordert. Als müsse er sich erst wieder an den Anblick gewöhnen.

Auch sie selbst schien ihrer *neuen Figur* nicht ganz über den Weg zu trauen. Fast so, als wüsste sie nicht so recht, wie sie umgehen sollte damit, dass es ruhiger wurde am Küchentisch und mein Vater nicht mehr ständig auf ihr herumhackte oder den OSTBLOCK mimte.

Es dauerte einige Wochen, aber dann hatten sich die beiden, schien es, an die neue Situation gewöhnt. Meine Mutter hatte es geschafft.

7

Zur Geburtstagsfeier meines Vaters würde halb Obach kommen. Mein Vater hatte entschieden, den Gemeindesaal zu mieten und dort *ein richtiges Fest* zu veranstalten. Eine Band war gebucht, es würde ein Buffet geben, an nichts sollte es fehlen. Meine Mutter biss sich auf die Lippen, als sie die Rechnungen sah, sagte aber nichts. Eine Frau aus der Pfarrei würde den Tag über und bis in den Abend hinein auf Oma Ella achtgeben, damit meine Eltern *den Rücken frei hatten*, vor allem natürlich meine Mutter.

Die Woche vor dem Fest hatte sie bis in die Nächte hinein in der Küche verbracht. Das Buffet wurde vom örtlichen Metzger geliefert, aber sie bestand darauf, die Kuchen für den Nachmittagsteil selbst zu backen. Das war Ehrensache, schließlich war sie im Dorf berühmt für ihre Künste.

Ich versuchte, ihr zu helfen, indem ich ihr die Zutaten reichte, die sie brauchte, doch bald schon schwirrte mir der Kopf vor den vielen Rezepten, und ich gab auf. Meine Mutter konnte kaum verhehlen, dass sie Schmerzen hatte, die Knetbewegungen waren *Gift* für ihre Gelenke, doch sie hielt tapfer durch. Am Vorabend der Feier standen Eierlikörkuchen, Kirschstreusel, Nussecken, Windbeutel, Käse-Sahne-Torten, Zimtschnecken und Marzipan-Schildkröten im kühlen Keller.

Der Gemeindesaal war beeindruckend festlich dekoriert worden. Auf den weiß gedeckten Tafeln standen

Blumenbouquets mit Lilien und Astern und überall Unmengen blank polierte Gläser. Die ganze Decke hing voller Girlanden. Zur Begrüßung gab es Sekt, obwohl es erst Nachmittag war, wahlweise mit Orangensaft.

Um drei Uhr kamen die ersten Gäste, es wurde gratuliert und Geschenke auf den Gabentisch gestellt. Bald war der Raum voller Leute, die sich am Kuchen bedienten. Es wurde laut geredet und gelacht. Auch Tante Lu war zur Feier gekommen, aber sie hatte schlechte Laune, wie mir schien. »Was ist dir denn für eine Laus über die Leber gelaufen«, sagte mein Vater, als er ihren Gesichtsausdruck bemerkte. »Tja, Bruderherz«, sagte sie, »Nicht allen ist das Weltgeschehen so gleichgültig wie dir.« Und dann erzählte sie kurz von dem Anti-Atomkraft-Festival, das sie in den letzten Monaten mitorganisiert hatte. »Ich bin total erledigt davon«.

Als sie meine Mutter umarmte, staunte sie. »Wie viel du abgenommen hast. Jetzt bräuchtest du nur noch einen netteren Ehemann, dann hättest auch du was zu feiern.« Bevor meine Mutter etwas erwidern konnte, war Lu im Trubel verschwunden.

Ich sah mich um. Martha-Oma trug ihren zu großen Nerz zur Schau, sogar am Tisch behielt sie ihn an. Ludwig-Opa saß mit geschlossenen Augen da, ich war sicher, er hatte sein Hörgerät ausgeschaltet. Wenn er aufsah, dann nur, um mir verschwörerisch zuzuzwinkern. Vermutlich fragte er sich, warum man nicht einfach auf seiner Chaiselongue liegen und ein Buch lesen konnte, statt sich hier »vergnügen« zu müssen.

Meine Schwester war mit Abstand die Auffälligste im Raum. Die ganzen letzten Tage über hatte mein Vater auf sie eingeredet, doch endlich das »dumme Kostüm«

auszuziehen, aber sie hatte einen eisernen Willen. Sie war eine Libelle, und als solche blieb sie verkleidet und saß daher auch jetzt mit ihrem gelb-orangebraunen Kostüm und ihrer großen Fliegenbrille über ihrem Schokokusskuchen.

Jessy und ich hatten uns dagegen *hübsch gemacht*. Wir trugen beide ein Jackett und eine weiße Bluse, ich einen Minirock und Jessy eine dunkle Stoffhose. Die Schönste von allen aber war meine Mutter. Sie hatte sich im Ulla-Popken-Katalog eine Reihe von Kleidern bestellt, und wir hatten ihr dabei zugesehen, wie sie alle hintereinander anprobierte. Am Ende hatte sie sich für ein dunkelblaues Seidenkleid mit einem U-Boot-Ausschnitt bis über die Schultern und Fledermausärmeln entschieden. Darüber trug sie eine Perlenkette, ein Erbstück von Oma Ella. «Es ist die kleinste der Übergrößen«, hatte sie stolz gesagt. »Noch ein paar Monate, und ich passe wieder in meine alten Kleider.«

Sie schien das Fest zu genießen, unterhielt sich und lachte, die Rolle der Gastgeberin gefiel ihr sichtlich, und alle lobten ihre Kuchen, von denen sie nicht einen einzigen anrührte, Ballon hin oder her.

»Wann bin ich zuletzt auf einer solchen Feier gewesen?«, überlegte sie, als sie einmal zu uns an den Tisch trat. Sogar ein Glas Sekt-Orange genehmigte sie sich. Ich staunte. So kannte ich sie gar nicht. Auch mein Vater fühlte sich offenbar wohl in seiner Rolle als Gastgeber. Ich konnte mich nicht erinnern, wann ich ihn zuletzt so entspannt in Gegenwart meiner Mutter in der Öffentlichkeit erlebt hatte.

Um Punkt sechs Uhr klopfte meine Mutter mit einem Löffel an ihr Sektglas. Alle wussten: Nun würde gleich das Buffet eröffnet werden, danach sollte die Band spielen. Aber hatte das nicht mein Vater ankündigen wollen? Alle Blicke richteten sich auf sie. Auch Jessy und ich schauten neugierig. Meine Mutter räusperte sich und sagte: »Liebe Gäste. Es war für uns ein aufregendes und auch aufreibendes Jahr. Und ich nehme den runden Geburtstag zum Anlass, um meinem Mann ein ganz besonderes Geschenk zu machen. Etwas, das er sich schon sehr lange wünscht.«

Mein Vater schaute sie erstaunt an. Damit hatte er nicht gerechnet. Schließlich hatte meine Mutter ihm am Morgen schon eine neue Tasche für seinen Tennisschläger geschenkt. Sie überreichte ihm einen roten Umschlag, er schlitzte ihn vorsichtig mit seiner Kuchengabel auf, zog etwas heraus und hielt kurz ungläubig inne. Er blickte zu seiner Frau auf und sagte: »Das kann doch nicht wahr sein.« Dann rief er: »Argentinien! Meine Frau hat mir eine Reise nach Argentinien geschenkt!«

Es wurde geklatscht, und man hörte »Ahs« und »Ohs«. »Unglaublich«, rief mein Vater. »Ich werde meinen guten Freund Gerd besuchen. Und die Iguazú-Fälle sehen!« Er gab meiner Mutter einen Kuss auf die Wange, die ihn lachend wegschob. Dann sagte er: »Jetzt aber ran ans Buffet!«

Nach dem Essen spielte die Band. Ich tanzte mit Tante Lu, Jessy hüpfte wild um uns herum, und später tanzte sogar mein Vater Tango mit meiner Mutter, wozu wieder viel geklatscht wurde und auch gelacht, weil die beiden sich furchtbar unbeholfen bewegten. Ich war selig. Meine Eltern tanzten! So, wie ich es mir immer gewünscht hatte. Noch nie hatte ich sie zusammen tanzen sehen.

Zu späterer Stunde wurde dann Cognac ausgeschenkt, und mein Vater stand mit seinen Kollegen aus der Firma zusammen, die ihn für sein schönes Haus lobten. Es war das Prachtstück im Ort, und wer nach Obach einfuhr, erkannte es sofort. Einer der Männer erzählte von Argentinien, ein anderer von einer aufstrebenden südamerikanischen Getriebefirma.

Um zehn Uhr sollten wir Kinder uns langsam verabschieden, meine Mutter würde uns zusammen mit den Sachen vom Gabentisch nach Hause fahren und dann wiederkommen. Die Frau aus der Pfarrei würde noch so lange bleiben, bis auch meine Eltern nachkamen. Als meine Mutter die Präsente zusammenpackte, fiel ihr Blick auf etwas großes längliches, das ganz am Ende des Tisches unter vielen anderen kleinen Geschenken lag.

»Was ist das denn?«, fragte sie verdutzt.

Nun schaute ich genau hin. Es war eine Tennistasche. Ein geschmackloses blaues Ungetüm.

»Wer hat dir die geschenkt?«

»Ach, die ist von Manuela«, sagte mein Vater wie beiläufig. »Sie war vorhin mal da und hat ihr Geschenk vorbeigebracht, konnte aber nicht bleiben. Sie tauscht sie um. Ich hab ja schon deine.«

Ich sah, wie sich alles an meiner Mutter versteifte.

»Sie macht dir Geschenke?«

Mein Vater vermied es, sie anzuschauen.

»So ist das eben. Im Dorf.«

Die Augen meiner Mutter wurden zu schmalen Schlitzen. »Glaubst du eigentlich, du kannst mich verarschen?«

Ich zuckte zusammen. Solche Ausdrücke benutzte meine Mutter nie. Auch Jessy blickte ganz irritiert zu Boden.

In dem Moment fing die Band wieder an, einen Tango zu spielen. Mit einem entschuldigenden Lächeln nahm mein Vater meine Mutter an der Hand und sagte: »Wollen wir noch mal? Das Lied magst du doch.«

Sie streifte die Berührung von sich, so wie man Staub von sich streicht.

»Jetzt mach keine Szene«, zischte mein Vater. »Sie ist meine Tennispartnerin.«

Aber da hatte sich meine Mutter schon umgedreht und war mit einem Wäschekorb voller Geschenke Richtung Ausgang verschwunden.

Wie tragisch, denke ich inzwischen oft. Wie tragisch und wie traurig. Wie ist es möglich, dass zwei Menschen, die eine Familie gründen, die so viele Jahres ihres Lebens miteinander verbringen, einander so grundlegend fremd geblieben sind? Ich muss an den Ausdruck »Seelenblindheit« denken. Sollte mein Vater den Charakter meiner Mutter beschreiben, er würde kaum ein gutes Haar an meiner Mutter lassen.

»Ich konnte es ihm nie recht machen«, sagt sie.

Wie einsam muss das für sie gewesen sein. Und wie froh war sie, als sie sich endlich entschied, mit einer Therapeutin zu reden.

»Diese Gespräche, und was ich gelernt habe, das hat mich gerettet«, sagt sie immer.

»Habt ihr nie daran gedacht, zusammen eine Therapie zu machen?«, frage ich sie.

»Ich schon.« Meine Mutter beißt sich auf die Lippen. Sie zögert, das merke ich. »Willst du wissen, was dein Vater gesagt hat? Als ich ihm das vorgeschlagen habe?«

»Ja.« Ich muss nicht überlegen. Natürlich will ich das.

»Ich hab ihm versucht zu erklären, dass eine Essstörung immer systemisch betrachtet werden muss. Dass auch der Partner einen erheblichen Anteil hat an einer solchen Veränderung.«

»Und?« Ich merke, wie ich unsicher werde. Will ich das, was ich hören werde, wirklich hören? Oder übersteigt es das, was ich auszuhalten bereit bin? Ich merke, wie ich mich einer Erinnerung nähere. Ich habe sie vergraben, aber nicht vergessen.

»Er hat gesagt: ›Du bist die Kranke. Nicht ich. Ich esse ja nicht für dich.‹«

Ich merke, wie mein Atem stockt.

»Du weißt den genauen Wortlaut noch?«

Sie nickt.

»Du nicht?«, fragt sie vorsichtig. »Erinnerst du dich, wie oft er gesagt hat, ich wäre ›krank im Kopf‹?«

Für einen Moment steht die Zeit still.

»›Fett und schizophren‹. Das hat er gesagt.«

In dem Moment, in dem sie es ausspricht, kehrt die Erinnerung wieder. Ich höre meinen Vater diese Worte sagen. Und ich sehe meine Mutter vor mir, die dazu schweigt.

»Er hat mir unterstellt, dass ich meine Therapeutin anlüge. Dass ich sie austrickse. Um ihm die Schuld zu geben. So schlau, wie ich bin.«

Sie schaut aus dem Fenster zum Haff hinaus.

»Wenn du mich fragst: Er hat die Vorstellung gescheut, mit einer ›Fremden‹ zu reden. So hat er das auch gesagt.«

Sie versucht ein Lächeln.

»Warum hast du dich dieser Tyrannei nur gefügt?«, will ich meine Mutter fragen.

»Ich war zu schwach«, sagt sie, und dann, nach kurzem Zögern: »Wenn ich jemals eine Autobiographie schreiben sollte, müsste sie den Titel ›Zu‹ tragen. ›Zu arm‹, ›zu krank‹, ›zu dick‹ oder ›zu schwach‹. Mein ganzes Leben lang ist immer irgendwas an mir zu wenig gewesen. Oder zu viel.«

8

»Sie konnte nicht mehr die Hausfrau spielen (...) Sie konnte sich nicht mehr verstellen; hatte alles von sich gestreckt. Jeder, der sie ansah, musste wissen, was los war.«

Peter Handke: *Wunschloses Unglück*

Die Argentinienreise meines Vaters war für Anfang Oktober geplant, das Visum hatte er sofort nach seiner Geburtstagsfeier beantragt und persönlich beim Konsulat in Frankfurt abgeholt. »Beim Generalkonsul«, wie er nicht ohne Stolz sagte, auch wenn er den Konsul nicht persönlich getroffen hatte. Er hatte sich neue feste Schuhe gekauft für die Ausflüge, die er zusammen mit Gerd unternehmen wollte, schöne weiche Lederschnürstiefel, die mir sehr gut gefielen, weil sie ein bisschen so aussahen wie die, die Indiana Jones in den Filmen anhatte, auch wenn die von meinem Vater von *Salamander* waren.

Vier Wochen sollte seine Reise dauern. Es war sein gesamter Jahresurlaub, plus die Zeit, die er aus dem letzten Jahr an Überstunden guthatte.

Aus irgendeinem Grund hatte ich panische Angst, mein Vater könnte nicht wiederkehren. Nahezu jede Nacht träumte ich von ihm, und fast immer kamen die Niagara-Fälle aus dem Marilyn-Monroe-Film in meinen nächtlichen Gespinsten vor. Mein Vater winkte ab, als ich mir schließlich doch ein Herz fasste und ihm von meinen Albträumen erzählte. »Gerd kennt sich aus. Wir passen auf. Versprochen. Niemand stürzt irgendwo runter.« »Aber ihr fahrt doch zu den großen Wasserfällen?« »Ja sicher.« »Siehst du.« Ich klammerte mich an ihn. »Ela.« Er fuhr mir über den Kopf. »Du hast zu viel Phantasie.« »Und das Flugzeug, mit dem du fliegst?« »Ist ein sicheres Verkehrsmittel«, sagte er weltmännisch. »Aber es sind schon welche abgestürzt. Und manchmal werden auch welche entführt!« Das waren seine Argumente, aber auf einmal galten sie nichts mehr. Und hatte es nicht zuletzt ein Bombenattentat am Frankfurter Flughafen gegeben?

»Ela. Mir passiert nichts. Hast du gehört?« Um mich zu trösten, versprach er mir, einen Poncho mitzubringen. «So einen wie die Gauchos tragen, die besten Reiter der Welt«, sagte er.

Doch ich war kein kleines Kind mehr, das man mit ein paar Glasperlen abspeiste. »Ich will keinen Poncho, ich will, dass du hier bleibst«, sagte ich. Aber er lachte nur und strubbelte mir leichthin über den Kopf.

Je näher die Reise rückte, desto öfter musste ich auch wieder daran denken, was meine Mutter im Auto gesagt hatte, als ich sie bat abzunehmen. Abgenommen hatte sie zwar, aber ich spürte, dass sie etwas bedrückte. Ich hatte schreckliche Angst, dass sie doch noch gegen einen Baum fahren könnte. Als ich mir irgendwann nicht weiter zu helfen wusste und sie fragte, ob sie das ernst gemeint hatte damals, sagte sie bloß »Ach Ela. So ein Unsinn.«

Das leidige Thema der Diäten sprach mein Vater zwar nicht mehr an, aber gut war die Stimmung zwischen den beiden bei weitem nicht. Meine Mutter »mauerte«, wie ich ihn einmal sagen hörte. Sie erwähnte die braune Manuela mit keinem Wort, gab sich aber betont kühl.

»Ich bin froh, wenn er eine Weile weg ist«, entfuhr es ihr einmal.

Aus irgendeinem Grund war sie in den letzten Wochen immer häufiger an den Nachmittagen unterwegs gewesen. Nie länger als zwei oder drei Stunden, aber doch auffallend oft. Meine Schwester hatte sie stets im *Schlepptau,* Jessy und mir traute sie inzwischen zu, alleine zu sein, immerhin waren wir fast zehn. Auch Oma Ella konnte sie *getrost* alleine lassen. Sie behauptete, »Besorgungen« machen zu müssen, aber das konnte nicht stimmen, denn so lange hatte niemand im Supermarkt zu tun, und auch Einkäufe brachte sie keineswegs immer mit von ihren »Touren«, wie mein Vater die viele »Fahrerei« nannte.

Mein Vater war vielleicht eine Woche fort, als meine Mutter mich vom Sport abholte. Normalerweise stieg sie aus und kam mir ein paar Schritte entgegen, um mir die Sporttasche abzunehmen, das war unser Ritual. Diesmal aber blieb sie sitzen. Als ich mich dem Wagen näherte, bemerkte ich ihren seltsamen Gesichtsausdruck. Alles darin war Schmerz.

Meine Schwester quengelte auf dem Rücksitz. Hastig schlüpfte ich neben sie, in der Hoffnung, dass wir schnell losfahren würden. Ich wollte nicht, dass eine meiner Sportkameradinnen sie so sah. Aber anstatt wie sonst sofort den Motor zu starten, saß meine Mutter einfach da und klagte, sie könne kaum die Arme bewegen und ihre Beine würden schrecklich brennen.

»Es tut so weh«, stieß sie hervor. Ich erschrak. »Was ist? Was hast du?«

»Ich weiß es nicht. Es tut so weh«, sagte sie wieder und Tränen liefen ihr die Wangen hinunter. Dann setzte sie sich gerade hin, wischte sich übers Gesicht und fuhr los.

Die Schmerzen meiner Mutter waren für mich inzwischen etwas Alltägliches geworden. Sie kamen schubweise und machten ihr stark zu schaffen, so heftig und erschreckend wie an diesem Tag war es aber noch nie gewesen. Oder hatte ich es nur nicht mitbekommen? War sie bei Ärzten gewesen? War das der Grund für ihre nachmittäglichen »Touren«? Sie versuchte ihr Bestes, damit Jessy und ich uns keine Sorgen machten, und es war ihr sehr wichtig, dass meine kleine Schwester nichts bemerkte. Wie es ihr ging, wenn sie allein war, konnte ich ja nicht wissen. Rätselhaft war, dass es nach wie vor keine Erklärung gab für ihren Zustand. Ich wusste, dass sie nach der Untersuchung mit dem CT noch zu einem anderen Arzt gegangen war, der irgendwelche »Messungen« gemacht hatte, wie mein Vater das ausdrückte. Und danach hatte sie sich auch noch auf Lebensmittelunverträglichkeiten untersuchen lassen. All das hatte nichts ergeben, und auch der *Ballon* war als Ursache ausgeschlossen. Das wusste ich, weil sie regelmäßig zur Kontrolluntersuchung ging.

Irgendwann hatte mein Vater gesagt, dass es wohl das Beste wäre, wenn sie sich auf etwas anderes konzentrierte. Es würde ja nichts bringen, immer weiter nach Ursachen zu suchen, wenn es keine »Befunde« gab. Als ich ihn einmal fragte, was er glaubte, woher diese schlimmen Schmerzen kämen, sie hätte ja tatsächlich welche, sagte er: »Man kann sich so etwas auch einbilden, wenn man sich zu sehr auf sich selbst konzentriert. – Aber sag deiner Mutter bloß nicht, dass ich das gesagt habe.« Beruhigt war ich danach nicht. Ich fand die Vorstellung von Schmerzen, die man selbst herstellte, obwohl man gar nichts hatte, fürchterlich. Als meine Mutter schließlich von einer besonderen Vitaminkur erzählte, von der sie gelesen hätte, mit hochdosierten Tabletten, die man aber nur in Holland kaufen konnte, *wurde es meinem Vater zu bunt.*

»Vielleicht war es nicht gut, so schnell abzunehmen?«, überlegte sie. Ihr *schönes Gewicht* hielt sie nach wie vor. »Vielleicht fehlen mir Mineralien? Oder Nährstoffe?«

»Jetzt reiß dich endlich mal zusammen«, befahl mein Vater. »Schmerzen hin oder her, jeden Unsinn muss man trotzdem nicht mitmachen.«

Als ich sie nun im Auto beim Fahren im Rückspiegel musterte und sah, wie immer wieder dieser verzweifelte Ausdruck in ihr Gesicht schoss, wenn ein neuer Schmerzschub kam, hätte ich losheulen können. Das war doch nicht eingebildet! Das waren Qualen! Wie hatte ich nicht mitbekommen können, in welch schlechter Verfassung sie sich befand? War es das, was sie versucht hatte, geheim zu halten? War sie vielleicht *sterbenskrank*?

Nur mit größter Anstrengung schaffte sie es vor unserem Haus aus dem Auto heraus. Ihre Arme wirkten seltsam steif, und sie humpelte, man sah, dass ihr jeder Schritt, jede Bewegung Schmerzen bereitete.

»Wo genau tut es weh?«, fragte ich vorsichtig. »Überall. An der Hüfte. Den Beinen. Den Ellbogen.« Im Wohnzimmer setzte sie sich langsam in einen der Sessel. Sie tastete erst nach den Armen, dann nach ihren Kniegelenken.

Ich konnte mir nicht helfen: Ich musste an die vielen Krankheiten denken, die meinem Vater und seiner GEO zufolge mit dieser Adipositas einhergehen konnten. Gelenk- und Rückenprobleme, Gicht, Nierensteine. Schlaganfall, Herzleiden, Kreislauf-Erkrankungen, Fettleber – Krebs. Sie war nicht mehr so dick wie vorher, das nicht, aber vielleicht litt sie unter Spätfolgen? »Du solltest zum Arzt, Mama.«

»Ich war doch schon bei so vielen«, murmelte sie und schluckte widerwillig eine der großen Schmerztabletten, die sie noch vom Internisten hatte.

»Und jetzt?«, hakte ich nach. »Keine Ahnung. Vielleicht vergeht es von selbst wieder.«

Es verging nicht, im Gegenteil. Am nächsten Morgen kam sie nur noch mit Mühe aus dem Bett. Als ich nach dem Aufwachen ins Schlafzimmer hinunterlief, saß meine Schwester verstört neben ihr auf der Matratze, auf der normalerweise mein Vater schlief. Zum Glück war es Samstag niemand von uns musste heute zur Schule.

Jessy war noch nicht wach. Sie ahnte nichts von alldem. Am Abend hatte meine Mutter ihr erklärt, dass sie sich den Fuß verstaucht habe, auf dem Weg in den Keller, und deshalb so humpele.

Es dauerte fast eine Viertelstunde, bis meine Mutter aufrecht am Bettrand sitzen, und noch einmal fast so lange, bis sie sich auf den Beinen halten konnte. Ich starrte sie an. Es war, als wäre über Nacht aus einem jungen Menschen ein gebrechlicher alter Mensch geworden. »Ich muss zu Oma runter. Sie braucht eine Windel«, sagte sie.

Sie setzte einen Fuß vor den anderen, hielt aber dann

inne und ließ sich fluchend zurück aufs Bett sinken. Es ging einfach nicht. »Schließ die Tür«, sagte sie schnell. »Ich will nicht, dass Jessy was mitbekommt.« Die Tränen schossen ihr nur so aus dem Gesicht. »Was genau tut denn weh?«, fragte ich wieder. »Es – es spannt alles so schrecklich. Als wäre nicht genug Haut da.« Sie schaute beschämt. Dann schlug sie die Hände vor das Gesicht.

»O Gott, was wird Papa sagen? Wenn er mich so sieht?«

»Sollen wir ihn anrufen?«

Gerds Nummer in Argentinien kannten wir ja. Meine Mutter schüttelte den Kopf. Aus der Ferne würde er sowieso nichts ausrichten können, sagte sie. »Außerdem glaubt er ja nicht einmal, dass ich wirklich was habe.«

Nach langem Zögern schlug ich vor, dass wir Tante Lu um Rat fragen könnten, aber auch das lehnte sie ab. Ihr Zustand war ihr sichtlich peinlich.

»Ich muss Ludwig-Opa Bescheid sagen«, sagte sie. »Bring mir das Telefon.«

»Warum?«

»Er ist bestimmt schon auf dem Weg, um die Kleine abzuholen. Ich will nicht, dass er mich so sieht. Er muss die Kleine heute nicht nehmen. Ich schaff das schon. Ich werde nicht zur Arbeit gehen.« Nach diesen Stakkato-Sätzen, die sie unter Mühe hervorbrachte, schloss sie die Augen und atmete tief durch.

Ich wollte widersprechen, ließ es dann aber. Zum Glück hatte mein Vater vor einiger Zeit ein *tragbares Telefon* angeschafft, so konnte meine Mutter vom Schlafzimmer aus telefonieren. Auch bei Halaudi rief sie an, um sich krankzumelden, offiziell hatte sie Grippe.

Als Jessy zum Frühstück herunterkam, erklärte ich ihr, dass meine Mutter im Bett bleiben müsse, der Fuß täte schlimmer weh als gestern. Ich staunte, wie ungeniert ich lügen konnte, wenn es darauf ankam. *Ohne mit der Wimper zu zucken.*

Ich holte tief Luft.

»Und das bedeutet, wir müssen Oma die Windeln wechseln.« Jessy nickte.

Wir gingen hinunter in den Keller. Es kostete uns viel Mühe, meine kleine Schwester davon zu überzeugen, dass sie oben im Schlafzimmer, bei meiner Mutter, bleiben musste. Auch sie hatte Angst, so sonderbar, wie meine Mutter sich benahm, das konnte ich sehen.

Meine Oma lag in ihrem Bett und murmelte leise vor sich hin. Zu allem Unglück hatte sie auch noch einen *lichten Moment*. Sie erkannte mich. Mich, die ich sie gleich nackt sehen würde. Ihr Gesicht war eingefallen an den Wangen, sie hielt den Mund geschlossen, es schien einzig aus veilchenblauen Augen zu bestehen.

»Ela, Kind Gottes«, sagte sie.

Meine Mutter hatte uns genau beschrieben, wie wir vorzugehen hatten. Vorsichtig schlug ich die Bettdecke zurück. Dann schob ich Oma Ellas Nachthemd rauf. Eine Unterhose trug sie nicht. Nur eine Windel.

»Wir machen dich wieder sauber, Oma«, sagte ich.

So in etwa hatte ich meine Mutter mit ihr sprechen gehört.

»Ist das in Ordnung?«

Jessy hielt eine Unterlage bereit, die sie unter den Po schob, während ich Oma Ella so gut ich konnte an der Schulter anhob. Sie sah leicht aus, wie ein großer Vogel, aber sie anzuheben kostete unfassbar viel Kraft. Ich hatte nicht gewusst, wie zerbrechlich und zugleich wie schwer und kantig der Körper eines alten Menschen war.

Ich schaffte es, sie soweit anzuheben, dass man darunter greifen konnte, und Jessy löste die Windel. Ich war darauf vorbereitet gewesen, dass es stinken würde, ich kannte die Prozedur ja von meiner Schwester. Das hier aber war etwas ganz anderes. Es stank entsetzlich, viel schlimmer als die Baby-Windeln.

Erst wollte ich nicht hinsehen, dann tat ich es doch. Ein riesiger brauner breiiger Klumpen saß in der Mitte der Windel. Schnell warf Jessy das stinkende Ding in einen Eimer, den meine Mutter angeschafft hatte.

Dann kam der schwierigste Teil. Wir mussten Oma Ella den Po sauber machen. Meine Mutter hatte uns genaue Anweisungen erteilt.

»Von vorne nach hinten. Nicht umgekehrt. Und sanft. Aber nicht zu sanft.«

Oma Ella sah mich aus ihren Veilchenaugen an. Ich biss mir auf die Lippen. Schließlich nahm Jessy mir das feuchte Tuch aus der Hand. Vorsichtig drehten wir Oma Ella auf die Seite. Ich wandte den Kopf ab, während Jessy sich über den kleinen knochigen Po beugte.

Als wir nach oben kamen, hatte meine Mutter sich ein Herz gefasst und Doktor B. angerufen, und dieser hatte ihr eine ganze Reihe von kurzfristigen Terminen besorgt. Über private Kanäle, obwohl Wochenende war. Am Montag würde sie den ganzen Tag in einem *Ärztehaus* in der Kreisstadt verbringen, wo alle möglichen Praxen untergebracht waren. Uns würde sie in der Schule krankmelden. Wir würden meine Schwester beaufsichtigen müssen.

»Es tut mir so leid. Aber diese Schmerzen. Ich halte das einfach nicht mehr aus.«

Jessy sah sie mit geradem Blick an. Ihr Gesicht war eine einzige Bitte. Sie wollte die Wahrheit hören, und in diesem Moment gab meine Mutter auf. Sie versuchte nicht länger, ihren Zustand geheim zu halten. Was mich einerseits erleichterte, weil ich nicht weiter lügen musste. Andererseits machte es mir Angst, weil es bedeutete, dass sie davon ausging, dass dieser Zustand nicht so schnell vergehen würde.

Es waren seltsame Gedanken, die ich hatte, während ich meiner Schwester den Montagvormittag über Kinderbuch um Kinderbuch vorlas, während Jessy unten Oma Ella fütterte. Im Grunde waren es gar keine Gedanken, sondern Gefühle. Ich fühlte mich jämmerlich. Alles an meinem Körper war schwer.

Da meine Mutter den ganzen Tag wegblieb, aßen wir alle Brot zu Mittag. Seit ich denken konnte, war das noch nie vorgekommen. Dass sie nicht für eine warme Mahlzeit gesorgt hatte.

Als meine Mutter am Abend zurückkehrte, wirkte sie noch verzweifelter als zuvor. Zu dritt setzten wir uns an den Küchentisch. Stockend berichtete sie von ihrer Odyssee. Sie war Doktor B. dankbar, dass er ihr diese Termine beschafft hatte, aber woran sie litt, hatte ihr auch von diesen Ärzten keiner sagen können.

Der erste Arzt, ein Internist, hatte eine ganze Reihe von Laboruntersuchungen angeordnet. Er wollte Hormonverläufe überprüfen. In der nächsten Woche sollte meine Mutter täglich zu ihm in die Praxis kommen. »Das geht nicht. Ich bin so kaputt, dass ich kaum noch laufen kann.

Ich hab sowieso keine Kraft mehr. Denk nur, die lange Fahrt. Und man zapft mir da Blut ab. Literweise.« Der zweite Arzt, ein Radiologe, verordnete ein sogenanntes MRT, aber einen kurzfristigen Termin konnte er ihr nicht anbieten. Vorerst beließ er es bei Röntgenaufnahmen des Rückens und der Hüfte, die aber unauffällig waren.

Der dritte Arzt war eine Ärztin gewesen. Sie hatte geraten, dass meine Mutter systematisch untersucht werden müsse. In einer Spezialklinik. Über mehrere Tage, wenn nicht Wochen. So gut das gemeint war: Für meine Mutter war das ausgeschlossen, schließlich konnte sie uns nicht allein lassen.

Der vierte Arzt war ein Neurologe, der einige Nerventests mit ihr durchführte, keine Auffälligkeiten feststellte und sie dann mit einem Zettel eine Etage höher zur psychologischen Fachpraxis schickte. Auf dem Zettel stand »Verdacht auf psychosomatisches Leiden«, beschwerte sie sich.

Der Psychologe, der sie zum Kurzgespräch bat, weil Doktor B. ein alter Studienfreund sei, brachte einen Begriff ins Spiel, der meine Mutter schließlich vollends *zur Weißglut brachte:* »Depression«. Sie war noch immer ganz außer sich, als sie davon erzählte. »Die hören gar nicht auf das, was ich sage. Ich habe Schmerzen. Das ist nichts Psychisches.«

Erst der Rheumatologe hatte einen Verdacht geäußert, mit dem meine Mutter etwas anfangen konnte. Man müsse unbedingt noch einmal die Entzündungswerte im Blut messen.

»Er sagt, es könnte eine Art Rheuma sein.«

»Was ist Rheuma?«, wollte ich wissen. Was eine *Depression* war, wussten wir durch Jessys Mutter.

»Rheuma ist, wenn sich die Gelenke entzünden.« Sie deutete auf die Knöchel an ihrer Hand. »Aber ich weiß nicht. Es tut ja alles weh – nicht nur die Gelenke.«

»Was denn ›alles‹?«, fragte ich vorsichtig.

»Ich weiß es doch auch nicht. Wie soll man das beschreiben. Das dazwischen. Die Muskeln. Und die Haut auch.«

»Aber du – du wirst doch wieder gesund?« Ich spürte mein Herz laut in den Ohren pochen. Es gab doch gegen alles irgendein Medikament oder Mittel. Es musste auch etwas geben, das meiner Mutter gegen dieses Rheuma helfen konnte.

»Bekommst du Tabletten?«, fragte ich.

Meine Mutter seufzte tief.

»Das ist es ja. Das Einzige, was bei Rheuma hilft, ist Cortison. Nur mit Cortison kann man die Entzündung in den Griff bekommen.«

»Und was ist schlecht daran?«, fragte Jessy, die, wie ich, kurz Hoffnung geschöpft hatte und nun enttäuscht aussah.

Es fiel ihr sichtlich schwer zu antworten. Aber es half nichts. Wir waren die Einzigen, mit denen sie sich austauschen konnte.

»Von Cortison wird man dick«, sagte sie schließlich.

Niemand von uns sagte etwas.

»Also im Gesicht«, setzte sie hinterher. »Man sieht ganz aufgeschwemmt aus.«

Jetzt verstand ich. Ihr Gesicht war das größte Heiligtum meiner Mutter. »Und sonst kann man nichts dagegen tun?«, fragte ich.

»Der Arzt sagt, neben Cortison ist das Wichtigste: Ruhe.« Sie tastete über die Stirn. »Weil es vielleicht eine

Stresskrankheit ist.« Sie blickte zur Decke. »Ruhe. Wie soll das gehen? Mit einer Pflegebedürftigen? Und drei Kindern?«

»Jessy und ich können uns um alles kümmern. Bis es dir besser geht. Oder nicht?«

Meine Mutter biss sich auf die Lippen.

»Meinst du wirklich?«

Jessy und ich sahen einander an. Dann nickten wir.

»Ich würde mir ja Hilfe holen bei Tante Lu, aber dann ...«, versuchte meine Mutter sich noch einmal vor mir zu rechtfertigen, als wir unter vier Augen waren.

»Dann was?«

»Dann muss Jessy ins Heim.«

Ich starrte sie an. War Jessy der einzige Grund, weshalb sie Tante Lu nicht ins Vertrauen ziehen wollte? Ich merkte, ich misstraute ihren Worten mit einem Mal. So verzweifelt, wie sie klang, hatte ich das Gefühl, mich immer weniger verlassen zu können auf das, was sie sagte. Das Einzige, was ich ihr glaubte, war, dass sie ihr Gesicht nicht verlieren wollte, dachte ich. Im ganz buchstäblichen Sinne nicht.

WAS IST DAS FÜR EIN MOMENT, in dem ein Körper oder ein Geist kapituliert? Umgangssprachlich meint die Kapitulation ein »endgültiges Sichbeugen vor überlegener Gewalt«. Vom Klang her ist sie dem Kapital gefährlich nahe. Beide Wörter haben den Kopf in sich. »Capitulum« heißt »kleiner Kopf«. Kapital wiederum kommt von »caput«, Schafskopf. Auch zu dem Wort »kaputt« lässt sich eine Brücke schlagen.

Es wird Jahre dauern, bis man herausfindet, dass meine Mutter an Fibromyalgie leidet, also an einer Entzündung der kleinsten Nervenzellen, auch Muskelrheuma genannt. Hierzulande erkranken inzwischen 0,3 % der Bevölkerung daran, in den 80er-Jahren konnte man die Anzeichen nicht eindeutig zuordnen.

Am beschwerlichsten verläuft die Krankheit bei Frauen zwischen 40 und 60. Bei den einen setzen die Symptome schleichend ein, bei den anderen ganz plötzlich. Heilbar ist Fibromyalgie nicht. Man behandelt sie mit Methoden der klassischen Schmerztherapie. Die aber im Falle meiner Mutter kaum Linderung bedeutet.

Bis heute lebt sie mit einem traurigen schmerzenden Körper. Man nennt die Krankheit auch eine »in den Körper geweinte Depression«.

Ich werde einmal aufrechter altern als sie selbst, so ihre Hoffnung.

»Gesundheit ist das Allerwichtigste«, predigt sie mir.

Sie selbst ist mir ein *Warnendes Beispiel.* Ich will nicht, dass das so ist. Ich wünsche keinem Kind, dass ihm der Körper der eigenen Mutter ein *Warnendes Beispiel* sein muss.

9

Meine Mutter nahm mir ein Versprechen ab. *Hoch und heilig*. Ich durfte niemandem in der Schule erzählen, wie schlecht es ihr ging. Niemand sollte von der unguten Situation bei uns zu Hause wissen.

»Die nehmen uns sonst Jessy weg«, sagte sie. »Und Oma Ella auch. Und dann …« Sie hielt inne.

»Was, ›dann‹?«

»Nichts. Ich darf nicht daran denken.«

Bei Halaudi hatte sie sich bis auf Weiteres krank gemeldet, offiziell hatte sie eine schwere Grippe. Und eine echte Grippe, erklärte sie uns, konnte schon einmal zwei oder sogar drei Wochen dauern. Ihren Lohn erhielt sie weiter, wenigstens das.

Ludwig-Opa kam jeden Morgen, um meine Schwester abzuholen, damit Martha-Oma im alten Haus auf sie aufpasste. Zumindest diese Hilfe nahm meine Mutter in Anspruch.

Wenn Ludwig-Opa sie am Abend zurückbrachte, beaufsichtigten wir meine Schwester, so gut es ging. Meine Mutter richtete es so ein, dass mein Opa das Haus entweder gar nicht betreten musste, indem jemand von uns beiden meine Schwester zur Haustür brachte, oder dass er allenfalls den Flur betrat. Den einzigen Bereich, der noch nicht im Chaos versunken war. Ich war beeindruckt davon, wie geschickt sie darin war, es so aussehen zu lassen, als wäre alles in bester Ordnung. Kaum hatte sie die Tür hinter sich geschlossen, sackte sie förmlich in sich zusammen. Ihr Gang war der einer alten Frau, sie bewegte sich ruckartig und humpelnd, *in Schonhaltung*, wodurch sich ihr Rücken umso weiter verkrampfte, klagte sie.

Mehr schlecht als recht bewerkstelligten wir den Haushalt. Oma Ella versorgten wir ganz früh am Morgen, bevor wir zur Schule gingen, nach dem Mittagessen, wenn wir nach Hause kamen, und am Abend, bevor wir zu Bett gingen. Meine Mutter lag die meiste Zeit einfach im Bett auf dem Rücken und versuchte, sich so wenig wie möglich zu bewegen. Die Schmerzen waren nicht immer gleich schlimm, und auch die Körperregionen, die ihr wehtaten, wechselten. »Die Schmerzen wandern«, erklärte sie. »Manchmal hierin, manchmal dorthin.«

In kürzester Zeit lernten wir all das zu erledigen, was meine Mutter sonst erledigte. Es begann damit, dass am Morgen Frühstück gemacht werden musste, erst Nutella-Toast für meine Schwester, dann der warme Haferbrei für Oma Ella. Brote schmieren oder kochen konnte meine Mutter nur *in guten Stunden.* Und so wies sie uns an, was zu tun war, und erklärte uns, wo die Zutaten zu finden waren, die wir brauchten.

Wie sich herausstellte, war Jessy schon viel selbstständiger als ich. Sie konnte einen Ofen bedienen, und einfache Fertiggerichte wie Miracoli und Dosenravioli warm machen konnte sie auch, all diese Dinge, die es sonst nie bei uns gab, die sich aber wunderbarerweise dennoch in den Ecken des Vorratsschranks und im Tiefkühlfach auffinden ließen.

Von Jessy lernte ich, wie man Tomatensoße erhitzte und Nudeln aus dem heißen Nudelwasser in ein Sieb goss, was wir aber nur durften, wenn meine Mutter uns beaufsichtigte.

Etwa ab dem vierten Tag läutete das Telefon in unregelmäßigen Abständen. Es war erstaunlich, mit wem meine Mutter so alles in Kontakt stand. Wir nahmen immer ab und brachten meiner Mutter dann das Telefon zum Bett. Wenn sie in der Lage war zu sprechen, nahm sie es entgegen, und wir mussten die Zimmertür schließen. Wenn es gerade wegen der Schmerzen nicht ging, machte sie ein vereinbartes Zeichen, und wir sagten, dass sie zurückrufen würde.

Doktor B. rief an, wohl um sich nach ihrem Zustand zu erkundigen, Pastor Bauer, der ihre Besuche in der kleinen katholischen Gemeinde »vermisste«, wie er uns sagte, einmal sogar Herr Emmerich, der damals das Himmelstädter Haus gekauft hatte. Auch Erich Engel rief an, aber dessen Anruf entgegenzunehmen lehnte sie kommentarlos ab.

Jessy wurde immer besser darin, sie zu verleugnen. »Sie ist nicht da«, sagte sie irgendwann frech. »Und sie kommt auch nicht wieder.«

Ich staunte, wie sie trotz alledem die gute Laune behielt. Sie war Härteres gewohnt als ich. Ich konnte von Glück sagen, dass sie da war. Sie freute sich sichtlich, etwas zurückgeben zu können, wie sie sagte. »Was würdet ihr nur ohne mich machen?«, neckte sie mich, wenn ich wieder einmal *Trübsal blies*. Jessy war davon überzeugt, dass meine Mutter nichts Physisches hatte. »Ich kenn das von meiner Mutter. Bei ihr war die Depression viel schlimmer. Das wird schon wieder.« Wir sprachen selten über das, was mit ihr passierte, eigentlich nie. Es war uns beiden seltsam unangenehm. Fast so, als würden wir über eine gemeinsame Freundin schlecht reden.

Erst als ich sogar Herrn Hugo, meinen Klassenlehrer, am anderen Ende erkannte, erschrak ich. Er hatte hoffentlich nichts bemerkt? Benahmen Jessy und ich uns unauffällig genug? Aber es ging wohl nur um eine geplante Klassenfahrt im nächsten Schuljahr.

Mein Vater rief wie vereinbart jeden dritten Abend an, und es war das einzige Gespräch, das meine Mutter selbst entgegennahm. Es war mir ein Rätsel, wie sie es schaffte, sich nichts anmerken zu lassen.

Nach ein paar Tagen, an denen wir fast zu spät gekommen wären zur Schule, hatten Jessy und ich uns eingespielt in unserem Ritual. Das Wichtigste war, dass Oma Ella am Morgen ihre frische Windel bekam. Jessy war *hart im Nehmen*, viel stärker als ich. Aber ich nahm mir ein Beispiel daran, wie klaglos sie erledigte, was zu tun war.

Auch lernten wir, wie und wo man die Wäsche im Keller aufzuhängen hatte, wie man sie zusammenfaltete und in den Schränken verstaute. Schwieriger war es mit dem Einkaufen, weil es im Dorf keinen Supermarkt gab. Wir mussten deshalb nach der Schule ganz schnell zum *Kaiser's* ein paar Straßen weiter, damit wir anschließend den Schulbus noch erreichten, der eine Viertelstunde nach der letzten Stunde vor dem Haupteingang losfuhr. Wenn wir ihn verpassten, verloren wir eine ganze Stunde, weil der normale Linienbus nur so selten verkehrte. Dann musste meine Schwester länger bei den Großeltern bleiben, was Martha-Oma immer verstimmte. Wir teilten uns deshalb auf: Eine von uns rannte los, um Toast,

Frischkäse, Miracoli oder Fertiggerichte zu kaufen. Die andere blieb bei der Haltestelle. Wenn wir es zusammen nicht schafften, den Bus zu erwischen, war die Vorstellung das Schlimmste, dass Oma Ella eine weitere Stunde in den vollen Windeln liegen musste, denn wechseln konnten wir sie nur zu zweit.

Vielleicht lag es an dem Umstand, dass meine Mutter immer bei geschlossener Tür telefonieren wollte oder dass ich so Angst davor hatte, dass es doch einen Befund gab, den sie uns aber verheimlichte, weil er zu schlimm war, jedenfalls entwickelte ich die fixe Idee, dass sie uns etwas verheimlichte. Und dieses Gefühl war mit einem Raum verbunden: ihrem provisorischen Arbeitszimmer, das sie sich im Keller eingerichtet hatte. Dieser fensterlose Ort übte eine immer stärker werdende Anziehung auf mich aus, und an einem Tag, als meine Mutter sich aufgerafft und doch einmal zum Arzt gegangen war und Jessy gerade badete, konnte ich nicht mehr widerstehen. Schließlich hatte ich sie hier schon einmal bei Heimlichkeiten erwischt.

Ich schlich hinunter und schaltete das Licht an. Ihr Schreibtisch war wie immer aufgeräumt, neben der Schreibmaschine lag nur ein Stoß Papier und in ihrer Ablage einige Rechnungen, die ich aber nicht zuordnen konnte. Was mich aber am meisten interessierte, waren die zwei Schubladen im Schreibtisch, in die ich noch nie einen Blick geworfen hatte. Die eine war abgeschlossen, den Schlüssel sah ich nirgendwo, aber die andere ließ sich einfach so öffnen, das wusste ich. Ich rüttelte daran. Sie klemmte. Aber als ich weiterrüttelte und noch kräftiger zog, flog sie mit einem Mal auf und polterte auf den Boden. Sie war voller kleiner Zettel gewesen, farbige

Scheine, und sicherlich zwanzig oder dreißig. Ich hob einen auf. Es waren Lottoscheine. Ich hatte meine Mutter nie Lotto spielen sehen. Das passte gar nicht zu ihr. Wie mein Vater hielt sie es für komplett unwahrscheinlich, dass man jemals bei einer solchen Verlosung gewann. Es waren die Durchschläge ausgefüllter 6aus49-Spiele. Gewonnen hatte sie offenbar nicht. Aber warum nur hortete meine Mutter sie dann? Ich sah mich um. Auch Blanko-Scheine waren aus der Schublade gefallen, zusammen mit ein paar Kugelschreibern. In dem Moment erinnerte ich mich. Auch damals, als ich sie beim Essen erwischte, hatte sie einen Lottoschein vor sich liegen gehabt. Wieso hatte ich diesem Umstand keine Beachtung geschenkt?

Nach etwa zwei Wochen begann der Zustand meiner Mutter sich leicht zu verbessern. Die Schmerz-Schübe wurden etwas seltener und hielten nicht so lange an. Sie konnte sogar wieder einige Stunden am Stück das Bett verlassen und uns sogar etwas zu essen kochen. Auf die guten Tage folgten aber fast immer heftige Rückschläge, dann war sie für viele Stunden kaum ansprechbar in ihrem Bett.

Tante Lu um Beistand zu bitten, lehnte sie nach wie vor ab. Zu groß war ihre Angst, dass diese meinen Vater nach Hause beordern und das Jugendamt einschalten würde, und das wollte sie auf keinen Fall. Sie hatte alle Hände voll zu tun damit, dass Doktor B. *die Füße stillhielt*. Aber es gab doch jemanden, den sie ins Vertrauen zog: Pastor Bauer, der nicht nur fast täglich anrief, sondern auch ab und an vorbeikam, um mit ihr Tee zu trinken. Das geschah an ihren guten Tagen, an denen sie es sogar schaffte, das Wohnzimmer so weit aufzuräumen, dass es vorzeigbar war. Dort saßen sie dann beisammen und redeten leise, worüber, wussten wir nicht. Aber der Pastor schien großen Respekt vor meiner Mutter zu haben, zumindest behandelte er sie in einer Weise zuvorkommend, dass es Jessy und mich richtig irritierte.

Etwa eine Woche vor der Rückkehr meines Vaters begann sich die Stimmung deutlich zu verändern. Meine Mutter wurde immer unruhiger, nervöser, und uns war auch klar, warum. Sie hatte zwar versucht, ihn in den kurzen Telefongesprächen, die sie über den Atlantik hinweg führten, vorzubereiten auf das, was ihn erwartete. Aber es war bei vorsichtigen Andeutungen geblieben, sie schämte sich ganz offensichtlich, den vollen Umfang der *Misere* anzusprechen. Dazu kam, dass mein Vater auf alles, was ihre Krankheit betraf, sehr unwirsch reagierte. Ihn interessierte vor allem, ob sie ihr *schönes Gewicht* gehalten oder geschafft hatte, noch weiter abzunehmen. Denn dass es bei der kleinsten Größe von Ulla Popken nicht bleiben konnte, musste er nicht eigens erläutern, das verstand sich von selbst, oder nicht? Von allem anderen wollte er nichts hören.

»Kannst du mir nicht einmal eine unbeschwerte Auszeit gönnen? Muss es immer nur um dich gehen?«, hatte er gesagt, als sie versuchte, ihm von der neuen Rheuma-Theorie zu erzählen.

Die Telefonate mit meinem Vater waren die einzigen, die ich in Grundzügen mitbekam, weil hier die Tür nicht verschlossen wurde und er zum Schluss immer auch noch mich und meine Schwester kurz sprechen wollte.

Bei einem Gespräch wurde er richtig laut und legte auf, ohne darum gebeten zu haben, noch mit uns zu reden. Es ging um Jessy. Der Krankenhausaufenthalt der Bopp würde sich verlängern, aber mein Vater wollte Jessy nicht länger bei uns haben. Er hatte sich in die Vorstellung hineingesteigert, dass meine Mutter sie dazu angestiftet hatte, Kaugummis in seinen Auspuff zu kleben. »Du wolltest mich loswerden«, brüllte er ins Telefon, »Gib's doch zu.« Ich konnte ihn vor mir sehen, wie er viele Tausend Kilometer entfernt erbost den Hörer auf die Station knallte. Meine Mutter fing sofort an zu weinen.

»Jetzt ist er völlig verrückt geworden«, flüsterte sie leise. »Er und seine Wahnvorstellungen.«

Meine Schwester und ich schauten sie betrübt an. Und irgendwann sagte sie: »Das muss endlich ein Ende haben.«

»Was hast du vor?«, fragte ich tief erschrocken. Meine Mutter putzte sich die Nase und richtete sich auf. Plötzlich wirkte sie gar nicht mehr traurig, sondern seltsam entschlossen.

»Ich will, dass er nachdenkt.«

»Nachdenkt?«

»Ja. Über sich.«

»Und was heißt das?«

»Ich brauche Abstand.«

Ich überlegte. Mein Vater war seit drei Wochen in Südamerika. War das kein »Abstand«? Unwillkürlich trat ich einen Schritt zurück.

»Keine Sorge, ihr beiden«, sagte sie sanft. »Ich gehe nicht weg. Ich würde euch niemals verlassen.«

IST DAS HIER EINE GEISTERAUSTREIBUNG?

Ja.

Welcher Geist soll ausgetrieben werden? Der Geist meiner Mutter?

Ja.

Und meines Vaters?

Ja.

Aber es sind zwei verschiedene Geister?

Ja.

Habe ich auch meiner Mutter gegenüber negative Gefühle bisweilen?

Ja.

Ärgere ich mich, dass sie zu viel an sich reißt? Sich überschätzt in ihren Kräften? Zu stolz ist, um Hilfe zu bitten? ›Falschen Stolz‹ hat mein Vater das immer genannt. Und an wen, bitte, erinnert mich das?

Ist ja gut.

Glaube ich, dass der Körper eine eigene Sprache spricht? Ja. Dass er bisweilen versucht, etwas zu sagen, das ich selbst mit Worten nicht sagen kann? Dass er andere Ideen hat als ich?

Ja, ja, ja.

Weiß ich, was er zu sagen versucht?

Nicht immer.

Und ist es nicht ihr Körper? Ihr ganz persönliches Eigentum?

Ja.

Ist es wirklich notwendig, darüber zu schreiben?

Ja.

Kann Literatur einen retten? Also nachträglich retten?

Vielleicht.

Weil Literatur einen Dinge verstehen lässt, die man vorher nicht verstanden hat?

Ja.

Ist das Verstehen ein Zweck in sich? Oder gibt es auch hier einen Unterschied zwischen einem »Luxusgeschmack« und einem »Notwendigkeits-Geschmack«?

Ja.

Und das hier ist notwendig?

Ja.

Aber beute ich, die ich über meine Mutter und ihre (Selbst-)Ausbeutung schreibe, sie nicht ebenso aus?

Bitte was?

Beute ich meine Mutter aus, indem ich ein Buch über sie schreibe?

... Ja. Vielleicht.

So wie meine Mutter meine Kindesliebe ausgebeutet hat? Meine Empathie?

Nein. Ja. Vielleicht.

Gibt es überhaupt etwas, das aus der Struktur der Ausbeutung herausfällt?

»Jetzt übertreibst du aber«, sagt meine Mutter.

10

Am Tag, als er aus Argentinien zurückkehrte, versuchte mein Vater, die Haustür mit seinem Schlüssel aufzuschließen. Vergeblich.

Ich hätte nicht sagen können, wann genau meine Mutter den Entschluss gefasst hatte, meinem Vater den Zutritt zum Haus zu verwehren. Insgeheim hatte ich Pastor Bauer im Verdacht. Oder Doktor B. Ihr selbst sah das jedenfalls nicht ähnlich, zumindest hatte ich das bis zu diesem Zeitpunkt geglaubt. Was sie aber ganz klar ausgesprochen hatte: Sie war zu der Einsicht gekommen, dass mein Vater die Schuld an ihrer Krankheit trug. Und dass es so nicht weitergehen konnte.

Er versuchte, den Schlüssel ins Schloss zu bekommen. Immer wieder hörte man, wie Metall gegen Metall stieß und kratzte, ohne dass der Schlüssel in die Öffnung fand. Und irgendwann gab er auf. Er drückte auf die Klingel. Einmal, zweimal, dreimal. Man hörte das knirschende Geräusch des Knopfes, der ins Messinggehäuse fuhr, aber die Klingel selbst blieb stumm. Meine Mutter hatte sie *wohlweislich* ausgeschaltet. Beim Schloss hatte er wohl noch gedacht, der Schlüssel wäre verbogen oder das Schloss kaputt. Aber zusammen mit einer nicht funktionierenden Klingel? Das konnte kein Zufall sein. Er wurde unruhig, spähte durch die Glaselemente der Eingangstür hindurch. Er klopfte und rief unsere Namen, erst den meiner Mutter, dann meinen und zuletzt sogar Jessys. Er bekam keine Antwort.

Jessy und ich saßen oben auf der Treppenstufe und starrten wie gebannt auf die Tür. Meine Mutter war mit meiner Schwester im Schlafzimmer. Die Kleine hatte gerade ihre Mittagsruhe beendet und war noch ganz schlaftrunken. Meine Mutter hatte sie auf den Schoß genommen. Anders als Jessy und ich wusste sie nichts davon, was meine Mutter vorhatte. »Ich will, dass er in Ruhe nachdenkt. Über alles«, hatte sie gesagt. Meine Schwester glaubte, das Schloss wäre ausgetauscht worden, weil es kaputt war. Als mein Vater immer heftiger gegen die Tür bollerte, fing sie an zu weinen. »Warum darf Papa nicht rein?«, fragte sie. »Schsch, meine Kleine, es ist alles in Ordnung, mach dir keine Gedanken.«

Wieder wurde es still, und der Schatten hinter den Glaselementen der Tür verschwand. Ich hörte, wie mein Vater die Auffahrt hinunterlief, seine Schritte waren zackig und schnell. Er wollte wohl sehen, ob er unten irgendwie ins Haus kommen könnte, durch ein gekipptes Fenster vielleicht. Plötzlich überlegte ich, ob meine Mutter die Jalousien heruntergelassen hatte. Falls nicht, konnte man vom Fenster aus direkt auf Oma Ellas Krankenbett sehen. Da es kaum Nachbarn gab, unser Haus sichtgeschützt lag und niemand von der Straße aus hereinschauen konnte, ließ meine Mutter die Jalousien meistens geöffnet, damit meine Oma Ausblick auf ein Stück Himmel hatte. Ich fand die Vorstellung schlimm, dass mein Vater klopfen könnte und Oma Ella sich erschreckte, womöglich erkannte sie ihn gar nicht mehr. Aber es blieb still. Und nach einer Weile kam mein Vater wieder hoch zur Haustür. Er klopfte und rief nach meiner Mutter. »Komm schon. Was soll das? Mach die Tür auf. Ich weiß, dass du da bist, ich höre doch die Kleine! »Inzwischen weinte meine Schwester heftiger, meine Mutter streichelte ihren Kopf, aber sie war nicht zu beruhigen.

»Jetzt mach endlich auf!« In seiner Stimme klang Wut, aber auch eine gewisse Unsicherheit. Er schien begriffen zu haben, dass meine Mutter das Schloss ausgetauscht hatte und ihn absichtlich vor verschlossener Tür stehen ließ.

Meine Mutter nahm meine Schwester auf den Arm, in die dünne Decke gewickelt. Dann kam sie zu uns zur Treppe und setzte sie neben Jessy und mir ab. »Gebt kurz auf sie acht«, sagte sie. Meine Schwester schmiegte sich gleich schutzsuchend an mich, sie schluchzte noch immer. Ich nahm sie fest in den Arm.

Meine Mutter ging weiter Richtung Haustür. »Du sollst die Tür aufmachen!« Jetzt *bollerte* mein Vater richtig gegen die Tür. »Es reicht!« Als meine Mutter nah genug war, dass er sie hören konnte, sagte sie: »Ich möchte, dass du nachdenkst.« »O Gott, was meinst du? Worüber soll ich nachdenken?« »Darüber, ob du mich so akzeptierst, wie ich bin, oder nicht.«

Es kostete meine Mutter große Überwindung, diesen Satz auszusprechen, das konnte ich hören. Aber ihre Stimme war laut und fest. »Ich rufe die Polizei«, brachte mein Vater hervor. »Bitte, dann ruf die Polizei.« Mein Vater rüttelte noch einmal heftig am Türgriff, dann war es auf einmal ganz still. Kurz darauf hörten wir, wie der Mercedes gestartet wurde und davonfuhr. Ich stieg die Treppe hinunter, meine Schwester an der Hand. Sie hatte inzwischen aufgehört zu weinen und schaute uns aus großen, verängstigten Augen an. »Ist er weg?«, fragte ich meine Mutter, die vorsichtig durch das Küchenfenster spähte. »Ja«, sagte sie. »Er ist weg.« Meine Mutter ließ sich auf die Eckbank fallen, dorthin, wo mein Vater sonst gerne saß und seine GEO las. Sie war sichtlich erschöpft. Mir war einfach nur nach Weinen zumute. So also sah die Trennung meiner Eltern aus. So oft ich daran gedacht und mich davor gefürchtet hatte, so wenig hatte ich mir den Tag in seinem konkreten Ablauf vorgestellt.

Am frühen Abend hörten wir, wie gleich zwei Autos die Auffahrt hinauffuhren. Sofort lief ich zum Fenster, um zu schauen, wer das war. Hatte mein Vater tatsächlich die Polizei gerufen? Erst konnte ich nichts erkennen, es dämmerte bereits. Dann aber verstand ich: Da standen keine Streifenwagen, sondern nur sein Mercedes – und der Wagen von Tante Lu.

»Ich fasse es nicht«, sagte meine Mutter, die zu mir getreten war. Nun stiegen auch noch Martha-Oma und Ludwig-Opa aus dem Auto. Mein Vater hatte Verstärkung mitgebracht. Meine Mutter legte den Kopf in den Nacken. Sie hatte starke Schmerzen, das konnte ich sehen an der Art und Weise, wie sie die Hand abwechselnd zur Faust ballte und dann wieder öffnete.

Es war Tante Lu, die als Erste an die Tür kam und klopfte, dann schob sie sich durch die niedrige Hecke, die im Vorgarten gepflanzt war, zum Küchenfenster.

»Mach die Tür auf, bitte.« Und dann: »Die Kinder können doch nichts dafür.« »Die Kinder? Was meinst du?«, rief meine Mutter empört.

»Hör zu. Es gibt für alles eine Lösung. Hast du gehört? Ich bitte dich.« Ich stutzte. Tante Lu klang – ängstlich. Aber warum?

Aus irgendeinem Grund hatte ich mit einem Mal Angst davor, auch nur eine Minute weiter mit meiner Mutter allein zu sein. »Was hat er dir erzählt?«, zischte meine Mutter. »Dass ich den Kindern was antue? Seid ihr jetzt vollkommen verrückt?«

»Bitte. Mach die Tür auf. Sofort.« *Alarmiert* war gar kein Ausdruck.

Nun begriff meine Mutter. »Du denkst wirklich, dass ich ... Wie kannst du das denken?« Ich erstarrte. Ja, wie konnte Tante Lu so etwas von ihr denken. Wie konnte ich das von ihr denken.

Nun hörte ich auch Ludwig-Opa rufen: »Mach die Dier uff! Die arm Kinna!«

Martha-Oma zeterte. »Nä, nä, nä. So ä Zores. So ä dreggisch Weibstick.« »Hör zu. Es gibt jetzt nur zwei Möglichkeiten«, sagte Lu, jetzt streng. »Du machst die Tür auf, und dann komm ich rein. Oder als Nächstes steht hier der Mann vom Schlüsseldienst und bricht die Tür auf. Hast du gehört?«

Ich sah meine Mutter an. Damit hatte sie nicht gerechnet. Nicht mit der ganzen Familie, und vor allem nicht mit Tante Lu.

Es war vorbei.

Die Mission, die meinen Vater zum Nachdenken hätte zwingen sollen, war gescheitert. Das wusste ich in dem Moment, in dem nicht Tante Lu allein hineinkam, als sie öffnete, sondern mein Vater sich an ihr vorbeidrängte.

Wütend starrte er meine Mutter an, die unwillkürlich einen Schritt zurückwich. Dann sah er das Chaos, das sich überall in der Wohnung ausgebreitet hatte. Wäscheberge, Essensreste, ein voller Windeleimer, Staubmäuse in allen Ecken. Fassungslos stand er vor den Trümmern dessen, was einmal sein Zuhause gewesen war. Und nun traten auch seine Eltern und Tante Lu hinzu. Alle schwiegen.

In der nächsten Stunde saß Tante Lu mit am Küchentisch *redete meiner Mutter ins Gewissen.* Ganz ruhig saßen die beiden Frauen da, während mein Vater im Nebenzimmer meine kleine Schwester dramatisch im Arm wiegte. Jessy hatte er keines Blickes gewürdigt, mich schaute er immer wieder ratlos an, ich spürte aber auch den Vorwurf. Schließlich war ich nicht nur Geisel, sondern auch Komplizin.

Um seinen Blicken zu entkommen, setze ich mich auf die Treppe vor meinem Zimmer und versuchte, bei den beiden Frauen *Mäuschen zu spielen.*

»Das geht so nicht weiter, da muss jetzt was passieren«, sagte Lu gerade. »Was genau meinst du?« Die Stimme meiner Mutter klang dünn und ganz klein.

»Als erstes brauchst du eine Pflegerin. Du kannst deine Mutter nicht länger allein versorgen. In diesem Zustand.«

»Überleg doch, was das kostet.«

»Und wenn schon. Du machst es nur noch schlimmer. Wenn du wartest.«

Dann ging es um die Behandlung mit Cortison, gegen die sich meine Mutter so sträubte, *wegen ihres Gesichts.*

»Ich werde wie ein Mondgesicht aussehen«, sagte sie.

Tante Lu schwieg eine Weile. Dann sagte sie fest: »Erst einmal musst du jetzt an deine Gesundheit denken. Und an deine Kinder. Und ich meine *deine* Kinder.

Du brauchst Entlastung, sonst wird das alles nichts.« Sie seufzte tief. »Hör zu. Ich regele das mit Jessy. Ich rufe jetzt die Kollegen vom Jugendamt an.«

Ich schlug mir vor Entsetzen die Hand vor den Mund. Jessy sollte ins Heim? Das konnte Tante Lu unmöglich fordern. Sie war doch auf unserer Seite, oder etwa nicht? Ich schaute meine Mutter an, die wie versteinert über den Tisch gebeugt saß und auf die Holzmaserung starrte. Dann aber geschah etwas mit ihr. Ihr Rücken straffte sich. Sie hob den Kopf und schaute Lu an, nicht aufgebracht oder wütend, sondern als wäre ihr mit einem Mal klar, was jetzt zu tun war. Mit kräftiger Stimme sagte sie:

»Jessy bleibt. Dass sie ins Heim geht, kommt nicht in Frage.« Sie stand auf, und Lu schaute verwundert zu ihr hoch, überrascht von ihrer plötzlichen Entschlossenheit.

»Ich weiß zu schätzen, dass du uns helfen möchtest«, sagte sie. »Aber hier wird so schnell nichts wieder gut. Es gibt da nämlich noch etwas.« Sie holte Luft. »Ich muss euch was sagen.«

Am Höhepunkt seiner Paranoia ist diese fixe Idee in ihm entstanden. Die Idee, dass meine Mutter ihm vorsätzlich schaden wollte. Um sich an ihm zu rächen.

Als Anfang der 90er-Jahre Stephen Kings *Misery* im Fernsehen läuft, beginnt mein Vater tatsächlich, meine Mutter eine Weile lang »Misery« zu nennen. Die Schauspielerin Kathy Bates spielt darin die Rolle der Annie Wilkes, eine alleinstehende Frau, die den erfolgreichen Serien-Schriftsteller Paul nach einem Autounfall bei sich zu Hause in ihrem Gästezimmer aufnimmt. Er hat sich beide Beine gebrochen. Erst pflegt und versorgt sie ihn und bringt ihm als größte Fanin seiner *Misery*-Romane sogar Papier und eine Schreibmaschine ans Bett, damit er in Ruhe weiterschreiben kann. Als sie dann aber erfährt, dass Paul am letzten Teil der Reihe arbeitet und darin den Tod der Serienheldin – Misery – plant, fesselt Annie ihn ans Bett und zwingt ihn, das Buch dahin gehend zu ändern, dass Misery überlebt. Als Paul sich weigert, bricht Annie ihm die Füße, damit er nicht weglaufen kann. Mit einem riesengroßen Vorschlaghammer.

Wie, zur Hölle, kam mein Vater nur darauf, sich mit diesem bettlägerigen Schriftsteller zu identifizieren?

II

Das Erbe war weg. Restlos. Bis auf den letzten Pfennig.

In meiner Erinnerung sitzt mein Vater tagelang an seinem Schreibtisch und stellt Berechnungen an, identifiziert Verdächtige, sucht nach Rechnungen oder Spendenquittungen, schreibt endlose Listen mit Vermutungen und tippt auf seinem Taschenrechner herum. Dieses Bild hat sich mir eingebrannt. Wie mein Vater rechnet. Und rechnet und rechnet. Wie Dagobert Duck, der an seiner Rechenmaschine mit den ewig langen, sich bäumenden und aufbauschenden Papierschlangen verzweifelt, weil das Verhältnis von Soll und Haben einfach nicht aufgehen will.

Alle »Beweise«, wie er das nannte, waren noch da: ein riesiges Durcheinander an Papieren, Durchschlägen und Quittungen in einem Karton in dem provisorischen Arbeitszimmer, das meine Mutter sich im Keller eingerichtet hatte. Sie weigerte sich, ihm beim Sortieren der Unterlagen zu helfen. Sie sagte lediglich: »Es war mein Geld. Und ich habe es ausgegeben. Mehr habe ich dazu nicht zu sagen.«

Und dabei blieb es. Einsicht in ihre Bankunterlagen verweigerte sie. Das war ihr gutes Recht, sagte auch der Bankberater, so lange die Ausgaben ihr privates Konto betrafen. Sie hatte nichts Verbotenes getan. Sie hatte einfach nur Geld ausgegeben, das ihr gehörte.

Mein Vater rechnete. Rechnete und rechnete.

150 Tausend DM hatte meine Mutter von den Emme-

richs für das Himmelstädter Haus erhalten. 500 Tausend DM hatte sie geerbt. 250 Tausend hatte sie in den Bau des neuen Hauses gesteckt, als Eigenanteil an der Baufinanzierung, die meine Eltern über die Sparkasse abgewickelt hatten. In diesem Kredit hing mein Vater wiederum tief drin, weil die Tilgungsraten von seinem Einkommen abgingen. Das war sein Anteil an all dem gewesen. Abzüglich all dieser leicht zu ermittelnden Ausgaben blieb eine Summe von mindestens 400 Tausend DM, die meine Mutter für unklare Zwecke verschleudert hatte. Wobei »verschleudert« das falsche Wort war, denn das meiste hatte sie verschenkt.

Es ergab sich folgendes Bild:

10 Tausend DM waren als Spende an die katholische Pfarrei draufgegangen, für die Renovierung der Kirche, die lange schon eine neue Heizung benötigt hatte. Über die genaue Summe schwieg sich Pastor Bauer aus, obwohl mein Vater mehr als einmal mit seinem Mercedes bei ihm vorfuhr und an seine Tür hämmerte, um ihn zur Rede zu stellen.

20 Tausend hatte meine Mutter an Erich Engel als Beitrag zur Stabilisierung seiner Firmenfinanzen überwiesen. Meine Mutter war ernsthaft eine der privaten Investoren gewesen, die versucht hatten, die Firma zu retten.

Nachdem mein Vater die Spendenquittung über ganze 25 Tausend DM zur Unterstützung der Waisenkinder von Tschernobyl gefunden hatte – unterschrieben von Tante Lu höchstpersönlich –, sprach er monatelang kein Wort mit seiner Schwester. Er hatte ja von der Spende gewusst, Tante Lu selbst hatte ihm davon erzählt und sie »großzügig« genannt. Aber von einer Summe in dieser Dimension war er *nicht im Traum* ausgegangen.

Der Vorarbeiter, den mein Vater tatsächlich schon einmal verdächtigt hatte, *die Hand aufzuhalten*, hatte siebentausend DM in kleinen Raten bekommen, zinslos natürlich, »Zahlungsziel nicht definiert«, und an die Stationsschwester, die Opa Adam nach seiner Hüftoperation gepflegt hatte, waren mutmaßlich dreitausend DM gegangen in Form eines Geschenks: Einen orthopädischen Massage-Sessel hatte meine Mutter für sie gekauft.

An die Leiterin der *Weight-Watchers*-Gruppe war ein stattliches Dankeschön von zweitausend DM überwiesen worden, und zwar mit dem markanten Betreff »bekannt«. Die Frau aus dem Pfarrhaus, die am Tag seiner Geburtstagsfeier auf Oma Ella aufgepasst hatte, hatte einen Gutschein für ein Hotel-Wochenende im Allgäu bekommen. Ungläubig trug mein Vater das Ausmaß der Katastrophe zusammen. Fälle wie diese gab es stapelweise. Wer auch immer etwas gebraucht oder sich auch nur gewünscht hatte, war beschenkt worden. Meine Mutter hatte die Bitten der Bedürftigen erfüllt wie in der Geschichte vom Sterntaler. Und wie in dem Märchen stand sie nun *mit kurzem Hemd* da, nur dass nun keine Silbertaler zur Belohnung auf sie herabregneten.

Der genaue Schaden war für meinen Vater schwer zu ermitteln, weil es hier meist keine Rechnungen oder Quittungen gab, sondern nur entsprechende Korrespondenz, in der sich »diese Geier« bei meiner Mutter bedankten.

Der wohl schlimmste Fund, den mein Vater in diesen Tagen machte, war ein Stapel Briefe, aus denen hervorging, dass auch sein alter Freund Gerd Geld angenommen hatte. Er hatte ganze 20 Tausend DM als Leihgabe erhalten für den aufwändigen Umbau der Hazienda zu einem Reiterhof-Hotel. Und damit nicht genug: Er hatte meine Mutter auch noch überredet, 20 Tausend DM in Aktien eines goldfördernden Unternehmens in San Juan anzulegen. Die Investition war ein Flop, *der Kurs auf Talfahrt*. Mein Vater war außer sich. »Absurd ist das«, rief er immer wieder. »Absurd.« Kein Wort hatte Gerd ihm gegenüber in den Wochen seines Besuchs verloren. Meine Mutter hatte ihn schwören lassen, ihm gegenüber *Stillschweigen* zu bewahren, und es schien Gerd nicht besonders schwer gefallen zu sein.

Am Ende seiner aufwendigen Berechnungen kam mein Vater auf eine Summe von knapp 230 Tausend DM. Wofür die Restsumme von mindestens 170 Tausend DM rausgegangen war, ließ sich für ihn nicht ermitteln. Und meine Mutter schwieg.

Was meinem Vater mindestens genauso zu schaffen machte wie dieses Rätsel, war, wie sehr sie *über ihre Verhältnisse gelebt* hatten seit der Erbschaft. Was hier an Geld geflossen war und wohin, musste niemand detektivisch ermitteln. Mein Vater wusste es nur zu genau, denn er selbst hatte die meisten kostspieligen Anschaffungen angeregt. Die Quittungen und Überweisungen waren sauber abgeheftet in einem Ordner in seinem Arbeitszimmer, denn sie waren über ihr Gemeinschaftskonto abgewickelt worden, wo ein Teil des Erbes lag. Es war fast aufgebraucht. »Unser Handgeld« hatte er das immer scherzhaft und ein bisschen stolz genannt.

Geblieben war nur der Kredit, eine riesige Minussumme, die sie nun *bis zu ihrem Lebensende zusammen abstottern mussten*.

Was ihn am meisten beschäftigte, war die Tatsache,

dass niemand ihn gewarnt hatte. Nicht seine eigene Schwester, nicht sein bester alter Freund. Und dass er selbst »zu gutmütig« und »zu arglos« gewesen war, um etwas zu vermuten.

Jessy war tatsächlich geblieben. Was das betraf, hatte meine Mutter nicht mit sich verhandeln lassen. Wozu sie sich aber schlussendlich durchrang, war ein Pflegeheim für Oma Ella. Tante Lu hatte, nachdem sie zusammen das Haus wieder *auf Vordermann* gebracht hatten, eine häusliche Pflegekraft besorgt, die zumindest zweimal die Woche kam und von der Krankenkasse bezahlt wurde. Nach drei Monaten erhielt meine Mutter schließlich auch die Zusage für einen Platz in einem Pflegeheim in der Kreisstadt, in dem viele Alzheimer-Patienten untergebracht waren. Meine Mutter besuchte Oma Ella fast täglich, und auch wir Kinder kamen häufig mit. Die Zeit aber, in der Oma Ella uns erkannte, war vorbei.

Nachdem die Wohnung im Keller frei geworden war, bekam sie einen neuen Bewohner: meinen Vater. Das war die zweite konsequente Entscheidung, die meine Mutter getroffen hatte: »Entweder du ziehst ins Souterrain, oder ich reiche die Scheidung ein.« Interessanterweise zögerte mein Vater keinen Augenblick. Obwohl er seine Frau für »komplett unzurechnungsfähig« hielt, wie er in diesen Tagen gerne sagte: Die Vorstellung, auf seine finanzielle Schmach auch noch ein Signal des persönlichen Scheiterns zu setzen, war für ihn unvorstellbar. Die Gerüchteküche im Dorf brodelte eh schon. Die Scheidung hätte bedeutet, dass sie das Haus hätten aufgeben müssen, und das war für ihn ausgeschlossen.

Das Gesicht meiner Mutter wurde durch die Cortison-Behandlung rundlicher, und die Haut war immer etwas gerötet. Die Schmerzen aber ließen tatsächlich ein wenig nach. Bald schon gab es Tage, an denen sie sich wieder wie früher bewegte: kraftvoll und ohne die eingezogenen Schultern und steifen Arme, an die wir uns in den Monaten davor gewöhnt hatten.

Nach der Entfernung des Magenballons dauerte es nicht lange, bis sie wieder zunahm. Nicht sprunghaft, sondern allmählich. Und obwohl wir es nie aussprachen: Für Jessy und mich fühlte sich das an wie ein Triumph.

Noch gut vier Wochen blieb Jessy bei uns wohnen. Das war die vereinbarte Zeit. Eine Verlängerung der Pflegekind-Vereinbarung stand nicht zur Debatte und eine Adoption schon gar nicht. Mein Vater hatte nie einen Hehl aus seiner Haltung gemacht, was das betraf. Aushelfen, solange die Bopp in der Reha war: wenn es denn sein muss. Aber mehr auf keinen Fall. Und dafür gab es auch ganz sachliche Argumente. Kein Amt der BRD hätte einen Adoptionsantrag bewilligt: ein Kredit in sechsstelliger Höhe, die Mutter eine verurteilte Möbeldiebin und gesundheitlich angeschlagen, eine Ehe kurz vorm Kollaps. Längst waren wir nicht mehr das, was mein Vater sich immer erträumt hatte: eine ganz normale Familie. Dagegen wirkte sogar die Bopp regelrecht seriös, immerhin hatte sie als Offizierswitwe eine stabile Rente.

Für Jessy und mich war es jedoch ein Schock, als die Bopp nach dem Ende der Reha verkündete, dass sie mit Jessy aus Obach weg und in die Kreisstadt ziehen würde.

Das Schuljahr sollte sie noch auf unserer gemeinsamen Grundschule beenden. Danach würde sie an ein näher gelegenes Gymnasium wechseln. Dass es ein Gymnasium werden würde und keine Realschule, hatte meine Mutter bei der Bopp durchgekämpft.

In den Tagen vor ihrem Auszug weinte Jessy ununterbrochen. Sie weinte, und ich weinte mit. Ab einem Punkt konnte ich nicht einmal mehr sagen, ob ich weinte, weil ich so traurig war, oder ob ich weinte, weil Jessy so fürchterlich weinte.

Meine Mutter tat nichts, um uns die Tränen zu verbieten. Ihr selbst flossen ganze Rinnsale von den Wangen. Wir alle fürchteten uns vor dem Moment, in dem die Bopp sie abholen würde. Mein Vater behandelte den unliebsamen Gast weiterhin freundlich, aber kühl. Es war deutlich zu spüren, wie froh er war, dass wir bald wieder unter uns sein würden, auch wenn es dieses alte »unter uns« nicht mehr gab.

Am Tag vor ihrer Abreise wünschte sich Jessy, dass wir noch einmal am »alten Haus« vorbeigingen. Sie wollte noch ein letztes Mal an den Ringen turnen. Als sie noch bei der Bopp gewohnt hatte und wir schon im »neuen Haus«, gestand sie, war sie an den Abenden, wenn meine Großeltern schliefen, immer wieder heimlich herübergeschlichen, um das Kunststück zu üben, das sie damals bei unserem Streit immer bei mir beobachtet hatte.

»Ich kann es. Schau, ich zeig es dir.«

Flugs hatte sie ihre Füße in die beiden Löcher eingefädelt. Kaum, dass sie sicher verhakt waren, drückte sie den Oberkörper nach vorne durch, sodass sie mit gebogenem Rücken und Beinen, gespannt wie ein Bogen, als

Halbkreis über dem Boden schwebte. Anders als ich aber verhakte sie die Fußspitzen nur lose. Wenn sie jetzt die Arme losließ, würde sie stürzen. Ich hatte mit einem Mal ein ungutes Gefühl. Aus einer Ecke kam Pepper herbeigesprungen, vorwurfsvoll miauend.

»Warum kann er nicht einfach weg sein?«, sagte Jessy. Sie hatte ihren ewigen Kaugummi im Mund und nuschelte.

»Was meinst du?«

»Na ja. Dein Vater.«

»Nein, was meinst du mit ›weg‹?« Ich spürte, wie sich mir der Hals zuschnürte.

»Weg eben.« Jessy ließ eine Blase platzen.

Ich wich zurück.

Sie balancierte auf den Ringen und starrte dabei auf einen Punkt am Boden.

»Wenn er weg wäre, dürfte ich bei euch bleiben. Wetten?«

Ich sah sie an. Erst jetzt verstand ich, wie sehr sie ihn hasste. Sie hasste ihn so sehr, dass sie meinen Vater *zum Teufel wünschte*.

Am Tag des Abschieds drehte Jessy sich nicht noch einmal zu mir um. Sie hatte die Autotür schon geöffnet, als sie noch einmal kehrtmachte und zu uns gelaufen kam. Sie umarmte nicht mich, sondern meine Mutter. Ich blinzelte. Mit dieser Umarmung hatte es begonnen, dachte ich. Mit dem Gefühl, dass meine Mutter ihr gab, genauso wie mir: dass egal, was passiert und wie falsch alles zu sein scheint auf der Welt und mit den Menschen, alles schon irgendwie gut gehen würde.

»UND?« ERWARTUNGSVOLL BETRACHTE ICH DAS GESICHT meiner Mutter. »Wie gefällt dir meine Geschichte?«

»Gut. Besonders das Ende.« Sie lächelt und faltet die Hände. So sieht sie immer aus, wenn sie versucht, ihre Worte möglichst genau zu wählen. »So bleibt offen, wie es wirklich gewesen ist.«

Ein ganz leiser Triumph liegt in ihrer Stimme. Denn sie behält die Hoheit, bis zuletzt. Anstatt das Rätsel restlos aufzulösen, habe ich lediglich rekonstruiert, wohin das Geld verschwunden sein *könnte*.

Jetzt muss ich lächeln. Selbst in meiner Imagination beharrt meine Mutter auf ihrer Autonomie. Ihrem Stolz. Der sie mehr kennzeichnet, als ihr bewusst ist.

Bei einigen Indigenen Nordamerikas gibt es ein Ritual namens »Potlatch«, bei dem ranghohe Mitglieder ihren Reichtum demonstrativ veräußern. Sie verteilen Geschenke, verbrennen Geld oder zerstören vorsätzlich Wertgegenstände. Sie tun das aus freien Stücken. Niemand nötigt sie. Es geht ihnen darum, ihre soziale Position zugleich zu behaupten und in Frage zu stellen. Als ich im Studium zum ersten Mal von diesem Brauch hörte, musste ich sofort an meine Mutter denken und an das, was damals passiert ist. Für mich beschreibt es sehr genau das, was sie mit ihren vielen Geschenken und Ausgaben veranstaltet hat: ein rheinland-pfälzisches »Potlatch«.

Aber wir sind noch nicht am Ende. Nicht ganz.

Enden will ich mit dem Bild, wie meine Mutter meinen

Vater verlässt, kaum dass meine Schwester volljährig ist und ein Studium weit weg von zu Hause beginnt. Meine Oma, die sie 13 Jahre lang gepflegt hatte, ist etwa zwei Jahre zuvor verstorben. Es gibt nichts mehr, was meine Mutter in ihrer Ehe hält.

15 Jahre. 15 Jahre lang leben die beiden noch so weiter, mit den gemeinsamen Schulden zusammen unter einem Dach. Und meine Mutter mit einem Körper, der ihr Tag um Tag als Feind entgegentritt, denn das war leider tatsächlich so: verschwunden sind die Schmerzen nie, bis heute.

Was war der Moment, in dem sie wusste, dass sie gehen muss? Ich höre sie, wie sie zu mir sagt:

»Ich wäre sonst verrückt geworden. Wirklich, ich wäre verrückt geworden.« Das hat Gewicht. Denn das Wort »verrückt« benutzt sie sonst nie. Wirklich nie.

Sie verlässt das Haus an einem Nachmittag, während mein Vater bei der Arbeit ist. Sie steht vor dem Spiegelschrank mit den vielen, vielen, viel zu vielen Kleidern und wählt sorgfältig aus. Alles, was sie mitnehmen wird, passt in einen Koffer. Keinen einzigen Wertgegenstand nimmt sie aus dem *goldenen Käfig* mit.

Ein letztes Mal wandert ihr Blick durch das Haus, dessen Beschaffenheit sie so gut wie kein anderer aus unserer Familie kennt. Das Kiefernholz, die Fliesen, die Wände mit den teuren Tapeten. Auch im Garten steht sie ein letztes Mal. Und ganz bestimmt auch in der Küche. Diesem Ort der Himmel und der Hölle.

Und dann, dann geht sie, die Tür fällt hinter ihr ins Schloss. Den Schlüssel lässt sie stecken, einfach so. Mögen Diebe kommen und alles rauben, sie hat nichts zu verlieren.

Sie steigt in ihr Auto, sie schaut nicht zurück. Kein Kleinkind sitzt ihr im Nacken, keine Mutter, die ihrer Pflege bedürfte. Sie kann gehen, endlich, und sie geht. In meiner Fantasie hat sie nicht alles hergegeben. Nicht alles, aber vieles. Irgendwo auf einer Bank hat sie noch Geld.

Sie geht, wie sie gekommen ist. Mit nichts als einem Koffer in der Hand.

Meine Mutter kann stolz auf sich sein. Sie geht, wenn auch spät. Und sie hat ihr großes Herz nie verloren.

Es braucht so vieles in der Welt. Entschlossenheit, Mut. Rebellion. Aber es braucht auch eine Million solcher Herzen. Die nicht versteinern, die wach und warm und offen bleiben, ganz gleich, welche Narben die Welt ihnen zufügt.

Nun lasse ich los. Ich verlasse das Spielfeld meiner Eltern, den Weißraum, das gewendete Blatt. Ich erkläre das Rätselraten hiermit für beendet.

Denn längst schon hat auf einem anderen Platz, einer anderen Seite, ein neues Spiel begonnen.

Und was für eines.

Vater, Mutter und zwei Kinder. Meine eigene Familie. Aber das, das ist eine andere Geschichte.

Dank

Mein Dank gilt dem Deutschen Literaturfonds für die Unterstützung durch ein Werkstipendium und dem Berliner Senat für das Arbeitsstipendium Literatur.

Ich danke Aurélie Maurin für den »room of one's own« zur rechten Zeit, Dilek Güngör für die Gespräche über unsere Mütter und Maria Ebner für die Entdeckung von Ísold Halldórudóttir. Ich danke Helene Bukowski, Paula Fürstenberg und Katharina Mevissen für unsere pandemischen Zoom-Hexenzirkel, Svealena Kutschke für ihren Blick auf das parentifizierte Kind, und Svenja Leiber für das ermutigende erste Lesen. Ich danke Claudia Hamm für ihre Gedanken zur autofiktionalen Stimme, Maria Milisavljević für die autobiographische Trilogie von John Burnside und Ellen Gronemeyer für ihre kindlichen Wesen. Den Sophiensælen Berlin danke ich für die Foto-Location, F.S. für »Tara, Tara!« aus *Vom Winde verweht* und Birgit Schmitz für die passionierte erste Plot-Runde. Ich danke der *Schwankenden Weltkugel* und Christine Marth für die verlässlich tollen Buchempfehlungen, Deniz Utlu für die heimliche Heldin, den beiden Jurys des Alfred-Döblin-Preises für die emphatische Lektüre. Ich danke Julia Eichhorn für ihr unbeirrbares feministisches Geleit und ich danke Jan Valk für seine frühe Liebe zum Text, die lustigsten Sprachnachrichten der Welt & den Flow im Lektorat.

Meinen Kindern danke ich für ihre herzzerreißenden Fragen an die Welt, Marc Bausback für das Cover eines Liebsten und sowieso – für alles.

Der größte Dank gilt meiner Mutter für ihr großes Herz und das Vertrauen in die Carte Blanche. *You are the heroine of my life.*

Zitate im Buch

»*Jeder Mensch hat drei Leben: ein öffentliches, ein privates und ein geheimes*« (S. 5) – Gabriel García Márquez: Liebe in Zeiten der Cholera. Aus dem Spanischen von Dagmar Ploetz, Köln 2012.

»*Wenn alle Frauen dieser Erde morgen früh aufwachten und sich in ihren Körpern wirklich wohl und kraftvoll fühlten, würde die Weltwirtschaft über Nacht zusammenbrechen*« (S. 39) – Laury Penny: Fleischmarkt. Weibliche Körper im Kapitalismus. Aus dem Englischen von Susanne von Somm, Hamburg 2012.

»*Gefahr, Luzifer, Gefahr, Gefahr*« (S. 48) – Sylvia Plath: Ariel. Gedichte. Aus dem Englischen von Erich Fried, Berlin 2016.

»*Sein Gesicht war unser Wetter*« (S. 65) – Hustvedt: Damals. Aus dem Amerikanischen von Uli Aumüller und Grete Osterwald, Hamburg 2020.

Die Frage »*Hast du es bereut?*« (S. 123) spielt auf Orna Donaths Studie »Wenn Mütter bereuen« an (Übersetzt von Karlheinz Dürr und Elisabeth Ranke, München 2016).

Die Frage-Antwort-Form des Kapitels »Ist das hier eine Geisteraustreibung?« (S. 421/22) ist inspiriert von Sheila Heti: Mutterschaft (Übersetzt von Thomas Überhoff, Hamburg 2020).

MIX
Papier | Fördert gute Waldnutzung
FSC® C083411

4. Auflage 2026

Umschlaggestaltung und -motiv © Marc Bausback
Gesetzt aus der Sabon Pro und Informa Pro
Satz Buch-Werkstatt GmbH, Bad Aibling
Druck und Bindung CPI books GmbH, Leck
ISBN 978-3-462-00657-5

Kontaktadresse nach EU-Produktsicherheitsverordnung:
produktsicherheit@kiwi-verlag.de